人間のはじまりを生きてみる
四万年の意識をたどる冒険

チャールズ・フォスター
西田美緒子 訳

CHARLES FOSTER
BEING A HUMAN
ADVENTURES IN 40,000 YEARS OF CONSCIOUSNESS

河出書房新社

目次

愛する父と母へ。
人間として生きるという偉大な冒険について、
語り合う共通の言葉が見つかることを願って。

人間のはじまりを生きてみる

四万年の意識をたどる冒険

私は世界が創られる前の、
本当の自分の顔を探している。
W・B・イェイツ

はじめに

私たち人間とはいったいどんな生き物なのかという問いに、わずかでも答えられる人はほとんどいないだろう。

だが自分が何者かを知らずして、自分はどう行動すべきかがわかるはずもない。何が私たちをほんとうに幸せにしてくれるのか、何が私たちを成長させてくれるのか、わかるはずもない。この本は、人間とは何者かを見つけようとする私自身の試みになる。それが私にとって急を要する重大問題なのは、子どもたちに何と言われようと、私は人間だからだ。

そこで、自分がどこからやってきたかがわかれば、私が何者かという問題解明の手がかりになるかもしれないと考えた。

今から人間の歴史のすべてを生きなおすことはできない。自分自身の歴史を生きなおすことさえ無理だ。そこで、三つの重要な時代を特徴づける感覚、場所、観念に意識を集中することによって、それらの時代を生きてみようと考えた。それは長い時間のかかる思考実験と非思考実験で、舞台となるのは森、波、ムーア（原湿）、学校、食肉処理場、泥壁の小屋、病院、川、墓地、洞窟、農場、台所、カラスの体、博物館、海岸、研究室、中世の大食堂、バスク人の飲食店、キツネ狩り、寺院、人気《ひとけ》のない中東の街、そしてシャーマンのトレーラーハウスだ。

私が生きてみた時代の最初のものは後期旧石器時代の初期（およそ四万年前から三万五千年前）で、そのころ「現代的行動」がはじまった。わかりにくい言葉だ。これから見ていくように現在の人間の行動は、（自分では考えることも感じることもないとしても）後期旧石器時代の狩猟採集民の行動から劇的な変化をとげている。「現代的行動」が意味するもの、それが進化した場所については、数多くの異論が存在しているが、私の目的にとってその議論は重要ではない。

その時代の狩猟採集民は（そして現代まで生き残っている少数の狩猟採集民は多くの場合）放浪の民であり、親密に、あがめるように、多くの場合は恍惚として、大地と、また数多くの種ともつながり合っていた。彼らは長寿で、病にもあまりかからずに暮らし、人間どうしの暴力沙汰は稀だった。ほとんどの人にとって定住は選択肢になく、もし定住することがあったとしても、あまり魅力的なものではなかったはずだ。広大で豊かな、常に変化するビュッフェでいつでも食べものが手にはいるというのに、なぜ毎日毎日同じラスクをかじる必要があるのか？

持ち物はたいてい、硬いうえに加工しやすい石――フリント――で作ったナイフかカリブーの陰《いん》嚢《のう》で作った小袋だけだった。当時の人々が移ろいやすい自然に囲まれて精一杯していたことを知れば、所有権を主張するなんてどれだけばかげているかがわかるだろう。世界は所有などできるような場所ではなく、彼らは（私たちとは違い）人間が世界のやり方に逆らった行動をすべきではないと考えていたのだ。

それは悠々自適の時代だった。狩猟と採集を四六時中続けることなど、到底無理な話だ。だから、それは物語を紡ぐ時代、あるいは物ごとの意味を理解する時代だったのだと思う。人間が生み出した最も古い芸術は南ヨーロッパの洞窟の壁にあり、これまでに生み出されたあらゆる芸術の中でも最高の部類に数えられている。それは最も暗示的で、最も幻想的なものでもある。

これが空想的な「高潔な野蛮——文明に汚されていない理想的な人間の姿」だと主張する人に対しては、今のところ、「空想的」という曖昧な言葉に弁護が必要とは思わないとだけ言っておこう。「空想的」は悪口ではない。正反対だ。空想的とは、ただ、それを信じない相手より多くのデータを勘定に入れて世界を理解することにすぎない。

二番目の時代は新石器時代で、一般的には一万二千年前から一万年前ごろにはじまり、青銅器時代の幕開け（今から五千三百年前ごろ）まで続いたと考えられている。こうした年代には異論が多く、それぞれの時代の移行は地域によって大幅に異なっているし、もちろんそれぞれの時代のあいだに明確な境界など存在しない。

狩猟採集民の一部が、一年のうちのある時期だけ定住し、残りの季節には放浪の旅を続けるという暮らしをするようになった。そうした人々が大地を管理しはじめたことに疑いの余地はない——組織的な農耕が出現するよりずっと前に、おそらく自分たちが食べたい果物の木を植えることによって、そこが自分たちのものだと主張したのだろう。だが最終的には、分割が現実のものとなった。放浪の民が放浪をやめた。彼らの地理的な世界は狭くなり、膨大な数にのぼる種について知ることも、そうした種とつながり合うことも、もう必要がなくなった。ただ、小屋の裏手の野原にいる原牛（オーロックスを手なずけ、小型化したもの）と、大きな種子をもつ特別なイネ科の草を一種類だけ知っていれば、やっていけるようになったのだ。人間を含むあらゆるものが制圧され、切り詰められるまでに、もう長くはかからない（たったの数千年だ）。自然界とのつながりは、あらゆるものへの畏敬の念、あらゆるものへの依存から、二、三平方フィートの大地と二、三の種をコントロールする形に変化した。

新石器時代の精神的な姿勢は思い上がったコントロールだったが、現実はまったく違った。人間がコントロールされはじめたのだ。人々は自分たちの集落にとどまり、収穫に加わらなければならなかった。集落には政治、階級、人間が作った法律が持ち込まれた。寿命は縮まり、疫病がはびこるようになった。粉ひきや重いものを持ち上げる重労働によって骨が曲がった。ブタを奴隷にし、穀物を刈り取っていたはずの人間が、逆に奴隷になり、切り倒された。かつては人々を前進するようにと駆り立てた季節の循環が、今では人々を消耗させ、需要と供給の法則は人々を豊かにするのではなく、虐げるようになった。悠々自適の暮らしは消えてなくなった。思い上がりはやがて人をだめにする――ギリシャ人に聞いてみるがいい。後期旧石器時代の雄大な物語は成文化され、司祭が監修したストーンヘンジの物語へと圧縮された。成文化と圧縮は心を絞め殺す。ヒツジだけでなく思索も囲いに入れられてしまった。絞殺の痕跡は芸術の中に垣間見える。新石器時代の芸術は、完成度でも、繊細さでも、感情に訴える刺激でも、それより前の後期旧石器時代の芸術より見劣りがする。新石器時代に、私たちは退屈と惨めさを感じるようになった。

最後の時代には、皮肉にも「啓蒙」の名がつけられており、活発な反対意見はあるにしても今もまだ私たちはその時代の続きにいる。啓蒙は、新石器時代にはじまった革命を継続させ、体系化した。そして新石器時代にはじまった人間と自然界との離婚手続きを完了させた。離婚の仮判決はデカルトの著作の全集で、離婚確定判決はカントによって署名されたと言える。その結果、宇宙から体系的に魂が抜き取られてしまった。それまでは(そうだ、あのアブラハムの一神論の時代にさえ)あらゆるものに何らかの魂が宿っていた。アリストテレスは魂について論じ、東方正教は少しのあいだ魂の存在を疑わず、聖トマス・アクィナスは魂をカトリック教徒の正統とし、ユダヤ神秘主義思想を信じるカバリストは魂を目録に加え、イスラム教神秘主義を信じるスーフィーは魂を躍らせた。

啓蒙は人間以外の世界から魂を消し去った。宇宙は今や機械と化し、具現化された何らかの本質によってではなく、自然の法則によって統治されるようになった。法則は本質よりはるかに面白味に欠ける。

　啓蒙は当初、キリスト教的な理解における大きな変革で、人間はしばらくのあいだ自分の魂にしがみついていることができた。だがそれも長くは続かなかった。まもなく私たちは、ひとつの大きな機械の中の小さな機械のひとつになってしまったのだった。「機械に対する怒り」というスローガンは、十七世紀以降に起きてきたことを、とても正確に理解して表現している。

　ダーウィンがその大惨事を、いくぶんかは和らげてくれたのかもしれない。ダーウィンは私たちに、自分が自然界の一部であることを思い出させてくれた――それは後期旧石器時代の人々の中心的な洞察だった。その考えにしっかり向き合えば、適切な謙虚さが生まれていたはずだ。だがダーウィンのメッセージのこの部分は、全体として皮肉で危険な「過度の還元主義」（「…にすぎない」主義）に変えられてしまった。ダーウィンは、人間は「機械の中の歯車」にすぎないと言ったと（誤って）受け取られた――物質以外には何もない、だから重要なものは何もない。そこに生じたのは自尊心の低下とわがままな環境破壊だ。魂をもつ何かを殺すのは悪いことかもしれないけれど、機械を粉々にしたって、あきらかに不道徳なことは何もない。

　こうなると、人間をホモ・エコノミクス（経済人）とみなすのは十分に道理にかなっていた（競争こそが世界を動かす燃料だとするダーウィニズムの考えにも、見事に一致していた）。それまでは長いあいだ、さまざまな点で、人間はホモ・デウス（神の人）だった。考古学的記録において、行動の点から現生人類である最も明確な指標のひとつは（そしてたしかに、最も影響力のある決定的な指標は）、宗教だ。発掘現場に宗教的実践のあきらかな証拠があるなら、行動面から見て現生人類の痕跡を見ていることになる。

　今や、神は姿を消してしまった。あるのは物質だけで、私たちは物質にすぎなかった。自然は私たちと同様に歯と鉤爪《かぎづめ》を赤く染めていたが、サーカスのライオンのようにしっかり手綱を締めて扱うなら、とても価値のあるものになった。この世界で価値を測る唯一の基準は経済だった。複雑で太古の昔から続く、心底美しいと思える自然の群落はすっかり見えなくなり、代わりに見えるようになったのは自然資源だ。その考え方は、今ではあまりにもしっかり根づいてしまったので、自然保護論者の会話に登場してもイライラさせられることはない。なぜ古くからある草原を保存すべきなのか？　そんな問いには、金銭的な価値があるから、という返事が聞こえてくる。

啓蒙の還元主義は、これまで私たちの文化の必要不可欠な組織に転移してきたので、私たちにとって何よりの希望は、おそらく啓蒙そのものだ。元来の啓蒙宣言の中心は、懐疑主義と、厳密な経験主義だった。そのどちらも現代の啓蒙の砦――たとえば保険数理士の事務所と、ほとんどの生物学的研究室――には見られない。だが、懐疑主義と経験主義は私たちが魔力を取り戻す助けになれるし、助けてくれるに違いない。もし私たちがあらゆるものに対して（相手が星であろうと、赤ん坊であろうと、プラスチックのカップであろうと）十分に懐疑的になり、経験主義を通すならば、それが不可解で、神秘的で、ドキドキするほど風変わりで、どんなカテゴリーにも当てはまらないものだということがわかってくるだろう。そこでは、詩的で、数理的で、感情的で、身体的な反応が求められる。懐疑主義と経験主義とを正しく用いれば、目まいがするような世界の不思議があきらかになってくる。その不思議を探るには自分のあらゆる資質を、あらゆる知的、感覚的、そしてもちろん霊的な様式で、駆り出さねばならない。

だからこれは反啓蒙をかかげる書物ではない。それとは程遠い。その逆に、啓蒙が十八世紀に自らに課した任務を、徹底的かつ誠実に遂行するよう願うものだ。啓蒙を自称主唱者（科学的根本主義者）の手中から取り戻し、自然界と人間界を大胆に、偏見のない目で見るようにすることを目指している。そうすれば活気ある科学的神秘主義の中で、（不確定性は科学の失敗ではなく、宇宙の波動の一部であることを実証した）ニールス・ボーア、（あらゆる観測は観測する者と観測される物のあいだの関係によって影響を受けるから、科学的な客観性を保つことは不可能だと知っていた）ヴェルナー・ハイゼンベルク、そして（ダーウィンと同じく、人間と人間以外のあいだの境界は流動的であることを知っていた）後期旧石器時代のシャーマンの、仲間になれるだろう。もしも科学が、自らの推測を神経質に確認することではなく、現実的な存在の課題に適切に専念するならば、それは壮大で神秘的な使命になるだろう。存在は壮大で、現実は不可思議だからだ。

私たちはかつてないほど物質的に豊かになっている。これまでに多くの物質的苦しみを終わらせてきた。それなのにまだ存在論的に不安を感じている。自分たちが重要な生き物だと感じているのだが、その重要性を説明するすべがない。ほとんどの人は、「なぜ私は生きているのか？」という問いに安易でわかりやすい答えをくれる軽率な根本主義を、宗教的にも世俗的にも断固として拒否する。後期旧石器時代の狩猟民なら、空を見上げながら、保守的プロテスタント主義の簡潔な教義が窮屈だと考えて神の名誉を傷つけるようなことはしないだろう。

私たちは笑えるほど、現在の暮らしに適応していない。後期旧石器時代の男が一年かけて口にしていたであろう糖類を一回の朝食で食べながら、なぜ糖尿病にかかるのか、なぜ冠動脈が詰まってしまうのか、なぜエネルギーを消費しきれずにピリピリしているのかと不思議に思っている。後期旧石器時代の狩猟民が一日に歩いていたであろう距離を一年かけて歩きながら、なぜ体がブヨブヨしているのかと不思議に思っている。四六時中オオカミを警戒するように作られた脳でテレビに没頭しながら、なぜどこか満足できない感じが消えないのかと不思議に思っている。森の中では一日も生き残れないであろう利己的な社会病質者に率いられることに同意しながら、なぜ社会は惨めで、私たちの自尊心は低いのかと不思議に思っている。家族や最大でも百五十人までの共同体の中で最も効果的に働けるというのに、雑多な人々が集まった巨大な集団の中で暮らすことを選びながら、なぜ疎外感があるのかと不思議に思っている。森に実るベリー類、野生のヘラジカ、自生のキノコに適した内臓をもちながら、なぜ自分の内臓は殺虫剤の有機リン酸化合物と除草剤に拒否反応を示すのかと不思議に思っている。恒温動物でありながら、建物に体温調節を任せているとなぜ新陳代謝が乱れるのかと不思議に思っている。常に大地、大空、木々、神々と我を忘れて触れ合うように生まれついた野生の生き物でありながら、なぜ人間が単なる機械と化した場所で、セントラルヒーティングと電灯が整った温室のような暮らしをするのが最善に及ばないのかと不思議に思っている。関係性を広げるために高いコストをかけて形成され、拡張されてきた脳をもちながら、互いの血が交じり合わない、交じり合ってはならない、塀に囲まれた島であると仮定して作られた経済構造の中で、なぜ不幸なのかと不思議に思っている。空気を必要とするように物語を必要としていながら、フリーマーケットの退屈で横柄な論法しか手に入れられないでいる。

世界の状態に関するこれらの最新の観察結果は、どれもありふれたものだが、それほどありふれていないのは、過去四万年あまりの人間の歴史とのつながりということになる。

これは旅行記だ。この旅では過去に向かい、人間とは何か、自我とは何か、過去は現在の私たちとどのようにつながっているかを探る。ひとりの男が、そのつながりを感じようと試みる――私がどうやって狩猟採集民に、農民に、そして啓蒙思想をもつ還元主義者に変身しようとしたかの物語で、そのすべては、私とはいったい何者なのか、私はどう生きるべきなのか、そして意識というものが人間の体に組み込まれるとき、それはどんな形をとるのかを死にもの狂いで知ろうとする旅になる。

その価値はあったと思っている。ほんとうに楽しかった。

学者が過去に関する本を書くときは事実からはじめる。私は自分の感覚ではじめる――ある時代、ある森、ある考え、あるいはある川に、でき得る限りどっぷりと漬かったときに湧き上がる感覚ではじめる。

結局のところ、人々は先史時代にも啓蒙の時代にも何かを感じていたのであり、もしそうした感覚がどんなものだったかについて、私たちがよりよい考えをもてるなら、私たちがそれぞれの時代の、よりよい学者ということになるだろう。

単なる歴史的関心にすぎないものなど何もなく、人間の形成期の研究はもちろんそうではない。その時代はまだ過ぎ去っておらず、今もまだ私たちを抑制している。私はあきらかに後期旧石器時代の友人――どこでその時代が終わって農耕がはじまるのかを知らない人たち――と最も仲良くやっていける傾向があるが、ほとんどの人は少なくとも早朝の時間帯に、後期旧石器時代を反映した行動をとる。従順さ、そして区分化、支配、コントロールを望む気持ちは新石器時代のもので、私たちと私たちが触れるすべてのものを駄目にする。それでも、私たちの中の新石器時代的な部分すべてが悪いわけではない。大地を大切にして育てたいという気持ちは、新石器時代から生まれた。バードバス（野鳥の水浴び場）とイヌを買うのは、新石器時代の人たちだけだ。

この本はマニュアルではない。トナカイ肉のシチューのレシピもガンの皮で作る脚絆《きゃはん》の型紙もないし、丸いキノコで火を運ぶ方法も、フリントの斧を柄に取りつける方法も、石柱を立てる方法も書いてはいない。別の時代の暮らしを再現しようとする体系的な試みの記録でもない。そうしたことを書いた本もウェブサイトも、たくさんある。

私は考古学者でも人類学者でもないが、事実を正しく理解する（あるいは少なくとも間違えて理解しない）ことを目指し、学問的な合意が得られていることを誤って伝えないようにしてきた。先史考古学と人類学の大物の何人かが寛大に、そして辛抱強く、私の質問に答え、私の誤った考えを正そうとしてくれた。彼らの名を「謝辞」であきらかにし、感謝の気持ちを述べている。私の誤りが正されていないこともあるかもしれないが、それはひとえに私の責任だ。だが、人間の先史時代に関する疑問には「正しい」答えがない場合がとても多いことも、ご理解いただきたいと思う。意見の余地は途方もなく広いもので、ほとんどの場合、述べる人の気性や経歴の数と同じ数の異なる意見が見つかることがわかった。もちろん、学究的世界ではほとんどの分野で同じことが言えるが、先史考古学ではより顕著なのではないだろうか。

啓蒙の時代の部分で紹介している会話は、私が長年にわたってたくさんの人たちと交わした数多くの会話から抜粋したものだ。登場する教授、シェークスピア研究家、生理学者をオックスフォードの中庭で探そうとしても、見つからないだろう。というより、彼らはどこにでもいる。どこにもいないが、どこにでもいるのは、スティーブ・ザ・ピード、その仲間の食肉処理業者、現代の新石器時代キリスト教徒の農民ジャイルズ、資本主義的なフォックスハウンドの飼い主にも共通している。

この本では、あちこちで後期旧石器時代からやってきた二人の人物に出会うことになる。私がXと呼ぶ男と、その息子だ。彼らはほんとうにいるのかと、私は何度も尋ねられた。私は森の中で彼らにほんとうに出会ったのか、彼らはその後ほんとうにまた姿を現し、しかめ面をしながら、でも静かに、四万年の時を経ても汚されることなく新たによみがえった規範的な原始の人間の声を代表して意見を述べたのか、それとも彼らは単なる道具立てにすぎないのかと。それに対しては、こう答えよう。第一に、私にはよくわからない。そして第二に、白黒をつけようとする考えがいまいましい。

この本の後期旧石器時代の部分は、新石器時代の部分よりもはるかに長く、また新石器時代の部分は啓蒙の時代の部分よりもはるかに長い。その違いは意図的なものだ。人間が後期旧石器時代を過ごした年月は新石器時代を過ごした年月よりはるかに長く、また新石器時代は人々が啓蒙の下で生きてきた年月よりもはるかに長い。そして（私の考えでは）、今ある私たちがどんな動物になっているかにそれぞれの時代が及ぼした影響の大きさは、私たちがそれぞれの段階を生きた時間の長さにおおよそ比例している。各時代の実際の長さを考えるなら、新石器時代の部分は長すぎるし、啓蒙の時代の部分ははるかに長すぎる。後期旧石器時代が四万年前にはじまったとするなら（そして中石器時代もまとめるなら――ここではそれが理にかなっているように思える）、また新石器時代が一万年前にはじまり、五千三百年前まで続き、啓蒙が三百年前にはじまって今もなお続いているとしたら、後期旧石器時代の部分がこの本の八十六％を占め、新石器時代はおよそ十三％、啓蒙の時代はわずか〇・八六％になってしまう。啓蒙の時代の部分が単なる結末のように思えるとすれば、そのためだ。私は啓蒙の夢想が主題のようにはしたくなかった。

これら三つのほかにも歴史的な年代区分はあり、そのいくつかはとても重要なものだ。だが私は、四万年のうちの三万五千年をここで取り上げており、抜けているのは五千年のみで、その期間は人間が行動の点で現生人類になってからの約十三％にすぎない。まったく個人的な理由から、私は紀元前五世紀ごろのすばらしい時代を取り上げたいと思っていた。その時代には、偉大な一神論が誕生し、哲学に関する長年の問題の大半があきらかになり、科学の基盤が築かれた。だが、その時代のめざましい成果に畏敬の念を禁じ得ないものの、私が選んだ三つの時代ほど人間の形成に影響を及ぼしたとは思えない。その時代は私たちが自分自身を描写する方法を変えたが、私たちの実体を変えることはなかった。

後期旧石器時代と新石器時代の部分は、一年をめぐる季節ごとに分かれている。だが啓蒙の時代の部分は分かれていない。啓蒙に季節はなく、季節は自然界でめぐるものだ。

人間の言語で言ったり書いたりしたものの価値に対する疑問を、人間の言語で本にすることの皮肉には気づいている。それについてはなす術を知らず、ただ当惑していることだけを白状しておく。

私は死の存在について頻繁に語っている。でも、死者と連絡を取るよう励ましているとは思わないでほしい。連絡を取ってはいけない――それはとてつもなく危険な行為だ。

この本では、人間が行動してきた方法について、ひどく批判的になっていることが多い。だがそれは、輝かしいと思っているからだ。そのすべてが輝かしいからだ。私たちの行動の多くが正確には恥ずべきことに見えるのは、私たちの実際の性質が輝かしいからだ。おそろしいほどに落下するのは、落下するだけの長い距離があるからだ。一人ひとりの命がとてつもなく大切で、私たちは自分から落ち込む。文字通り、自分自身の意味を消し去ろうとする。私が批判的になるときには、その様子を記録して、嘆くだけにしたい。私が怒っているとは思わないでほしい。私は怒るというより、はるかに悲しい気持ちなのだ——これまでに起きてきたかもしれないことが悲しい。でも、これから起きるかもしれないことが悲しいより、はるかにワクワクする。

ここでは、これから何が起きるかを探ることはしない。私は預言者でも賢者でもないし、精神分析学者でも社会学者でもないからだ。だがここには心からの思いやり、覚醒、そして古い物語がある。人間は誰もがシェヘラザードだ。話すべきよい物語がなければ、朝には死が待ち受けている。そしてよい物語はあまねく古い。

最後に、私は人間とは何かを語ろうとしている自らの傲慢さに身震いする。それでもきっと一人ひとりが、少なくとも自分自身のために、私たちはいったい何者かという問題にけりをつけなければならないのだ。

第一部　後期旧石器時代

冬

私はいつも死者が私に話すことを実行しようとしている［…］幽霊とは誰なのか［…］私たちのことか、あるいは私たちの死者のことか？

サラ・モス『幽霊の壁』

生命の最大の危機は、人間の食べものがすべて魂でできているという事実にある。私たちが殺して食べなければならないすべての生き物、自分たちの衣服を作るために打ち倒し、破壊しなければならないすべてのものに、魂がある。その魂は体とともに滅びることはなく、それゆえ、その体を奪い去ったことで我々に復讐することがないよう、魂を鎮めなければならない。

イグリーキク・イヌイットのハンターによるクヌート・ラスムッセンへの言葉

先住民が暮らすアメリカ、ヨーロッパ、アフリカ、アジア各地の人々に関する報告によれば、一定の特別な機会を除いては夏や日中に神聖な物語を語ってはならないという点で、意見がほぼ一致している。

私がはじめて生きた哺乳動物を食べたのは、スコットランドの丘の上だった。

その数日前には、馬の毛のかつら、パリっとしたウィングカラー、糊のきいた帯と黒いガウンを身に着けて、ロンドン中心部にあるビクトリア朝建築の法廷に立ち、傷んだ子宮にどれだけの価値があるかを議論していた。それからスコットランド行きの寝台車に揺られ、キャンティ・ワインを飲み、ハイランドの駅で降りると、ランドローバーで大きなカントリーハウスまで送ってもらい、銃を構えたロシア兵の写真に向かって試射をさせられ、ツイードのスーツ姿で丘の上に送り込まれた。

六時間ものあいだ歩きまわり、探し、忍び寄った。そしてようやく十分に大きな雄ジカを見つけ、「いただきだな」と言った。シカがいるのは丘の頂上から少し下がったところにある窪地で、近づくのは厄介な仕事だ。風は岩で跳ね返るから、私は自分のいる場所が十分に高く、こっちのにおいがシカまで降りていかないことを願った。小さな小川を這うようにして進むと、水が首のあたりから服の中に入り込み、靴下から出ていく。そうやって石の背後にたどり着き、二時間ほど横たわったまま待つ。それ以上は進むことができず、もし雄ジカが動かなければ、一発で仕留めることはできそうもなかった。

カラスが私を裏切った。急降下してきてこっちを見たかと思うと、カー、カー、と鳴いたのだ。雄ジカは何か異変があることに気づき、立ち上がってにおいを嗅いでから、後ろ肢《あし》を体の下に入れて跳躍の姿勢をとった。今しかない。私は頭を上げ、安全装置を外し、思い切り握った。銃弾は雄ジカの胸をとらえた。

それで十分だった。シカは咳き込み、よろめくように海に向かったが、遠くまで行くことはなかった。

近づいてみると、ヘザーの中でピクピク動いているシカがいた。脳の働きも心臓の動きも止まっていたが、体の細胞のほとんどはまだ生きていた。案内人のジミーがベルトからナイフを取り出すと、胸に突き刺し、切り裂いた。内臓が飛び出し、熱いヘビのように湯気を出す。ジミーは肝臓の一部を切り取って私に手渡した。

「今が最高なんだ」と、彼は言った。

私は何をすべきなのか？　そのときジミーがもうひとつ切り取って、それを噛みはじめたので、私も自分の手にあるものを噛んだ。一方の表面は美しい半球で、横隔膜に接していたことがわかる。一日に何千回も、アウター・ヘブリディーズ諸島からうなりを上げて吹きつける潮風で押しつけられていたのだろう。今では全体が、まるでナメクジのように動いていた。管の端が私の舌にひっかかって、口の中に血が広がった。

「どうだい、おいしいだろう？」と、ジミーが聞いてくる。

「ああ、おいしい」と言いながら、私は吐き気を押しとどめていた。

ロッジに戻ったときにも、私の顔にはまだ血がついていた。シャワーを浴び、服を着替え、夕食に行く。その晩は上等なブルゴーニュ・ワインを飲んで、食後には美しい女性がピアノに合わせてシューベルトの歌曲を歌った。

＊

次の週には法廷に戻り、十八世紀の判例と二十世紀の小児科医との関連性について疑問を口にし、私の生活の異なるモードのあいだで生じる不協和音で耳をつんざかれ、私とはいったい何者で、どこからきて、一体全体何をしようとしていて、そこからどんな答えがわかるのかと、思いを巡らせた。

そしてそれから、もちろん、何年ものあいだそれについて何もしなかった。不協和音にはイライラしたが、とりわけ煩わしい耳鳴りにはなっていなかった。相変わらず旅をして、殺し、子どもを育て、演説をぶって説得を試み、危険なことに、ときには自分自身を納得させようともした。早朝の数時間と、自分ひとりになる恐ろしいわずかな瞬間を除き、目まぐるしく忙しい時間を過ごしていれば耳鳴りを無視することができた。だがそれから、何か特別なことがあったわけでもないのに、耳鳴りは頭全体を満たすほどに膨れ上がり、それについて何かをしなければならないことに気づいた。

＊

私がしなければならないことは、自分の物語（それはあなたの物語でもある）を、できる限り最初に近いところからはじめることだった――一歩ずつ歩き、家族に会い、私を今の私にした力を感じることだった。それでも限界はある。私たちのほんとうのはじまりは、大爆発を起こした数理的な激変だ――まだ時間は存在していなかったから、ある時間に起きた爆発でもなかったし、まだ宇宙は生まれていなかったから、その爆発が起きた場所もわからない。そこからはじめるのは、よほど突飛な考え方をしない限り無理ということになる。

家族がまだ今のマダガスカル沖にいたカイメンだったときから物語をはじめるのも、ロンドンでトリケラトプスの肢のあいだをチョロチョロ走りまわっていたトガリネズミからはじめるのも、同じように無理があるだろう。だが四万年前からはじめるのは、それほど突飛なことではなかった。

そのころの人間は、あなたや私と同じ（今のほうがちょっぴり進んだかもしれないが）現生人類としての体と脳をもち、ダービーシャーの洞窟などで暮らしていたからだ。

そのころは気温が低く、厳しい、荒涼としたツンドラが広がっていた。やがて深い森が生まれるのは、最後の氷期が終わってからのことになる。人々は髭を生やし、髪は肩まで伸びていたが、体には私たちと同じように毛は生えていなかった。ただし、今よりゴツゴツした硬い体をしていたことだろう。動物の皮をうまく仕立てた服に身を包み、日曜日には焼き肉を楽しみ、子どもを愛し、死ぬのはいやだった。

彼らと私たちのあいだには、ひとつの、大きな違いがあった。彼らの自我の意識は私たちのものほど押しつけがましくも、激しいものでもなかったのだ。もし何らかの言葉をもっていたとしたら（たしかにもっていた――この点には、あとでもっと詳しく触れる）、彼らはひと言発するごとに「私が」「私を」「私のもの」を加えて、文を汚すようなことはしなかっただろう。

友人のサラが住むピーク・ディストリクトの農場近くに森がある。私は、当時の人々のひとりが息子と一緒に、そこに住んでいたように思う。まだ小さくて弱々しい木がところどころに見え、地面に丈夫な草が生えていただけのころだ。私はこの男を現代的な名前で呼ぶ気にはなれない。だからXと呼ぶことにする。もしも彼を見つけて彼の目を見ることができれば、私は自分が何者なのか、わかるだろう。

たぶんいつか、私は彼の名前を知ることになるだろう。

＊

トムと私は列車に揺られながら、百五十マイルの距離と四万年分の時間を過ごした。ダービーで乗り換えがあり、そのあいだにお茶を飲み、トランプで遊び、フリントの槍の穂先を仕上げた。

「ずいぶん無責任なこと」と、香水をたっぷりつけた女性が一週間前に言った。「そりゃあ、ご自分がみすぼらしいのが大好きで、フィロソファー・キングスだか哲人王だかになって洞穴で暮らすっていう妙な考えを実行に移すのは、どうぞご勝手にだけど、かわいそうなトムを無理やり一緒に行かせるのはどうかしら」

「天気予報は見たのかい?」と、小さな目をキラキラさせながらある男は尋ねた。彼は新聞で読んだことはなんでも信じ、妻の通夜を空港のホテルで開こうとしている。「社会福祉事務所に知らせるほうがいいような気がするね」。彼の眉間と、彼の経歴からすると、真面目に言っているようだった。

トムは十三歳で、どうしてみんながそんなに大騒ぎするのかと不思議に思っている。私たちは前にも穴の中で暮らしたことがある。今回はよく知っている森に行って、隠れ処《が》を作り、クリスマスまでのあいだ何かを殺したり炎を見つめたりするだけだ。それからまた列車に乗って戻り、すぐにいつもの暮らしがはじまる。

トムの学校の先生は理解があった。「興味深い時代だよ、後期旧石器時代は。数学の勉強は、毎日ちゃんとやるようにね」。トムの母親はそうではなかった。「トムの勉強がもうどれだけ遅れているか、わかっているの?」

マンモスをネタにしたあらゆる冗談も聞かされた。私たちの顔は作り笑いのせいでこわばったままだ。

小さな田舎の駅で、私たちをムーアまで連れて行ってくれるタクシーが待ち受けていた。ダッシュボードの上でプラスチックのイヌが揺れている。

「イヌを飼ってるんですか?」と、私は運転手に尋ねた。

「いや」、という答えが返ってきて、会話は終了。

それからずっと沈黙が続いたまま一マイルを進んだとき、トムが「ちょっと止まってください」と言った。車が止まると、トムは黒いゴミ袋を手にして降り、死んだキツネを袋に入れて戻ってきた。私がちょうど同じ年頃のときにやったことと同じだ。そしてシートベルトを締め、「ありがとうございます。すみません」と言った。

「どうってことないよ。ただ、腸の中身が車のカーペットにつかないようにだけは注意しといてね」と答えた運転手の声には、懺悔《ざんげ》室の神父に似た、プロらしい超然とした響きがあった。

タクシーはさらに二回止まったが、そのときは死んだウサギを拾った。ウサギの目は眼窩《がんか》の奥で縮こまって、膜で覆われ、まるで自分自身の中にある何かをじっと見つめているかのようだ――草を食べるのも交尾をするのも、上映中の出し物に比べれば退屈だと思っているかのように。

タクシーはくねくね曲がりながら谷を上り、フィッシュ・アンド・チップスの店、使われていない水車小屋、石柱の前を通り過ぎていく。プラスチックの窓を囲んで祝祭の光が点滅する。熱気とディーゼルの異臭が私たちの足下から吹き出し、キツネのにおいが急に押し寄せて車を包む。大声で笑う酔っ払いがふらつきながら道に出てくるが、運転手は無言のまま彼らをよけて進む。

やがて街灯は降参し、暗闇が勝ち誇った。その夜の闇を、ヘッドライトが押しのけるようにしてトンネルを穿《うが》ち、車はその真ん中めがけて突進する。丘の急斜面に差しかかれば空に向かって走る。道は少しずつ平坦になってムーアに、あるいは人々がムーアと呼ぶ場所に入っていく。貧弱な牧草のあいだにヒツジの骨が散らばり、人間が隅に埋めた石垣で区切られた牧草地だ。ここではいつも風が吹いている。まるでスカッシュのボールみたいに風が石垣で跳ね返るせいで、いつもあらゆる方向から、いっぺんに吹きつけてくる。

そんな石垣の切れ目の近くで私たちはタクシーを降り、リュックサックと道で死んでいた動物たちを草地の隅に投げ出す。

「楽しんで」。支払いを済ませる私に運転手が声をかける。その顔に笑みはない。

サラの農場にある家の窓から、テレビの画面が明るくチラチラ光っているのが見える。小道を進めばすぐの場所だ。ヒツジたちがカンテラの光に照らされながら凍え、藻類で緑に染まった湿っぽい羊毛の塊になっている。自分の吐いた息で、顎のあたりがわずかに暖かい。

ドアを叩いたが、誰も出てこない。窓を叩いても返事はない。サラはきっと三マイルほど谷を下ったところにあるパブに行っているにちがいない。カレーナイトで、シェフィールドのバンドがブルーグラスを演奏しているのだろう。テレビの画面ではナルシスト風の変人が小さい国を叩きのめすと脅す。その横のソファーの上には料理の本が開いたまま置いてあり、ネコはコンブチャの樽に体をこすりつけている。フルーツ籠に入っているオレンジはイスラエルからやってきたもの、電気は先週の風で生まれたものだ。台所ではライチョウが、食べられるようになるまで熟成されている。私たちはドアが開くか試してみた。冷蔵庫には何か入っているだろうし、暖炉のそばに座れるかもしれない。でも、しっかり鍵がかかっていた。

まもなく北から、巨大な黒いイヌのような嵐がやってくるのはわかっている。その前にどこか隠れる場所を探そう。門を通り抜け、丘を下り、左手にある鉱山の縦坑を避け、野ウサギの棲む木を通り過ぎる。姿勢を低くしてかがみ込むのを忘れないように。さもなければ棘が目にささる。森に飛び込む前に用を足す。ナナカマドの茂みからキジが飛び立つから注意が必要だ（きみのためにまた戻ってくるよ）。釘にコートをひっかけたのは気にしなくていいんだ、トム。もう横になろう。サンザシの老木の低く長く伸びた枝の下、崩れかけた石垣のそばに横たわる。ヒツジたち、さあ、どいて。この場所は私たちのものだ。ダニも連れて、どこかへお行き。

イヌのように嵐がやってくる。はじめは物音さえ立てない。でも突然その木の下にたどり着くと、毛を逆立てて唾を吐き、唸り声を上げて枝を折る。当初の計画では、防水シートを木に結びつけて、もっとちゃんとした隠れ処になるようなテントを作ることにしていた。でもそんなのはすぐに引きちぎられてしまうだろう。そこで、できるだけ石垣の近くで地面に丸まって寝転び、防水シートに身を包んで、嵐には好きなようにさせることにした。

悪くはないが、嵐が森にいるあいだは眠ろうとしても無駄だ。むこうは何時間もあたりをうろついたあげく、とうとう私たちを探し出した。しばらくは私たちを足でいじりまわすだけだったが、やがて苛立ちをあらわにすると、覆いかぶさるように襲いかかって、普通ならノッティンガムにいる生き物がどんなものかをその目で確かめようとした。

嵐が去ると、森はふっとため息をもらし、ひとつ身震いをしてからまた呼吸をはじめる。すっかり濡れてしまったフクロウは命を落とした。アナグマたちは藪を歩いてブラシをかけると、まるでスパゲッティのようにミミズを吸い込む。一頭のヒツジが咳き込んだ。星は見えない。冷気が地面から沸き上がり、服の中まで入り込んでくる。暖炉の火とお茶とワインが頭に浮かぶ。寒気とともに眠気が襲ってきた。私たちは泥の一部だ。

目を覚ますと、私はキツネを枕にしていた。あたりは青く、白く、光に満ち、私たちは今、森の中にいて有頂天だ。さあ、これではじめることができる。

*

スタート地点は自分自身だ。つまり、現生人類としての自分自身のことを言っている。

まず、主流となっている人類学で最も有力な理論を紹介しておこう。人類の進化はアフリカではじまった。いくつかの原始型があり、一部は同時に存在していた。そのすべてが自然選択によって容赦なくふるいにかけられた。二十万年前ごろになると、化石記録の中に私たちが出現する。つまり、解剖学的にも生理学的にも、おおよそ私たちと同じ生き物があらわれている。彼らの脳は私たちの脳と同じ形状をしていたが、おそらく少しだけ大きかったはずだ。人と人との関係を築くには大きい脳が必要で、それには犠牲が伴い、求められることが多く、そして得ることもとても多い。彼らは私たちより上手に関係性を築いており、そのためには強力な神経学的ハードウェアを必要とした。彼らは広々とした草原地帯を二本のとても丈夫な足で歩きまわり、前を向いた二つの目で地平線の彼方を見つめた。そこには、二足歩行をしなかった祖先たちには丈の高い草に遮られて見ることのかなわなかった景色が広がっていた。世界を文字通り見下ろすようになった彼らは、やがて比喩的な意味でもそうするようになり、大地が足下でひれ伏していると考えた。それまで誰ももちえなかった視点によって祝福され、同時に呪われたのだ。彼らの鼻も、視野とともに地面の塵を離れて高みに上がった。ほかの指に向き合った親指を備えた賢い手は自由に道具を作り、合図を送り、棍棒をもって殴り、愛撫をするようになったが、二度と再び大地から感動を吸い上げることはなくなった。

それでも、解剖学と生理学だけがすべてではない。十五万年ものあいだ、そうした人々の行動は私たちのものとは異なっていた。考古学者が大好きだったり大嫌いだったりする表現を使うなら、彼らは「行動面で現生人類」ではなかった。その人々はおそらく、自分たちの体を飾らず、死者を副葬品とともに埋めず、刃のついた道具や骨の道具を作らず、漁をせず、資源を十分な距離だけ移動させず、ごく近い親族以外とは協力せず、大型の動物を殺すほど組織だったことはできなかった。

その後、何か大きな出来事があった。そうした出来事が起きたスピードと、アフリカで起きた回数とが議論の的になっている。起きたこと自体に議論の余地はない。

どこか出来のよい博物館に行って、初期の人類をテーマにした展示室を見つけてほしい。フリント石器がたくさん並んでいるはずだ。順路に従ってスタートし、現代までを年代順に歩く。人間が作り出したものを、目を凝らして見つめる。歩きはじめてしばらくは、じつに退屈なことだろう。

古臭い展示物を眺めながら進む。あか抜けしない、どれも同じように見える道具と、腐肉を焼いている毛深い男たちの絵が並ぶ。あらゆるものが容赦なく物質を強調する。ガラスの向こうにあるものすべてが、人間は肉と骨と筋の塊にすぎないと語っている。

だがそれから、ほんとうに出来のよい博物館にいるならば、角を曲がったところに「後期旧石器時代」の標識が見え、胸が高鳴りはじめるだろう。なぜなら、およそ四万年前からのその時代には、家族が見えるようになるからだ。家族の姿は象徴的表現の急増によってはっきりしてくる。骨と石でオオカミ、クマ、人間が表現され、それと同時に隠喩が生まれたに違いない。可能性が津波となって押し寄せた。骨はオオカミであると同時に、まだ骨のままでもあった。それが可能なら、不可能なことなどあるだろうか？　それまでただの化学作用《ケミカル》でできていた世界が魔力《アルケミカル》を帯びた。光学の法則と視覚的な生理機能のせいで何かが目に見えないからといって、それが存在しないわけではなかった。

時間の振る舞いが変わった。時間はもう、人間がただ通過していく自然な媒体とは思えなくなった。そしてそれまでは考えも及ばなかった時間の過酷さに対する、あるいは少なくとも、ある瞬間には必ずその先の瞬間があることに対する、反感が生まれた。死者は存在し続けた。人間の死体は黄土で塗られ、食べもの、武器、さらに情緒的または美的な重要性だけをもつ品とともに、旅に送りだされた。動物の死体はなだめられた。一本の骨でもオオカミに違いはなかったから、死者は旅に出ると同時に焚火の前にもいて、人々を慰め、助言し、叱り、嘲《あざけ》った。

言葉はそれまでよりはるかに複雑になり、よく響くようになった。

トムと私の望みは、今、その世界にいること、あるいはその世界へと続く道を見つけることだ。Xはこのあたりのどこかにいて、手助けする機会ができるのを待っている。

この新しい複雑さは、より多くを求めると同時に、より多くを与えた。白色光がただの白い光ではないこと――数多くの色で構成されていること――を示すには、プリズムが必要になる。これは新たなプリズムの時代だった。それまでの時代ではたったひとつの仕事だったもの（たとえば、死んだクマを切り分ける作業）が、今ではたくさんの仕事になった。クマの皮を剝ぐ、皮を保存する、筋をバラバラにして紐を作る、大腿部の骨を彫ってハイエナにする、死んだクマを安全なものに、できれば親しみやすいものにする、といった具合だ。そこではじめて、特定の仕事のために使う特定の道具が揃った、手の込んだ工具一式があらわれる。行動にも思考にも新たな正確さが伴うようになった。動物の関節と器官のあいだの、あらかじめ計画された線に沿って正確に切るために、刃物が使われるようになった。以前なら切れ味の悪い斧でつぶし、バラバラにして終わりだっただろう。

フリントの刃物でクマの腹を切り裂く線をあらかじめ計画し、その他の可能な線を排除するということは、可能性というものが作りだされたということ、そしてそれを何かの仮想の画板の上で判断する作業が行なわれたということになる。言い換えるなら、抽象化の概念があったということだ。石と骨の具体的な世界から、もうひとつの行動の場への移行だ――その場所は死者の領域のように実際の目では見えないが、それにもかかわらず実在し、その結果は石にハンマーを打ちつけたり骨を削ったりすると見ることができた。

抽象化には大きな利点があった。クマを殺すための多様な戦略を、洞穴にいる実際のクマを相手に危険を冒して試すことなく、頭の中の安全な環境で調べてみることができたのだ（もしも実際に試すしかなければ、正しく判断するチャンスは一回きりしかない）。それは「私」の概念がなければできないことだった。そして「私」は、想像した劇中の主役でなければならなかった。「私」には、自分自身に向ける視線と、「私」が槍を投げ、クマの大きな足を避けなければならなかった。「私」には、自分自身に向ける視線と、自分自身に自らの自我を説明する行動が含まれている。

文字通り、自分自身の外に立つことを意味する語がある。それは「恍惚《エクスタシー》」で、語源研究の興味の的だ（語源のギリシャ語、エクスタシス（ekstasis）は、魂が肉体の外に出て宙をさまようことを意味している）。究極の快感を得るには、自分自身の外に立たなければならないのだろうか？まあ、私の経験ではそういうことになる。身勝手な男は惨めな男だ。自分自身を正しく認識するには、距離が必要なのだろうか？　それもイエスだ。だが、自分自身を正しく認識すれば快感を得られるとは限らない。たぶん、自分自身を見て恍惚の語源となった語を生み出したギリシャ人は、私よりもいい奴だったのだろう。

後期旧石器時代のこうした恍惚——自分を見ること——は、博物館にある骨でできた小さな像にあらわれている。そこにははじめて人間の顔が登場する。それはかつてなく説得力のある芸術で、「これが私」あるいは「これがあなたで、私はあなたとは違う」と叫ぶ。

このあとに続くのは何だろう？　何をおいても「物語」、そして、あなたと私が役者だ。役者は、ポケットに手をつっこんで、ただぼんやり立っていたりはしない。そんなことはできない。役者は衝動的に演じ、その動きがまとまって物語を作り出す。小さな、視野の狭い物語がいくつも合わさって、もっと大規模な物語が展開する。もし、落石、ライオンの歯牙、あるいはスピード出し過ぎのベンツによって命を奪われた人がどうなるかを目にしたなら、何年もかけてつらい修行でもしないかぎり、自分自身の、そして自分自身の消滅の意味がわかるような物語を人に話さずにはいられない。

「私」は「あなた」を生み出した。その経過は人間の「心の理論」によって、したがって私たちの愛情、共感、欲深さをもとにして、語られてきた。古くからの殺したいという願望は書き換えられ、今度は道徳的な色合いを帯びた。ある種の殺しは悪いことかもしれないという、消えることのない気配があって、それが耳をつんざくような叫び声に変わった。自我の意識があらゆる法律、あらゆる倫理、あらゆるサディズム、あらゆる愛、そしてあらゆる戦争を生み出す。

「私」が存在するようになるとすぐ、存在は単なる事象の連続ではなくなった。その状態がまた四万五千年のあいだ続いたが、その後、これから見ていくように、物語など存在せず、単なる事象しかないのだと知らされた。それなら、私たちは単なる事象——化学的事象とその必然的帰結——でしかない。それを信じる人さえ一部にはいた。人間に意識があることを最初に論証したのは象徴的表現、つまり、ほかのものをあらわすものだった。今では私たちは、何かをあらわすものは何もない、と教わっている。意味をもつものなど何ひとつないのだ。

「私」革命が人間に起きたのは、自我の創生と自我の認識の大きなひとつのうねりによる、一回だけの話ではなかったかもしれない。何度も何度も、多くの異なる焚火のまわりで、何千年もの時間をかけて、起きたのかもしれない。だが、どのようにして、どこで、いつ起きたとしても、それが「あなた」を生み出した。

＊

Xと彼の息子がここにいること自体が不思議だ。ここは世界の端、氷河の末端で、激しい雪となりを上げる風に翻弄される過酷な場所だった。彼らがフランスの故郷から離れるには、それ相応の理由が必要だったはずだ。マンモス探しの旅に出ると家族に伝えたのかもしれないが、もしそうだとするなら多くの仲間と一緒に出発していなければ辻褄が合わず、私にはその痕跡は見えていない。Xの故郷には、約十五人からなる狩猟や採集のグループがあり、そのグループは百五十人ほどの一族に属しており、その一族は五百人ほどの（共通の言語をもつ）ネットワークにつながっていた。同じ一族の人々が遠くで暮らしていることは、明滅する光か、立ち昇る煙の柱か、カリブーの脇腹にフリントの槍でつけられた傷か、あるいは（飢餓やオオカミの群れが襲来したなら）空で円を描くトビとカラスが教えてくれる。それぞれの一族は顔に異なる模様の傷をつけ、マントを巻くのも、大便でしゃがむのも、移動の跡をつけるのも、腸詰めを作るのも、性交するのも、星座についても考えるのも、それぞれに固有の方法をもっていた。彼らがXの一族と戦うことは滅多になかった。なぜそんな必要があるだろうか。歩きまわる場所は豊富にあるし、戦えば傷つく。だがときには彼らの異なるにおいがXの暮らす谷に侵入してくることがあり（ただし彼らの姿はなかった）、そうするとXはナイフを握りしめて、息子を揺り起こした。

Xとその息子がほんとうにここにいたのは、Xが心の中で穏やかなむずがゆさを感じはじめたからだと思う——彼には小さな囁き声が聞こえはじめていた。このむずがゆさと囁き声は重要なもののように思えたが、家族の義務が重くのしかかっているあいだは確かめてみることができなかった。子どもには教え、妻には従わせ、両親には食べものを用意する必要があったからだ。

そしてついに、ひとりになってむずがゆいところをかき、その声を聞かなければならない時がきた。ひとりになるということは、自分だけになるということだったが、彼は息子と一緒のときだけ本来の自分でいられたので、二人は一緒に寒さに向かって出発した。

焚火の近くに座っていると、声が聞こえてきた。「私、私、私」とその声は言い、聞いているうちにどんどん大きくなって、颪のうなり声も森の囁き声もかき消して、彼の頭と彼の世界を切り裂いた。

＊

今朝、私は私自身の外側に立っている。ちょうど祖先たちが宿命的に、自分自身の外側に立つことになったように。私はもうその状態に慣れていて、それが責務だ。彼らにとっては、あのはじめてのとき、それによって宇宙が作り変えられた。

私の目に映るのは、虐待されて脅えた、それでいて尊大な、ツイードのジャケットに身を包んだ背の高い髭の動物だ。そのポケットにはギリシャの「悩みの数珠《ウォーリービーズ》」とトマス・ハーディーの全詩集が入っていて、十二月のダービービーシャーの森の中ではなく過去と未来に、自分自身の横暴な脳によって生み出されたバーチャルリアリティの中で暮らしている。彼は抽象化を道具として使うと考えるのが好きだが、実際には彼が抽象化の道具だ。

だがトムは森の中にいる。今、ここにいるのだ。木に登って、そこから落ち、現実的《リアル》で率直な肘の痛みをリアルタイムで感じている。イヌが掘るように地面を掘ってハタネズミを探す——土を手でかき出しては、足で後方に送る。指から土を吸い込んで、モグラの味がすると言う。おしっこが描く弧で太陽がバラバラになると言って笑い、コマドリに催眠術をかけようとし、私が止める間もなく、あやうくヒツジを槍で突きそうになる。池の水をペロペロ舐め、甲虫を叩き、ハサミムシを瓶に入れ、鳥や木々に親しげな名前をつけ、手の中で一時間も石を回してから唾で濡らし、石炭紀のシダのにおいを解き放つ。

トムには失読症という大きな才能がある。私にはないものだ。彼は言葉の点で不自由だから、感覚と存在論ではアスリートだと言える。森に入ると、トムは木を見ている。私が森に入ると、一本の木から光子が流れ出して私の網膜に当たる。そこまではいい。だがそれからは、私の視神経に沿ってデータが脳に流れ込み、問題がはじまる。私はほぼ一瞬のうちに、それらのデータを目の前にある木とはまったく関係のないものに変えているからだ。樹木を詠んだ詩の記憶に残る断片や、樹木に関する一般的な生理学的事実に変えている。私が、「あれは木だ！」と言うとき、私は嘘をついているか、騙されているにすぎない。それは木などではないし、私は木を一度も見たことがないのだ。実際には、私にはまったく何も見えていない（少なくともここ何十年かは）。あなたも同じだと断言できる。私はかつて、実際に木を見ていたひとりの大人に出会い、あまりにもワクワクし、同時にあまりにも怖くなったので、荷物もガールフレンドも山の修道院に置き去りにしたまま、大急ぎで空港に向かって逃げ出した。私は自分の頭の中に閉じ込められている。私は完全に自己言及に陥り、だから自己畏敬に陥っている。これは危険で、ひどく退屈なことだ。私はこの目で木を見てみたい。聞いた話では、それは私が心に抱いている木というものの概念よりはるかに興味深く、はるかに色鮮やかで、はるかにカリスマ性をもっている。

トムはたくさんの木を見てきた。私にも見えるように、彼が助けてくれるのではないかと期待している。

Xは一族を離れてここにやってくる前に、言葉の種子を手にしていた。それは率直で、ぶっきらぼうで、役に立つ言葉だった。ナイフや針ではなく、切れ味の悪いフリントの手斧に似ているものだ。冬、Xが息子と二人だけで氷と自分の手を見つめていたとき、言葉は使われずに彼の頭の中にしまわれていた。そしてそこに置かれたままで風格を帯びた。頭の中でゆっくりと増えていく連想が苔のように育ち、複雑さを増して、カエルの喉と震える草の周波数に共鳴しはじめた。そうやって言葉がしっかりと繁殖したころ、春がきて雪が融《と》け、Xが家族の暮らすずぶ濡れの砂岩の洞窟へと戻ると、言葉は彼の口から溢れ出て、一族全体に広まっていった。

＊

「ただ森の中をブラブラするだけ？　お父さん」と、トムが尋ねる。

いい質問だ。

トムは続ける。「それなら、ただのキャンプと変わらないね？　トイレがないだけで」

「テントもない。食料もない」と、私は自分自身に言い聞かせるようにつけ加える。

実際のところ、私たちはただブラブラしている。ブラブラしないよりはましだが、ほんとうに狩猟採集民として暮らしているわけではない。寒いのも、むさ苦しいのも、私のいつもの暮らしの一部だ。最大の違いは、狩猟採集民がこのような暮らしを強いられていたことで、私たちはそうではない。私たちには山ほどの選択肢がある。それでも感覚を探すために、そのような選択肢を使わないことを選んだっていいだろう。村の店に豆もポテトチップスもあると知っているし、数時間かけて行けばオックスフォードに屋根もベッドもあるのだから、たしかに私たちはインチキではある。

それでも私たちはいくつかの点で、トナカイを追うハンターが昔も今もそうであるように、野生世界の気まぐれに支配されている。旧友の心臓で起きた電気的嵐が、数か月前に彼の命を奪った。彼に選択肢はなかった。落雷とそれほど変わりない。別の友人は腸細胞の増殖の暴走のせいで死にかけ、結腸、神の美徳への信仰、自分の毛髪をなくして戻ってきた。それは近くに住むオオカミの群れに異常接近したのとそれほど変わりない。そして私自身の頭の中では神経症の増殖が暴走した――神経症のせいで、その後の日誌にはいつも「条件つき」のスタンプが押されることになった。それは、どんな仕打ちを受けても荒涼とした平原に固執した石器時代の穴居人の認識と同じようなものだ。カードが配られ、その手が悪ければ、どんなに抜け目のないプレーヤーでも何もできない。

くる日もくる日もその日暮らしを続けるとはどんなものか、私は多少なりとも知っている。その昔に砂漠をさまよったことがあり、次の水場にたどり着けなければ、あるいはそこが干上がっていれば、ひどい死に方をしたはずだ。これまでに固定給の仕事についたことはない。私を食べたがる海を渡って航海し、泳いできた。不測の事態のにおいを一度でも嗅ぎつければ、それは常ににおい続ける。ここ、森の中でも同じことが言える。

Xも同じだ。昨夜、彼は石垣の一番下のにおいを嗅いでいた。そこにはノロジカの酸っぱいゲップのにおいが染みついている。Xの動く音は、私には聞こえない。彼はきっと柔らかいカリブーの皮の靴を履いているのだ。その皮は彼の妻の尿を使ってなめされたもので、サラの農場では物音を立てない。森の中で木の枝をよけながら、こっそり歩いているにちがいない。それでもきのうの晩には彼の息子がつまずき、転ぶ拍子に悪態をついていた。

＊

人類の現代的行動のスタート地点に立ちたい、というのが私の考えだ。主観性が生まれるにつれてはじめて芽生えてきた「自我」を感じ、はじめての意識の揺らめき、はじめての物語の爆発を見つめ、急激に増えて行った可能性の雪崩に身を投じたい。

病的なまでに過剰な教育を受けた男と、ひとりの少年と、木とゴムで作ったパチンコと、コーニッシュ・パスティ（コーンウォール地方の魚のパイ）の袋だけで成し遂げるには、大きな課題だ。きちんと取り組もうとするなら、私たちは無意識にならなければならないだろう。ハードドライブの中身をすっかり消去して、自分たちを再起動する、いや、起動できることを願う。そうしてから、自分たちの新鮮な目と鼻と耳と心で知った「素晴らしい新世界」を、説明していきたいと思う。

じつに難しい。というのも、私たちはパスティとパチンコに加えて、自分自身も森の中に持って入るからだ――それは意識の中核で、そこにはすでに記憶と特徴がちりばめられている。自我は深く刻まれた山ほどの言語を用いて、自分自身に自分自身を説明する。

＊

何年か前、私は講義をはじめようと壇上に（自分としては颯爽と）飛び乗ったとき、足を滑らせて転び、肩を脱臼したことがある。

すぐ病院に運ばれて、脱臼を元に戻す治療を受けることになり、亜酸化窒素と空気を混ぜた気体を投与された――出産時の麻酔薬として女性にはおなじみのものだ。それは私を二つの部分に分けた。私の一方の部分は自分の体を離れて上昇し、私が汗をかきながら叫び声を上げ、看護師が関節をはめようとしている様子を見下ろしていた。「私」は変形した自分の肩も、禿げ頭のてっぺんの染みも、看護師の髪のきちんとした分け目も見ることができた。体は痛かった。でも本物の「私」――客観的に見ている自分――は痛くなかった。体が痛がっているのを知っていたし、それを残念に思い、痛みが止まってほしいとは思っていたが、モザンビークのサイクロンを残念に思うように、どこか遠くの出来事だった。私が見た限りでは、その天界の「私」は、「私の」際立った態度のすべてを備えていた。それは体が上げるうめき声に困惑し、もうシフトが終わる時間だというのにこんな患者を押しつけられた看護師を気の毒に思っていた。家族が恋しくて、娘の風邪はよくなっているか、母親は眠れそうかと思いをめぐらせていた。体をもってはいなかったが、まだ食欲はあって、丘を登ってオートミールを牛乳で煮たポリッジを食べるのを楽しみにしていた。そのとき、看護師があまりにも強く腕をねじったので、体は悲鳴を上げてかがみ込み、管が口から離れて、私と私の体はまたゆっくりと合体した。

それは医療用アヘンの効果と、それほど劇的なものではないが、よく似ていた。私は岩と荒海で骨を砕かれて、十分な量のモルヒネを投与されたことがある。そのときの「私」は煙のように立ち昇ることはなく、まだ部屋の中にいたが、その関心事は体のものと同じではなかった。それはニューロンの悲鳴をしっかり聞きながら、あまり「気にする《マインド》」こともなかった。モルヒネは、気にするのを止める。足の上にレンガを落としたときに血中にほとばしる体内麻薬も、同じことをする。きちんと訓練を積めば、心《マインド》そのものが、それが何であれ、気にするのを止められる。

オックスフォードの病院でのその興味深い夜の出来事と、人間の意識のはじまりとには、どんな関係があるのだろうか？　それはただひとつ、私が何であろうと、意識は私たちには不可解な方法で動けることを示している。もし私が病院で自分を離れ、ナースセンターの上を浮遊できるなら、おそらく壁を通り抜け、その向こう側を目にし、火葬されても生き残り、オリオン座の三ツ星のベルトでズボンを支えることができる、あるいはもっと平凡ならばヘラジカの体を借りることができるかもしれない。

後期旧石器時代のヨーロッパの洞窟壁画について考えてみてほしい。そのほとんどは動物で、多くはまばゆいほどの完成度をもっている。画家たちは、オーロックスの立ち姿も、シカが恐怖を感じたときに頭をのけぞらせる仕草も、腹を切られたバイソンの腸が伸びる様子も知っていた。画家たちはすぐれた博物学者ではあったが、その壁は単なる動物寓話集ではない。ありのままに描かれた動物たちのあいだを怪物が駆けまわっている。それは半人半獣像と、多様な動物の一部を集めて作ったキメラだ。芸術家たちは岩の自然な特徴を活かして動物に生命を与えている。岩の膨らみが頭になり、筋肉になる。絵を見ていると、動物たちが壁の向こう側の世界から洞窟の中へと突進してくる感覚にとらわれる。

動物たちは地上を走ってはいない。実際、洞窟の壁そのもの以外、現実の空間的文脈はいっさいないのだ。動物たちは山や木を背景にしていることもなければ、川を渡っていることもない。まるで浮かんでいるかのように見える。

壁にはほかのものも描かれている。何本もの波線とジグザグした線、チェッカーボードの模様、梯子、クモの巣、ハチの巣、点などで、入念に描かれた動物の絵の上にまで重なっていることも多い。それらは後期旧石器時代の乱暴者が描いた、ただの落書きだろうか。もしそうだとしたら、乱暴者たちは後期旧石器時代が進むにつれて、より大胆に、より多忙になっている。マドレーヌ文化期（およそ一万七千年前から一万二千年前までの時代）になるころには、こうした模様がいたるところに見られるようになった。

この時代の絵はアフリカでも数多く見つかっているが――実際、アフリカでは十九世紀まで描かれていた――それらは洞窟の奥深くではなく、開けた場所の風雨から守られた岩の表面にあることが多い。アフリカの場合は人間の姿がはるかに好まれ、動物と同じくらいの数が描かれている。ヨーロッパでは人間の姿は稀だ。

アフリカの熟練芸術家によって描かれた人間の姿は、たいてい奇妙なほど細長い。たいていは腰を折り曲げているか、腕を背中側にまわし、一部はあきらかに陰茎を勃起させている。槍や矢で射貫かれている人もいれば、鼻の孔から何かが溢れ出ている人もいる。ロープの先に動物を引く姿もある。半人半獣像とキメラがいたるところにちりばめられ、幾何学模様も多い。

何が起こっているのだろうか？　大きく考えて、四つの可能性がある。ひとつ目は「わからない」で、常に冗談抜きで採用される。二つ目は「芸術のための芸術」というもので、この場合はあきらかに意味をなさない。ヨーロッパの壁画の多くは、到達するのがおそろしく難しい、ときには危険な場所に描かれており、最もよく知られている例はフランス南西部のラスコーの洞窟にある「井戸状の空間」だ。岩のあいだの狭い割れ目をなんとかくぐり抜け、次に五メートルの切り立った壁を垂直に降りると、ようやく岩棚にたどり着く（しかも暗闇の中を、あるいはオーロックスの腎臓にいれた獣脂を燃やす不安定なロウソクを手に、降りていくのだ）。そうしなければ、手に四本の指をもった「鳥人間」が瀕死のバイソンの角で突かれそうになっている絵を見ることはできない。そこは画廊には不向きな場所で、実際にそうではなかった。「純粋芸術」という考えでは幾何学模様の存在や性質を説明できないし、ほかの絵と並べられていることの意味はもちろんわからない。さらに幾何学模様の多くが、まわりの壁にはまだ使われていない場所がたくさんあるというのに、すでに描かれていた絵の上に重ねて描かれた事実とも矛盾する。

三つ目の理論は「狩猟のための魔法」で、以前は一般的だったが、幾何学模様についてうまく説明できないのは「純粋芸術」仮説と同じだ。狩猟を成功させるために、絵を描くことで仕留めたい動物に何らかの魔法をかけようとするなら、槍や矢が山ほど刺さった動物をたくさん描くのではないだろうか。だがそのような動物は稀で、わずか三％か四％にすぎない。また捕獲対象の重要な種を描いているとも考えられるが、洞窟壁画ではそのような動物が最も多いわけではない。

南アフリカの考古学者デヴィッド・ルイス＝ウィリアムズは、どうやら真実の物語の一部を探りあてたようだ。彼の考えが四つ目の理論になる。彼は私たちと同じように、アフリカ南部にある壁画芸術をどう判断すべきか考えを巡らせていた。そんなとき、一八七〇年代に実施されたサン人への聞き取り調査の記録を読み、すっかり腑に落ちた思いがした。サン人によれば、絵と彫刻は「超能力」をもった人たち、つまりシャーマンによって描かれたものだ。シャーマンは、非常につらい飲まず食わずの状態での、ときには二十四時間にわたって続くトランス状態の踊りのあと、霊の旅に出る。脱水症状のせいで鼻腔の細い血管がもろくなって破れることもある――だから壁画には鼻血が描かれた。シャーマンのトランス状態の踊りは、かがんだ姿勢で動くものだった。半人半獣像は、シャーマンが霊の世界を旅するために必要な動物の体勢をとった瞬間、またはやめた瞬間を表現し、その他の絵の多くはシャーマンが霊の世界で目にしたものを描いていた。壁画芸術の絵は旅行記だったのだ。

幾何学模様は、さまざまな「変性意識状態」に関連してよく起きる「内視」現象なのかもしれない。それは、向精神作用のある薬の助けを借りても借りなくても、意識の状態が変化するときに見えるものだ。死にそうになると誰でも見られる平等な機会がある。こうした変性意識状態は、一般的には体の正常な限界が変化したときの感覚と関連しているため、長く伸びた人の姿が描かれた。夢の世界に入ったとき、または夢から覚めた瞬間、自分が妙に大きくなったり小さくなったりしたように感じたことはないだろうか？　勃起はどうだろうか？　シャーマンのトランス状態では、恍惚の終焉が近づくにつれて、陰茎が不動の姿勢をとる。シャーマンによれば、女性に入ることは別世界に入ることであり、男性の鈍感な体は膣に入ることとヌーに憑依することをうまく区別できない。

世界各地にある射貫かれた像は、シャーマンの仕事を示すものだ。ミルチャ・エリアーデとジョアン・ハリファックスは、シャーマンが耐えてきた、とりわけイニシエーションの際に課せられた、厳しく陰惨な試練の数々を収集して記録している。シャーマンになるのは並大抵なことではない。サマーフェスティバルのテントで、二時間ほどのあいだに成し遂げられるようなものとは違う。太鼓の音がどんなに大きくても、シードルの炭酸がどんなに強くても、平均的なズボンに含まれるオーガニックの麻の割合がどれだけ多くても、まったく関係ない。イニシエーションの儀礼で経験する霊の世界へのトランス状態の旅で、シャーマン見習いは拷問、切断、そして死を経験するのが普通だ。その後、崩壊した体が作りなおされ、地上の体に生まれ変わる。ただし前と同じではない。新しい誕生の地はあの世だから、今では霊の居場所で暮らす権利をもっている。二重の市民権を得たことで、地上からは離れられないが霊の影響を受けている依頼人のために、仲介役を買って出ることができるようになった。だから、霊の世界から何かを持ち帰ることもできる——たとえば、絵に登場する縄をかけられた動物たちもそうだ。

人間による象徴的表現と宗教、そして「私は…だ」と叫ぶその他の要素が登場したはじめての物的証拠は、まさにこうしたシャーマンの旅の証拠が出現したのと同時に出現している。このことは、もちろん証明することは不可能だが、そうした旅そのものが意識が生まれた原因であることを示唆している。これは、自己正当化が激しいLSD常用者が考えた突飛な理屈などではない。考古学の文献にきちんとした論拠があるのだ。Xの頭の中のそのような声が自分に向かって、旅に出ようと語りかけている。自分自身を見つけるために、あるいは自分自身を作り上げるために、Xは洞窟の向かい側の壁から、もしかしたら頭に雄ジカの角を生やして、自分の体を振り返る必要があるだろう。自分自身の頭の中に入るためには、自分の頭から出なければならない。

冬の森で震えていると、そのことがじつにもっともらしく思えてくる。旅は心を大きくしてくれる。霊の旅は心を変容させたのかもしれない。あるいは、心を作りだしたのかもしれない。あるいは、心を閉じ込めていた甲羅から解放したのかもしれない。おそらくそれは、自分自身の姿を見るために、自分から十分に遠ざかれるかどうかの問題だろう。私の体から六フィートほどの範囲に漂うガスと空気がある――それを感じただけで、私自身の「私」は、自分が思っていたものとは違うことに気づくには十分だった。自分はいくつかの部分によって構成されていて、それらは毎日の暮らしと健康とドラッグ断ちの中でしっかりと絡みあっているから、みんな同じに見えるけれど、バラバラに分かれるものだと気づいた。六フィートの距離でそうならば、まったく異なる世界から自分自身を見た光景は、それまで「私」の概念をもたず、カリブーのあとを追って五日歩く距離より遠くには一度も行ったことのなかった生き物に、どんな影響を与えたのだろうか。飛行機に乗って自分の家の上を飛べば、地上を見下ろしてほとんど見分けのつかない箱を指さし、「見て！　あれが私の家！」と言うだろう。別の世界から眺めれば、夢中になって思わず叫び声を上げはしまいか？――「見て！　あれが私！」

＊

今夜は眠れない。「まだ起きてる？」と、私は数分おきにトムに尋ねる。とくに理由はない。「うん」と、トムは答え、いつもそれ以上は何も言わない。

急造した隠れ処の私の側にある闇が膨れ上がり、音を立て、こっちに押し寄せてくる。木々は圧力をかけるように唸り声を上げる――樹木は闇の一部ではないが、私たちと同じように闇に捕らえられているのだ。雌ウシたちはふだんなら夜は静かなはずなのに、鉱山のそばの高いカバの木の方向から声が聞こえる。息をするごとに音を出し、まるで悪魔のメトロノームのようだ。だが二、三時間すると、まるで喉に何かが詰まったかのように突然音が消え、暗闇はポンプの働きを止める。動き続けるにはウシの呼吸が必要だった。

一日がゆっくりと、しぶしぶやってくる。GDPを上げるためにマンチェスターに向かう人々のさざめきが聞こえる。

＊

こんな真冬でも、高地のムーアには野バラの実と古いサンザシの実が残り、ノハラツグミとワキアカツグミが飛び交い、谷間のカラスとノスリが私たちの目の高さで狩りをしている。カラスの声がうつろに響く。私たちのキャンプの上にある牧草地でヒツジの目を盗んだにちがいない。ウサギは急カーブでタイヤが鳴るように甲高い声を上げる。オコジョが急所をつけば、空気が抜けるだろう。

私たちは隠れ処の屋根に使えるものを集めにかかる。あまりたくさんはない――古いワラビの葉を数枚と、去年の夏にハエがたからないようにとヒツジから刈り取った質の悪い羊毛の塊をいくつか。そして、偽物にはなるが（本来なら、シカを一頭か二頭しとめて、皮を縫い合わせるべきなのだが）、屋根には防水シートを使った。正しい考えをもつ後期旧石器時代人は誰も、これを見てバカにしたりしない。

純粋主義のトムは腹を立てた。彼は、何かを切るにはフリント石器だけを使い、パスティを食べるくらいなら空腹を我慢する。石器はトムの手作りで、ノーフォークの庭で黙々と仕事に励んだ。彼の純粋主義の一部は、自分が何かをすることで目の前の世界を切り開けることがわかった子どもの、喜びに満ちた驚きからきているのだと思う。でもトムは根本主義者だから、目の前で起きる作用の目まぐるしい力に呑み込まれ、熱狂的になっているのだ。

トムはキツネを袋から出した。強い力で押されたせいで腸がはみ出している。そこで、いつもより慎重に皮を持ち上げ、喉から足までしっかり切り込みを入れる。胸のあたりに車が当たったアザがあり、皮の下の血液はラズベリージャムみたいに固まった。トムはキツネの片方の肢の腱に棒を刺して木に吊るしてから、皮の残りの部分を剝ぐ。一部には細かいひびが生じ、一部はクリームが波打つように丸まっていく。そして肢と頭を裏返しにし、私たちはキツネの目ののぞき穴を通して森を見る。Xなら、セーターを着るようにこれを自分の頭にかぶり、目の穴から月を見ながら眠りについただろう。

トムはフリントのナイフを地面でこすってきれいにし、後ろに下がって死体を見る。こんな状態になってもまだ、元気な飼い犬よりも生き生きして見える。「なんてすごい機械なんだろう」と、トムがうっとりしたように言った。狩猟採集民なら、そんなことは言わないはずだ。

次にウサギにとりかかった。二回目だから手際がいい。どこを切れば関節を開くことができるか、もうわかっている。関節面は、かつて目がそうだったようにキラキラと輝いている。頭から皮がなくなり、目にまぶたがなくなると、動物に感情を抱くのは難しくなる。

私は一匹のウサギでトムを手伝った。誰でも自分で作った刃物で切るほうが、きれいに切れる気がする。切り口に自分で責任をもち、何かがどんなにひどくても、それは自分がしていることだと認識すれば少しはましだ。銃で殺すよりは刃物で殺すほうが清々しいのは、距離を理由に、偽って罪の軽減を嘆願することができないからだ。動物を見て、殺すことに決め、刃物を突き刺すと、動物は自分のせいで、その場で死ぬ。もし引き金を引くのなら、動物が死んだのはたくさんの画策のせいだと自分に言い聞かせることができる。被告席には共同被告人が一緒に立つから、自分の罪が少しは軽くなったように思えるだろう。銃を作った人に銃を売った人、銃弾を作った人、殺すためのライセンスを出した警察。もしかしたら的を外したかもしれない可能性さえ、責任を逃れるのに役立つ。だが刃物を突き刺したのなら、自分が突き刺したのであり、それで終わりだ。

サンザシの枝に火をつけ、朝食にウサギを料理する。痩せていて脂肪がないから、よく焼いて炭になったところを噛んだ。ひとりに一匹ずつある。キツネは食べないほうがいいのは言われなくてもわかっている。なぜそうなのかは、よくわからない。だがもしXがハンターを殺せば、自分の命もなかったはずだ。

後期旧石器時代のダービーシャーではウサギを食べていたかもしれないが、最後の氷期でウサギは全滅してしまったので、今このあたりにいるウサギはローマ人が持ち込んだものの子孫だ。

「ものすごく古くさい味がする」と、トムが言う。

たしかにとても古い。ほかのあらゆるものと同じく、ウサギは星屑でできている。過去はあらゆる場所にあり、私たちの遺伝子に、蛋白質に、骨に、そしてアルゴリズムに潜り込んでいる。私たちは呼吸をしながらそれを吸い込む。今、直前の一文を書くための燃料を燃やそうと吸ったひと息で、私はXの最期の息の一部を吸い込んだ。私が前かがみになって土の香りを嗅ぐとき、一瞬で過去五億年を横断する。それだけの年月をかけて積み重なり、圧縮されたものが、ひとかたまりになって私の鼻に届く。私は数億年を一瞬で生きる。もし私がその年月のもつれを解くことができるなら、新生代の環礁《かんしょう》の誕生から硫黄を、プテロダクティルの臭い息を、ローマ軍団兵の水虫を、オーストラリアの洞窟探検家の靴の底のマレーシア産ゴムを、パブの先月のスペシャルメニューを、一時間前のクロウタドリの恐怖を、手にするはずだ。

*

たまに、Xのことを見かけるように思う。たまに、納屋のそばに立っている人がいる。視野の端でチラッと見えるだけで、私が振り向くと、もう石の向こうに姿を消している。たまに、そのそばに小さな人影がある。Xの息子にちがいない。息子のほうは私が振り向いたあとも一瞬だけそこにとどまった。友だちになりたがっているかのようだ。私は彼らの助けがほしくてここにきたが、少年は私たちから何かの助けをほしがっているように見える。

＊

後期旧石器時代の人々はこの地で北上と南下を繰り返し、ヨーロッパ全体でも北上と南下を繰り返しながら、氷床の先端の少しだけあとを追い、少しだけ先を進んで、春を求め続けた。氷が融けると、人々は解放された大地に移動した。大地が凍ると、人々はまだ草花が育っている場所へと移動した。南の楽な暮らしに戻っていく人々を軽蔑した少数は、おそらく氷床にとどまり、顔の凍傷と目の痛みに耐えながら自尊心と切り干し肉を頼りに暮らし、歯を痛めた。彼らは快適さと満腹感を手放した代わりに、優越感と、雪上での追跡能力の高さを手にした。私はそういう人たちを知っている。

この谷は、ときどき氷河に覆われた。ときどき氷が融けてなくなった。だがそこに氷があってもなくても、私たちの隠れ処は私たちと同じ状態になった人々にふさわしい、冬の基地となったはずだ――ただし、洞窟があればもっとよかっただろうし、最低でも背後に石の壁があるとよかった。彼らの動きは動物によって決まり、谷の底へと続く小道は――今では休日になると、蛍光色のボディーバッグを身に着けて楽しそうに笑いながら歩くハイカーの群れの通り道だが――渡りをするカリブーの蹄《ひづめ》によって踏み固められたものだ。もしも風がカリブーたちの真正面や真後ろから吹くなら、レジャーシートの上でうずくまっている人間のにおいはカリブーのところまで届かない。ただし、フリント石器を先端につけた槍はかろうじて届くかもしれない。だが風が横から吹くときは、もっとややこしかった。猟師にとっては向かい風であっても、それが木に跳ね返ったり、谷の向こう側に跳ね返ったりする。まるでピンボールの機械に入っているボールのようだ。においが谷じゅうを駆けめぐる。私は何年もかけて、その渦を地図にしようとしてきた。谷で動物を狙って投げたり射ったりできるのは一回だけで、それを外せば腹を空かせたまま、群れのあとを追って歩きはじめなければならない。

彼らはそうして過ごしていた。カリブーには移動の道筋と日程があり、それは狩猟民たちにとっても移動の道筋と日程になった。カリブーは一シーズンに何百マイルも移動することがあり、狩猟民はそのあとを追い続けた。カリブーが休めば狩猟民も休んだ。カリブーが移動をはじめれば、荷物を袋に詰め、テントをたたんだ。まるで結婚生活のようだった――が、しっかり依存した大切な関係で、私が知っているほとんどの結婚生活よりも、互いに尊重し合っていた。

狩猟民が結びついていた相手はカリブーだけではなかった。自分たちとカリブーが歩いたり眠ったりするごとに触れる大地、息をするごとに吸い込む空気とも結びついていたのだ。それらはデータとあらゆる生き物とで脈動し、人々とそうした生き物たちと、激しくも楽しい義務の厳粛で身震いするほどの契約で結びついていた。あらゆる生き物とは、万物のことだった。なぜなら、狩猟民は自分たちに魂があることに気づくとすぐ、ほかのあらゆるものにも魂があることに気づいたからだ。その発見は、今からおよそ四百年前になるまで、人間の考え方の傾向全般を決定するものだった。だがそれは大きな波紋を呼ぶ問題を引き起こした。なぜなら、人間は生きるために食べなければならず、あらゆるものに（植物も含めて）魂があるとなれば、口に入れるものはすべて魂をもった生き物ということになった。その問題を解決した、あるいは少なくとも和らげたのは、エチケット、贖罪、祈願、謝罪の規則で、それらが倫理と、最終的には信仰生活のバックボーンをなした。

私たちはもう問題があるとは考えなくなり、その規則を冗長だと考えるようになっている。

狩猟採集民の暮らしを（私がこれまでしてきたように）空想的に表現するのは簡単だが、彼らの世界の本質の重要性は、どんなに高く評価してもし過ぎることはない。それは、作用と動機を伴う衝動、道徳の重圧と必然的な責務の重大さ、可能性のきらめきで、一番はじめから、何よりも大切な物語の中に宿るものだ。

「何か物語を話してよ、お父さん」と、トムがせがむ。

まだ話せるものが何もない。

＊

今のダービーシャーにカリブーはいない。現代的行動をする人間はカリブーを食べ尽くしたあげく、標的をヒツジに、そして小型でおとなしいオーロックスに変えていった。オーロックスは後にウシと呼ばれるようになった動物だ。かつて私はピーク・ディストリクトで、カリブーが通ったにちがいないと思われるルートをひと夏かけてたどったことがある。谷底を抜け、峠と分水域を越え、ヘザーとワラビとサッカー競技場を通り、川を渡り、がれ場をくねくねと上り、広い道路を重い足取りで進み、瓶を蹴り、車に悪態をつき、つぶれた蝶を拾いあげた。その行程ではカリブーのことをあまり教えてもらえなかったが、失われたものを悼む方法を教えてもらい、それはあとでちょっと役立つようになった。

あとを追うカリブーもノロジカもいないうえ、空気は冷えきって、村の家庭菜園がすぐそばにあるような場所だったから、私たちは代わりにウサギとカササギとコマドリを追うことにした。彼らも同じ道筋を巡回しながら暮らしている。

総称としてのウサギ、カササギ、コマドリは、実在するものではない。いるのは個々の、それぞれに異なる生き物だ。

鼻先に傷があって、いつも目に涙をためている大きな雄のウサギは、朝起きるのが苦手だ。横柄な態度で若者を見る姿は、不屈の精神に責任は伴わないとでも言いたげに見える。昼になると自信たっぷりな様子で姿をあらわし、重苦しい空気のにおいを嗅ぐと、またねぐらに戻る。森羅万象にむかついているらしい。私はそのウサギが棲む土手の向かいで、古いイラクサに包まれて五時間横になっていた。首のあたりは、ダンゴムシがすっかり安心していられる場所になったようだ。気難しい老人は夕方五時に姿を見せ、ぴょんと跳んで暗闇に消える。夜の十一時きっかりに何かをひっかく音が聞こえたかと思うと、彼が私のほうを振り返り、懐中電灯の灯りに腹を立てながら、これみよがしに自分の糞を食べ、いかにリラックスしているかを見せつけてから巣穴へと戻っていった。

尾に白い模様をもつ雌のカササギは、森じゅうで一番高いスピノサスモモのてっぺんに棲む、年老いて乱暴な一家のひとりだ。きょうだいたちに比べればまだ優しいところがあり、自分のきょうだいを恥ずかしく思っている。苦しむヒツジが怒りを爆発させる様子に目をこらし、その鳴き声は柔らかな石を叩くような響きをもつ。誰よりも早起きして私たちを見つめる。地面に散らばっている食べものの屑より私たちのほうに興味があるらしい。

彼女は鳥だから、二面性をもっている。その左目から入ってくる視覚情報は、右から流れ込むデータと結びつかない。右脳でダンテを読みながら、左脳でラグビーの試合を見ていられる。そこでカチ、カチ、カチ、カチと鳴いて、頭の両側から私たちを取り入れようとする。まるで全身で――脳は分割されているけれど、あきらかに食欲と好みと計画と恐怖をもったひとりの彼女は存在するから――私たちのことを知りたがっているようだ。心からほっとする。ほかのカササギたちは私たちと一緒にいてもカチカチと鳴いたりはしない。左側か右側だけで十分なのだ。

彼女は私たちのキャンプで一日をはじめ、一日を終える。私たちが防水シートの下からよろけるように這い出し、イラクサのあいだにしゃがみ、ウサギの骨をしゃぶり、棒の先で歯を磨くとき、彼女は傍らの石垣の上にいてさかんに意見を述べる。太陽が沈む前の弱々しい光を丘陵に投げかけるころ、彼女はまた石垣の上にやってきて、カチカチと鳴きながら私たちが火のそばに無事座っているのを見届け、いなくなる。でもそれ以外は精力的に自立を求め、融通のきかない決まったやり方を守る。最初は牧場の納屋だ。それは私たちが「不気味な納屋」と呼んでいる場所で、家族全員でここにくると私はその納屋で子どもたちに怪談話を披露する。ときにはそこに野ネズミかトガリネズミが落ちている。野良ネコの忘れ物だ。彼女はそれを、パーティーでベジタリアン向け料理がないのに戸惑っているベジタリアンのようにつついてから、鼻をつまみ、喉を詰まらせながら呑み込む。それから村の一番高い所にある牧草地に行き、ミミズとナメクジを探そうとしてアナグマが掘ったむき出しの土をひっかきまわす。そこはウシが毎年のように鉛中毒で命を落としている場所だ。次は谷でベリー類と、散策する人たちのサンドイッチを狙う。それから尾根の高い木にとまり、揺れながら眺めを楽しむ。次に私たちの森の真ん中にある、ほかのカササギからは敬遠されている一本の木にとまり、昼寝をしながら瀕死のリスを期待する。次は道路に行く。ぺちゃんこになったアナグマが転がっているかもしれないし、ボロボロのキジならたくさんいるはずだ。そして私たちのところに戻って、カチカチと鳴いておやすみなさいを言う。

一羽のコマドリがいる。自分のDNAを後世に伝えようとした戦いでボロ負けをして、ボロボロの状態だ。片目を失っているから、彼の世界には右半分が存在していないのではないかと、私は思っている。

彼の暮らしは、はるかに地元密着型だ。森の外には出ない。朝にはときどきカササギからほんの数フィートの場所にとまって、穴があくほど私たちのことを見つめる。それから恐竜のような細い肢をピクピクさせたかと思うと、何か悪だくみがあるとしか思えないほどじっと動かなくなる。カササギが飛び去っても、まだしばらくそこにいて、そのときは少しだけリラックスした様子になる。それからようやく決意をみなぎらせたと見え、何度かうなずいてから獲物を探しに飛び去る。彼のあとを追うのは簡単だ。まるで手招きでもするかのように、ときどき止まっては、追いつけるようにしてくれるからだ。そしてほぼ完全な五角形を描きながら森をぐるっと一周すると、また私たちの焚火に戻ってくる。

これらの動物は私たちに森と谷について教えてくれる。カリブーが後期旧石器時代の祖先に、中央ダービーシャーのこのあたりの二百平方マイルについて教えたのと同じ、そして私の子どもたちが私に、全世界について教えてくれるのと同じようなものだ。

だが私の一番の教師は野ウサギだ。おそらく後期旧石器時代にはここに野ウサギはいなかった。当時またはそれ以前、英国に野ウサギがいた形跡はない。おそらくローマ人によってもたらされたのだろう。だが野ウサギはここより南方のヨーロッパでの、後期旧石器時代の世界を知っていた。野ウサギたちはドイツの森の空き地からその茶色と黄色の目で、意識が雲のように降りてくる様子、あるいは地面から沸き上がってくる様子を眺めていた。ダービーシャーで最初に暮らした人々は野ウサギを知らなかったが、私が一匹の野ウサギの目を覗き込むとき、当時の人々がカリブーの目を覗き込んだときに感じたにちがいないことを感じる。言い換えるなら、私は空腹を感じ（食べてしまいたい）、そして恐怖を感じる（野ウサギやカリブーを殺すのは一大事だ）。

私たちはここ数日、腐りかけのパスティと車にはねられた動物とゆでた野バラの実以外、何も口にしていない。自分ではげっそり痩せた感触があるのに、水たまりを覗き込んだときに見えるのは、二重顎で、ヨロヨロしていて、いかにも現代風の男だ。トムのほうがうまくやっている。私のようにたくさんの思い込みにしばられていない。そのうちのひとつは、決まった時間に食事をするという思い込みだ。トムは痩せているから健康管理の必要はほとんどないが、蓄えがほとんどないから、急にお腹がすいたと言い出せば、そのときに何かを食べたいという意味だ。今、この冬のさなかに、それは何かを殺さなければならないという意味になる。

　この野ウサギは、あのウサギと二羽の鳥と同じく、毎日毎晩このあたりに姿をあらわす。私がはじめて彼女を見たのは（私もビーグル犬の飼い主のしきたりに従って、野ウサギをすべて「彼女」と呼ぶことにする）去年の夏で、私たちの隠れ処のすぐ上にある牧草地の鉱山縦坑で崩壊があり、あたりが憂鬱《ゆううつ》に沈んでいるときだった。この憂鬱は露と熱をとらえて離さず、風は吹き荒れ、冬になっても柔らかくて幅の広い草の葉が生えている。だから彼女が自分の家を離れるのは驚きだ。もしキツネに追われることがなく、連れ合いを探す必要もなければ、おそらく離れることはないだろう。もっとも中国で言われているように、雌の野ウサギは背中に月が触れると妊娠するのなら、連れ合いを探すために家を離れる必要もないかもしれない。私たちがはじめて彼女の姿を目にしたとき、後ろ肢のあいだを挑発的に広げながら、月の光を浴びて大きく伸びをしていた。

　それでも彼女は家を離れ、もっと高い場所の牧草地でヒツジのあいだを縫うように草をかじり、石垣の上でダンスを踊る。移動はいつも時計まわりだ。私に行く手を遮られると、まっすぐ上か下に走り、またいつもの時計まわりに戻る。何があっても、たとえ死の危険が待ち受けていても、反時計まわりに変えようとはしない。森の暗がりに足を踏み入れることもない。私は夜間に何回か彼女のあとをつけ、昼間に何回か彼女の耳を見つめ、彼女を愛することを学んでから、彼女を殺す決心をした。

　彼女のことを殺したくはない。そして殺したくないのだから、そうしても道徳的に正当化されると思っている。私は以前に野ウサギを殺したことがある。サマセットトレベルズにあるカブ畑の水浸しになった溝に腹這いになり、こっちに向かってピョンピョン跳びはねてくる野ウサギの顔を撃った。罪の意識はなかったが、不安な気持ちになった。何か月ものあいだ、肩越しに後ろを振り返ったものだ。そして今また、殺す計画を立てている。

今回は、悪いことをしたと思いたい。私たちはここにいるとしても、呑気すぎる。いつでも帰れることを知っているのだ。道路から聞こえてくるゴーゴーという音がこの実験を無意味なものにしている。だが、私たちが森の一部だと感じるための、私たちがほんとうの物語の一部であり、その物語への説明責任があると実感するための確実な方法のひとつは、殺すことだ。私たちが森の一部にならない限り、森は私たちに殺させてはくれないだろう。そして殺すためには「痛悔の祈り」(カトリック教会で定められた、神の赦しを求める祈り)が必要になる。これは、殺すことの感覚を知りたいと願う、ゆがんだドストエフスキー信奉者の渇望ではない。私はその感覚をよく知っていて、その感覚を嫌悪している。その野ウサギはこの本のために死ぬわけではない。その野ウサギが死ぬのは、トムと私とその野ウサギがみなこの場所の一部だから、そしてその野ウサギは遅かれ早かれ、いずれにせよ食べられることになっているからだ。それは私もまったく同じだ。

私たちは念入りに計画を立てた。その野ウサギは夜明けまでは外に出て、あたりをうろつく。窪地の西側にやってくるのはわかっていて、そこには牧草地を通った跡がはっきり残っている。その反対側からは、とっておきのサンザシの芽も伸びている。人間が二人、その木に何時間でも心地よく座っていられそうだ。野ウサギはお気に入りの場所でゆっくりしようと、私たちの下にやってくるにちがいない。彼女はいつもキツネのことを考えながら、ゆっくり、慎重に動く。私たちのにおいは、木の下の野ウサギまでは届かないだろう。その頭をめがけて石を落とすのは、まずまず簡単そうだ。それで不十分なら投げ棒を使ってとどめを刺す。

私たちはその手順をすっかり練習した。それぞれが石をもち、別々の枝の上に座る。そうすれば、やってくる可能性のある通り道をすっかりカバーできるだろう。トムは投げ棒を何時間も練習して、とても正確に投げられるようになった。二十ヤード先の小さな標的にも確実に当てられ、木の上からなら五ヤード以内で済む。私たちがやりそこなうはずはなく、体を使って何をすべきかを計画している。

トムは私たちのやり方が本物らしくないことにムカついていて、その野ウサギが私たちのやり方を正しい状態にするのに役立つのではないかと考えている。トムはそもそもはじめから、現代の服を着るべきではないから、皮を縫い合わせたいと言った。私はそれに反対し、これは芝居ではないのだし、後期旧石器時代の人たちを身体的に模倣しようというのではなく、彼らの精神世界、霊的世界に入り込もうとしているのだと主張した。

「でもお父さんはいつも、自分の体に起きることが、その他のすべてのものに影響するって言ってるよね」と、トムからは思いがけない言葉が返ってきた。「お父さんは心と体と霊の一体性について掘り下げてるって聞いたよ。もしそれが、皮で作ったズボンをはくべきだって意味じゃないなら、どんな意味なのかわからないよ」。そこで私は夕食を食べながらそのことについて考えた。そのあいだ、トムは自分の自転車について空想にふけっている。

もちろん答えは見つからなかったから、もちろん長々しくて複雑で大げさな答えを用意して、フリースとナイロンに身を包んでダービーシャーに出発したのだった。だが野ウサギの死が目前に近づくとこの論争が復活し、その皮は狩猟採集用の袋かトムの上着の背中に、大腿骨は笛に、乾燥させた腸はカグール（軽い防寒防雨コート）の一部に（イヌイットがアザラシの腸で作る服に触発された）、耳は（よくこすって）ブラシに、目はビー玉に、肩甲骨はナイフに、肋骨は針とつまようじに、膀胱は人形のハンドバッグに、足はお守りに、頭蓋骨は棒の先端につけて隠れ処の外に立てる飾りに――これについては二人とも理由を説明できない――、脊椎骨はイラクサ繊維を通してネックレスに、腱は火おこしに使う弓ぎりの糸に、脳はその皮を修理する糊にすることで話がまとまった。さらに、尻と肩の肉は焼いて、体はゆでてスープにして食べる。糞は肥料にすれば、春には花が咲き、夏には食べられる種子が手に入る。

何ひとつ無駄にしないことによってのみ、この死は許しを得られる。ちょっとでも無駄があれば、天罰が下るのはおそろしいほど確実だ。脚の骨を折るのか真夜中に何度も目が覚めるのか、幽霊が出るのか下痢をするのかはわからないが、重大な天罰が即刻降りかかり、いつまでも続くことはわかっている。

野ウサギの死すべき日に、雨が降った。私たちは惨めに震えながら、濡れそぼったカラスのように木にとまって待つ。私は嬉しさでいっぱいだ。私たちはこれからひどいことをしようとしており、心地よく殺しては神聖を冒瀆《ぼうとく》することになる。

この広大無辺な劇の中で、野ウサギは見事に自分の役を演じる。彼女は予定通りの時間に、絵に描いたように木に近づき、三日月の下で輝いている。窪地の端で立ち止まると、頭を上げ、鼻をクンクンさせて空気のにおいを嗅いでから、ゆっくりと私たちのほうにやってくる。

私の真下にきた。絶対に外せない。私が石を落とす。でも外してしまう。

野ウサギはすぐ横でドスンという音がしたので慌てている。うそでしょ！　そしてトムの真下に移動する。絶対に外せない。トムが石を落とす。でも外してしまう。

野ウサギは大急ぎで窪地の端まで上り、いったい何がどうなっているのかを見極めようとしている。キツネもノスリもフクロウも空から何かを落としたりはしない。彼女がいる場所まで、ほんの数フィートだ。投げ棒を遮る枝《さえぎ》はない。私たちは腕を上げ、投げ棒を飛ばす。絶対に外せない。でも外してしまう。野ウサギは大急ぎで逃げていく。

Xが大笑いしている。

私は心からホッとする。私たちにはまだ準備が整っていないのだ。礼拝の方式という意味での準備のことだ。私はXの厳格な礼節を感じる——それは野生から学んだ礼儀だ。死は聖職者の法典に従う。森も野ウサギもその管轄下にあることは薄々感じていたが、その構成はあきらかに複雑で、とても重要だ。手順をひとつでも抜かしたりごまかしたりすれば、危険を冒すことになる。

＊

その晩、私たちははじめてぐっすり眠ることができた――空腹にもかかわらず、あるいは空腹だからこそ。その森がようやく私たちの家になったからだ。私たちの失敗は、私たちが森の一部であることを意味している。森に見守られ、森の規則に従う者になった。もし私たちが（私のような）現代の植民地人で、きちんとオイルをさした銃を手に道の行き止まりに降り立ったなら、あの野ウサギを殺し、尻の肉を焚火の傍らで楽しそうに（まちがいなく妻で奴隷の女性が四輪駆動車で籠に入れて届けた上等の赤ワインと一緒に）食べ、残りは生垣に放り出して、自分たちは立派で男らしく、自然と調和し、その頂点にいると思うにちがいない。

私たちは森の天罰を免れたのだろうか？　そうではないだろう。あの野ウサギの怒れる魂が正義と休養を強く求め、必要なことが何であれそれを達成するまで、助手席の革シートに飛び乗って道具の整った台所を通り、（とりわけ）フカフカのカーペットを踏みしめて寝室に入るだろう。私たちは自分が裁かれ、判決を言い渡され、罰が下されても、気づかないかもしれない。その無知が判決の厳しさを二倍にしてきた。森の法律を知らないことは、状況をさらに悪化させる深刻な特質だ。

＊

私たちは礼拝の方式を学ぼうとした。ものごとを正しく行なう方法、緻密で規範的で復讐心に燃える大地の守護者を怒らせない方法だ。あらゆることが重要になる。私たちは一枚の葉に降りかかる雨の滴を見つめ、一個の石の下の水の流れを追い、それからまた葉に戻って、次の一滴を見つめた。カタツムリの粘液をハタネズミの鼻で、雄蕊《おしべ》をマルハナバチの視覚解像度で、マストのような高木のてっぺんで揺れる葉っぱの旗をトビの冷めた目で、知ろうとする。岩に描かれた地衣類の模様を見て、ひとりごとを言う。「これはニュージーランドの地図には似ていないな。飛行機でもない。顎鬚《あごひげ》を生やした男みたいでもないし、オオカミみたいでもない。ただ、見えるように見えるだけだな」。話すときには直喩を禁止にする。ものを正しく見れば、ほかのものに似ているものなど、ひとつもないからだ。そうやって自制すれば、逆説的に隠喩に火がつく。ものは、ほかのもののようではない。でも、ものはほかのものである可能性はある。木は強い風に向かってライオンのように吠えることはないが、木がライオンである可能性はある。

私たちは森の時間を守り、森の気分に溶け込む。森が怒れば、私たちも空に向かって拳を振り上げる。森が不機嫌に黙り込めば、私たちも切り株に腰をかけ、不機嫌な顔で中景を見据える。森が悲しめば、私たちは森を優しく撫で、私たちのことも撫でてほしいと頼む。擬人化のように思えるだろうか？　断固として、明確に、そうではない（ただし擬人化は、非常に過小評価されている実験手法ではある）。私たちは自分たちのイメージ通りに森を作り上げているのではなく、自分自身を森に投影しているだけだ。森が私たちを作り上げている。森の思うにまかせておけば、森は完全な仕事をする。私たちの自惚《うぬぼ》れを削ぎ落とし、目を覚まさせ、私たち自身の各部分のあいだの仕切りも、私たちとほかのもののあいだの仕切りも溶かしてしまう。私たちを耕し、植えつける。私たちを若々しく、興味深いものにする。私たちに新しい、前より上等な名前をくれる。だが私たちは、森の思うままにはならないだろう。私は、そんなに手痛い治療に耐えるだけの胃を持ち合わせてはいないし、トムだっていつかは学校に戻らなければならない。そういうふうに、国が決めている。

地中から湧き出した泥水が溝を作り、小川になろうとしている。私たちがその熱意に調子を合わせて溝に足をのせると、泥水は底力を発揮して活気づき、歌う。

森の木々は網目状に広がった菌類の菌糸体で互いにつながっており、その網目は広大で濃密で繊細だ。それが森全体を単一の有機体にしている。ひとつの場所を踏みつければ、森全体を踏みつけることになる。ひとつの場所で足を踏みならせば、森全体を侮辱することになる。

だから私たちはそっと歩くように心がける。菌糸体が足の下でざわめき、私たちの行動に関する報告が木から木へと猛スピードで伝わっていくのを感じることはできないが、生い茂る葉と幹を覆う樹皮から報告の内容を感じることができる。そして恥じ入り、礼儀正しくなる。

木々のペースに合わせてスピードを落とし、ミソサザイの心臓のペースに合わせてスピードを上げる。なぜなら、この森には並列したいくつもの時間帯があり、そのすべてをうまく通ることができれば、時間そのものを感知できるかもしれないからだ。あるいは——同じことにはなるが——時間からすっかり自由になれるかもしれない。頭の中で鳥の歌声のスピードをゆるめ、騒々しく響くその声に暗号化された陰鬱なメロディーを聞こうとする。

トムは、私たちの隠れ処で寝転べば、頭の下で小さな哺乳類の息づかいが聞こえると思っている。きっと聞こえているに違いない。だが私がその敏感さをほめると、トムは否定するのだ。「ばかなこと言わないでよ。そんなものを聞こえる人なんかいないよ」

「でも、言ったじゃないか……」

「冗談だよ」

いや、冗談ではなかった。

私たちは雲を、炎を、昆虫の肢の金属のような関節を、鳥のはらわたの配置を、ほかの葉は全部じっとしているのに木のてっぺんで一枚だけひらひら動いている葉を、去年の夏に自分が食べられてしまう直前に葉っぱの端をかじった毛虫の一口の跡を、落ちるのを忘れている一粒の種子を、トムの裸足で地面に踏みつけられた別の種子を、じっと見つめる。

そして私たちには使っていない鼻があること、においはいつでも押し寄せているのに気づいていないこと、そして自分たちのにおいが絶えず外に流れ出していることを自覚する。寒さそのもののにおいに注目する。青がけっして別の色に分けることのできない原色であるように、寒さのにおいはどんな要素にも分けられない「原臭」だ。それから冬が大地を吹き荒れながら私たちの鼻に送り込むにおいにまぎれた、たくさんの取り巻き連中のにおいにも注目する――カタツムリの粘液、自分たちの尿、羊毛脂、ミミズの穴に生えたカビから漂うツンとしたにおい、それとは違う、じめじめして悲し気な空気の、もっと埃っぽいカビのにおい、そしてぼんやりした日の光が差し込んだ風にのって漂う海藻のにおい。

だが、私たちのところにやってくるのは森ではなく、私の父だ。だからといって、私たちが礼拝の方式を学ぶのに失敗しているというわけではない。急速に学んでいることを意味している。

私の父はこの場所とつながりを感じていた。私たちはかつてここからあまり遠くない場所で暮らし、父は暇さえあれば森を歩いて、私にとても格式の高い手紙をくれた。そこには旧式のカッパープレート体の文字で、どこに行ってきたかが丁寧に綴られていたものだ。私の試験の前には、お守りになる葉っぱと小枝と球果を袋に入れて送ってくれた。そして私はそれを机に入れて試験に臨んだ。大地には何らかの英知があり、その英知は木の葉を通して私のペンに伝わると、父も私も当然のように思っていたのだ(それでもそのことについて二人で話す言葉は見つからなかった)。そのときの袋のひとつを私はまだ持っている。そして今も私の机の上にある。

私たちは何百マイルも離れた市営の火葬場で、母のときと同じように、父を焼いた。アラビアのどこかの地中深くから掘り起こした、古代の海洋生物の体でできた燃料を使って。黒いスーツと厳粛な表情をまとった赤の他人を雇い、ピカピカのオートマチック車に乗せた父を、軽量コンクリートブロックの車庫から送り出した。父は使い古した愛車のランドローバーを運転するのだけが楽しみの人だったのに。そして父に会ったこともない司祭を雇い、私たちが渡したメモとよそよそしい神学をもとにして優しい言葉を述べてもらった。

私が森の世界から――Xの世界から――どれだけ遠くまできてしまったのか、それほど無情に暴露するものはほかにない。私のラップトップも、私の還元主義も、私のセントラルヒーティングの請求書も、それに比べればどうということはないのだ。今、私たちが父にしたことを見て不快そうに首を横に振るXの姿が見える。古いツイードのスーツを脱がせた父を、行列を組んでムーアの頂上にある大地まで運び、そこに置いてカラスに葬らせるべきだった。それがこのあたりの文明人がしてきたことだ。さもなければ、暖炉を離れることは家族を離れることで、そんなことは想像もつかないから、(その数千年後に定住をはじめた人々がしたように) 暖炉の真下に埋めるべきだった。やがて子どもたちが大きくなって、彼の上で遊んだだろう。

父はここで幸せな時を過ごした。この森は父の一部だった。今、父は焼かれ、火葬の場所はサマセットではあったけれど、父のいくらかの部分は紛れもなくこの場所の一部になっている。父は隠喩で言うなら、樹木から啓示を受けた。そして今、樹木が実際に父を呼び起こしている。父の一部が木々の気孔を通って、細胞壁に根づいている。

だが父はよく、自分がこの場所の一部であることを忘れた。何か月も続けてテレビを見てから、ようやくそんなことをすれば悲惨な状態になるのを思い出して、またビニールの収集袋を手に丘陵に出かけ、手紙を書き、私が子どもだったころに微笑んだように、また笑顔になった。

父はここを愛し、私とトムを愛したとはいえ、そして気孔の真珠のような門をくぐり抜けたとはいえど、ここで父の姿を見るのは驚きだ。もしかしたらオートマチック車の野蛮さに抗議しているか、トムの試験に役立つ幸運の葉を教えようとしているのかもしれないし、もしかしたらただ私たちと一緒にキャンプをしたいだけかもしれない。あるいは、礼拝の方式を教える教師の仕事を、うまく手に入れたのかもしれない。結局のところ、それが後期旧石器時代の死者の代表的な仕事で、もしかしたら私たちは誰もが死後は後期旧石器時代人になり、そのときには自分の肉体が消滅するのに伴って、時代ごとの心構えもすべて消え去るだろう。そもそもなぜ私の父がここにいて、父に近づけることが私を励ますのだろうか。それは物と物のあいだの壁が薄くなっていることを示している。もし私たちが安全に殺そうとするなら、壁を消滅させる必要がある。そして野ウサギのところまで行き、叩きつぶすまたは槍で突く許可を求めるか、あるいは（上級編として）自分が野ウサギに変身し、彼女の頭に石を落とすのは自分の頭に石を落とすのと同じだから、道徳的に非難されるべきではないと主張しなければならないだろう。

私の父は、父親であると同時に教師だった。父はけっしてひとつのものにとどまらず、今もまだとどまっていないのだと思う。いつも革の肘あてがついたチョークだらけの上着を着て、コールタール石鹸のにおいを漂わせ、ナショナルトラストのネクタイを結び、必ず万年筆を使って書き、学校の集まりでは息子のために剝製用の動物の死体を提供してくれるとありがたいと言っていた。帰宅するといつも車の後ろに荷物があり、夜には私の剝製作業小屋に腰をかけて、動物の器官のひとつひとつを説明してくれた。父は木を扱うのが得意で、大工仕事にも彫刻にも見事な腕前を発揮したが、形而上学はもてあました。だがアイルランド人の血が濃く、涙もろく、丘の麓《ふもと》には小人がいると信じて疑わなかった。きっと私たちよりずっと前にXを見かけ、古いパイプを二人で吸って、今ごろは彼の人生と死の歴史をよく知っていることだろう。

父が時折見せた頑固さは、今となれば理解できるが、父なりの演出だった。父はXと同じように、現実の世界では決まったやり方が必要なことを知っていた。正しい服装をし、きちんと耳の後ろを洗い、歩き方も心得ていなければ、謁見を賜ることはできないのは当たり前のことだ。

車に積んだ動物たちの死体は、父にとっては聖餐式《せいさんしき》のように重要なものだった。動物の死体の中に自分自身の死を見ていたことはまちがいない。父はよく、アナグマの死体が次の車に轢《ひ》かれてつぶされる前に拾い上げようと道に出て、自分があやうく轢かれそうになっていた。「あのまま、あそこに放っておけば、尊厳を傷つける」と、よく言っていた。「彼にふさわしい花のあいだに戻してやったよ」と。それこそが純粋な狩猟採集民だ。父がその死後に、ものごとの本質について今わかったにちがいないことを——さらに権威をもって——教えているのがわかる。

＊

「お父さん」と、トムが言う。「あのハンノキのそば、二羽のカケスが喧嘩していた場所。夏にお父さんが座って本を読んでいた場所なんだけど、あそこはいつでもコールタール石鹸のにおいがするんだ」

「驚くことはないよ」と、私は答える。「あそこはとってもジメジメしている。そういう所では枯れた植物が酸素不足のまま腐っていって、沼気が発生するんだ。硫化水素とメタンなどが混じった気体だよ。においの正体はそれだ」

＊

自分の父親を見つめ、父親のにおいを嗅ぎ、父親について考えても、できることは限られている。射貫かれたシャーマンの厳しい旅を思い出してほしい——それはシャーマンが群れの動きの知識を持ち帰る、さらに広く、全体像を見通す力、自分自身に関する知識、意識を持ち帰る旅だった。そうした旅はつらく、恐ろしい。意識は人類の歴史に、植物の幻覚剤で生じた吐き気の津波に乗って押し寄せたのかもしれず、それはペルーの小屋でアヤワスカの会に参加した現代の麻薬乱用者が吐き気に襲われながら語るように、けっして心地よいものではない。啓蒙は、自己啓発本を読んだりピザを食べながら神の話をしたりするという楽な方法で登場したものではなかった。そのためには引き裂かれる思いが、あるいは産道よりわずかに大きいだけの通路を通って地球の腹に潜り込む思いが、必要だったのだ。

何年か前、ここから近いムーアにある泥炭の穴に籠って何日も断食した私は、やがて黒い翼を生やし、自分の体とムーアを見下ろしながら空を飛んだ。それより前には郊外の病院で自分の頭上を浮遊し、貯水池の横の道路の上をゆっくりと進み、低い声で鳴き、カエルを食べ、ずっと前に死んだヒツジの胸にくちばしを突き立てた。

それは私をひどく脅えさせた。もうあそこには戻りたくないと思い、二度と戻らないと誓った。その後、本物のシャーマニズムについて十分に学んだので、自分のカラスの経験をシャーマニックと呼ぶのは無礼なことだと考えるようになった。本物は、それよりはるかに恐ろしいものだったのだ。私はもう、シャーマンをテディベアのような響きにしてしまう安易なまがいもののシャーマニズムとは、一切関わらないことにしている。シャーマンは、真っ赤な歯をもつ本物のクマだ。

シャーマニズムに関して新しいことを読むたびに、私はその誓いを新たにしてきた。近づくこともしなかった。それでも今、この森で、シャーマンの経験は人間の起源を追求する旅の中心にあるのだと確信している。キリスト教世界の創世神話は射貫かれたシャーマンの物語であることを、私は衝撃とともに思い出す。そのシャーマンは来世とのあいだを自由に行き来し、偉大な力をもつと言われ、人々に代わって偉大な行為をする。村の教会の礼儀正しい鐘がときどき思い出させてくれるように、数日のうちには、この最初の旅を祝うご馳走が振る舞われるだろう。だから私は家に帰る列車に乗るときにも、シャーマニズムから逃げないつもりだ。それどころか、シャーマニズムの最も明白な事例のひとつを賛美したい気持ちでいっぱいになるにちがいない。そして今、森は私からより多くのものを求め続けている。昼間には私の顔に摑みかかり、夜には私の体から熱を抜き取りながら、ときには脅すように、ときには連帯感を示すように、こう囁く。「おまえは私たちの一部なのだ。さあ、もっと中に入っておいで」

私は英雄などではない。シャーマンの旅への思いを一時的に停止している。あるいは旅していると思っているだけ、前に進んでいる振りをしているだけだ。

もしかしたらXはシャーマン、あるいは初期のシャーマンかもしれない。だから息子と一緒にここにいるのかもしれない。シャーマンは常に縁《ふち》にいる。集落の縁で暮らして人々と野生との橋渡しをし、通常の意識の縁で生きて反対側にいる霊との交渉に折り合いをつける。もしそうならば、Xが自信をもって彼自身の墓の反対側に位置することにいるのは、ごく当然だ。もしかしたらXは息子に飛び方を、あるいはタンポポの言葉、カリブーに断崖を越えるよう説得する方法、殺した動物に挨拶をする正しい方法、火星に遭遇したときにとるべき態度、オオカミの喉の色を聞く必要があるときに食べるべきマジックマッシュルームの数、鼻の孔から傷ついた魂を引っ張り出して包帯を巻いてからまた押し込む方法を、教えようとしているのかもしれない。だがおもな教えは地理的なものになり、それは星々のあいだを抜ける経路、死者が通る道、邪悪が地面から沸き上がる亀裂などだ。

私にはXの息子が威圧されているように思える。彼はトムといっしょに池に石を投げ込んでいるほうが向いている。でももし、彼の父親がまだ意識というものを手にしていないのなら、少年は用心する必要がある。それは伝染性が強いものだ。

＊

私たちはぼんやりした太陽とともに目を覚まし、私たちの哺乳動物や鳥たちとともに見まわりをし、最後に残ったベリー類を摘んで帽子に入れ、イラクサの茎で作った楽観的すぎるワナを仕掛け、持参したフリントの手斧を打ちつけ、道路で肉を探し、眠り、自分の足をいじる。

　時間は謎めいたやり方で、気まぐれに過ぎていく。私は家でも腕時計をもたず、コンピューター画面の時計は非表示になっている。誰でも簡単に自由になれるのに、なぜ時計の全体主義に従うことを自ら選ぶのだろうか？　トムも腕時計をはずし、キツツキ、ウサギの爪、ハエの目に見とれるのと同じようにうっとりしながら、時間の奇妙な行動を見つめている。

「きょうは、きのう、はじまったみたいだ」

「あの雲は一日じゅうじっとしていて、それからやっと、遅れを取り戻すことに決めたんだ」

「この森にあるものはぜーんぶ古い。でも、もっと古くなるものは何もないね。もしぼくたちがここにずっといれば、永遠に生きられるのかなあ」

「お父さん、一日の終わりを決めるものは何？　太陽、それとも星？　どっちが一番大切なの？」

　夜になると私たちはカエルと煙のにおいを吸い込み、ヒツジの気配で咳き込む。湿った薪が火の中で叫び声を上げる。横になれば、聞こえてくるのは防水シートのはためく音と火の燃える音、そして木々の叫び声だけだ。

　意識を呼び起こすのに、大げさな幽体離脱体験など必要ないように思えてくる。その代わりに炎をじっと見つめ続ければいい。炎は文字通りの生き物を、記号を表現するものに変えてしまう。炎はすべての人を、隠喩的で物語を話す動物に変えてしまう。炎は創造し、創造者はどんなふうに破壊もするかを教えてくれる。炎は物質の境界をごちゃまぜにする。炎は液体からも固体からも気体を生み出す。炎は木を食べ、眠り、人間の息で目を覚ます。炎は空間を無意味なものにする。炎は丸くて黒いキノコの中の小さな暗い火花として（トムとXに運ばれて）移動できるが、森じゅうを覆い尽くすこともできる。炎は隠喩の生みの親だ。そして炎を見つめればあらゆる政治理念を推論できる。小枝がなければ薪に火はつかない。小枝は薪の死であると同時に、薪の理想の姿でもあるのだ。

隠喩はまた、恐怖の産物であったかもしれない。私たちのソフトウェアは、ヘビがそこにいなくてもヘビが見えるようにプログラムされており、それにはとても明白な理由がある。一回の偽陰性より、連続した擬陽性の方がまだましだからだ。偽陰性は、たった一回でも命取りになる可能性がある。たとえば夜のキャンプ場で、薄暗がりの中、茂みを通ってテントに戻るときのことを想像してみよう。歩きながら何気なく足をのせようとした石に目をやると、なんと、大きな毒ヘビ、パフアダーがいるではないか。ギリギリのところで踏まずにすみ、息をはずませながらも、ほっとしてヘビを振り返る。でもそこにはヘビなどいない——あるのは太い木の根っこだけだ。木の根はヘビのように見えることがあると、自分に言い聞かせずにはいられない。直喩ならある。直喩と隠喩は同じではないが、ヘビと木の根の場合は、それほどかけ離れてはいない。その晩、焚火の前に座り、木の根はヘビの代役になれると簡単に思いつきはしないだろうか。頭の中で象徴革命が幕を開けた瞬間だ。

いったん走り出すと、止めることはできない。気のきかない忠実な左脳は、もちろん抵抗するだろう。「それは単なる木の根っこだった」と、ブツブツ言う。「ヘビは嚙む。木の根っこは嚙まない。まったく別物だよ」。だがこの種の不機嫌な申し立ては、主流にはなり得なかった——あるいは少なくとも、左脳のクーデターがほぼ完全なものになるまでは主流にはならなかった。茂みは突如として物語で溢れかえった。ずっと後にはモーゼのために茂みが燃えた。物ごとは突如として、それまでに見えていた通りのものではなくなった。あらゆるものには後背地があり、あらゆるものが重大だった——少なくともその潜在性をもった。世界は無限大に広がり、それまでよりカラフルに、より複雑に、より相関的なものになったのだ。

何ごとも同じで、これはアフリカではじまった。アフリカでは少なくとも十万年前から赤色の顔料になる赭土《しゃど》が使われており、南アフリカのブロンボス洞窟では、とても丁寧な模様が刻まれた七万年前の赭土の塊が見つかっている。人類の痕跡の中に赭土が見つかっただけのことに、あまり大喜びすべきではないのかもしれない。それは象徴的なものというだけでなく、実用的なものでもあった（少なくとも三十万年にわたって採掘され、接着剤や潤滑剤として、また皮革を整えるために利用されてきた）。だが、模様が刻まれた赭土は少なくともぼんやり揺らめきはじめた象徴的表現の炎と見てよく、その炎は北へ、最終的にはあらゆる場所へと広がっていき、脳を燃え立たせていくことになる。

アフリカで生じた初期の炎のあきらかな痕跡は、ほかにはあまりない。モロッコでは七万年前ごろの穴の開いた貝殻が、またイスラエルのカフゼー洞窟とスフール洞窟では十三万年前ごろの前期旧石器時代の墓所からいくつかの副葬品が見つかっている。おそらくこれからアフリカではもっと多くのものが見つかるだろうし、現代的行動をする最初の人間がヨーロッパ人だったとするのはおそらく間違っているだろうが、ヨーロッパ中心主義の偏りを考慮に入れたとしても、五万年ほど前にはヨーロッパで何か特別なことが起きた。印象としては、小さな炎がナイル渓谷をじわじわと上り、東に方向を変えてレバントを経たのちアナトリア半島を通過し、そこでヨーロッパの燃えやすく乾いた大量の神経学的下生えに出会ったのだ。ただ、（一部の学者が考えているように）この時期のヨーロッパでは象徴的表現を促す遺伝子の変異が生じていたと考えるのは非現実的だろう。象徴的表現に向かう傾向が徐々に蓄積し、その蓄積が人口学的な臨界点に達したとき、爆発したと考えるほうが適切なように思う。

＊

私たちはしばらくのあいだ、殺そうとするのをやめている。その代わりに死んだ動物を探すことにし、それは後期旧石器時代の狩猟採集民にとって生き残りの重要な手段でもあった。少なくとも、トムはそうすることにした。トムは道路の端に落ちているウサギとキジの脂肪と栄養物で、しっかり栄養をとっている。焼いたもも肉をポケットに入れて持ち歩き、串に刺した心臓をもって焚火の横にしゃがみ込む。

私は食べるのをやめた。その結果として頭がはっきりすることに味をしめると、それはアルコールによる無感覚やセックスの味と同じように病みつきになることがわかってきた。断食一日目のあとにやってくる、平穏で光の揺らめく明晰さがほしくてたまらない。その状態になるとあらゆるものから、それは目に見える通りではないかもしれないという手がかりを感じとれるようになる。私たちの目に入るのは表面だけで、少しだけ視線をずらせば、シラカバの幹のせいでクジャクの尾羽が司祭の黒服に見えるようになることがわかるのだ。

＊

断食して三日が過ぎると、苦痛はなくなった。疲れきって、そして快適だ。寒さもあまり感じない。トムは断食せずに、食べものを探しにひとりで出かける。私は一日の大半を静かに横たわって過ごし、じっと見つめ、何かが起きるのを待つ。やがて光の揺らめきがやってくる。

画面もゲームも人間も楽しみの興奮もなく、ただ待つなんて、とんでもないと思うかもしれない。だがそれはとても刺激的な時間で、息をはずませずにはいられないし、黙っているのも難しいほどだ。その光の揺らめきに身震いし、すべてを変えてしまう何かがやってくるのを感じる。

断食には特別なことも難しいこともない。じつに簡単。ただ口に食べものを入れるのをやめればいいだけだ。ほとんどの人間にとって、人間の歴史のほとんどを通して、それは排便と同じくらい生活の一部であり、健康にとっても同じくらい必要なものだった。空っぽのお腹に対処できることは当時、今の世の中でタイプを打てたり運転できたりすることより、はるかに役立った。私たちはオオカミと同じように、満腹になり、また腹ペコになるように作られているのだ。定期的な食事は命取りになる。細胞は空腹を感じると長生きする。ときには若返ることさえある。もしかしたらそれが光の揺らめきの背景にあるものかもしれない。もしかしたら、どんどん若返っている自分が空を見つめている。それが興味深い感覚効果を生み出すと期待できる。

＊

私はトムといっしょに食べなくなったので、トムが食べものを得るために何をするかはわからなくなったが（社会福祉事務所のみなさんにお断りしておくが、十分に食べていたことだけは確認している）、彼が焚火のそばで食べる前にほんの数分だけ、森に入っていくのに気づくようになった。私は何も言わない。私が歓迎されていないのはあきらかだ。だが不思議に思う気持ちがつのり、ある日、トムが谷に出かけ、ノロジカのあとを追ってコクマルカラスの鳴き声を完璧に真似できるよう練習しているあいだに、彼が食べる前に歩いていく方向をたどってみることにする。そこには踏みしめられた小道ができている。

小道を進んで行くと、カバノキのあいだを通り、石垣を越え、イバラのアーケードを抜けて、林間の空き地に出た。そこには鉱山の作業員が掘り出して捨てた大きな石がある。石の上には、骨のかけらと、朽ちかけた肉がのっていた。

＊

ピンと張り詰めた暗い空から、雪が落ちてくる。はじめは少しだけ、それから少しとは言えない降り方になる。防水シートが雪の重さで沈みはじめる。雪とともにガンの群れが姿を見せ、それまでにはなかった透明な静寂が訪れる。雪にもさまざまな種類があるように、静寂にもさまざまに異なる種類がある。

もし私たちがきちんとした目をもっていたなら、動物たちが通った跡に前から気づいていたはずだった。今ではもう見逃すはずもない。雪が動きを凍りつかせ、時間が一か所にまとまって圧縮される。火曜日と金曜日が隣りあわせだから、互いの光の中でまとめて読み取り、解釈できる。永遠の現在に腰を下ろしている神の目には、時間がこのように見えているはずだ。

雪は、私たちの案内役を務めている動物たちの日課を変えてしまう。ウサギは巣穴の入り口に座り込み、雪のかけらが鼻に舞い降りるたびにくしゃみをする。カササギは牧草地に行かず、カチカチと鳴くこともしなくなる。コマドリは五角形の出発点を省略してしまった。野ウサギは窪地から出てこようとしない。彼女の目だけはギリギリで積もった雪の上に出ているが、背中は雪の下に埋もれている。きっと目をあけても「白」しか見えないにちがいない。まったく動かない一面の白が、六日六晩、続く。

＊

「そんな茶番をしなくちゃならないなら」と、香水の強い香りをあたりにふりまきながら、ある女性が言った。「夏にするべきよ。さもなければ、せめて春にね」

その意見は間違っている。ここにいるべき最も大切な時期は、ほかの季節をはるかに引き離して、冬なのだ。この本の冒頭を飾り、全体に形を与える、最も長い章は、冬でなければならない。なぜならば冬は私の冒頭を飾り、全体に形を与える、最も長い章だからだ。初期のヨーロッパ人は闇と氷の言いなりだった。今、ほとんどの人がグラグラ揺れるガラスの箱の中で暮らし、働き、繁殖し、そこでのみ落ち着いていられるのは、その箱がアフリカのイバラの藪をあとにして第二の故郷となった、そびえ立つ氷河を思い出させてくれるからだ。私たちはアフリカのアカシアの木の下で生を受け、のちにヨーロッパ人が氷の洞窟の中で育つとき、洞窟の外では毛深いサイが唸り声を上げていた。

私たちはいつも夏にばかり目を向け、冬はただ耐えるだけの季節だと思っているが、冬は人々を支える寓話が芽生える季節――みんなが体を寄せ合って集まり、互いのあいだに、より明白な人間関係を（だから違いも）生み出せる季節だ。人間関係と個性の形成は、どちらも暗闇で盛んになる。そして暗闇は――鋭い歯をもち、体中に毛を生やした――他者にも近い。

現代では一部の人たちのあいだで、私たちは自然界の一部だと当然のように言われている。それは完全な真実であり、また完全な虚偽でもある。春になればたしかに、何の疑いもなく自分は森の一部だと思える。だが、自分が唸り声を上げる森の一部だと思う人はいない。こうして、私たちは自然界の一部であるという紛れもない真実と、そうではないという紛れもない真実とのあいだの張り詰めた関係から、やがて人間の意識が噴出し、氷原に流れ出して、それが凝固したものから今の私たちが作られているのだ。

いつか自分は暗闇と氷の中に戻るのだという事実に思いをはせるとき、この考え方にいくらかの安らぎを覚えるのではないだろうか。あるいは、そうではないかもしれない。

＊

私はトムのことが心配だ。トムは不気味なベア・グリルスの信奉者になりつつある。今ではサバイバルの目的よりもサバイバルの技術に興味を抱くようになり、ベア・グリルスに似た尊大な言葉づかいをする――征服と勝利について、騙すかつぶすかしなければならない敵としての野生について語る。これは時代錯誤の言葉づかいだ――新石器時代の言葉づかいであり（この口調は、この本にもまもなく登場することになる)、創世記の命令は地球を制圧することだと考えた西洋キリスト教会の誤った解釈によって、さらに磨きをかけられることになった。山を征服することなどできない。できるのはせいぜい、自分が登ると決めた日に、山が自分を殺さないことに決めるのを願うくらいなものだ。賢明な人なら、自分を殺さないようにと山を説得するのに時間と労力を使うだろう。こうして自然をなだめる努力を、私たちはずいぶん前からやめてしまい、地球は今や怒って立ち上がり、今にも私たちを攻撃しようとしている(これを否定できる者は、今や誰もいまい)。

トムのテクノロジー(フリントのナイフ、スクレーパー、斧、植物の繊維で編んだ縄、落とし穴、火を使って先端を固くした槍、二倍の距離を飛ばせる槍投げ器、自分のもっている力、自分自身の正確さ)は、聖餐式を遂行するための道具ではなく、野生との戦いで用いる武器になってきている。野生は、トムと森とを隔てている壁の一部となった。これは人類の歴史で実際に起きたことの反復なのだと、私は推定している。私たちが使っているものが、いかにして私たちを使うようになり、また私たちを変えるようになるか、これはその警告なのだ。

それでもたいていの場合、トムは私にとってこの場所への入り口の役割を果たしている。トムはまだ子どもだ。世界について何かを知るプロセスは追憶——忘れないこと——のプロセスであり、トムは私たちが駄目にしてしまう前のすべての子どもと同じように、私よりも忘れることがはるかに少ない。それにトムは感覚でも私より優れているし、認知の上での権威の乱用や、輝かしい樹木をつまらないものに変えてしまう有害な乾溜《かんりゅう》とも縁がない。

言語の束縛も、私の心が広がって本物の世界と触れ合うのを妨げている問題も、解消されつつある。おかげで話をしなくてすむ。おかげで意識して呼吸をするようになる。だがその働きはゆっくりだ。この森に暮らす後期旧石器時代人がどれだけ言葉に頼っていたとしても、私は彼らが言葉を道具として使用していたのだと固く信じている。(私の場合のように)言語が仮想世界全体を構築し、その仕組みを制定していくのを容認し、自分たちが（私のように）そこに住むことを強いられていたのではないと。

＊

私は昨夜、またXを見かけた。最後の光が消えかけていた時刻に一本の木に寄りかかり、私をまっすぐに見つめていた。その顔に表情はなかったが、しばらくすると手を上げて、別れの挨拶のような仕草をし、くるっと向きを変えて歩き去った。そのとき、彼がひどく足を引きずりながら歩いているのに気づいた。左足がねじれていた。

＊

トムがリスをもって戻ってくる。それから焚火をよみがえらせ、リスを焼くと、炎ではなく暗闇をじっと見つめて座っている。いつものトムらしくない。おおぐま座の目がサラの家の上にのぼり、私たちのことを見下ろすようになったころ、話しはじめるけれど、私の返事を求めてはいない。トムは、ヒーラーは自分自身が傷ついていなければならないという考えに当惑している。私にはトムを助けてやることはできない。私も当惑しているのだ。

トムはまた暗がりに戻っていった。

＊

私はこれで八日間、何も食べていない。

「前みたいに太っちょじゃなくなったね」と、トムが言う。その通りだ。私の頬はすっかりこけて、私と森との境界がどんどん薄くなっている。私と森とは、互いの中に流れ出していて、私の外形は絶えず変化している。

私が自分のものと呼んでいる外形は、私のまわりにある別の（人間も人間以外も含めた）存在の圧力によって作られている。私から関係を取り除けば、私は存在しなくなる。私というものを表現するためには、私が存在している関係性の集合体という観点を用いる以外に方法はない。私のいる位置を示すためには、私の世界にいる別の生き物の場所から三角法を用いる以外に方法はない。

Xは、別の生き物がいる場所を知っている。だからXは、私のいる位置を私よりよく知っている。彼は、ノロジカがイバラの茂みに寝転んでいるのも、オークの木のてっぺんにカケスがいるのも、私の頭のすぐ上のプレアデス星団をオオカミが駆けおりているのも知っている。私がほとんどここにいないのも、ここに集中できていないのもわかっている。私がトムに話しかけるとき、トムが落ち着きなく足を動かし続けているのもわかっている。私にはもう、言葉とそれが説明しようとしているものとがうまくかみあっているとは思えない。だから言葉はもう、ものとものとをつなげることはできない。いくつもの部分をひとつの完全なものにすることはできない。Xは完全な場所で暮らしていた。Xのいるツンドラは、つながりあっていた。いったい何が私たちの森を完全なものにできるのだろうか？

あきらかな候補は——私はいつも、雪が目に見えない旋律に合わせて舞いおりるのを眺め、風が交響曲のようなうなりを上げて吹きすぎるのを聞き、ミヤマガラスが牧草地でカドリールを踊るのを見つめているのだから——音楽だ。

のちに私はいても立ってもいられずに、鳥のさえずりを専門としている生物学者デヴィッド・ハスケルに手紙を書き、音楽は「年代的にも神経学的にも言語より前から存在した」ことを再確認してほしいと頼んだ。まちがいなくそうだと、彼から返事がきた。「その両方より前にあったのは、身体の動きだと思われます。音を制御する脳の中枢は、四肢の運動系と同じ胎芽の部分に由来しているので、声を用いるすべての表現は、舞踏と呼ばれるもの、もっと気取らずに言うなら足を引きずって歩きまわる動きに、端を発しています。その次に私たちが必要とするのは、おそらく、筋肉と神経と骨を土台とした認識論でしょう」

そうだ！　急を要するのは、その認識論だ。後期旧石器時代を理解するだけではなく、今をも理解するために。そして、人間としてよく生きるために。なぜなら、世界について何も知らないまま、あるいは（言語が私たちに偽物の事実を伝えてきたせいで）まったく意味をもたない世界で、よく生きることなどできるはずもないからだ。それなら私はこれから踊り、歩き、走って、そうしたすべての嘘を振り払っていこう。私のティン・ホイッスルと、Bマイナーのミサ曲と、煙が立ち込めたピレウスの地下室で聴いたギリシャの歌曲レベティコで、退散させるのだ。

それに、私の五感（感覚は五つよりずっとたくさんあるのは確かだが）の複数のものを駆り出そう。いつも使っているのは目だけだ。もし感覚が五つしかないのなら、（視覚、認知、言語の邪悪な三位一体からくるゆがみを考慮に入れないとして）世界に関して手に入るデータの、よくても五分の一だけを得ていることになる。利用できる情報のわずか二十％をもとに、ビジネスや人間関係について決断を下す状況を想像してほしい。破産してしまうし、人間関係は悲惨なものになるだろう。でもそれが、全世界を相手に私たちがやっていることなのだ！　十分に活用されずに退化している感覚よりも、私たちの直観のほうがずっと古く、賢く、信頼できる。直観は世界がこっちに進んでいると言えば、感覚はあっちに進んでいると言い張るだろう。これらの二種類の理解のあいだには目まいがするほどの食い違いがあるのだから、この世界でくつろぐことができないのも無理はない。世界がどんなものなのか見当もつかず、ただ自分では、それがどんなものなのかわからないことを、ある程度はわかっている。情報をあと二十％だけ増やせたとすれば、私がどれだけ満足して、真剣に、この森で暮らすことができるかを想像してほしい。たとえば、私の鼻に絶えず押し寄せているにおいに注意を払うのはどうだろう。日々の暮らしからどれだけ多くのことを得られるか、私の暮らしがどれだけ豊かになるか、考えてほしい。Xはキツネと同じように、もてる感覚のすべてを使っていた。もし使っていなければ、あの顎鬚が伸びるずっと前に死んでいたはずだ。

それは今後の仕事になる。今のところ、私は光の揺らめきを活用しなければならない。腹を立てずに、私の胃のむかつきを観察する必要がある。そして何よりも、私の息子のために、何らかの父親になる必要がある。

*

トムは理路整然としていて、私たちがこれを正しくやり通すには犬が必要だと主張する。トムはきちんと調べていた。そして、オオカミは四万年前までには飼いならされていたかもしれず、飼いならされた、あるいは、飼いならされたようなオオカミがいれば、この森を大きく変えたはずだと言う。そのどちらについてもトムは正しい――それでも私は、北ヨーロッパの氷原のこのあたりまで、それほど早い時期に犬がたどり着いていたかどうかは疑問に思っている。トムは心の中でラーチャー（密猟のために仕込まれた大きな雑種犬）のようなものを思い描いていて、それなら薄暗がりでオオカミと見間違えてもおかしくない。デボン州の高地、エクスムーアの友だちから簡単に借りられる。

私は抵抗する。

イングランドに飼いならされたオオカミはいない。いるのはただのイヌだ。そしてそのイヌたちは私たちと――私たちのために――共進化してきた。人間がイヌを形成し、残念ながらそれよりははるかにわずかに、イヌが人間を形成した。犬を研究するのは、動物学というより人類学だと言える（おそらくその状況はごく最近になって変化し、今では人間がイヌの進化を促すのではなく、イヌのほうが人間の進化を促しはじめている。私はそう願っている)。イヌはその体と精神に、人間の旧石器時代以降の歴史をとどめている。イヌと人間の共進化は、新石器時代以降に急加速した。

私たちが住むように作られた場所からどれだけ遠くにきてしまったかを知りたければ、現代のイヌを見ればいい。額に深い皺を刻み、顔を押しつぶされ、足が極端に曲がった、哀れにもぜいぜい苦しそうに息をするイヌはどうだ。本来のイヌ――オオカミに似た顔をもつイヌ――が、遠い過去からこっちを見ている。だがそのようなイヌがいた過去は、イヌが森に適した存在になるほど遠い昔ではなかった。

もちろん本来のイヌは、私たちよりも旧石器時代の森に近い存在だ。それがまた別の問題になる。そのイヌは支配権を得るだろう。森は私たちよりもそのイヌに反応し、私たちは森よりもイヌに反応する。私たちは人間を学ぶはずなのに、そこにイヌがいれば、人間ではなくイヌを学ぶことになり、しかも現代のイヌだ。そのイヌは私たちを森から隔絶してしまう。私たちは森について、自分自身の感覚ではなくイヌの感覚を通して理解するだろう。こうして他者の経験を自分の経験のように感じてしまう状況を避けるために、私はひとりで外国を旅することが多い。

だから、ラーチャーはエクスムーアにとどまるべきだ。

＊

まだ雪が降っている。家では家族が吹きさらしの環境と凍傷を心配し、降参して戻ってくると思っているだろう。地表がどんどん平らになっていくにつれて、大地はますます棘々しく、危険なものになる。鳥たちには新たな絶望が襲いかかる。羽ばたいて飛び立つのが難しくなっているが、いったん飛びはじめると、止まるのも難しい。夏ならば森じゅうを容易に、滑らかに、甘美に飛びまわれる。だが今は殺気立ったスタッカートだ。静けさに包まれ、私はあらゆるものを音楽に変えているが、聞こえるのは不協和音ばかり。ミヤマガラスがコマドリにぶつかり、キツネがモリバトと衝突し、野ウサギが木に突っ込む。

寒さの中で気づくこと、それはひとりの人間としての消滅、または変身だ。それは境界を越えて、私の父がいるかいないかわからない場所に出かける旅になる。私はトムを、より強く抱きしめる。

コマドリとカササギが、さらに近くまでやってくる。私たちの食べものがほしいのではなく、仲間になりたいのだと思えて嬉しい。私たちは、古くて優しい彼らの茶色と灰色の世界の一員になっている。ウサギは雪をかき分けて草にありつく。かつてXのカリブーがツンドラの苔を手に入れたのと同じやり方だ。そしてある日、石垣のそばに両耳と足を一本置いていく。その寒さの中で、野ウサギとキツネだけ落ち着き払っている。私が窪地の端で横になると、雪からわずかに湯気が上がっているのが見える。出所は野ウサギの鼻だ。彼女は自らのエンジンの熱で作った雪洞にうずくまっている。

私たちも雪を押し返そうと考えて、隠れ処の両脇に雪を低く積み上げる。その堤防は風を遮ってくれるので、自分たちで何とか寒さに立ち向かっている気分になる。

私たちの食べものは豊富だ。キジはあまりの寒さに酔っ払い、車をよけようともしない。私たちは十分に暖かくもある。雪が降る前に、二人で夢中になって薪を集めて防水シートの下に蓄えておいた。そこに集うダンゴムシとクモの一団には、雪を逃れたほかの動物たちも加わってきている。しっぽの長い野ネズミもそうだ。小枝のあいだで眠っているときか、ビクッとしたときに、しっぽの先が細かく震えるのが見える。そのしっぽのおかげで、隠れ処が我が家になる。

焚火は私たちの心臓だ。二人の全身に熱をみなぎらせてくれる。そこには絶えず、少なくとも燃えさしがある。食べもの探しから戻ってきたトムは口癖のように、さあ、火の目を覚まさせよう、と言う。私はこれまでにそんな考え方も、そんな言葉も、トムに伝えたことはない。実際のところトムは、燃えさしがなくたって火はそこにあると思っているようだ。薪にはいつも火があり、揺り起こされるのを待っている。あたかも火が薪の魂であるかのように。あらゆるものの中心にあってそれを始動する決定的な火花の、特別な例だ。

トムは私に焚火の番をさせない。それはトムの仕事になっている。トムは焚火のまわりでゆっくり、慎重に、まるで祭壇にいる司祭のように動く。私が隠れ処をもっと乾燥した場所に移動しようと提案しても、「火は絶対に動かせないから」と言って、受け入れない。

トムの直感は正しいが、実際のところ古代人たちは、家の炉に関するトムの神学理論を完全に受け入れながら、家を動かす方法を見出している。アイネイアスが年老いた父親アンキーセスをトロイの炎から救い出したとき、アイネイアスの息子アスカニウスがその傍らで火をかかげていた。火は神聖なものだった。それは家であり、それ自体が神聖だった。火がある場所は、どこであっても家になる。

ウェルギリウスが書き残したものは、ホメロスの青銅器時代よりはるかに古い起源をもち、それは地中海東部に祖先をもつローマ化した特質よりも人間のアイデンティティの基礎をなすものだ。Xの家は持ち運べる火の中にあった。苔のボールの中でくすぶり続け、いつでも炎をあげられる状態にある家だ。放浪することは、持ち物すべてを奪われることではない。

アンキーセスは手に壺をもっており、そこにはアンキーセスの父親の灰が入っていた。そしてそれは火と同じように家を定義するものだった。古代人はいつでも死者を身近に置いていた——袋の中に、台所の床下に、手首のまわりに、暖炉の上に、あるいはテーブルの上座に。私たちは光沢紙のカタログから(中国製の)つやつやした箱を選び、そこに両親の灰を詰め込んだ。私たちは父親のために大金を払い、箱に真鍮《しんちゆう》製の飾りをつけた。それからサマセットのジメジメした穴に置き去りにした。そしてなぜ根本原理に対する情熱を失ったのかと不思議がる。カラスが私の父をついばんですっかりきれいにしたあとなら、私はその頭骸骨をバックパックに入れ、歯で首飾りを作り、骨盤を枕にしたことだろう。

＊

冬ははっきりした縁《ふち》をもつ季節だ。望みのあるものと絶望的なものの縁、黒と白の縁。木の棘が風を突き刺す。実際のところ、自然界のすべてが縁のそばにある。殺虫剤を撒かれた無菌の都市公園や工業型農業の畑を除き、どこかの地面に顔を近づけてみれば、一インチ動いただけで南極とアマゾンほど異なる地帯のあいだを移動したのがわかるだろう。このことがわかれば、森の散策がプライベートジェットでできるどんなことよりワクワクする旅になる。一歩進むごとに、多くの領地と辺境を横切っていく。もちろん全体が存在するが、その全体は刺激的な個別化があるからこそ、縁があるからこそ、完全なものなのだ。実際の世界は、全体がぼんやりした同質のものではない。世界に単一栽培は存在しない。Xが同じものの上を二度歩いたことはなかった。Xは「草の上を歩いている」とは決して言わず、「この爪先はこれこれの葉っぱの上にあり、この爪先はこれこれの葉っぱの上にある」と言っただろう。一歩ごとに足の下にある十五の草の種の名を呼び分けながら、（おそらく独自の言語で）踏みつけていることの許しを請うとともに、衝撃を和らげてくれることへの礼を述べたはずだ。

すべての変化が――あらゆるものは変化する――常に縁からやってきて、変化は縁からのみ生じることができる。大事なことが中心から――議会から、閣僚から、大臣に進言するシンクタンクから――起きたためしがない。進化には縁が必要だ。世界を単一栽培に変えれば縁の長さは短くなり、そのために変化が減り、そのために進化が減る。それは悪い知らせだ。

＊

現代的行動が四万年前にはじまり、新石器時代が一万年前にはじまり、私たちが今の私たちという意味で現代的になったのが千年前だとしよう（この本ではこのあと、この最後の変化はもっと最近に起きたことを論じていく）。また、一世代を二十五年と考えると、現代的行動を獲得してから千六百世代が過ぎ、そのうちの千二百世代（七十五％）が後期旧石器時代または中石器時代にあたる。現代的な世代は四十世代で、人類の全世代のうちのわずか二・五％にすぎない。人間の寿命を七十五年とすれば、寿命の七十五％は約五十三年。個人としての私たちの発達の大部分は、五十三歳までには終わる。そして人間としての私たちの発達の大部分は、後期旧石器時代の末までには終わっていた。私たちは更新世の人間だ。

現代人を規範とするのは滑稽としか思えない。私たちはごく新しく、あきらかに不適切な突然変異なのだ。だが元気を出そう――私たちは突然変異を覆すことができる。

物語のはじまりを、解剖学の上で現代的なホモサピエンスがはじめて登場した二十万年前とするならば、私たちは歴史の九十五％を狩猟採集民として生きてきた。つまり周縁の生き物として、ワクワクすることに、変化し、変化をもたらす生き物として生きてきたのだ。今ではほとんどの人が中心にいるから（街の中心、動きの中心、推測の中心にいる）、自分自身を変えることをやめたか、人間の初期の世代がしていたように世界を変えることをやめてしまった。私たちは、急速に変化を続ける世界に住んでいると思っている。でもたぶん、人間は、後期旧石器時代の世界が私たちを変えたようには変化していない。私たちが今、変化だと考えているものは、漠然とした不安と崩壊だ。警戒心の変化は、ニュアンスが増加して洗練されているのでも、理解が深まっているのでもない。それは破壊行為であり、物、場所、そして存在論的に私たちよりすぐれている者のあり方の破壊になる。
やれやれ——そんな胸のつかえを降ろせば、ずっと気持ちが楽になる。来週の同じ時期にはどうだろうか？

＊

断食をはじめたばかりのころの期待感は、目まいに変わっている。私は崖っぷちに立っていて、足下の谷は深く、暗く、そこに何があるのかわからない。私たちは社会的な体裁の縁《ふち》にいて、車にはねられて死んだ動物を袋に詰め、パブの前をとぼとぼ歩いて谷に戻ってくるときには、奇異な目で見られる。

私が最後に食べたのはハリネズミだった。九日前のことだ。その味から察するに、ハリネズミは死ぬ前の血気盛んなときから腐りはじめているにちがいない。それはまだ私のお腹のどこかに残っているらしく、私のゲップはウジ虫農場のにおいがする。このハリネズミが家畜運搬トラックに轢かれて死んでしまったことを、私は心から悲しく思う。その両親や子どもたちだって、私ほど悲しくは感じられないはずだ。

私たちはこの冬の森の縁によって変えられつつある。私たちは村の縁にいて、昼も夜もほとんどの時間を焚火の光の縁で過ごす。私は飢え、断食の経験の縁にいる。

私たちは、自分たちがどんな種類の生き物なのかという理解の縁にいて、それと同時に二人の我慢の限界に近づき、またありがたいことに、私たちがここで過ごせる時間の終わりにも近づいている。まもなく私は机の前に座り、自分をネイチャーライターと呼ぶ暮らしに戻れる。そして情熱的に雲に目をやり、電子の力で生まれる鳥の声に耳を傾けるのだ。

今のところ私にとって最も重要な縁は、睡眠と覚醒の境目だ。どっちつかずのところで、もうずいぶん長い時間を過ごしている。

なぜこのことを、これまで考えつかなかったのだろうか？　もし意識の夜明けがどんなものだったかを知りたいなら、そう、意識の夜が明ける様子を見つめればいいわけだ。ときには文字通り、朝早く、まだ光と闇が互いに融け合っているあいだに。自分自身の目覚めを見つめてみよう。覚醒夢は多くの宗教で大切な精神修養とされていて、今では私にもその理由がわかった。それは自分自身の意識を吟味するための強力なレンズだ。

光と闇が出会うとき、そして意識と潜在意識が出会うとき、霧のかかった薄明はない。漠然としたものは何もない。それどころか、これは並外れて澄みきった領域なのだ。その光は十月のアッティカに似ている。それが並外れているのは、あらゆるレベルの存在に対して現実が自ら名乗りを上げているからだ——触感と理解に、指と内臓に、睾丸と脳に、大脳皮質の薄くて入り組んだ外面と深いところにある厚い魚の脳に（それはリン脂質でできていて、海水につかって首長竜に噛みついた記憶でいっぱいだ）、私の中のオオカミの染色体の数を知っている部分と、オオカミがやってきたらその顔に燃えるたいまつを突きつけられるよう火のそばに座りたい部分に。そしてそれが並外れているのは、これらのレベルは普通なら対立しているはずなのに、ここでは仲間だからだ。

私にはただ、まどろみ、居眠りを見とがめたトムに蹴飛ばされているだけで、そうしたものの会話が聞こえるし、そうしたもののあいだの関係を少しは理解できる。それは飢えを助長するが（快いものではない）、たとえ飢えているにしても、覚醒と睡眠のあいだのどっちつかずの場所でさまようのは、私たちの祖先がよく用いていた、たとえば幻覚を引き起こすキノコを食べるといった代わりの方法より、はるかに愉快で、腎臓へのリスクがはるかに少ない。

ダービーシャーのツンドラで野営の焚火の見張りに飽き飽きし、ヘラジカの皮の頭巾をかぶった頭を深くうなだれていた男は、この領域をよく知っていたにちがいない。たしかに私たちは、防音の箱の中ではなく、フクロウとキツネと金切り声を上げる死が暮らす現実の世界で眠るとき、いつでも、誰でも、そこにたどり着く。人間の眠りは破られるように作られたかのようだ。そんなとき、私たちはいつもよりずっと豊かになる。それはキャンプの魅力のひとつではないだろうか。白いシードルを満載した白いトラックで通過する不眠のソシオパスの合間に見える、雨に濡れた泥地だけが、覚醒から睡眠へと移行するときの半覚醒状態――ヒプナゴジア――を生み出すことができる。

＊

さて、聞いてほしい（私は自分に向かって話している）。人間の意識の誕生を考察する従来の方法は、あきらかに間違っている。後期旧石器時代のずっと前から意識はあり、それも人間だけの話ではない。人間以外の多くの生き物も、たしかに自我の意識をもっている。そのことは、霊長類、クジラ目、またいくつかの鳥の種ではっきり実証されており（もちろん鳥に大脳新皮質はないから、意識は脳の進化における最も新しい改変とは無関係なこと、だから、「新しいものがいいものだ」とする私たちのいつもの考えが入り込む余地はないことを示している）、意識は自然界のいたるところに存在すると考える人が多い。

私たちは意識を見つめるのがじつに下手だ。自分が示唆する方法で――たとえば、鏡に自分の姿を映し、自分の顔にあるほくろを指さすように――意識を指し示すことができなければ、意識は存在しないと思い込む傾向がある。だが、少しずつ意識を見るのが上手になっていて、上手になればなるほど、見つかる意識も増えてくる。宇宙は意識を育てるのに適した、とても肥沃な庭らしい。

それでも後期旧石器時代には、人間の意識に構造を大きく変化させる何かが起きたことはあきらかだ――革命（レボリューション）か、啓示（レベレーション）か、進化（エボリューション）によって。新しいタイプの意識が、そこに以前からあった意識の中から、あるいは以前からあった意識に加えて、あるいは以前からあった意識に代わって、生まれたのだ。

世界じゅうのほとんどの人々は十七世紀になるまで、世界が全体として、また世界じゅうのあらゆる小さなものが、小石からクジラにいたるまで、何らかの意識をもっていると考えていた。私はどちらかと言えばその考えに賛同する。そして東西の宗教が、全宇宙がひとつの意識をもつと仮定している――宇宙がもつ意識は、宇宙に存在する個々の意識の総計と等しいかもしれないし、等しくないかもしれない。

この全宇宙の意識である普遍的意識と、個人のもつ個々の意識との関係こそ、不変の謎であり、また差し迫った重要性をもつ。この関係について私が最も納得できる説明は、イアン・マクギリストによる、「意識と物質との関係を生み出している」というものだ。個人の意識は、普遍的意識が何らかの方法で物質によって制約されたときに生まれる。私の体があたかもアメーバの仮足のように、何らかの普遍的意識を包み込んでいるというわけだ。その少量の意識が、しばらくのあいだ私の体を形づくる。体はその意識が振る舞う方法を決定する。ここでデカルトの二元論を大ざっぱに論じようとしているわけではない。二元論では、ほんとうの私である魂が、まるで不法占拠者のように私の肉体に居座っていて、私の体は自分のものだとみんなに言ってまわっているということになる。

数多くの異なった種類の体があるのだから、（私たちが徐々に認めるようになっているように）数多くの異なった種類の意識があっても驚くにはあたらない。オルカの体は私の体とは似ていない（まあ、遠慮のないトムに言わせれば、完全には私の体に似ていないということになるのだろう）。オルカの自我は私の自我とは似ていず、オルカの自我の意識も私の自我の意識とは似ていない。必ずしも劣っているということではなく、ただ異なっている。

後期旧石器時代の人間に新しい種類の意識（あるいは少なくとも人間にとって新しい種類の意

識）が生じ、一方で体の形に大きな変化が生じたようには見えない。Xにも新しい種類の意識が生じている。それはXの髭に隠された困惑の表情と、彼の息子の髭のない顔に浮かんだパニックとを、最もよく説明するものだ。

＊

断食、光の揺らめき、睡眠の縁《ふち》、葉の縁、種の縁、噛まれた骨、そしてあらゆるカテゴリーの縁が、私の中で新たな種類の意識を生み出している。

トムが私を蹴る瞬間には、いくつもの顔と模様が見えている。顔はたいてい優しいが、同時に険しい。私は睡眠の縁で、花と豊穣の女神フローラが胸をあらわに花籠をもってクスクス笑う姿を期待するが、女神はいっこうにあらわれない。見えるのは亡霊の顔ではない。何より、それらは重い、木の葉はフリント石器のナイフが空気を裂くようにダービーシャーの石垣の石を貫いている。──この世界よりもっと濃密な世界からやってきているのだ。ときには木の葉の冠やベールをまとう顔は何も話さない。まだ言葉が生まれる前で、言葉を越えているからだ。葉が石を貫くように、顔は雄弁だ。そのせいで私はすべてのプラトン信奉者や（もし違いがあるなら）ユング信奉者にも負けずにすむ。

顔の背景は幾何学模様で、ときには等間隔の点が一面に並んだ空になり、ときにはモザイク状のシダが敷き詰められた青々とした植物世界になる。アヤワスカを飲むと見えると言われているのは、こんな光景にちがいない。シダが揺れ、顔がどれだけじっと動かないかを際立たせる（そのことを示す必要があるかのように）。

ときには皮膚がはがれた顔もある。皮膚の下に、その人物の本来の姿が見える。ときには私が飛ばなければ近づけない、あるいははっきり確かめられない顔もある。Xはそのひとりだ。彼の眉は私が以前に思っていたより太い。ますます石器時代の穴居人の典型に見えてくる。彼の息子はいつもその後ろに隠れ、青白く、ぎこちない。

私が自分のまぶたを無理やりこじ開けると、トムは木の枝を削っているか、自分のノートに何かの図を描いている。その図は、ときには私が目にしたばかりのもので、見る人は誰でも自分の思うものに見えるだろう。一瞬、履いている靴が透明になって自分の足が腐っていくのが、隠れ処の地面の下でミミズが滑るように動いているのが、焚火周辺のむさ苦しさに私の父がやんわり不満を唱えているのが、カリブーが手提げ袋に鼻を押しつけているのが、カラスが人間の指をくわえているのが、木が腕をひと振りして深々とお辞儀をしているのが見える。

同じままのものは何ひとつない。私にはただの石も、ただの木も、信じることができない。それでも私には、自分自身を、トムを、信じないことはできない。すると急に森に物語が溢れ、役者と、オーディションを受けて役をもらおうとする魂でごったがえす。

春になれば太陽と新芽と活気が、それぞれの物語を語るだろう。だが今、この冬の森にいる私には重荷だ。物語が語られなければならない。そうしなければ何か悪いことが起き、私のほかに語る者はいない。

多くの文化で物語は冬にだけ、または暗闇の中でだけ語ることができるのを思い出す。ほかの季節や時間に語れば、もっと権威ある別の語り手のもつ、物語を語る特権を侵害することになるからかもしれない。それに、物語を語らないのは悲惨であると同時に、物語は癒し、回復させ、救うことができるのも思い出す。ときには物語が死者を生き返らせることさえできる。

だから、たどたどしく、回らない舌で、私はトムに物語を語りはじめる。

「もっと」、とトムは言う。「もっと」

トムはじきに大人になる。もし私がまともな父親だったなら、私は社会福祉の相談員に好きなようにしてもらい、トムが断食と恐怖を経験して自分自身の物語を学べるよう、寒さの中に送り出していただろう。ちょうど、もし私がまともな息子だったなら、父が私のことを気にかけてくれたように。トムは物語が大切なことを知っているが、まだ正しい物語を知らない。

これは私の落ち度で、情けなくなる。現代のイニシエーションの儀式といえば、駐車場で安酒を飲んで酔っ払う、バスの待合所で純潔を失う、まるで聖典の巻物か何かのようにスマートフォンを手渡される、チキン工場でアルバイトを経験する、あるいは中流階級ならば、保険数理士のもとで見習いを経験するくらいなものだ。私は、子どもたちが進みそうな道からスタートさせてやるのが、少なくとも誠実なやり方だと思う。子どもに有頂天と毛サイの狩猟を経験させてから死ぬまでコールセンターで働かせるのは、思いやりに欠けるのではないか。

カササギは、暗闇の中でも耳を傾ける。私が話すとき、私の肩からほんの一フィートの場所が彼女の定位置だ。私が話しているあいだは、ずっと静かにしている。話が終わると、しばらくおしゃべりをし、やおら私たちに向かってうなずいてから、どこかに飛んでいって朝まで戻ってこない。

＊

寒い。私は立ち上がり、用を足すために外に出る。足の先まで血液が行きわたるのに、しばらく時間がかかる。頭に浮かぶのは、つぶれたストローのような自分の動脈だ。

目の前で光が揺らめくと、どんなわずかな質感の変化にも集中しなければと感じてしまうせいで疲れ果てる。今は何かを食べたい。食べることが目的ではなく（食べることを考えるだけで吐き気がする）、また単調な日常を取り戻すために。一瞬一瞬に、あまりたくさんのものを詰め込みたくはない。あまりたくさんの可能性はいらない。できることがあると思うだけで疲れるのだ。ほんとうの自由になりたいわけではない。自分の好みに合った選択肢の小さなメニューがあればよく、私の決断で行き先が変わる分岐点は、ほどほどでいい。無限の可能性をもって生きること、そしてその可能性の中から選択する責任を立派に果たすこと——人間として生きるとは、そういうことだ。

私はだんだん寒く感じるようになっているが、森はだんだん暖かくなっている。今では雪に穴があき、車にはねられて死んだ動物たちは悪臭を放ちはじめ、私たちも同じだ。寒さのせいで麻痺していた私たちの鼻孔も、今では生き返りつつある。私の背中には腫物があり、体の中で唯一熱く感じる箇所なのだが、そこがジクジクしてくると、汚れたブタ小屋に敷かれた麦わらのにおいがする——そのにおいを私はかなり気に入っている。私の息は洋ナシの飴のにおいがして、自分でもそれがわかる。栄養失調のケトンのにおいだ。家に戻れば、あの古いズボンがはけるようになっているだろう。

「家に戻れば」。そう考えたのはひどい失策で、取り消しはきかない。それは森への裏切りであり、カササギはもうこない。

＊

荷造りをする。二、三分で終わりだ。木から防水シートをはがして丸め、寝袋、フリント石器、槍、火で硬くした棒、ノートといっしょにリュックに詰める。

Xと少年は、前よりはっきり姿を見せ、納屋のそばに立っている。少年の目は、野ウサギの金色の目だ。

家に戻るのは難しく、危険な道のりになるだろう。自由に、有意義に、思う通りに生きてきたあげく、旧石器時代よりあとのふりをして過ごすのは難しい。だからどの政府も（すべてが新石器時代に生まれてきたもので）、人々がトムと私がしているようなことをするのを怖がっている。彼らは放浪者を——ラベルがなく、冷静で、自由な人々を——嫌い、恐れ、羨む。政府の目に入るのは法律だけだ。自由を一度味わってしまうと（たとえ自由を望んでいなくても）けっして忘れられないことを、彼らはよく知っている。自分たちの嘘がはっきりわかってしまうことも、自分たちが注意深く組み立てたテーマパーク（彼らはそれを「現実」と呼ぶ）は詐欺的で脆弱なものとして追放されることも、よく知っている。森で過ごした人は二度と、見せかけだけの暮らしなどしなくなる。

*

それでも、私はここで起きたことを忘れてしまうのが怖い。ここで起きたこととは、ほんの少しのあいだだけ、私たちがこの場所の一部になったという事実だ。狩猟採集民は自分たちがこの場所の一部であるのを忘れることはできなかった。もし忘れれば死ぬことになっただろう。生きるとは息をすること、息をするとは意識的に森を自分の中に取り込むということだ。クジラ目の呼吸は随意運動で、クジラの脳の半分はいつも目覚めて横隔膜を動かし続けている。もしもクジラが完全に寝入ってしまうと息ができない。後期旧石器時代も同じことだった。森を取り込むことをやめれば死ぬしかなかった。今でも、もし知ってさえいれば、同じことだ。

私はオックスフォードの郊外で狩猟採集民になれるだろうか？　ピカピカに磨いた靴を履いた足で、一歩ずつ踏みつけるあらゆる場所の一部になれるのだろうか？　それは注意を払うかどうかの問題だと、私は思う。誰もが学べるように、私も長い年月をかけて練習し、自分が呼吸していることを意識できるようになれば、きっともっとうまくなる。だが今のところは、ずっと注意を払い続けることに体系的な戦いがあって、私が知るほとんどの人たちと同じように私も負傷者だ。

　森から駅に行く途中、私は枝を折って思わず「ごめん、許せ」と声をかけ、古いブラックベリーを見つけて食べながら無意識に「ありがとう」と言う。私はいくらか前進したらしい。感謝の気持ちは狩猟採集社会をよくあらわす代表的な特徴になっている。それは収穫祭の感謝とは、ちょっと違う感謝だ。

＊

かなりの距離を歩いて村に着くころには、すでに四万年のときを移動していたから、私の目はキョロキョロして気晴らしになるものを探していた。私はふたたび現代人になり、現代人は重要性を楽しむことはなく、だから私は重要性を探すのをやめにした。それでも壁に飾られた中世の石の顔が、前を通りすぎる私たちに目くばせを送り、カササギが素早く舞い降りて鋤《すき》の柄にとまり、カチカチと鳴く。

「ぼくはあの森が大好きだ」と、トムが言う。私はぐっと言葉を呑み込んで、トムにその意味を尋ねない。何かとても大切なものを壊してしまうのが怖いからだ。

　村には旗を立てている家がいくつかある。私はそれを見て怒りを感じ、その怒りに力をもらう。それは何かが起きたというもうひとつの合図だ。私が怒っているのは、私には愛国心があるからだ。ひとつの場所をほんとうによく知っていて、心から愛している人は、旗がどれだけ不十分かを知っている。一本の旗でひとつの谷や一本の木を象徴できると言い出すのは冒瀆だ。狩猟採集民は旗をもたない。ほんとうの愛国者は旗を燃やす。

　私たちが小さな田舎の駅に着くころには、一瞬一瞬が飽き飽きしたように互いを処理しはじめる。森の中に直線はひとつもなかったが、今ではまわりじゅうに直線が氾濫《はんらん》している。窓枠、建物の角、瞬間と目的の整然とした直線だ。

「ここは箱だらけだね」と、トムが言う。

ダービーでフライドポテトを一袋食べると、光の揺らめきは消えた。

私たちが屋内に入っていくと、誰もが息を呑む。

人々は、裸同然で外の大きなゴミ箱のあいだに立っているXとその息子の姿を見て息を呑まないが、私たちを見て息を呑む。

＊

血に飢えた環状道路から響く絶え間ない怪物の叫び、テレビで繰り広げられるおしゃべり、いがみ合う子どもたちの金切り声が聞こえるにもかかわらず、オックスフォードの静けさと平穏さには驚くばかりだ。これまで私たちは、石垣に波のように押し寄せる強風、ブナの梢のざわめき、カラスの甲高い鳴き声と耳障りな低音、ネズミの走る音に、すっかり慣れていた。森ではあらゆるものがとどまることなく変化していた。オークの木を見上げれば、枝は一度も見たことがない様子で交錯している。これからも同じ様子を見ることは二度とないだろう。空に浮かぶ雲があんなふうに見えたことは、それまでに一度もなかったし、スズメどうしの会話があんなふうに聞こえたことも、それまでに一度もなかった。石灰石に広がっていく雨だれの模様は、はじめは握りこぶしで、それがシカの頭になり、やがて聖杯になる。

私はここオックスフォードでも、なんとか同じものを見ようとあがく。だが、「存在するのは比較的非野生的な場所ばかりだ」と言ったデイヴィッド・エイブラムに賛同するしかない。最も清潔なショッピングモールでさえ野生の一部であり、不測の事態とキノコと刺激的な汚染だらけだとかたくなに言い続ける人たちには、うんざりする。だが、しばらくのあいだ本物の野生がどんなものかを経験すると、比較的非野生的な部分ばかりの場所には苛立ちしか感じない。今、私が座っている場所からは、空が見えない。BMWが通りすぎる。次はフォード。それから隣のジャーナリストにインクカートリッジを届けに来たDHLのバン。またBMW。「ごめん、今はちょっと話す時間がないんだ」と、電話のむこうで友人が言う。「ほんとうに忙しくてね」

いや、きみは忙しくなんかない。きみの目ときみの脳は、先週いっぱいかかっても、後期旧石器時代の森では十分で終わらせなければならなかったことをできなかった。きみの腕、きみの脚、きみの耳、きみの鼻、きみの触覚受容体は、もう何年間も、何もしていない。

私たちは野生を、音もなければ動きもない、何の出来事も起きない場所だと思っている。人々は「ほんの少しの平穏と静けさを求めて」地方のコテージを借りる。それは私たちがひどく鈍感になっている証拠にほかならない。田園地方を歩けば、耳が痛いほどの、威嚇的で、殺気立って、うんざりする不協和音に包まれるはずなのだ。

刈り取られ、焼かれ、毒を盛られた現代の野生の弁明がそうしているのだとしたら、本物の野生が――まだ存在しているなら――何をするかを考えてほしい。それはスピードとヘロインとLSDの強烈なカクテルを飲んで、グレートフルデッドのリズムに合わせてモーツァルトのレクイエムを演奏するクラブで踊りながら、ずっとホラアナグマに腹を切り裂かれるのを期待しているようなものだ。

Xと彼の息子が、オックスフォード南部の私たちの居場所にやって来たなら、邪悪な砂漠に迷い込んだと思うにちがいない。動物たちの群れは姿を消してしまった。鳥たちはおそろしいほど静かだ。だがここでさえ、Xなら頭上のガンの群れを目にし、その行き先に注目して、自分の進むべき道を計画しているだろう。寒冷な気候では水鳥は大切なものだった。場所によっては水鳥が生命線にほかならなかった。Xの股間はハクチョウの巣でうまく卵を温めただろう。Xはカモの皮の脚絆をつけ、ガンの皮で防寒着を作って、胸と背中にはその羽根を詰め込んでいたかもしれない。オオハシウミガラスの帽子はおばあちゃんからもらったものだ。ハクチョウの足で作った火おこし用の袋は、アカアシシギの尾腺からとった脂で防水加工されているだろう。風焼けした鼻はオオバンの油脂で光っていたにちがいない。帽子の下には燻製のカモの切れ端をいつも隠し持ち、それがあればほかに動物が捕まらなくても一か月は命をつなぐことができた。

後期旧石器時代の水鳥のことを考えるなら、ウォッシュ（イングランド東岸の浅い入り江）やソルウェー湾（スコットランド南西部とイングランド北西部のあいだの入り江）、あるいはアイスランドに行っても意味がない。それよりもセント・ジェームズ・パークのベンチに座って目を閉じ、ビッグベンの鐘の音からも飛行機やバスの騒音からも耳をふさぎ、ただ周囲で羽をバタつかせている太り過ぎのカモだけに意識を集中することだ。もっといい方法を選ぶなら、私たちがダービーシャーから戻った翌日に出かけたように、セバーン川の河口に近いスリムブリッジまで足をのばす。ドライブ中は車の窓を全開にして、暖房を切っておくのを忘れてはいけない。服装は薄いTシャツと短パン、履物はビーチサンダルで、毒ガエルのそばを通りすぎ、鳥肌を立てながら中央のカモの池まで歩く。池にはカモとガンが昔と同じようにたくさん集まっているが、銛《もり》をもって受付を通るのは難しい。

河岸の隠れ場からはローマ時代の係留所が見え、もし潮が十分に引いているなら、遠くの泥に中石器時代らしきものの影が見える。二頭のオオカミが並んで歩いた足跡、ノシノシ歩く何頭かのオーロックスに、肢を高く上げて進む数羽のツル、そして数人の人間だ。どんよりした空は、ときには羽ばたくタゲリのせいで暗くなり、考えるより速く旋回するハマシギのせいで銀色に輝く。そこでは一瞬、翼の色と頭の形状を示した薄板の案内板と、まるで自然に向けた男根崇拝のように観察用望遠鏡を突き出して固定できる窓を無視するなら、後期旧石器時代の活気に満ちたざわめきを少しだけ感じることができる。そこにあるのは人間の頭の中の雑音や企業の陰謀とは無関係の、熱を帯びたざわめきだ。

「どうしてあんなに夢中になって飛んでいるの？」と、八歳のジョニーが不思議そうに尋ねる。

「飛べるからだよ！」

「それか、よく晴れているからかもしれないね？」

「きっとそうだ！」

私たちが家に戻ると、本物の冬がはじまる。

＊

私たちが暮らす郊外の冬は、森の冬とあまり変わらない――あるいは、そう自分に言い聞かせようとする。私たちは我慢した。足場を固めた。厚着をし、食料とアイデアを求めて寒さの中に出かけた。私の日常生活は、食事を作るアイデアをかき集めることで成り立っている。私がやっている食料探しと後期旧石器時代の食料探しとの唯一の実際的な違いは、冬でも夏と同じだけ、あるいはもっと多くのアイデアが、木や森にぶら下がっていることだ。

私たちは物語を作ろうとした。グリーンランドから空中に続くハクチョウの道の物語。いつも暗闇に閉じこもっている光の物語。雪の下で忙しくする物語。私たちの足下深く、地球の中心にある火の物語。コマドリの頭の中にあって、私たちの頭の中にまで広がっている、心の物語。

私たちは夜明けに湿地で寝転んだ。着ている服が泥に凍りつくままに、ガンの鳴き声を聞きながら、あの長くて美しい大腿骨に穴をあけて吹けばどんな音が出るのかを考え、香草のサンファイアはガンのレバーに合うだろうかと思いを巡らせた。道路で死んだ鳥を見つけたときには、骨を茹で、舌をペンチで引き抜いて、クロウタドリの舌は尖った短剣《スティレット》に似ているのを確かめた。家の近くに住んでいるキツネはプラスチックを怖がり、同じく近くに住んでいるカケスは脚が一本欠けていて、私が「感じる《フィール》」という語を口にすると、偉い学者風の顔で脅えた表情をした。

だが、私たちが何よりもじっと見つめていたのは、オリオン座の東から西への移動、おうし座とふたご座の位置、夜の端に忍び寄るかすかな光だった。

Xと彼の息子は姿を消した。玄関の前で別れて以来、二人を見なくなってしまった。もしかしたら保育園の裏手にある茂った森に引っ込んだのかもしれないと思ったが、昼も夜もその森を歩きまわり、じっと座って待ってみても、そこに二人の姿は見えなかった。たぶん、一年のうちで一番物語を語るこの季節に、私の物語に力を貸したくないのだろう。自分自身の物語でなければ、よい物語とは言えないからだ。ひと言つけ加えておくなら、もしも物語がたしかに自分自身のものならば、それがどんなにつまらなくても、私はそれが役に立つものだと思ったはずだ。

冬のあいだ、私たちはただ遊んでいた。ダービーシャーの森はいつでもそこにあり、私たちを嘲るかのように部屋の隅にもたれ、椅子に寝そべり、私を問いただし、たいていはぶしつけだった。

「そこにとどまっていたら何になれたか、考えてみたか？」

「ますます大きくなった太鼓腹を見ろよ。もう一か月もオオカミの群れに餌をやってきたんだ」

「ぬくぬくと暖かい部屋で眠りほうけたせいで、あの野ウサギの暮らしの、とても奇妙な何かを見逃したな？　それについてはどう思っているんだ？」

「一番下の牧草地にたまった水の凍りついた表面が、顔の形になった。誰の顔だと思う？」

森とサバンナは過去であり、私とすべての者がゆっくりと結びついた場所だ。そこは私たちの骨がゆっくりと形成された場所であり、それらが何でできているかを知っている唯一の存在でもある。

私は自転車で図書館に通い、何週間もかけて人間の骨のレシピを調べた。ダーウィン、デネット、ブレイク、ジェフリーズ、研究室の棚と論文の詳細な脚注に壺や頭骸骨やフリント石器の袋を並べたその他の無数の名もない学者たちを、くまなく見つけ出したのだ。

書くときも眠るときも、トムが作った後期旧石器時代の手斧を握りしめ、それが私と古代の闇とをつなぐ超電導コネクタになること、そして私の骨がどのようにできたかを知る手がかりをくれることを願った。いや、半ばそうなると信じていた。

保育園の裏手にある森の地面に座り込み、環状道路に悪態をつきながら、私は顔を素早く左右に振り続けることに専念した。ほんとうに大事なこと——死者、過去、Xとその息子、人間の骨のレシピなど——は、いつも視界のはるか遠くに霞んでいるけれど、自分が十分に素早く行動し、幸運に恵まれ、また相手が見られることを選ぶなら、不意打ちで見えることがあるのを知っているからだ。

過去を現在と結びつける実際の仕事は、私の足の下で進んでいた。霜が降りるころになると、ミミズが去年の秋の葉っぱを土の中に運び、代わりにサクソン人の農夫、ノルマン人の収税官、ヴィクトリア朝時代の女性家庭教師のほんの一部を地上に送り出した。そしてそれらがみんな、森林教室から戻る子どもたちのナイキの靴底について運ばれ、玄関マットで払い落とされる。地中でも、新芽がふくらみ、まっすぐに伸び、先端を鋭くとがらせ、目はなくても絶対の自信をもって、やってくる光の方向に進んでいた。それはアフリカから飛び出した古代の人類を思わせる。

私たちにはうまくやっていかなければならないものが、山ほどあった。古い旋律、締め切り、パーティー、公園の散歩、互いを理解しようとする不器用で大げさな試みと、その失敗からくる孤独、酒の力を借りた陽気と、もっと大きいしらふのままの陽気、アイスランドに伝わるニャールのサーガと侵略のサーガであるクリスマスのなんだか落ち着かない瞬間、そして、自家製果実酒を飲んで何か重大で古いことを思いついたような感覚——まるでそれがユグドラシル（北欧神話の架空の木）のしなびた果実で作られたかのように感じた（でも雑誌『プライベート・アイ』のコラム「疑似コーナー」に掲載されるようなものではない）とき――、何かが起きるのを期待する墓地の散歩、波間への突進、ペロポネソスから送られてきた安い赤ワインの木箱、毎日の日の出からちょうど同じ時間に我が家の上を飛ぶガンを見ようとしたあわただしい夜明け、同居人を知りたくて裏庭に仕掛けた罠にかかったハタネズミの熱くて震える体。

私たちは足踏みをしていた。Xと彼の息子は暗闇で、この一年を生き延びるために必要な物語を作っているにちがいない。

春

森に霊がやってくると、すぐ何かが起きる。あたりがシーンと静まりかえる。十分ほどのあいだ、森は痛いほどの静寂に包まれ、すべての音が消える。ほかのどんな静寂とも、ほかのどんな静けさとも、ほかのどんな空気とも違う。今こそ走り出すときだ。もしもまだ自分の脚が残っているならば。

もしなければ、私が思うに、つながりができている。

マーティン・ショー『小さな神々』

冬、人々は思索にふけった。そして春になると放浪の旅に出た。でも私は冬を恐れ、根っからの怠け者で涙もろく、物語を愛しているから、火を離れて洞窟から出るのは難しい。そうやって物語を語るより自分の物語を歩き出すなんて、できそうにない。贅沢に暮らすほうが楽だ。

後期旧石器時代の春は不毛で、人々のあばら骨が浮き出す時期であり、雪が後退していくにつれて黒々とした大地のあばら骨があちこちに浮かび上がってくる季節でもあった。

見た目にはわからないかもしれないが、私は冬のあいだにすっかり痩せてしまった。「やっぱり、シャーマニズムのやり方をちゃんと把握しなくちゃだめだよ」と、賢明で情け容赦ない友人が言っていた。「それが後期旧石器時代の世界だったんだからね。経験豊かなシャーマニズムの旅人にならないで後期旧石器時代について書こうとするのは、足先を水につけたこともないのに水泳について書こうとするようなものさ」

それは言い過ぎだとは思ったが、当たらずとも遠からずだ。だから私は歯をくいしばって、あちこちを尋ね歩いた末、ようやくサマセットの森にあるトレーラーハウスにたどり着き、ドアを叩いた。

「どうぞ、入って」と、ポリーの声が響き、ビャクダンの香りが漂ってくる。「怖がることはないのよ」

ポリーに怖いものはなかった。彼女は二十年前、ごく普通の手術を受けているあいだに呼吸停止に陥り、トンネルをくぐって死んだ祖母とハグをしたところで、精力的な麻酔医によって強引に連れ戻された。その後、国民保健サービスの事務をしていた仕事をやめて中央アジアに行くと、馬肉と地衣類を食べて暮らし、毎週きまってベニテングタケを口にした。そのたびに、ひどく汗をかき、痙攣《けいれん》を起こし、ジュディ・ガーランドのたくましい巨大な（鉤爪の生えた）手を握りながら、いっしょに時間のむこう側、時間のはじまる前の空虚を見つめ、ボタンチョコレートとヤモリを食べた。それから、シルクロードの彼方のどこかにあるオオカミ自然保護区でトイレ掃除の仕事をし、ようやくイングランドの西部地方にある家に戻ってきたのだった。

「事務の仕事より恐ろしいものなんて、何もなかったのよ」と、彼女は言った。そしてさらに続ける。

「私のことを信用する必要もないわ。それでもいいのよ。世の中にはインチキなのがいっぱいいるんだから。みんなシャーマニズムの週末コースに参加しただけで、自分の事業を立ち上げてるの。ジャガーとオークの木と星の写真が満載のウェブサイトを作ってね。私たちはゆっくり、慎重にことを進めましょう。それで、もし怖いと感じることがあったら、あなたはここには合わないってことだから、すぐにやめるといいわ」

私たちはゆっくり、慎重にことを進めたが、それでもまだ私にとってはあまりにも速すぎた。私は何週間もポリーのところに出かけ、薪ストーブの隣に敷いたウレタンマットの上に寝そべると、自分を小さくして、ギリシャの海岸にある穴をくぐる方法を教わった。私は穴の周辺にある硬い草の縁《ふち》に沿って肩を押し込み、古いシュロの木の根っこの下を前かがみになってクネクネと進み、それから立ち上がって、壁にある目を無視しながら、沸き立つ流れに沿って湿地へと、どんどん下っていく。私を待っていたのはキツネで、ネコのようにゴロゴロと喉を鳴らし、その黄色い目には、ぼんやりとした星雲模様の暗い斑点がある。そのキツネからは麝香《じゃこう》の音がした。ここではにおいを聞くことができ、色を嗅ぐことができたからだ。キツネはときどき私に息を吹きかけ、それはまるで温泉の草原を吹きわたる風のようだった。ときにはそのキツネが柔らかい肢《あし》で私の胸を開き、中をひっかき回す。そしてときには、私が頼めば、私といっしょにトンネルを上って戻り、マットの上まで、それから車の中まで、高速道路M5まで、ずっとついてきてくれた。

「彼がやってくるのはいい知らせ」と、ポリーが言った。「たぶん、ダービーシャーに出かける準備が整ったのね」

確信はなかったが、いずれにしても、トムと私は出かけることにした。

＊

私たちは、太陽が闇に降参するまぎわに到着することができた。前回使った隠れ処《が》は冬をうまく乗り切ったようだ。私がいつも寝ていた場所の、ちょうど頭の位置にキツネの糞がとぐろを巻いて残っている。なんとも幸先がいいではないか。頭上の枝に防水シートを結びつけ、火をつけ（「ちがう、火の目を覚まさせるんだよ」と、トムが主張する。「覚えてないの？」）、ただ挨拶をするためだけに何本かの老木に登り、知り合いの動物たちを探しに出かける。

　怒りっぽい雄のウサギが死んだのはわかっている。片目のコマドリはどこにも見当たらないが、カチカチ鳴くカササギは、まもなくいつもの古い枝に戻ってきた。冬のあいだに、片方の足だけで枝にぶら下がって逆立ちする技を身につけたらしく、いかにも自慢げだ。私たちのほうに頭を突き出し、ちゃんと見ているか、承認しているかを確かめる。

　あの野ウサギは？　まったくわからない。窪地に光沢のある耳の先っぽは見えないが、だからと言って、そこにいないことにはならない。今夜は満月だ。もし生きているなら、月の光を浴びて淫らに転げ回るだろう。

　トムはあらゆるものを整頓する。石で作った炉をきちんと片づけ、ワラビを集めてきて防水シートが届かないひさしの部分を埋め、自分の食料を少しだけ残してあった小さな空き地まで、下ばえをきれいに刈り取って小道を整える。

「あんまり居心地よく、しすぎないでおこうよ」と、私はトムに声をかける。「これからは、居場所を何度も変えるんだから」

＊

　現代人と後期旧石器時代人の最も重要であきらかな違いは、衣服でも、毛深さでも、身体的な頑丈さでもない。それは、彼らの世界市民主義《コスモポリタニズム》と移動性、私たちの自国中心主義《パロキアリズム》と定住性だ。後期旧石器時代の人々は冬のあいだを除いて、広範囲に、親密に、多様に旅してまわり、新しい場所に行くごとにそこの霊と新しい協定を結んで飢えずにすむような手だてをし、そのたびに知性が息づいた。一方の私たちの旅は、同じ場所のあいだを——同じ施設と同じ食べものが揃った同じ箱のあいだを——行き来するばかりだ。そして座っていれば、あるいは前かがみになっていても、寝そべっていても、開けた口にカロリーが降ってくる。

春と秋、カリブーが一日に最大三十五マイルも歩いて合計何百マイルにもわたる大移動を開始すると、ときにはまるでサメにつきまとうコバンザメのように、狩猟民たちがその群れについてまわった。私たちもカリブーが行ったかもしれないと思えるあたりに行こうと思っている。そうすれば、カリブーを待ち伏せするのが一番簡単だった場所が見つかるだろう。たとえば狭い通り道などだ。待ち伏せによって殺生の場と化したボトルネックの近くには、季節ごとに後期旧石器時代人たちが集合する場所が生まれ、そこでは（Xの時代よりあとになって）後期旧石器時代の偉大なる最高傑作——ビザンチウムに至るまでで最も洗練された二次元芸術——が生み出された。芸術、共同体、政治、宗教のすべてが、季節ごとのカリブーの大移動に依存していた。

私はそれほど旅をしたいわけではない。ひとつの場所をきちんと知って、その物語の一部になり、物語が放つ微かな光を、自分自身のものにする方法を知る必要があると感じている。最高の物語は、ある場所から生まれる物語というだけではなく、ある場所の物語でもあるのだと、神話学者で物語作家のマーティン・ショーは言う。「あなたに何かを求めている場所を見つけなさい」。さて、冬のあいだに、私たちの谷が私を手に入れようとしていると感じはじめる瞬間があった。そしてひとりごとをつぶやいた。たしかに、これが後期旧石器時代に感じられたものにちがいない。当時は、一人ひとりの人間と人間以外の世界との境界がたやすく行き来できるものだったか、あるいは存在しなかったのだ。だから全体を統治する規則は、相互主義だった——私がもらえば、あなたが与え、私が与えれば、あなたがもらう——私が要求し、あなたが要求する。私は谷に残って、自分の要求と実際の要求とをひとつにするべきだろうか？

いや、それはできない。彼らは歩いたのだから、私も歩かなければならない。

＊

彼女はまだここにいる！　月の光を浴びて大の字になっているのではなく、落ち着いた様子であたりを軽快に動きまわり、あっちの暗がりからこっちの暗がりへと滑り込む。お腹が大きい。その大きなお腹が左右に揺れると、彼女はまるで大波に翻弄される船に乗った船乗りのように、肢を踏ん張る。

窪地にはキツネのにおいがするから、道理でもう戻らないわけだ。お腹にはおそらく四匹の子どもたちがいて、彼女は自分だけのことを考えているわけにいかない。

だが、野ウサギとカササギだけでは満足な安らぎを得られずにいる。森そのものが顔をそむけていた。

＊

私たちはときどき昼のさなかに隠れ処からこっそり抜け出し、遠くに散策する人の上着がチラッと見えると、素早く木のうしろに隠れたり地面に伏せたりする。そうしながら通り過ぎる人間たちをオオカミのような目で見つめ、彼らのバックパックに入っているチョコレートを想像してよだれを垂らす。そして、彼らがこの古くからある丘を何時間も歩いたあげく、駐車場に戻ってニュースのスイッチを入れるとき、どんな痛手を受けるのかと思いを巡らす。家にとどまり、そんな変化を経験しないほうがよくはないか？　ときには、スナッフ映画（実際の殺人を記録した映像）への興味から大きな道路の脇に横たわってワクワクしながらも、その激しさと無関心さと無謀さと悲し気な叫びにゾッとする。またときには暗闇の中で、村の家々の様子が目に入る。子どもたちは食事をして言い争い、カップルは甘く囁き、いがみ合い、無視する。誰かが誰かを一瞬より長く見ている光景はほとんど目にできない。私たちは彼らの物語を完結させようとする。どうすればすべてのものが、彼らの選んだ物語にうまくはまるだろうか。なぜあの壁紙を貼ったのか？　なぜ死にそうな闘牛士のあのプリントを選んだのか？　なぜ、どの夜でもなく今夜、魚をフライにしているのか？

＊

夜には私たちの周囲のいたるところで、殺す場面、殺されるのを免れる場面が繰り広げられる。メンフクロウは牧草地を、まるでコピー機の走査器のように几帳面に、徹底的に調べ、ときにくちばしの動きに合わせて小さい叫び声を響かせ、キツネはすばらしいウサギと勢力争いを繰り広げる。モリフクロウはハタネズミを捕りそこねて、イラクサのベッドに倒れ込む。遠くに住むアナグマが、唸り声を上げながら激しく抵抗しつつも地中から掘り出され、袋に入れられる（私たちには電話がないから警察に通報できない）。そして村ではきっと男が妻を殴っている。

トムはぐっすり眠り、チョコレートとトナカイの夢を見ている。私は目を覚まし、Xはどこに行ったのかと思いを巡らす。Xがいないのは、そして実際には森そのものが私からすっかり遠のいてしまったのは、何らかの悔い改められていない残酷さのせいなのか、あるいは偶然のなせる業なのか。それは少なくとも、たしかに後期旧石器時代の思考だ。私は話をする必要のあった誰かを無視してしまっただろうか？　私はあのローストポークを無頓着に食べ、まだ近くにいて、ひと口ごとにじっと見つめていた、近い親戚の臀部からとったものだと考えなかっただろうか？　私は誰かの不幸を笑っただろうか？　そうしたことのどれかが森への入り口の扉を閉ざしてかんぬきをかけ、不快な思いをしたXを追い払ってしまったのだ。ジェイ・グリフィスは「野生の優しさ」について話す。土壌から道徳性を得る者たちを特徴づける「優しさ」だ。歯と鉤爪が優しさの源だという意味ではない。私はこれまであの唸り声と叫び声を耳にしてきて、ダーウィンを私の道徳の師にはしたくない。競争、死、消耗、混乱は、私たちを優れた存在にはしない。森は人間に、フクロウに期待するより多くのものを期待しているように見える。

私は過去二か月間を細かく思い起こし、愚かな行ない、冗談、気取った態度を洗いだしていく。すると突然、教会の午前三時の鐘と同時にひらめいた！　あの講義中に発した、皮肉っぽい、自らを美化するような質問だ。折り合いをつけることはできそうだが、そのためには何か急進的なものが必要になる。断食が理想的に思えるものの、朝になれば出発するのだから、その前に森との関係をきちんとしておきたい。そこで私は立ち上がり、裸で風に吹かれながら外に出ると、トムが作った道を通って腐りかけた食べものがある石に向かう。そして額を一本の木に押しつけて立ち、歯をガタガタいわせながら不完全な旧約聖書のミゼレレのようなものをつぶやき続け、やがて鐘が次の時間を知らせたので、隠れ処に戻る。寝袋に潜り込むと、月の光を浴びてトムの通り道がきらめき、塀の向こうからXの柔らかい獣皮の靴の音が聞こえる。

＊

夜が明け、トムが「お父さん」と呼んだ。「夜になるとどうして小道に生えている草のほうが、両方の道端にあるものより輝いて見えるか知ってる？　草が反射するからなんだよ。それは草に含まれているシリコンのせいなんだ。月の光がシリコンの結晶に当たって跳ね返る」

そうだ、トム、その通りだよ。

＊

私たちは谷を上って西に向かい、朝露の中を進む。手にしているのは干し牛肉を入れた袋、レジャーシート、そしてこの場所をカリブーが走ったに違いないという共通の直観だけだ。寒い。意志と喜びをすっかり吸い取られてしまいそうな、空腹に似た寒さを感じる。すぐ前にカリブーの群れがいるなら、そのすえたようなにおい（地下室にいるみんながザウアークラウトを食べ、競い合うようにゲップをしているようなにおい）が糞に混じって地面に落ちているだろうが、その糞さえもまもなく湯気を上げるのをやめ、寒さに屈してしまうはずだ。そしてそれほど寒ければ、カリブーの息から出る湯気が雲のように立ち昇るので、遠くから大群のいる場所がわかることを意味する。後期旧石器時代の狩猟民たちは、古代イスラエルの民と同じように、立ち昇る雲の柱を追っていた。

きょう、私はカラスの深遠な意志を見つめている。カラスは私の粉々に砕けた決意などより、はるかに完璧な意図をもっているのだ。牧草地の片隅から別の隅に向かって重々しく羽ばたくあのカラスは、これまでのどんなときの私よりもはるかに、作用するものになっている。そして作用するものは自分自身を知っている。人間以外の世界——後期旧石器時代の人々が属していた世界——には、融和した連帯感がある。作用とは、意味と重要性を意味する。牧草地が全体として何かを意味している。それは理由と方向をもっている。

この神秘主義的なたわごとは、狩猟採集民の暮らしを規定する公理のひとつだ——それは、私たちにとっての「市場の優位」と「利益の動機」の神聖さと同じくらい、根本的なものなのだ。

私には自分をカラスの意図に合わせられる瞬間（一瞬だけ）があり、その状態になれば、鳥の動きは衛星から送られてくる天気図や医療の生化学検査室より信頼のおける兆しだと、信じないなんて不合理だと思える。

霊のキツネが私の横で足早に走っている。ときにはそのキツネのしっぽで押されて草が揺れ、キツネの足で踏まれて草が折れ曲がる様子が見える。彼の足取りは、とても落ち着いてはいるが、そんな中にも先を行くカリブーのにおいを嗅いで奮い立っているのがわかる。

私たちは着実に丘を登り、門を抜け、踏み段を越える。はるか昔、私たちが歩いている溝に沿って大地が折れ曲がり、のちに平らになったのだが、完全に平らになってはいない。ここではヒツジよりヒツジの頭骨の数のほうが多く、納屋の扉に釘で打ちつけられているのはカササギのつがいだ。その下でアオガラがピョンピョン跳びはねながら、風に吹かれて落ちてきたウジを食べている。

トムはカリブーの跡をたどりながら進んでいく。私よりずっと簡単に、行くべき道を見つけている。もう二時間も黙ったままで、私が何かを指摘したり、思っていることを言おうとしたりすると、唸るような声で制止する。当然だ。私はただ、自分がこの仕事をきちんとできないことを隠そうとして、話しているだけなのだから。

カリブーの跡は道路を横切り、溝を離れると、ブナの林の輪郭に沿って歩く。トムにはこれが気に入らない。そして、「違う、むこうだ」と言うと、速度をあげてこの部分を過ぎようとする。右側には砕いた石が黒々と、長く連なっている。そのむこうはヘザーで、くたびれた車が何台か見える。小道は川へと下り、さらにその川に沿ってしばらく歩く。小道の下に見える川はゆったり流れ、一年に数インチだけ水が土を削る。七歳のとき、ピクニックに出かけた北の高地にあるムーアで私に降りかかって鼻を流れ落ちた雨は、今、私の靴の下でピチャピチャ音を立てている雨と同じかもしれない。

トムはもうずいぶん先を歩き、奇妙に前のめりになって、どんどん歩調を速めている。彼の指先がときどき草に触れる。「ちょっとゆっくり歩いて」と私が叫んでも、まったく聞く耳をもたない。私だけなら、もうとっくに足を止めていただろう。私は川岸に座ってリスを食べながら、ヒツジ飼いのように物思いにふけりたいが、その見込みはまったくない。トムはもう見えなくなってしまった。生垣をくぐり抜け、ときには（足跡から察するに）駆け足になっている。もしかしたら私がいっしょにいるのが耐えられないのかもしれない。あるいは道路から離れたいのかもしれない。どちらにしても仕方のないことだ。それでもこのあたりの道路はのどかなもので、ときたま意表をつくランドローバーか、毛でびっしり覆われた黒ウシを市場に連れて行くトレーラーを見かけるくらいなものだ。

市の立つ町を避けて通ることはできず、私は避けたいとも思っていない。私の父はその町で真っ赤なチョッキを買ったし（そのチョッキには、キツネの頭をかたどった真鍮のボタンがついていた）、私はヤマウズラとコガモを触りたくてゲームの店に行ったものだ。それに、妹が部屋に入ってこられないようにするために電気柵を買おうとしたこともあった。

トムは橋の上で待っていた。投げ輪でマスを捕まえようとしている。「でもぼくは、マスを食べたいと思ったことなんてないよ。マスは、フライドポテトと、罪深い肉を食べて生きているんだから」

「罪深い肉」？　それは私の父の口癖だったが、父はトムの前で言ったことはなかったし、私だって言ったことなどない。

「どうしてそんなに急ぐのかな？」と、返事を期待するわけでもなくつぶやくと、「先に進まなくちゃ、それだけだよ」という言葉が返ってくる。トムはそう言うとすぐ、北西に向かって出発した。身をかがめたり、何かに触れたりしながら、白い石垣がある古くて狭い、寒々とした牧草地を進んでいく。ミヤマガラスが慌てて飛び立つ。石垣の上のキツネが私たちの持ち物を不思議そうに眺める。大型の猛禽《もうきん》類が肉を摑んだまま、木のてっぺんに舞い降りる。

今ようやく、トムがどこに向かっているのかわかったように思う。ただし、ほんとうかどうか確信はない。七マイル先で、この小道は丘を抜ける細い道になる。よく人が命と落とすことで知られる場所だ。間違えて草地に踏み込めば、切り立った土手が口をあけている。あたりにはいつもクロウタドリがいて、門を通る人々を数えあげ、別の一羽は谷のてっぺんでじっと見守る。ここでは世界の大半が地下にあり、押しの強い春の太陽が顔を出しているときでさえ、そして尾根のてっぺんでさえ、暗闇に掌握されている。

トムはこの細道の入り口にいる。「ここだよ」と力強く叫ぶと、門を押して通り、さらに登っていく。両側には小さい洞窟が見える。トムはそれを見て頷くと、「そこじゃないな」と言う。そして、「まだだ」とつぶやきながら、丘から突き出している岩に上りはじめる。とうとう岩のてっぺんまで上った。そして「これだ」とつぶやくと(「これでいい」とは言わない)、もっていた荷物を投げ捨てる。

「どうした?」と尋ねると、トムは肩をすくめ、すっかり落ち着いた様子で門を見つめている。そこは平坦な道が急に登り坂に変わった場所というだけで、とりわけ見るべきものもない。シェフィールドとマンチェスターからやってきた日帰りの旅行者たちが車を停め、五十ヤードほど道を上がってブラブラ歩いては戻っていく。目を引くほど痩身のサイクリストが光沢のある黒ずくめの服装で、苦心して上り坂を進んで行く。ゴーグルの奥に光る目には、前輪のすぐ前にあるわずかな範囲の路面しか見えていない。マルハナバチとウサギと雲がゆっくり通りすぎる。トムの視線はまったく動かない。

日帰り客が持参したお茶を飲み干し、カーナビをリセットして自宅に戻っていく。ミツバチは花粉でふくらんだ黄色い袋を我が家へ持ち帰る。谷に残されたのはウサギと雲、そしてクロウタドリと私たちだ。トムは手探りで袋を見つけ、自分のほうに引き寄せると、手探りでダウンジャケットを引っ張り出して着込み、フードも引き出して頭を覆う。そのあいだ、トムの頭はまったく動かない。私は自分の袋から干し肉を取り出して、ひとかけらをトムに手渡した。トムは黙ったままそれを食べる。そこで私はトムの座っている場所の少し下で、わざわざ長い道のりを運んできた薪に火をつけた。そうすればトムが火のそばに来て手を暖めると期待していたのだ。だが、トムは動かない。

このあたりでは日中でも太陽の光はあまりなく、わずかにあった光もミツバチのあとを追って丘のほうに行ってしまった。今では夜の闇に沈むシェフィールドの上空に、三日月が舟のように浮かんでいる。でもまだトムは座ったまま動かない。一方の私はわずかにイライラするものを感じている。この計画を立てたのは私だ。トムではない。私は神経質で、心霊力に関しては自負がある。これは父親として子どもを保護する気持ちだと思いたい――トムを、金切り声が溢れる野生、太古の時代のどこか、私の目が届かない場所にやりたくはないのだ。でも、たぶん、私はただうらやましいだけなのだろう。トムは私とは違うやり方でここに、この場所に、いる。一方の私は、いたるところにいる。私の一部はオックスフォードに、一部は電車の時刻表に、三段論法に、神経症に、希望に、中世のアイスランドに、クモの生態にあって、そのすべてが文化の遺伝子とも言えるミームによって規定され、そのミームはギリシャで練り上げられ、ドイツで翻訳され、私の父に誤解され、私が眠りに落ちて夢を見はじめるとすぐに却下されてしまう。私がトムのようにひとつの場所にいることができさえすれば、タイムトラベルなど取るに足りないものだろう。ひとつの側面に自信をもてば、あらゆるものに自信をもつことができる。

私はウトウトしてしまい、焚火が眠りについたところで目が覚めた。トムはまだ同じ場所だ。身じろぎひとつしないが、張り詰め、しっかり目を覚ましている。私はトムのところまで歩いていき、隣に座った。「どうかした？」。トムはまた肩をすくめる。私は少し恥ずかしくなったせいで、頭がはっきりし、隣にいることにした。

トムは正しい。ここは彼らがやってきた場所、男たちが待ち受けていた場所だ。この谷は北西の高地まで最も容易に行ける階段になっている。大きな群れは先を争ってボトルネックを通過し、坂道に溢れ出したはずだ。谷に入るとすぐ、人間、ライオン、大型のネコ科動物のにおいがしただろう。そうしたにおいは、カリブーと同じように、この場所から身動きがとれないからだ。カリブーたちはパニックに陥ったにちがいない。戻ろうとする者もいただろう。鼻を鳴らし、叫び声をあげ、ムッとする尿をまき散らし、三日月型に曲がった蹄《ひづめ》で目を突き、これからやって来ようとする者たち、まだ死のにおいを嗅いでいない者たちを押し戻し、その背中に上って押しつぶし、相手の顔を泥に押しつけ、肢を折り、目を突く。まもなく、後退の合意がまとまる前に、男たちが駐車場の近くにある洞窟から姿をあらわして、叫び声を上げながらトムのいる高台を越えると、その叫び声とともにフリントの槍が大集団に打ち込まれ、カリブーの腹から午後の草が四方八方に飛び散り、谷全体が叫び声と血とルーメン液で満たされるのだ。やがて男たちは叫ぶのをやめ、投げるのもやめ、倒れ込んで涙を流すと、後期旧石器時代のダービーシャーで伝えられてきた十字架の印に代わる動作をしてから、皮を剝ぎ、肉を焼き、生皮をなめす作業に数日間を費やす。そうしながら、谷じゅうを走り回るすべての魂をなだめようとし、カリブーたちの体に何が起きたのか、なぜその肢は太陽にさらされて乾いていくのか、いつものように胴体の四隅についたままになっていないのかと、思いを巡らせた。

当時、この谷の周辺には、数多くの男と女と子どもがいたはずだ。彼らはあらゆる方向から、中には何百マイルも先から、ここにやってきただろう。毎年同じ時期にここをカリブーが通ることを知っていて、太陽と月から到着の時間を計算していたはずだ。ここでは、ご馳走を食べ、物語を語り、宗教的な恍惚にひたり、森の中で性衝動を満たし、結婚の仲介にあやかれることを知っていたはずだ。一年間まったく出会っていなかった広範囲の一族の顔見知りに会えることを知っていたはずだ――それは、DNAの交雑に意味のある相手、娘たちがうまくやっていけそうな相手、動物の皮と交換できる上等のフリント石器をもっている男、女性または赤の顔料である赭土《しゃど》と交換できるビーバーの皮をもつ男を意味していた。

私たちは、狩猟採集民が平等主義者だったと考えがちだ。それは少なくとも一年のある時期についてのみ、現代の団体や現代の社会と比べれば正しい考えだと言える。だが、あらゆるものと同じく考古学と人類学にも流行があり、人類学者デヴィッド・グレーバーと考古学者のデイヴィッド・ウェングロウは、後期旧石器時代の考古学的記録に残されたものと見事に調和するイヌイットおよび太平洋中西部の狩猟採集民に関する古い研究を掘り起こし、再生している。

それらの、より現代に近い共同体では、政治学と社会学は季節によって変化する。そして季節そのものも、単に気温や降水量や昼の長さによってではなく、動物の移動と植物の生長によって決定された。一年の大半について、基本単位は私がXとその息子について説明したものと同じだった。小規模な採集の一団があり、その構成は家族の結びつきや役目によって決まった。根を掘る人、シカめがけて槍を投げる人、ビーバーの罠を仕掛ける人、ベリー類を摘む人、ときには炉の番をする人、基地を守る人もいた——過酷な移動を絶え間なく続ける暮らしではなかったからだ。

こうした小規模な一団には、地位というものについての有毒な前提が比較的少なかった。彼らの暮らし方では、あきらかに全員が必要とされていたからだ。それぞれの役割が持ちつ持たれつの関係にあり、それぞれの貢献が欠かせないものだった。火であぶったトナカイをベリーといっしょに食べるからだ。狩猟のほうが採集よりすぐれていると考える粗暴な夫もいたにちがいないが、賢い妻もいて、家族の食事には動物よりずっと多くの植物があると正しく指摘したことだろう。おおまかに見れば、とても公平な立場が確保されていた。

だが、季節ごとに繰り広げられる大がかりな血の祭典では話はちがった。そこでは(圧倒的に男が多い)狩猟係が中心になって食料を供給するために、集まった一族の中では男性のうぬぼれが横行することになり、現代の重役室や閣僚のあいだで見られるような、とんでもない相乗作用が生まれた。そして集団の人数が増えると、季節限定で規則とその実施を伴う階層化された社会が生まれ、やがて解消してはまた翌年になると復活するようになった。そこで登場するのが、バイソン皮の靴を履いた警官に、マンモスの牙の耳飾りをつけた判事だ。判事とその支持者の首と手首のまわりには死者がにぎやかに集まってきて、そうした死者は警察署のカウンターにもたれかかり、演説をしただけでなく、判決文の草稿も書いた。

後期旧石器時代の狩猟採集民はそのころ、階級制に出たり入ったりを繰り返しながら、季節ごとに変化する寄せ集めの中にある数多くの政治的および社会学的可能性を試していたと言えるだろう。政治的には単一栽培しか知らない私たちより、彼らの方がずっと政治に精通し、経験も豊かだったわけだ。新石器時代に突入する地殻変動と、国家の形成という大きな突然変異が起きるとき、このことは重要になってくる。

どのような力が、後期旧石器時代の社会的、政治的構造を決定したのだろうか？　一部には、後期旧石器時代の狩猟採集民は（そして私たちも）ただのずる賢いチンパンジーにすぎないとする意見がある。チンパンジーは臆病で高慢、乱暴で従順、相手を巧みに操り、地位を得ることで頭がいっぱいだ。もちろん私たち人間には、チンパンジーのもっていない何らかの認知ソフトウェアが備わっているわけだが、それが私たちの性質に違いをもたらすわけではない。私たちは上等なチンパンジーにすぎないということだ。

だが、そう簡単な話ではすまない。人間は単なる何かなどではないのだ——少なくともそうではなかった。ソフトウェアのアップグレードによって、これまでなかった関係を生み出す能力をもつようになり（これにはあとで触れる）、それはほかの人間との関係に限られるものではなかった。そんなふうに限定する必要がどこにある？　典型的な現代人は五次の志向意識水準をもっている。「ピーターは次のように信じている（最初のレベル）、つまり、ジェーンが考えている（第二のレベル）のはサリーが次のように望んでいる（第三のレベル）ということで、それはピーターの意図している（第四のレベル）ことがジェーンの思っている（第五のレベル）ことの……」という具合だ。

とりあえず人間中心の偏見を捨て、ただそのような脳が森の中で、他者の感覚と作用の興奮と脈動でどんなふうになるか、想像してほしい。実際には想像ではなく、やってみよう。まず、偏見を捨てるように自分に言い聞かせ、または自己暗示をかけてから、どこか居心地が悪いと感じる場所に行く列車に乗る。そして食事やセックスで気を散らすことなく四日間にわたって座りつづけ、自分が複眼も含めた無数の目によって、またさまざまな種類の感覚器によって判断されていることを知ってほしい。中には自分の膵臓で何が起きているのかわかっているものまであるだろう。鑑定人が自分よりずっと年長であること、鑑定人はこの場所にいることが自分よりずっと得意なこと、その心は自分の心と同じようにそれぞれの頭からはるか遠くまで広がっていること――もしかしたら自分の心と同じように宇宙の果てを越えて広がっていること、それぞれのニューロンに含まれている電子が十億マイル先の電子のスピンに影響を与えていることを、しっかり理解してほしい。そしてそれらの存在を受け入れ、あとはそれらのものからの招待が届いていないか、いつまでもメールをチェックしつづけるのだ。

興奮しすぎてはいけない。後期旧石器時代の狩猟採集民は、まるでＬＳＤに酔ったかのように絶えず森をさまよっていたわけではなかった。だが彼らは自我の概念をもち、その結果として、自分たちに流れ込んだ人間以外の世界から、関係性、社会、政治の概念も得ていた。

それは森の小川のそばで幸福そうに「クンバヤ」を歌うことではなく、聖フランシスコと共に「兄弟の雄ウシよ」と唱えること、雨は正義の上にも不正の上にも平等に降ると知ること、すべてのものはすべての他者に依存していると知ることを、そして致命的な不測の事態が私たちすべてに常に照準を合わせ、指を引き金にかけているのだから、何人も自慢は禁物だと知ることを意味した。

だがツンドラの上には、賢明で思いやりのある民主主義は存在しなかった。そこにあったのは地位と、自由市場のようなものだった——ただしこれについてはダーウィン正統派によって（協調、共同体、利他主義が自然界の複雑さの大半を生み出しているという考えで）誇張されすぎている面もある。イヌは実際にイヌを食べ、狩猟採集民の世界にとってはもっと重要な点として、雄ジカは雄ジカと戦う。後期旧石器時代の世界が自然界からヒントを得てそれを真似れば、自ら角《つの》を手にしなかったと結論づけることはできないし、ときには角どうしの衝突も起きただろう。そうした角には目的があったが、先は尖っていた。人間どうしの攻撃性の証拠は、後期旧石器時代にはわずかしかないものの、階層は——狩猟や採集を行なう小規模な集団の中にさえ——存在していたようだ。体の大きい雄ジカ、体の小さい雄ジカ、そして雌ジカもいたのだから。

角だけがすべてではないものの、考古学的な記録や、世界の構造に対する考え方から自然に思い描く推定に含まれる、その他の隠喩的な人間の構造より、角は目につきやすい。映画「マイ・ビッグ・ファット・ウェディング」を覚えているだろうか？　夫は（観念上の）頭だが、妻は首で、妻は自分の好きな方向に頭を向けることができる。つまり、妻が主導権を握っているわけだ。きっと後期旧石器時代もそんな具合だったのだろう——まともな文化ではすべてそうだ。ありがたいことに、雄ジカがどんなに鳴き声をあげたところで、実際にはどこでも家母長制になっている。ウィリアム・アーウィン・トンプソンは次のように観察した。

> 私たちは、自然から人間性を、客体から主体を、分析から価値を、神話から知識を、宇宙《ユニバース》から大学《ユニバーシティー》を、切り離してしまったために、詩人と神秘主義者を除いては、氷河時代の人間性の全体論的および神話形成の思考で何が進行しているかを理解するのがとてつもなく難しくなっている。過去の議論に私たちが使う言語そのものが、道具、狩猟民、男性について語る一

方、発見されるどの像もどの絵も、この氷河時代の人間性は芸術、動物の愛、そして女性の文化だったと叫んでいる。

男性の力と地位は、勃起と同様に一時的なものだ。女性の影響力は、月経と同様に絶え間なく循環し、広く行きわたっている。生きた子ウシを産めるのは雌だけで、その生きた子ウシがまた生きた子ウシを産み、永遠に続く。男の猟師が家にもって帰るのは死んだ子ウシだけで、焼いて、その週に食べれば、おしまいだ。

私は公営の駐車場を見つめて、ぼんやりとしたカリブーの姿を追いかけながら、そんなことを考えていた。

Xはここにはいない。いるはずもない。彼は私の従者でもなければツアーガイドでもないのだ。彼には彼の仕事があり、彼の行く道がある。もしかしたら、彼は私たちのことを好きではないだけなのかもしれない。

私はトムのことをじっと見つめ、彼が見ているものをわかろうとしている。トムは感情をまったく顔に出さない。やがてシェフィールドの街の上に太陽が昇ったとき、彼はようやく向きを変えて岩の上に寝転び、フードを引っぱって目を覆ってから眠りに落ちた。私を私の頭の中に置き去りにするとは、トムも意地が悪い。私の頭の中はこの谷に似て、唸り声と悪夢でいっぱいなのだ。ちょっとでも仲間になってくれればいいのに。日中は夜間より過酷だ。夜はもともと悪夢に満ちているとされている。それは自然の秩序というものだ。だが朝は希望に満ちているとされていて、ベーコンロールに予定表、学校までの疾走に列車予約のキャンセルと、悪霊のうろつく隙がない。それでも生物学がやがて悪夢を追い払い、私も眠っていた。最後に考えていた記憶があるのは、私の父が試験のお守りにと、あの尾根の少し向こうからとってきた松葉のことだ。

トムに蹴飛ばされて目を覚ます。「行く時間だよ」

「どこに行く時間？」と、私が尋ねると、トムは北を指さす。

「でも、なぜ？」

「さあ、行こうよ」

イングランドの背骨と呼べる尾根はこの近くからはじまり、湿地、ムーア、高地の爽やかな牧草地を経て、大地を固め、分割し、眼下に工場、ひっそりした農場、さらにひっそりした住宅街を見下ろしながら、スコットランドまで続いている。私たちが行こうとしているのは、どうやらそこらしい。

泥炭についた私の足跡は、私の場所だ。ここ――シェフィールドのはるか東――は私の場所だ。ここは、私が場所について学んだところ、だから私が流浪について学んだところだ。私は流浪の旅に出ていない西欧人に出会ったことがない――必ず子ども時代の理想郷《シャングリラ》から、たいていはその人のはじまりの場所から、今いる場所へと旅している。

Xは流浪の旅に出ていない。彼は森に対してあまりにも強い愛着をもっているがために、死後三万五千年たってもまだそこにいる。たぶん彼は、私が住むオックスフォードの街のゴミ箱の横に続く敷石の道にも、永遠に、愛着をもっている。今ではそれが特権階級だ。自分が足を踏み入れた場所をどこでも所有し、またその場所に所有されることを意味する。

「さあ、行こうよ！」

「そうだね、トム、私も行くよ」

*

私はこの場所が大好きだった。今でもまだ好きだ。私は後期旧石器時代の狩猟採集民たちがやったのと同じようにして、そこで食べものを集めた。そこがなければ、私は飢えていただろう。いや、それ以上だ。私は無益な存在だっただろう。私は毎晩、ネオンの灯りが消えるまで町を歩きまわってから、自分でシナイ山と呼んだ丘に登った。そこは私が煙と炎の中に宿っていたものと出会った場所だったからだ。シナイ山の頂上には、いつもムーア――ヘザー、石炭になりかけの泥炭、ライチョウの息、キツネ――の甘い空気が漂い、いつも何か新しいもの、香りと思考を少し超えた先のものがあった。私は暗闇の中でボールペンを使って素早くノートに書き込んだのだが、それはほとんど無意識で書いていた。というのも、これはナルニア国の衣装だんすのように、ケルト人のいう「薄い場所」で、もうひとつの宇宙からほんのひと息、毛皮のコートほんの一枚だけの距離にあって、知覚と作文のいつものルールが通用しないからだ。自分がその務めにどれだけ貢献しているのかがあまりにも曖昧だったから、私はそれ以来ずっと、自分で私のものと呼んでいる思考に、私自身が関係しているのかどうか思いあぐねている。春と夏にはノートに花を挟んで押し花を作り、秋と冬には草を挟んだ。私はたぶん、花びらの色や葉の染みのように丘で生み出された液によって、言葉が書かれると言おうとしていたのだろう。

そしてそれから私はそのすべてを叩きつぶした。私は鼻もちならない小物の俗物だった。地元の普通科学校は私には向いていなかった。ああ、だめだ。だから五十一番のバスに乗って街に出かけ、図書館に直行すると、「パブリックスクール・プレパラトリースクール年鑑」を取り出してページをめくった。

両親がそれほど裕福なわけでもなかった私には、奨学金が必要だった。そこで多額の奨学金の広告を見つけ、両親に内緒で応募すると、郵便受けのそばで何週間も返事を待った。

「この試験の会場に、連れていってくれる？」と、私は封筒を見せながら父に頼んだ。

父は封筒を開き、手紙を読むと、信じられないほど固まって、口を開いたのはしばらくたってからだ。

「どうしてこれをやってみたいのかな?」

とても穏やかな口調で私にこう尋ねた父に対して、私は何も答えず、ただ肩をすくめた。トムがいつも私にそうするように。

「ほんとうにやってみたいなら」と、父は最後に言った。

父はそんなことを言うべきではなかった。「ぼく」とか「やってみたい」などという言葉は、「ぼく」がはじめようとしていたことの半分の重さも意味もなかったことを、父は知っているべきだったのに。父は、そんな封筒なんかゴミ箱に投げ捨て、私を山に連れていって、私を自我の殻から引っ張り出すべきだったのだ。だがそうすることはせず、私を怖がらせ、私の気持ちを傷つけている、まったく観念的な自主性を尊重した父は、文を書くときの記号の使い方や小論文を書くときのコツを私に教えてから、二百マイルも南の街まで車で送ってくれた。私はそこで三角法の問題に四苦八苦し、フランス語の大過去に混乱し、独学のラテン語でありそうもない言葉を古代ローマ軍の隊長に語らせ、脛骨《けいこつ》を正しく見つけ、吐き気がするほど華麗な散文で夕日を描き、まるでカーペットを叩くようにドラム・キットを叩きつづけ、昔の音楽家のかつらをかぶった気分になってピアノでメヌエットを弾いた。

なぜかはわからないが、私は奨学金を与えられた。与えたほうは気が触れていたにちがいない。私の父は取り澄ました様子で、「そうだな、これからは興味深い道のりになるぞ」と言った。母はそっと涙を流し、シェリー酒を一ケース買った。

私はシェフィールドの友人たちと仲直りしたものの、それは友人たちにとっては大して重要なことではなかったからちょっと傷つき、それからシナイ山に登って祝福を求め、谷に向かってこれはおまえのためにやっていることだと伝え、古いブリキのトランクにクマのぬいぐるみを詰め込んでから、我が家の古いボルボの後部座席に呆然と座り込んだ。両親は、秋学期のはじまりに間に合うようにと私を送ってくれた。

大失敗だった。私はまだ、その失敗がどれだけ大きいものかに気づきはじめたばかりだ。はじめに失敗だと思ったのは、まわりの連中が「一級品だな」と言いながらマフィンを火であぶるのではなく、ベッドカバーの下にもぐってポルノ雑誌に読みふけり、あっちに行って死んじまえと私に言ったからだった。何マイル四方を見渡しても、麦わら帽もピムス（柑橘系のリキュール）もなかったし、ボートを漕ぎたいと思えば週末にひとりでバスに乗り、工業団地まで出かけなければならなかった。家から届いた手紙と、例のお守りのモミの球果と葉は、しっかりベッド横のロッカーにしまい込んで鍵をかけ、神聖なものすべてを自分自身の内部に大急ぎで立てた壁のうしろに閉じ込めた。ただその壁は、まさに少しずつ壊れはじめたところだ。ふだんの学校生活なら、神聖なものに頼らずに送ることができた。実際のところ、神聖なものに異教徒を近づけないことは道徳的に不可欠だった。私は、神聖な場所と世俗的な場所で同時に生きていたのだ——それは自然発生的な統合失調症で、それ以来私は、自分が人称代名詞を使うと何を意味しているのかよくわからなくなってしまった。私たち全員が同じことをしていた。寄宿学校に通った者は誰も、人間関係や公務員には向かない。私は自分の日記を、俗物たちには読めないと考えてギリシャ文字で書いた。ある日、彼らは私のロッカーを破って父母からの手紙を盗み、夜に寮でタバコを吸いながらまわし読みした。私は彼らの鼻の骨をへし折ろうとがんばったが、相手の数が多すぎた。

ゆっくりと、私は自分のしたことに気づいていったが、もちろん両親には打ち明けられずにいた。最も簡単に気づけたのは、私が友人を、そして故郷を裏切ったということだった。シェフィールドにいる人は誰も、私の手紙を読んだりはしなかった。シナイ山の近くにいる人は誰も、俗物たちのようにセックスについて話したりはしなかった。だから私の悲惨な気持ちは、感傷的な北方へのナショナリズムへと具体化された――南方を、そしてそこにあるすべてのものを悪魔扱いするナショナリズムだ。

毎晩、私は寝る前にトイレの便座の上につま先立ちして道の様子を眺め、北に向かうトラックには愛と忠誠を送り、南に向かうトラックからは息を吸い込んだ。そのトラックにはシナイ山の近くにあるどこかの泥がついているかもしれなかったからだ。「イングランド北部の男たち」と、私は小さな声で歌うように言った。「私は一日じゅう彼らを目にしていた。彼らの心は荒れ地の高原に注がれ、空はどんよりと暗い。そして城からは遠くに山々が見える」。私が暮らしていたシェフィールド郊外の家は、どう見ても城と呼べるようなものではなかったが、確信をもって見つめれば、そこからは山と思えるものがわずかに見えたし、私の心はたしかに荒れ地の高原に注がれていた。シナイ山に再び誓いの言葉を述べ、心が再びどんよりと暗い空で満たされると、私はトイレのドアの鍵をあけて煙のこもる部屋へと戻った。

こうしたことのすべてと後期旧石器時代との関連性は、私の道徳性とアイデンティティのすべてが地元《ローカル》に根づいたものだったという点だ。それらは泥炭の茶色い水をもった北の国から私の中に染み込んだ。シギのさえずりにも暗号化されていたし、シナイ山の麓《ふもと》の森にいるキツネの足取りからもたどれた。狩猟採集民の場合も同じで、彼らは私たちの大半とは異なり、自分たちがたまたま暮らすことになった場所によって作られ、養われる。私は自分の地元とのつながりを失ってみてはじめて、そのことに気づき、その大切さを知った。一度もぎとられたからこそ、それを取り戻すことができ、もう二度と手放さないと誓うことができた。その学校は決定的な強奪をしたのだった。

それからずっと、私は異郷のオックスフォードに住みながら、茶色い水で地元とつながっている。それからずっと、私は裏切りの償いをしなければならないと感じ、ごく最近までシェフィールドに戻るたびにビクビクしていた。ムーアと谷に仕返しをされるだろうと思い、それも無理のないことだと感じた。復讐の念にかられたスタネージポールに押されてグリットストーンの岩棚のひとつが崩落するかもしれないし、キンダーで足首の骨を折って沼地にはまり、化石になるかもしれないし、タイズウェルに近い農場から出発したミルクローリーに轢かれるかもしれない。あの農場では子どものころ働かせてもらったのに、南の明るい光に引き寄せられてやめてしまった。そうした仕打ちは、どれをとっても公正なものだった。私が期待できる最良のものは、事態を収拾するための時間だった。

狩猟採集民たちはそのようにして景観の中を移動するものだと、私は思っている。私にとっても彼らにとっても大地は作用であふれている。それは注目と反応を求め、私たちの暮らしに影響を与える力をもっているだけでなく、影響を与えようとする積極的な意図ももっているのだ。大地は人間ドラマにとっての眺めのよい背景というだけではなく、私たちがそこで演じられる舞台にもなっている。そしてその主役でもある。

現実では、その大地とその代理人であるクリス――子どものころ一緒に蛾を集めた友人――が許してくれた。シナイ山にも戻ることができた。私は数十年たってから、再びそこに姿勢を正して座り、ありがたいことに声までかけてくれた。山はほんとうに優しかった。それでも私は、つけあがってはいけないことを学んでいた。

最近、私は海に関する本を書き上げ、それについてとても神経質になっていた。海は途方もなく大きく、私は途方もなく小さい。こんなことをするのは思い上がりだと思ったので、本の舞台を小さな淀んだ入り江の奥の小さな冴えない港――実際にはほとんど海とも呼べないところ――に設定して、ポセイドンが私の厚かましさに腹を立てて捕まえに来るようなことがないように願った。

その本の編集をすべて終えたとき、私たちはノースデボンにいた。私はほっとして大きなため息をつき、友人とトムといっしょに海水浴をしようと、大好きな場所に行った。海は生き生きとしていたが、いつもと変わった様子はない。それぞれに泳いだあと、友人とトムは浜に上がった。私も膝まで水につかって歩きながら、同じように海から出ようとしていた、そのとき、背後から波のうなりが聞こえた。それと同時に、家ほども高さのある大波が頭上にそびえ立つのが見えた。それまでも、それからも、同じような光景を見たことはない。逃げようと走ってもとうてい逃れられない速さで襲ってきていたので、私は水中に潜って波をかわそうとした。だが、私の勢いでは太刀打ちできるはずもなかった。波は私をもちあげると、五十ヤードあまり遠くに投げ捨てたのだ。私は脚を岩に打ちつけられて粉砕されたあげく、海に引き戻された。それでも意識を失うことを免れると、次の小さな波で岸に放りだされた。近くにいた人たちが浜へ引き上げてくれた。

ようやく応急手当てをできる人たちが到着し、私に十分な量のモルヒネを投与した。「すっかり動かなくなる前になんとか静脈が見つかったよ」とひとりが言ったので、私は自分が死にかけているのだと推測した。こんなふうに死ぬとは思っていなかった。最初に頭に浮かんだのは、子どもたちがどう向き合うだろうかということだった。そして二番目に浮かんだのは、あの原稿の何が、私の見込みをこれほど容赦ないものにしたのだろうかという思いだった。

それでもやがてヘリコプターが到着し、腕のよい外科医がまた私のあちこちをつなげて元に戻してくれたので、その見込みは致命的なものではなかったことがわかった。それでも、あのとき二番目に考えたことは、本物の後期旧石器時代の思考だ。ただし私の言葉づかいは、どちらかと言うとギリシャ風ではあった。

＊

「お願いだから、もう行こうよ」

「わかった、トム、私も行くよ。ごめん、ただちょっと考えごとをしていただけなんだよ」

「歩きながら考えられないの？」

「そうだな、ときどきは。いや、たいていは」

「もう出発する必要があるんだ。眠っていた時間が長すぎたよ」

「何のために長すぎたのかな？」

返事はない。私たちはすでに、たっぷり七時間は歩いてきていた。

それでもトムは出発し、今は真北に向かって、小川の脇を上っている。かつてXの祖父母をフランスに足止めした氷河が融《と》け、その水が流れだして生まれた小川だ。トムは谷の上端に差しかかっている。私はと言えば、汗をかきかき悪態をつきながら四分の一マイルも遅れて歩く。まもなくトムが立ち止まり、まるで臭跡を失ったフォックスハウンドのようにキョロキョロしている様子が目に入った。大きな円を描いて歩きまわっている。その動作を三回繰り返すと立ち止まり、前方をじっと見つめる。そして円を描くのは三回でやめにしてまた歩き出すと、周辺数マイルの範囲で見える唯一の木に向かって、断固とした様子で突進する——それは山の輪郭の上に立つナナカマドの木だ。

トムはきっとその木の下で待っているはずだが？　ところが一瞬、私を振り返っただけだった。私には彼のイライラした気持ちも、いても立ってもいられない気持ちもわかり、自尊心と困惑とで怒る気にもなれない。もう遠くまで進んだトムが尾根の中央を目指しているのに驚かされる。目を引く特徴から特徴へと移動しているのかと思っていたが、目指している場所に目立ったものは何もない。

彼はまたスピードを上げ、私は一歩進むごとにさらに後れをとる。しばらくその姿が見えなくなって心配しはじめたところで、再び見えるようになり、今では上り坂を駆け上っている。ワラビの群生のむこうで見え隠れしながら、ヘビの頭のような大きな砂岩をたくみに迂回しながら進む。

今度は、トムは待っていた。そればかりか、私がやっとのことで追いついたときには、寝るための敷物が広がり、焚火からは煙が立ちのぼっている。

「今夜はここなんだね」と、私が尋ねる。

「そのつもり。いいかな?」

「もちろんだよ」。あきらかに、私の返事は関係ない。

そこで私たちは仰向けに寝転んで、ワタスゲの少し硬い茎を噛みながら、舞い上がるヒバリのさえずりを聞き、脚につくマダニを払い、ハタネズミの尿によって草地にできた紫外線の迷路を進むチョウゲンボウを見つめ、地面が容赦なく体から熱を奪っていくのを感じた。光は熱より長く残るが、それも突然消え、星がまたたきはじめる。私は星を見ていつも同じ考えをめぐらす。それはカリブーの狩りについてあまり語ってはくれない。でもそのとき、これは私が関与できるものではなかった。

夜のあいだ、何かがとても早口でつぶやく。まるで言いたいことがいっぱいあるのに、何を言ってもうまく構文にあてはまらないような感じだ。春が、私たちの頭の下深くにある岩の喉を通してつぶやいているのかもしれないし、眠れないトロールの声か、あるいは私の中の声かもしれず、そのすべては同じものなのかもしれない。

私は仰向けで眠る。南アメリカのシャーマンによれば、ジャガーは顔を上に向けて眠る人間を襲わない。上を向いた顔に、自分自身に似た存在を見るからだという。そこにあるものが何であれ、下を向いていても上を向いていてもそれは人格であり、ジャガーが私もそのひとつだと考えて、仲間意識から私を傷つけないようにと願う。夜露に濡れて目を覚ますと、トムは焚火の前にしゃがんで草を焼いている。

「動くたびに、何かチリンチリンという音がするんだよ。聞いたことある?」と、トムが言う。

「何が動くと？」

「星だよ」

いや、私は聞いたことがなかった。でももちろん中世には聞こえて、その音に合わせて宇宙論全体が確立されたのだ。

トムは焚火の場所を踏んで火を消し、袋を肩にかけると、出発する。

それから数日間というもの、そんな状態が続いた。トムは遠くを歩き、においを嗅ぎ、集中すると、あるいは太陽や風のせいで目を細め、どうでもいいことは一切しゃべらず、肉を噛み、遠くに散歩をする人の姿が見えると隠れ、うまく焚火をつけ、気まぐれに眠り、何ひとつ見逃さないようにと暗いうちから起き出した。私たちの目にはいる星の光の大半は、Xと彼の息子がここでマンモスを捕らえていたときには、すでにこのムーアを目指す旅に出ていた。

私の顔は赤らみ、汗が刺すように痛い。股間もヒリヒリする。ダニに噛まれたところが気になり、そのうちのひとつは脇の下だ。私たちの便は黒く、ひょろ長いが、トムはキツネと同じようにそれを丘の上に放置するのが好きになっている。

私は霊のキツネがここにいると自分に言い聞かせることができずにいる。そのキツネは私の心の薄明に棲んでおり、今、私の心には太陽の光が満ちている。たぶんそのキツネは後期旧石器時代の大地の高さで小走りをしており、それは私たちの位置より何メートルも下だ。ここには泥炭――北の国の本質だと私が思っている泥炭――があり、それはたった一万二千年前のものだ。Xがいた時代の大きな群れ――中でもマンモスの群れ――はここで大草原の植物を食べ、泥炭を生み出すためのものは何も残さなかった代わりに汁気の多い大量の糞を落とし、そこから中石器時代の木々が生えた。

そして唐突に終わりを迎える。ある日の午前も半ばを過ぎたころ、トムは土手を半分ほど上った。

そして立ち止まり、素早くあたりを見まわしたかと思うと、きびすを返し、速足で私のほうに戻ってくる。

「帰ろう」

「今？　どうして？」

つまらない質問だ。実質的な唯一の質問は、どうやって、になる。もちろん歩くしかなく、これまで進んできた道のりを戻ることになるが、トムははっきりしている。もう終わりで、できるだけ早く本拠地に戻る必要がある。

これまでゆうに七十マイルは歩いてきたし、このあたりの丘原の麓には細い道しかない。しばらく時間がかかるだろう。

「とにかく体を洗おう」と、私は提案する。「車に乗せてもらわなくちゃならないし、今の私の隣には、自分でも座りたくないよ」。そこで私たちは何マイルかを歩いて戻って小川に行き、服を脱いで石の窪みに寝転ぶと、流れ落ちる水の下で頭を洗ってからイヌのように水を振り落とす。そして草の上で転げまわり、臭くなった服をまた着て、水を滴らせながら道路に降りていった。

そこでは、後期旧石器時代に好意を示す立派な神様のおかげで、トラクターが私たちを途中の村まで乗せてくれ、においを感じない出っ歯の牧師がまた別の村まで運んでくれ、そこでは私たちと同じようなにおいを漂わせたトレイルランニング好きの頑丈そうで髭の薄い男に拾ってもらい、その男はフライドポテトをご馳走してくれた上に、激痛と、それに笑って耐えた話を聞かせてくれ、バス停まで送ってくれた。

私たちは夕暮れまでに森に戻ることができた。殺すことも集めることもできない場合に備えて、食べものはたくさんもっていた。トムはもう火のことを気にしていない。そして白いフクロウがサラの一番上の牧草地あたりにやってくるずっと前に、もう寝入っている。

＊

夏の小さい渡り鳥の第一陣が到着している。先発隊はすべてが雄で、雌の到着に先駆けて自分の縄張りを主張するためにやって来た。それらはただ新芽でいっぱいの林冠を動きまわり、森を分ける歌を歌う。私たちの近くではときどき活気のないさえずりが響くばかりだ。もしも鳥に近づくことができるなら、コンゴで取りついたシラミに疲れ果てている様子がわかるかもしれない。それにダービーシャーの枝を握るその足には、まだマリのオアシスにあった泥がこびりついたままかもしれない。

春の森で見られた鳥たちの爆発的な増加は、狩猟採集民にとって、枝から葉が生え地面から花が咲く植物の爆発的増加とまったく同じように見えたにちがいない。私は毎年春になると、空をじっと見つめて何時間も過ごすが、まだ南から最初にやってきたチフチャフの小さな群れを目にしたことがない。冬のあいだはそこにいないのだが、春のある日に突然、姿を見せる。植物と同じように秋の寒さで地中に身を隠していたものが、太陽の明るい光に誘われて出てきたというのが、最も直観的に理解できる説明だ。土から生まれ出る様子を一度も見たことがないのは、別に驚くことでもない。スイセンが光の中に姿を見せたその瞬間を目にしたことが、どれだけあるというのか。

だから狩猟採集民の足下の土の中は、生きているが眠っているもので溢れている。感じ取れるだけのとても敏感な耳と足をもっている人ならば、冬の大地がいびきをかき、身震いしているのがわかるだろう。後期旧石器時代には埋葬が一般的だったとは思えないが、一部にはあり（もちろん、見つかっているよりもずっと多くが埋葬されていただろう）、地面の中に遺体を埋めるのは、ラッシュアワーにピカデリーサーカスの真ん中に寝かせるようなものだったにちがいない。まわりじゅうに往来があり、高くなったり、低くなったり、活発になったり、いびきをかいたり、眠そうに寝返りをうったり、翼を広げたり、脚を伸ばしたり、といった具合だ。多くの言い伝えで、地球は――そして大地は――一種の電池とされている。復活の伝承では、私たちは土に還り、再充電され、作りなおされ、よみがえる。ホメロスでは、殺された戦士の小さな体がその鼻孔から出て土に還る。瞑想する者の多くは、瞑想室に敷いたマットの上より地面に直に座るほうが、自分の精神はより効果的に「心」と融合できると主張する。おそらくマットが「気」の流れを妨げるのだろう。勤勉な農夫は、死者の体から穀物が育って生きている者の力となるよう、畑に骨粉と血粉を撒く。誰かが「身を隠した（gone to ground）」と言うと、その人が安全な場所に隠れて機が熟するまで待ち、戻ってくることを意味している。

Xと彼の息子は冬のあいだじゅう、ここで身を隠し、燻製のトナカイ、干したサーモン、ひと摑みのハシバミの実を食べ、火と意志の力で暗闇を押しのけた。火を消えた太陽のかけらと見ていた。Xの首のまわりにかかる水晶に閉じ込められた、偉大なる死んだシャーマンの魂に従っていた。故郷の年老いた女性の熱を感じ、黄泉の国に下ってその女性の怠惰な魂を探すと、それを洗って持ち帰った。ガンの骨にピンと張ったリスの皮を指先で叩き、目が恍惚としてさまようまで、そして舌が力なく伸びて太鼓の音で呼び出された魂の主の香りを味わうまで、叩き続けた。ハイイロガンの羽根が空を飛ぶ群れのリーダーから草原に舞い落ちれば、Xはそれを自分の髪に編み込んだ。ガンは、空、大地、水の三つの世界を知っていて、そのあいだを自信に満ちた様子で旅しているから、Xが大地の下層、中層、上層を結ぶ道をうまく通り抜けるのに役立った。

コールタール石鹸のにおいが戻ってくる。

私たちのまわりで、何かが沸き起こっている。風もないのに草が揺れる。私たちを恐れないカササギがスピノサスモモの木のてっぺんから見下ろし、小刻みに震えている。

トムに話をさせるのは難しい。うなるような声が同意かそうでないかを伝えるのと、あとは反射的な決まり文句が出てくるだけで、そのほかにはほとんど口をきかない。でも本人の知らないところで、私はトムの歌声と口笛を耳にしている。ひとつの口笛のメロディーは、妙にもの悲しい「ラーリリリ、リリ」という、これまでに聞いたことのないものだ。私たちはお互いのボディーランゲージを、これまでよりはるかにわかりあえている――というより、少なくともボディーランゲージに、これまでよりはるかに頼っている。話し言葉がほとんどなくなっているからだ。

そのようにしてトムは、もう一度、私が目指していた場所に連れていってくれた。後期旧石器時代の狩猟採集民が言語をもたなかったということではない。彼らには言語があった。それでも私には、自分の言語が私の世界の形と色を決定しているように、彼らの言語が彼らの世界の形と色を決定していたとは思えない。

＊

考古学者による現代的行動の探求は、象徴的表現の探求だった。言語を構成する単語は究極の象徴だ。「カササギ」はあの黒と白の鳥をあらわしてはいるが、文字として書かれていても、喉を複雑に動かして生まれてくる音声であっても、あきらかに鳥そのものとはまったく異なっている。単語はいくつかのものの代理を務め、それらはあきらかに本物ではない。一般的なカササギというもの、特定の一羽のカササギ、カササギとしての性質などが、どれも「カササギ」とあらわされる。ひとつの単語を使うためには、その単語を使う人と聞く人の心が一致していなければならない。両者がともに、相手が心をもっていることに気づき、心は出会えること、実際に出会うことにも気づく必要がある。これはどの部分をとっても、とても複雑なことだ。最も単純な単語を、最も単純な方法で使うときにも、とても複雑な数多くの心理的および哲学的推測をしている。そのためにはたくさんのハードウェアと、しっかり調整されたソフトウェアが必要になる。Xはその両方をもっている。Xとその子孫たちは、もう長いことそれらをもっているのだ。

彼がこのダービーシャーの森をどのように感じているかを理解するためには、アフリカまで出かけて、基本的な進化生物学を覗いてみる必要がある。

＊

自然選択はテレパシーで生じるものではない。きっかけとなる、何か具体的な、目に見えるものがなければならない。効率のよい肢と、強力な鉤爪は、目に見える。脳の変化が何かをすれば、脳の変化も目に見える。とりわけ、行動に対して鋭い目が注がれる。

脳は、言うまでもなく行動に対して計り知れない影響をもつ可能性があるが、頭蓋骨の中の実際の場所は、とてつもなく高価なものだ。脳の重さは体重のおよそ二％しかないのに、エネルギーのおよそ二十％を消費する。脳組織は筋肉に比べ、一グラムあたり約二十倍のエネルギーを必要としていて、その食い違いを埋め合わせるために、懸命に働かなければならない。実際、じつに懸命に働く。そして大型の霊長類の脳がとりわけ懸命に働いているのは、関係を形成して維持するためになる。孤独が好きなら小さな脳でもやっていける。だがたくさんの友だちがほしければ大きな脳が必要だ。そして互いの関係が深く、複雑になるほど、必要になる脳も大きくなる。一雌一雄の動物の脳は、雑婚の動物より大きい。

霊長類の場合、それぞれの種が通常形成する群れの大きさと前頭葉の大きさとのあいだに、はっきりした直線的対応が見られる。人間の前頭葉の大きさから考えると、私たちは百五十人を超える集団で暮らすべきではないことがわかる。それはオックスフォードの進化心理学者ロビン・ダンバーの名前から「ダンバー数」として知られるもので、ダンバーはこの分野で多くの研究を行ない、私がここで説明しようとしている言語の進化についての理論を確立した人物だ。

ダンバー数について知っていると、どこでもそれを目にすることになる。たとえば軍の中隊の規模は、歴史を通して、世界のどこでも、およそ百五十人だ。さらに、紀元前六五〇〇年ごろの新石器時代の村、ドゥームズデイ・ブック（イングランド王国で作られた世界初の土地台帳）に記録されたイングランドの村、十八世紀のイングランドの村とアーミッシュの教区、狩猟採集民のより大きい地域集団、フェイスブックの友だちの数、実際的に機能する商業集団（たとえばゴアテックスは、各組織の人数を最大二百人に限定している）も、だいたいこの数になっている。なぜだろうか？　人間の共同体は、全員が互いを十分によく知っていて互いを信頼できると、最もよく機能するからだ。相互依存と信頼は、地位や金銭的報酬よりはるかに効率的な、社会的および商業的な潤滑剤になる。

霊長類は特別で、中でも人類は際立つ存在だ。平均的哺乳動物では、脳体積の四十％が新皮質（近代的な、より高いレベルの処理を行なう部分）になっている。その数字はトガリネズミのような哺乳動物では約十％まで減り、人間以外の霊長類では五十％まで増えるが、人類になると八十％に急増するのだ。私たちはトガリネズミよりもはるかに激しく考えて関係を築いている。あるいは少なくとも、そうすることができる。

群れの規模が大きいことは、私たちが進化を遂げたアフリカの草原では、霊長類にとって進化上の道理にかなったものだ。目の数が多いほど捕食者を見つけられる確率が高まり、歯の数が多いほどそれらの動物を撃退する確率が高まる。それでも大きい群れでは代償も大きくなる。ストレスが増え、ストレスは重大な生物的影響を及ぼすからだ――とりわけ雌では代償が大きく、ストレスによって排卵が止まってしまう。霊長類の群れで地位が十番目の雌は、上位の者たちよりストレスが大きく、通常は不妊だ。ストレスで溢れた大規模な群れに対応するには、人間でもヒヒでも同じで、周囲にほんとうの友だちの中核を築けばいい。自分がよく知っていて、自分のこともよく知っている友だちの集まりだ。だが、ダンバー数が示すように、信頼できる友だちを無限にもつことはできない。友情には神経的な処理能力が必要とされるし（だから、私たちの脳の大きさに応じてほんとうの友情の数にも上限がある）、時間と労力も必要だ。

　人間以外の霊長類の共同体では、友情を生みだして定着させるのは主に「グルーミング（毛づくろい）」で、それは衛生のために必要となる時間より、はるかに長く続けられる。シラミをとるだけではない、大きな意味をもっているのだ。進化はじつに巧妙で、グルーミングはとても心地よいものになった。グルーミングは、毛で覆われた皮膚が優しく撫でられたときにだけ反応するニューロン（C求心性線維）の一部を刺激して、体内で生成されるオピエート（アヘン剤）のエンドルフィンを噴出させる。エンドルフィンが溢れ出ると、私たちはリラックスし、幸せを感じ、そのときに身近にいる人に親しみを感じる。私が体を覆う毛を失ってから久しいが、チンパンジーが自分の毛に触れてくる別のチンパンジーを好きになる理由は理解できる。アラビア語のパレスチナ方言にナイマン（na'i'man）という語があり、髪を切ってもらうときに生じる独特の幸福感を表現する。そのような単語が存在するということは、グルーミングがもたらすエンドルフィンの威力を示すものだ。グルーミングをするほど親しい友だちは、その相手の気分も暮らしも変えることができる。東アフリカのヒヒの雌の場合、グルーミングをするパートナーの数が多ければ、より多くの子どもが生き残る可能性が高まる。

　オピエートの威力は、もっと不幸な状況も生み出す。受容体に溢れるほどのオピエートが押し寄せた人は、ひとりでいたいと思うようになる。中毒者がヘロインを注射したあと、自ら社会的な孤立を望むのがそのあらわれだ。また、オピエート受容体が薬物で遮断されると、どうしようもなくグルーミングしてほしくなるだろう。

霊長類がグルーミングに費やす時間の長さは、群れの規模に応じて変化すると考えられ、群れが大きければ大きいほどグルーミングの時間も長くなる。ただし、それもある程度までの話だ。一日じゅう、ずっとグルーミングだけをして過ごすことはできない。食べるものを集めなければならないし、ヒョウの見張りも欠かせない。子作りの時間も眠る時間もいる。グルーミングに費やせるのは、せいぜい一日の五分の一ほどまでだろう。

＊

ほんとうにおもしろいのはここからになる。人間のダンバー数が百五十なのを覚えているだろうか。その大きさの群れを、単純にグルーミングだけで維持しようとすると、一日の約四十三％をグルーミングにあてなければならない。とうてい無理な話だ。何か別のもので不足分を補う必要があり、実際に別のもので補ってきた。私たちはグルーミングのほかに、体には直接触れなくてもエンドルフィン分泌を促して結束を固める戦略をいくつも発達させてきている。ロビン・ダンバーによれば、それらは笑い、言葉を用いない歌や踊り、言語と儀式、宗教、物語だ。

私たちはほかの霊長類よりも笑うのが上手で、活発に笑い（人は笑うときに息を吐いたり吸ったりするが、ほかの霊長類は息を吐くだけで吸わない）、笑っているボノボより笑っている警察官のほうが、エンドルフィンの流れが活発なのはまちがいない。進化は笑いを、とても大切なものだととらえているらしい。笑いは私たちの生理機能の奥深くに埋め込まれており、学習の必要はない。生まれつき耳も目も不自由な子どもをくすぐると、笑い声を聞いたことも笑っている顔を見たこともないのに、笑ったり微笑んだりする。適切に笑うことができれば、それはとても効率的な社会的グルーミングになる。なぜならば、身体的グルーミングはグルーミングを受けている者だけに恩恵をもたらすが（ただし互恵的利他主義では、グルーミングする者も最終的には自分がグルーミングされることが期待されている）、笑いは冗談を言う者だけでなく聞く者にも恩恵をもたらすからだ。

人間の社会的行動は（したがって集団の大きさは）、近い親戚であるほかの霊長類のものとは異なるものに変化したが、それを促した最初の大きな力は笑いだったとする考えには信憑性がある。私たちは笑うことでチンパンジーらしさから抜け出し、原始の人類へと歩みを進めた。（今もまだ、人類の繁栄の基盤は笑いであるとみなされている。交際相手募集広告の半数以上は、GSOH――ユーモアのセンス――を求める。）こうして私たちが独自の道を歩みはじめたあとで、ようやくダンバーが指摘するその他の要因が関与できるようになった。

踊りの起源を知るには、少なくとも二足歩行の起源までさかのぼる必要があるだろう（二足歩行が可能になってはじめて、効率的に果物を摘めるようになり、またヒト族（ホミニン）はアフリカの森で落ち着いて過ごせるようになった。太陽が照りつける表面積が減ったからだ）。二本の足できちんと歩くためには、うまくバランスをとり、複数の筋肉を同じ目的に使わなくてはならない。それはまともに踊るための素質でもある。人間の踊りは、実際には飾りを添えたランニングだ。このうえなく優雅な、四足の踊りを想像してみてほしい。実際には踊りにならないだろう。とはいえ、考古学者スティーヴン・ミズンが指摘する通り、人間は動物の動きを真似ることによって、生活に必要とされる歩き方以外のやり方で動くというアイデアを思いついた可能性がある。それは、現代に生きるカラハリの狩猟採集民で実際に見ることができる。二足歩行する者がシマウマのように歩けば、それは踊りだ。

リズミカルな踊りは――とりわけほかの人たちといっしょに踊ると――エンドルフィンの大量分泌を促すだけでなく、（少なくとも部分的にはオピエートを通して）私たちがすでに出会った種類の変性意識状態を生み出す。それは「私」と身体が無理やり引き離された分裂状態だ。こうした変性意識状態がたしかに主観性の発火にとって重要だったとすれば、自我の意識とリズムおよび音楽との関連性も意義深いかもしれない。それは、音楽が自分自身のことを自分自身に、大いに説得力のある方法で説明できることを意味している。それがたしかに、私の経験だ。

踊りの動きと、たいていはそれに付随してその動きを促している音とを区別しようとするのは難しく、おそらく不自然なことだろう。だが注目すべきは、耳からの推進力（たとえば、狩猟採集民の踊りに伴うことが多い太鼓の音や、ディスコの大音響、あるいはシャーマンが新人を黄泉の国に案内するときの太鼓や、修道僧たちの詠唱など）が私たちの脳内のシータ波の周波数と一致して同期すると、変性意識状態を生み出すことができるという点だ。こうした変性意識状態は、それ自体が楽しいもので、詳しく言うならエンドルフィンに似た効果をもたらすのかもしれない。大昔のシャーマンの世界で知られていた幻覚剤（ヒヨス、マンドレイク、サイロシビンを含むキノコ［マジックマッシュルーム］、ベラドンナなど）は、シータ波が同期するときに放出される神経伝達物質によく似た自然の物質を含んでいるようだ。シータ波の同期は、進化的に古い脳幹の機能に影響を及ぼすもので、脳幹は若い大脳皮質のずっと奥にあって、呼吸数や心拍数などを調整している。そしてこのシータ波の同期によって、ふだんは潜在意識に隠されているような、脳幹内の古くてとても基本的な情報にアクセスできるのかもしれないと推測されている。私たちは太鼓の響きや踊り、歌、あるいはヒヨスの力を借りて、祖先が三葉虫に噛みついていたときの感覚を学ぶ――そうではなくて、感じる――のかもしれない。私たちの存在の大半は、意識の奥深くにあるので（私たちの意識的な暮らしなど、実際にとても退屈で取るに足らないものだ）、この種の自己発見は今では人生を変えるものになり得る。もしも自分の半分がカンブリア紀のアノマロカリスだとわかれば――ほんとうに理解すれば――、オンラインショッピングのプロフィールも変わってくるだろうし、日中からテレビに見入る習慣も変わるだろう。東アフリカの茂みではじめて経験したときより劇的なものではなかったなどと推定する理由はない。

＊

どんな活動であれ、その活動を他者と共有すれば、エンドルフィン放出の効果ははるかに強力になる。これは進化の上で完全に道理にかなっている。もしダンバーのモデルが正しいなら、グルーミングは（シラミを捕まえるのでも、冗談を言うのでも、太鼓に合わせて足を踏みならすのでも）きずな形成の目的で自然選択に採用されてきた。そしてきずな形成の可能性を最大化するのは、抜け目のない経済学になる。だが何か別のことが起きているのかもしれない――おそらく人間社会では、積極的な参加そのものが選択されているのだろう。参加者には見返りがあり、自らを第三者の立場に置いた傍観者は生物学によって、次に共同体によって、脇に追いやられることになる。

ほかの人といっしょに音楽を生み出す行動は、気分を高める効果が最も大きいと思う。セントジョーンズワート（抗鬱薬として用いられるハーブ）よりも、登山よりも、セロトニンが放出されるまで懸命に走って苦痛によってエンドルフィンの分泌を促すよりも、大きな効果が得られる。私はパブのフォークセッションで口笛とフルートとケルティックハープを演奏し、大学のジャズバンドでトランペットを吹くが、そうしていると憂鬱が寄りつかず、遠くでうめいているだけになる。だが、ひとりだけで家で楽器を演奏していると、そうはいかない。ジャズバンドのリーダーは尊敬を集めている外科医で、自信たっぷりに鼻先を触りながら、「いいかいチャールズ、これは実際、寝室にいるときを除いた最高の楽しみだよ」と言う。彼はエンドルフィンのことを知っている。

地域社会に関する私の知識の大半、そして私の政治的手段のすべては、パブで古い曲を演奏することで身につけたものだ。演奏者のあいだの境界は消え、それとともに敵意も消える。大昔に死んだ農夫の歌を演奏してきた者たちは誰も、個々のビリヤードモデルの自我に固執しないし、自分の決意を伝えるときの唯一の原則は自律性だとも思っていない。自律的な男に会ったことなどあるだろうか？　もしあるなら、そんな人物と一緒に夕食を食べたいとは思わないにちがいない。勝者の賞品はイマヌエル・カントといっしょに夜の街に繰り出す権利だという競技があったら、参加者などいるだろうか？

パブのセッションでは時間と空間の振る舞いが変化しはじめる。それはビールのせいだけではない。自分の家の台所で演奏しようとすれば速すぎて指が動かないようなリールの曲も、FシャープからGに行くのに長い時間がかかるほど限りなく遅くなって、音符と音符の合間にドーセットの農場で干し草を荷車に載せられるくらいゆっくりに感じられてしまう。

楽器は、ヨーロッパにおける初期の現代的行動の記録とともに登場した。私たちが知っている最古の楽器は、ハクチョウの翼の骨で作られた三万六千年前の笛で、ドイツ南部のギーセンクレステルレ洞窟で見つかっている。さらに、ピレネー山脈の麓の丘陵地帯ではハゲワシの骨で作られた笛が数多く発掘され、およそ三万五千年前のものだ。Xの荷物にも一本入っていたことだろう。

こうしたとても多彩なグルーミングによって人々が団結していく。そして電話機を手にするまでのあいだ、人間は集まれば互いに話をしていた。一部の人々はまだそうしているが、その能力は急速に衰えている。

＊

そこで登場するのが、言語だ――言語は、グルーミングに、求愛に、結びつきに、究極の働きをし、それゆえに、災難を引き起こすこともあれば、仲間割れの原因にもなる。

言語がいつからあったかは、わかっていない。私はさまざまな論争を徹底的に調べてきたが、それによってたどり着いたのは意味論と（「言語とは何か？」）、考古学記録における象徴的表現の証拠と言語との関係をどう見るかという問題だった。言語は二百万年前からあったと考える人もいれば、およそ五万年前に生まれたと言う人もいる。ごく初期の原型は、自己認識や世界に対する認識にほとんど変化をもたらさなかっただろう。そのような影響が生じるには、かなり高度な言語が必要となる。

言語には、呼吸を正確にコントロールできる声道と、その仕事ができる脳（構文を扱う仕事も含まれる）、そして脳と声道とを改良する負担に見合うだけの、話す価値のあることが必要になる。声道の変化はだいぶ前から生じていた。二足歩行によって喉が下がったことで、咽頭が長くなり、用途が広がったからだ。そしてヒト族の脳でも長いあいだ、言語能力を生む準備が整っていた。必要となる脳機能を知るのに役立つ指標はＦＯＸＰ２遺伝子で、これは脳内の言語回路に不可欠なそのほかの遺伝子をコントロールする役割をもっている。人類以外の多くの種もこの遺伝子をもっており、現生人類のもの（サルおよびアフリカ類人猿のものとの違いはアミノ酸二個のみ）はネアンデルタール人と同じだから、少なくとも四十万年前の、ネアンデルタール人と共通の祖先にまでさかのぼることができる。

だから、神経学的および機械的な側面を見るとネアンデルタール人は話すことができた。私はネアンデルタール人も話をしていたと確信している。基本言語だけだったとしても、狩りをしたり、木の実を集めたり、火をおこしたり（少なくとも二十万年前には火をコントロールする方法を知っていた）、一族をまとめたりするのに大きく役立ったことだろう。だが、彼らの会話を立ち聞きできても、たいしておもしろくはなかったはずだ。集計表について電話で話しているのを電車の中で耳にするようなものかもしれない。ネアンデルタール人に関して受ける全体的な印象は、認知的不変性といったものだからだ。彼らは自分たちのやり方にこだわった。その方法は長いあいだとてもうまくいっていたが（私たち現代人がネアンデルタール人のように何かを長く続けられるとは思えない）、保守主義はいつでも命取りだ――とりわけネアンデルタール人が直面した気候変動の時代には。

ネアンデルタール人は、非常に能力の高い人々だった。ヨーロッパの当時の過酷な環境の中で、あれほど長いあいだ生き延びて栄えたのだから、そうにちがいない。堂々たるナチュラリストであり、よき親であり、思いやりをもって高い技術で年長者の世話をし、見事な道具を作り（現代のフリント石器作りの名人の多くは、ルヴァロアの剥片《はくへん》を削ぎ取る技を真似ることはできないだろう——それらの剥片では尖った部分を巧みに作り、すぐに柄をつけることができる）、限りはあったにせよ、腕のよいハンターだった。これらの分野で、またほかにも数多くの点で、ネアンデルタール人は見事な働きをしていた。全体として、氷および氷の不足に打ち勝つために必要なことすべてが頭の中にあったのだ。だがここで問題があり、彼らの頭の中にあったものをまとめて理解することはできない。彼らの心には、はっきりした区切りがあったらしい。ナチュラリストは看護担当者には話しかけず、子育てをしている親は木の実を集める人には話しかけなかった。集団の遺伝的な健康を保つものは、無差別の交雑受精だ。また、脳の働きを保ち、また困難な状況で脳の持ち主を生かしておくものは、自分自身の脳内の異なる領域間の、また自分自身の脳と他者の脳との、無差別の交流融合だ。ネアンデルタール人にはそのどちらもなく、そのために死に絶えた。おそらく殺人癖のあるホモサピエンスの犠牲になったのではなく、認知の硬化症の犠牲になったのだろう。

神経学的なバルカン化（小国乱立）は、そのほかのすべてのバルカン化と同じく、命を奪う。

ネアンデルタール人の会話は、これから夕食に何を食べようかというもので、それは何千年ものあいだ夕食に食べていたものについての会話でもあった。

だがネアンデルタール人を、あるいは現生人類より前にいたほかのどのヒト族についても、話していたと推定される言葉によってだけ判断するのは公正さを欠くだろう。暮らしには言語以外のものもたくさんある。実際のところ、私はこれまでずっと、何かについて真実を語ろうとするときの言語の力を非難してきた。

考古学者スティーヴン・ミズンは、ネアンデルタール人のコミュニケーションについて推測できるあらゆる要素をまとめ、彼らは私たちが理解できる意味での言語をもってはいなかったが、ある種のコミュニケーション様式をもっていたと結論づけ、それを「Ｈｍｍｍｍ」と呼んだ。Holistic（総体的）, manipulative（操作的）, multi-modal（多様式的）, musical（音楽的）and mimetic（模倣的）の頭文字をとったもので、彼らは全身を使って話し、模倣とパントマイムに熟達し、合図や意図を鋭い洞察力をもって予想し、その語彙と文法は音楽的だったとしている。

この主張は広く一般に認められてきたものではない。だが、もしミズンがネアンデルタール人のことを誤解しているとしても、その話に耳を傾けるだけの価値はある。彼はこのことを前提として、私たちが話している人類の言語がネアンデルタール人のもっていたものに打ち勝ったように見えるとしても、初期のコミュニケーションの方法がすっかり消えてしまったわけではないと主張しているからだ。その方法は今もまだ私たちの中に残っており、よみがえることがある。実際、そうした古い方法はいくつかの点ですぐれている可能性があるから、私たちは復活させるよう試みるべきなのだ。

ネアンデルタール人はヨーロッパのじめじめした森の中で、いったい何を耳にしていたのだろうか？　ミズンによれば、自然界は言語的な場所ではなく音楽的な場所だから、Ｈｍｍｍｍに向けて配線された脳は私たちよりも正確かつ親密に、それを理解できたかもしれない。全体論を悪徳ではなく美徳とみなす脳なら、全体としての世界がどのようなものかを見つけ出すのに、より満足のいく仕事ができそうだ。そこでミズンは次のように言っている。ネアンデルタール人が耳にしていたのは「音のパノラマで、それは自然のメロディーとリズムであり、ホモサピエンスの耳には言語の進化によって聞こえなくなってしまったものだ」。

現生人類以前のヒト族がもっていたいくつもの心の機能を区切る壁を打ち破ることで、そのおそるべき脳が全体として働けるようにしたのは、言葉という考え方への爆発的な移行だったとミズンは考えている。それによって概念が自由に動きまわり、また別の概念を生み出せるようになった。

この考え方が正しいかどうか、私にはわからない。誰にもわからない。言葉が現代的行動――過激な象徴化――を生み出したのか、言葉は現代的行動によって生み出されたのか？　たぶん、たいした問題ではない。いずれにしても、言語が生まれた。そして言語の力こそが、協調を促して強め、筋書きを作り上げて実際に試し、毛むくじゃらの混乱した世界を従順な集団に切り分け、氷を融かし、オオカミを手なずけ、火をコントロールし、人間をコントロールし、コントロールそのものもコントロールし、最後には言語を使う者までコントロールしたことに、疑いをさしはさむ余地はない。言語はおそろしい代償を求めたかもしれないが、同時に私たちに自己というものをもたらし、私たちは自己をもつことで内心をさらけ出すことができ、それによって新しい形式の関係を生み出すことができたのだろう。

そして言語によって他者の立場に立って考えることが可能になり、少なくとも、言語をもつ前からあった能力を高めることができた。これは、ロビン・ダンバーとクライヴ・ギャンブルが率いる主流の考古学者および人類学者の多くによって支持されている考えだ。

志向意識水準が大きければ大きいほど、想像力の範囲は大きく、語れる物語の説得力も大きくなる。現生人類の大半は五次の志向意識水準をもち、それは想像の世界に登場人物を配置するのに必要なものであり、私たちが知る限りでは、それをもっているのは現代的行動をする人類だけだ。だが、シェークスピアになるためには六次の志向意識水準が必要になり、それをもつ人はほとんどいない。女性のほうがシェークスピアになれる確率は高く、六次の志向意識水準をもっていなくても六次の作品を楽しむことはできる。

このような六次の才能は、ワールドクラスのグルーミングを生み出す。後期旧石器時代の世界で実際におしゃべりがあったのは、ほとんどが私たちの場合と同じく夕刻で、それは（やはり私たちの場合と同じく）食事の大半を占める時間帯だった。彼らは焚火のまわりに集まった。あたりは闇に包まれ、揺らめく炎の明かりの中ではボディーランゲージはあまり役に立たなかった。話し言葉のほうがずっとましだった。六次の志向意識水準をもつ後期旧石器時代のシェークスピアたちが聴衆を魅了し、自然選択がすぐに見返りを与えたと、ダンバーとギャンブルは言う。シェークスピアたちは地位と肉と性欲を満たす相手と子孫を手にしたのだった。

心の理論／志向意識水準そのものが、自我の意識を拡張した――人称代名詞が強調され、浮かび上がったのだ。狩猟民は自分自身を見てから、動物に向かって「私はあなたを殺そうとしている」と言い、家に戻ってその意味をじっくり考え、考えながらマンモスの牙を使って大きな胸と華やかな外陰部をもつ太った女性の像を彫った。それから夜になると焚火を囲み、六次の神話の語り手が「私はどこからきたのか？」「私の死んだ父親はどこにいるのか？」といった質問をしてそれに答える物語を紡ぎはじめた。

私はこのモデルに満足していない。Hmmmmmによって百次の志向意識水準が生じない理由がわからない。実際のところ私なら、Hmmmmmの重要な要素である直観のようなものは、言語学ベースの志向意識水準のモデルという入り組んだ公式化ではなく、相手の心を見抜くようなものではないかと考える。六次の志向意識水準を、ダンバーは次のように説明している――実際にはビアンカを愛しているキャシオをデズデモーナが愛しているとオセロが思い込むように、イアーゴがもくろむと聴衆が考えることをシェークスピアは意図しているにちがいない。こう説明すると、いかにも複雑だ。このようなことを土台にして筋の通った物語を組み立てるのは天才にちがいないと、容易に理解できる。たしかに六次を超えたものなど想像できない。だが、実際に舞台で演じられる物語を理解するときには、ほとんどの人は、これほど厳密な書き言葉での解釈などしていないだろう。私たちの五次の志向意識水準で可能になるほど、いちいち命題を立てて分析することさえない。そんな分析はすっかり飛ばしてしまい、人間が大ざっぱに全体というものを把握するやり方で、不完全な感覚と理解力を駆使するだけだ。Ｈｍｍｍｍは今もまだ健在で、私たちが世界を理解する作業を仲立ちする、実際的な仕事のほとんどを引き受けている。

たしかに、言語は事実についてやりとりするための主要な手段になっているが、感情の表現およびアイデンティティの形成と表現に比べれば、事実は取るに足りない。言語は意識のレベルで働くもので、これまでに見てきたように、私たちの存在のほとんどは意識によって規定されるものではない、あるいは意識に属するものではないのだ。私たちの大部分は水面下に潜んでいる。私という存在の大部分、そして意識下での私の行動を決定しているものの大部分は、私の無意識から沸き上がってくる。Ｈｍｍｍｍは無意識の言語で、私たちが使っている単語の連なりよりはるかに古く、はるかに根本的な言語だ。それは現生人類の登場以前に話されていた言語であり、その要素は現代の人類以外の生き物によっても話されている。またそれは、とても年若い現生人類によって話されている主要言語であり、私たちが彼らに話しかけるとき、自分たちも流暢に使えることに気づくことになる。

ＩＤＳ（Infant-Directed Speech ―対乳児発話）とも呼ばれる赤ちゃん言葉は、世界共通語だ。私たちは誰でもそれを話すことができる――私たちは誰でも赤ちゃんに話しかけるときにはその言葉を使い、経験豊かな母親だからといって、はじめて仕事をする最も未熟なベビーシッターよりずっと流暢に話せるわけではない。誰にでも生まれつき備わっている言葉だ。声をいつもより高くし、高い声と低い声の範囲を広げ、中休みの回数を増やし、母音を長く伸ばしてはっきり発音し、短い言い回しを使って、繰り返しを増やす。簡単に言うなら、いつもの話し方よりも音楽的で、こうした音楽的な話し方は単なる言語よりもはるかに赤ちゃんの注目を引く。

赤ちゃんに向かって歌えば、もっと効果的だ。子守唄は（文化が異なっても子守唄のメロディー、リズム、テンポはとてもよく似ている）、赤ちゃんの機嫌をよくし、未熟児の吸う力を強くする（その結果として体重が増加する）。（もちろん人間の赤ちゃんはすべて、人間以外の赤ちゃんに比べると未熟な状態で生まれてくる。それは巨大な脳をもつ巨大な頭のせいで、そうせざるを得ないからだ。もし体が十分に発育するまで胎内にとどまるなら、外に出てくることはできないだろう。）このことからミズンは、人間の赤ちゃんが無力な状態で過ごすという独特の状態と、その期間の異例な長さに対処するためだけに、ＩＤＳの音楽的な側面が進化したのだと考えるようになった。

音楽は私たちに言葉よりも前に話しかけ、言葉より深く語りかける。その働きの深さは隠喩的なものにとどまらない。私は言葉をかけられてもパニックから抜け出せないが、歌声を耳にすれば抜け出せる。それは私に限ったことではない。音楽は人々の呼吸、心拍数、血圧に影響を及ぼすことが実証されている。それは脳幹の奥深くに働きかけ、新皮質が私たちの脳を覆うずっと前からあった、とても古い脳の中心に作用するからだ。音楽は数多くの文化で身体的な癒しに用いられ、麻酔剤と鎮痛剤の投与量を減らす効果をあげ、音楽療法は自閉症、ＯＣＤ（強迫性障害）、ＡＤＨＤ（注意欠如・多動性障害）の患者がもつ多くの問題の改善に効力を発揮する。

音楽が私たちの感情をかきたてる力をもつことは誰もが認めるところで、私たちの感情は私たちそのものであり、考え抜いた思索とはまた別の自分だ。感情が最も重要な存在で、認知はそこに寄生する。私が幸せなときには、より効果的に考えることができる。だが、感情的な反応そのものが人生で多くの働きをしており、必ずしも認知の仲介が必要なわけではない。私の意思決定の大半は直観的なもので、ただ事後に自分の論理的思考を正当化するために、自分ではあまり意識しないいま、ほんとうにそう確信していると判断する。経験からほとんどの場合にうまくいくとわかっているぞんざいな解決策を蓄えているのが、感情の領域だ。問題に直面すると、ほとんどの場合にその領域に手を伸ばし、既成の経験則のひとつと火を取り出す。たいていの場合は、それでこと足りる。ほんのまれに、脳の新皮質を駆使して特注の問題解決策をひねり出すことがあり、その場合はたいてい直観を信じておけばよかったということになる。

そこでミズンは、「音楽は、進化の上ではそうでなくても、発達の上で言語より優先されており」、「言語のための神経回路網は、音楽のための神経回路網の上に作られた、またはそれを複製したものだ」と結論づけている。ヒト族は話すより前に歌った。そしてＨｍｍｍｍを駆使した。そのあと、進化と歩調を合わせるように言語が私たちの頭の中に進出し、存在感を示すようになっていった。

これは、私の心の中にはっきり見えている言語／認知と音楽／感情との関係にピッタリあてはまる。言語は傲慢で帝国主義的だ。言語は規則を主張し、私が自分の人生を生きて世界を把握する方法に大きく影響する力をもちながら、自称する現実との一致を実現しない。言語は臆面もなく認知を促進するが、私は誰なのか、私はどう感じるか、私は何をするかの決定にはほとんど無関係だ。

言語は私たちにとって、種としても個人としても、第一言語ではなかった。今でも第一言語ではない――もしも言語を自分の第一言語とする人に出会ったなら、その人はおそろしく冷たくてドライに感じられ、夕食に招待しようなどとは夢にも思わないだろう。私たちは今もまだ、赤ん坊として、また子どもとして、Ｈｍｍｍｍと音楽を最も流暢に操る。音楽は感情をとても正確に表現できる媒体で――そのために、ほんとうに大切なものだ。作曲家が伝えようとする感情と、聴き手がかきたてられる感情とは、とてもよく一致している。聴き手が訓練を受けた音楽家であっても、その一致が大きくなるわけではない。私たちは誰もがみな、生来の達人なのだ。

言語と音楽の区別は、もちろん絶対的なものではない。ＩＤＳがそれを示している。それは言語でもあり音楽でもある。何らかの言語を支える数学的規則のようなものに準拠している音楽が、あらゆる音楽の中で最も強力な音楽である——それはアポロとディオニュソスとの、あるいは右脳と左脳との、興奮した相乗作用を象徴している——と論じる人がいれば、私は礼儀正しく聞いているだろうが、それが言語を弁護するものだとは認めない。ここには私の信念がある。言語が音楽に明確に従うとき、それは最も力強く、最も優しいものになる。このことは今度は、自然界に明確に従うことを意味する。なぜなら、言語について話すときに意味するような種類の言語が、そこにはないからだ。数学的なバッハの威力はまさに、彼の数学が、優美な球の回転、雪片の繊細なレース細工、アホウドリの肩で耐えられる力を律するものだという点にある。

たしかに、私たちは種としてまだ幼かったころに、自分たちにとって非常に重要な動物が出す音を真似ていた。まずライオンを真似て吠えた声があり、おそらくそれをもとにして「ライオン」をあらわす語がはじめて生み出された。「ライオン」を描写しようとするその後の試みはどれも、それより満足のいかないもので、より自己言及に近づいていた。単純に真似をしていたときのほうがうまくいった。それは適切な謙虚さのあらわれであり、より正確なものになっていった。

最適な語とそれがあらわすものとのあいだには、本物の（気まぐれでも、文化的に生み出されたものでもない）対応がある。ミズンは、ペルーの熱帯雨林で暮らすフアンビサの人々のあいだでは、彼らが見分けられる二百六種類の鳥の名前の三分の一が擬音語であると書き、エドワード・サピアの研究を引用している。サピアは一九二〇年代に、ミル（mil）とマル（mal）という意味のない二つの単語を生み出した。彼は実験を行ない、被験者たちにこれらがテーブルの名前だと伝えたうえで、どちらのテーブルが大きいかを尋ねた。すると、被験者のほぼ全員が、マルのほうが大きいと答えた。文化がまったく異なっていても、母音は類似した働きをする。それらは気まぐれなものではない。不可解だが一貫性のある根本的な方法で、現実世界の属性と関連をもっている。

とても長い説明になってしまったが、私がトムと森の声にもっと耳を傾けようとしている理由はこうしたことだ。私は森そのものが私に指示する単語を使ってみようと思う。

＊

チフチャフ（フアンビサの人たちはこの名前に満足してくれるだろう）の肢は草の茎にそっくりだ。そのくちばしは、最も細い神経や血管をつまむのに用いる鉗子《かんし》に似ている。それでもその喉は力強く、クマの一家が暮らせる洞穴の大きさを思わせる声を出す。

昨夜、この鳥が姿を見せた。博覧会の会場で回転遊具ワルツァーの板に乗る男のように、風に乗ってやってきたのだ。男が細いジーンズに包まれた脚を交互に上げ下げしながら、回る板の上でバランスをとるように、この鳥は左右の翼を交互に硬くしながら飛んできた。十日前にはアルジェの港に停泊している船の無線塔のてっぺんにとまり、フランスまで連れて行ってくれそうな熱い空気の層に挟まって、身を堅くしていたのだろう。すると風にまじって飛んできた砂が目に入ったので、目をパチパチさせて短く鳴いたとたん、風に押されて落下した。かろうじて救命ボートの上に落ち、船の料理人に拾われて、空中に投げ上げられると、今度はうってつけの風に乗ることができ、背中と胸を空気の層で押さえつけられながら旅立った。あとはほとんど何もしなくても、バランスをとり、海に落ちないように気をつければいいだけだ。あるときは大きな波が立ち、あやうくさらわれそうになったが、それほど素早い波ではなかったから助かった。そして突然、オリーブとオレンジと、たくましい親指ほどの太さがある芋虫があらわれた。

でもその場所にとどまることはできなかった。オリーブがあると胸がムカムカしてしまうからだ。そこで頭を北に向けると、アルプス山脈の西側斜面をはずむように上り、ブルゴーニュの石灰岩の大地を見下ろし、パリ郊外の会計士の庭にいたネコからかろうじて逃れ、平地をゆっくり進む列車にしばらくヒッチハイクを決め込み、冷えきった灰色のイギリス海峡に行く手を阻まれて、ムクドリといっしょに汚れた木で眠った。その後、アフリカのどこかからやって来た小さくて茶色い鳥に出会い、傷ついたわずかな群れに混じって海を渡ったのだった。それからは勢いをさらに増し、まるでくちばしの先を引き抜かれるかのように飛ぶと、まもなく私の頭上に茂る木に倒れ込んだのだった。

まあ、そんな旅だったのかもしれない。これは読者のための物語で、言語にはこうしたことができる。まったくの作り話でもいい。私の物語を読みながら、その鳥のことを感じとれたのではないだろうか。だがもし私が代わりに「渡り交響曲」を書いたなら、嘘はなく、もっと的確な感覚を得ることができたはずだ。

それでもこの世界にはいくつかのほんとうの話があり、私について、トムについて、Xとその息子について、霊のキツネ、鳥、石、草、私の父とコールタール石鹸についてのほんとうの話があって、その話の一部は言葉で語ることができる。もしかすると、ほんとうに大きな物語には言葉が必要になるか、物語が大きく、また具体的になるためには、言葉が必要になるのかもしれない。

人間は神話と宗教を見出したとき、ようやくそのような結論に達したにちがいない。それはとても早い時期だった。

だがその背景では、Xがツンドラとマンモスに歌ってきかせ、ツンドラとマンモスがXに歌ってきかせる時代が続いた。世界は私たちの理解を求め、寛大に恩返しをすると言われてきた。そのような理解の一部はアリアの形式で歌われ、Xと自然界が互いに歌いあい、その歌は宗教になった。

＊

私たちは耳を傾けることを学べば、これらの歌を学べる。

今夜やってみているのは、それだ。

まわりじゅうに音があふれている。その一部はとぎれとぎれだ。悲しそうな鳴き声、邪魔をする音、ぶつかる音。みんな、きっとすぐそこにいる。だが、とぎれずに続くブーンという音もあり、それが自分の頭の中から聞こえるのか外から聞こえるのかわからない。それは何か白いものから出ているようなブーンという音だ。

トムと私は喧嘩をした。もしも言葉なしで喧嘩をできればの話だが、もちろんできる。二人で背中合わせに横になっている。トムは目を覚ましている。彼の目がクルクル動いているのが、私にはわかる。何かがそこにいると思っているにちがいないのだが、喧嘩をしているせいで、私にはそれが何かを教えてくれない。それほどひどいものではなさそうだ――たぶん、ハリネズミか、ローマ時代の兵士か何かだろう。

私はトイレのために起き上がる。ひと仕事だ。外にはしっとり露が降り、私が寝床に戻るころには裸足の足の裏が柔らかくなって、草の葉の縁《ふち》で細かい網目模様の切り傷がついた。

戻ってきても、どうしても落ち着かない。まだブーンという響きが聞こえ、今ではまた別の音になった。この丘の地下には、いくつもの鉱山の縦坑が打ち捨てられて残っている。ブーンという音は私たちのずっと下にある白いものから出ているのかもしれない。その音はふだんは地上までは届かないものだ。

トムはまだ目を覚まし、まだ目をクルクル動かしている。新しい風が吹き、新しい音が聞こえる――ただし風の音ではない。誰かがとても規則正しく、とてもゆっくり、大きなブラシで木にペンキを塗っていて、ときどき落ち葉の上にペンキの塊が垂れるように聞こえる。谷の向かい側の納屋に明かりが見え、そこには誰も、何も、住んでいない。そんなところでロウソクを灯したままにするのはばかげている――干し草の俵でいっぱいのはずなのに。

どんなことが起きているにしても、そのほとんどは私たちの裏で起きていて、私たちはただ表面に横たわっているだけだ。骨が私に突き刺さる。内臓は下の方で動いている。たぶん坑夫が掘ったトンネルの経路を利用しているのだろう。

トムは怖がっている。私がトムの体に腕をまわすと、トムはそれを押しのけない。やがてトムの呼吸が落ち着き、肩の力が抜けていく。まもなくペンキを塗るブラシの音に合わせて寝息をたてた。

私は骨や皮に、そして丘の横隔膜がきしむ音に耐えられず、起き上がってトムが食料置き場にしている空き地に歩いていく。途中、あらゆる場所が硬直する。木々もイラクサも不動の姿勢を取っている。ウサギが首を硬直させ、震えながら固まっている。場所全体がそんなふうになるのは最悪だ。ひとつだけ動いているものがあって、空き地の中央で私のことをまっすぐに見つめている。それから頭を下げ、花をちぎり、また私を振り返る。月明かりの下で輝くシカだ。そして私が小太りで、緩慢で、素手なのを見てとると、また花に戻った。

私の足のまわりで草が震えているのがわかる。だが視線を落とすと、震えているのは私自身だ。もう戻って、また耳を傾けよう。私はシカに一礼をする。シカはまた頭を上げるものの、礼はしない。私は月の光で照らされた小道を戻り、寝袋に潜り込んだ。

ブーンという音は会話だ。人間の声だとは思えない。言葉はないが、何かが何か大切なことを言おうとしていて、ほかの大勢に反論されている。うまく終わるようには聞こえない。

眠っている場合ではないだろう。その議論の真価がなんであれ、あんなに大勢とひとりの議論はよくない。少なくとも事態が悪化したときに備え、私は待機しているべきだ。ただし私が耳を傾ける決心をした時点で、そう思ったわけではなかった。審判を求められているわけではない。もしもこの場所で私が審判になるなら、血を流すシカから、もう少し尊敬してもらえそうなものだ。

そんなさしでがましい義務感はなかったとしても、もう眠れそうもない。おもしろすぎる。私はいくつもの文の形と速さから意味を摑もうとし、いい線をいっていると思う。それは日照権に関係している──誰かが増築した建物が高すぎたときに、郡の裁判所で繰り広げられる議論の一種だ。何かが高く登りすぎ、遠くまで身を乗り出しすぎ、広い場所を占領しすぎている。

＊

トムに揺り動かされて、目を覚ます。起き上がってまわりを見回すと、夜明け前だが、月の光がまぶしい。雲が地面から沸き起こり、心臓のように脈打つ。もうトムの肩まで届いている。ブーンという会話は、今ではさらに大きくなった。棘のある木がカサカサ音を立て、その棘のあいだを青い火花が飛ぶ。何も解決されてはいない。森は私に何かをするよう求めているが、今では前よりも切羽詰まった様子だ。

「私のすることじゃないんだ」と、私は小声でつぶやく。

「叫ばなくてもいいよ」と、トムが言う。

トムはもう荷造りをはじめていて、よく見えないリュックの口に服を詰め込んでいる。雲はすでにその顎に達し、洞窟に押し寄せる海のようにどんどん高くなる。トムは靴を履き、手探りで紐を結んだ。そして防水シートをはがし、服の上から押し込む。トムがリュックの紐をしっかり結ぶころには、私も用意ができていた。

森は私たちに出て行ってほしいか、そのままいてほしいかのどちらかだが、どちらにせよ、それを強く望んでいる。

丘を下っていくと小道があるはずだ。見逃さないようにしなければいけない。このあたりでは高速道路のようなものだ。その小道をうまくたどれば、私たちがチャペルと呼んでいる納屋に出て、次に毒で汚染されたウシの牧草地があり、その先は分かれ道になるだろう。

今では雲がトムの頭を越えた。でもまだ私の頭を越えてはいない。私にはまだ木々が見える。もし雌ジカがいれば、その角も見える。雲のてっぺんは平坦で、まるでテーブルのようだ。手を伸ばしてトムの手をとり、二人とも無言のまま走る。私には木が見えるからよけられるのだが、足下が見えない。ウサギの穴に足をとられ、トムを道連れにしてみごとに転ぶ。足首の骨を折ったり、もっと悪いことになったりせずにすんだのは、まだ幸運だ。

気をとりなおし、今度はもっと慎重に進むことにする。高速道路に出た。ハイカーたちが踏み荒らした土の様子で判断できる。だいたいこのあたりだろう。ここには柵を越える段がある。鍵がかかっているのか。いや、そんなことはない。鍵はないはずだ。なんとか越えることができた。あれがチャペルだ。いや、ちがった。チャペルがなくなった。この森には意図がある。どんよりして不機嫌だ。私の口と鼻の中にまで入り込んでくる。チャペルはこのあたりのどこかにあるにちがいないのだ。でもここには「ちがいない」ことなんて何もない――そうだった。霧は泡立たない。それなら顔を拭う必要もない。

私はここから外に出たい。ああ、と、丘が大きく息をする。どうしてそう言わなかったんだい？　すると木と雲が動きを止め、私たちはいきなり外に出た。森の縁《ふち》に雲の壁ができている。その壁はみごとに平らで、みごとに垂直で、テーブルの上のように平坦だ。それから二人で走り、走り、走り続ける。無言のまま、それでも足音と首を流れる血の音だけを響かせて、バスの待合所に駆け込む。誰かが吐いたようなにおいがしても、気にしない。一時間もすればマットロックに着くだろう。

＊

「ラーリリリ、リリ」。トムが口笛を吹く。

「一羽なら悲しみ、二羽なら喜び、三羽なら女の子、四羽なら男の子」と、カササギの古いわらべ歌は続く。

イギリスには、カササギを一羽見ると運が悪いという迷信がある。だからよく、一羽のカササギが目に入ったとたんに視線をそらす人、十字を切る人、唾を吐く人を見かける。

でも、その人たちは誤解をしている。目を凝らせば少なくとももう一羽のカササギが、必ず近くにいるはずだからだ。世の中とはそういうもので、カササギが一羽でいることはない。よくよく見れば、子孫と永遠に続く王朝とまではいかなくても、少なくとも喜びは必ず手に入る。

わらべ歌は真実を語る。目を凝らさないときは、用心が必要だ。

＊

私たちは西に行った。そこは私の家族が、脅えているとき、悲しいとき、死のうと決めたときに、いつも行っている場所だ。

石灰岩の崖の側面にできた、セバーン海を見はるかす洞窟に腰を下ろす。Xと彼の息子の気配はまだないが、彼らは、いてほしいときに姿を見せたためしがない。

霊のキツネはバスには乗らないだろう。私は彼を信じていないし、まちがいなく彼の気に障ったはずだ。ポリーとのやりとりは、とても穏やかだった。困ったことは何もなく、私がそのやりとりで必要とされるものは何もなかった。

実際にあの世に下っていくことは、数学者が世の中にあることを知っている数多くの次元のうちの、別のひとつに移ることなのだろう。私たちの脳は、住みなれた次元以外の次元に入ることを阻止するバルブの役目を果たしている。そしてそのバルブが緩むとき、私たちは目の前にある現実以上の場所にいる。おそらくそのとき、私たちはもっと現実的になる。おそらくそのとき、私はコールタールのにおいを感じる。この洞窟のコールタールは息が詰まるほどだ。

更新世のころ、この洞窟はにぎやかだった。ここからは、マンモス、毛サイ、オオカミ、ヒグマ、ホラアナグマ、キツネ、ホッキョクギツネ、トナカイ、ウマ、ヤマネコ、ホラアナライオン、そして山ほどのハイエナが掘り出されている。

Xと彼の息子がこの場所を知っていたと考えてもおかしくはない。たった今、トムと私は崖のてっぺんまで登ってきた。よく晴れた日なら、ガワー半島まで見渡すことができるだろう。そこでは一八二三年に、オックスフォード大学の地質学者ウィリアム・バックランドが「パヴィランドの赤い貴婦人」を発見している。最も古い人間の埋葬地のひとつだ。「赤い貴婦人」は、実際には女性ではない。バックランドがこの「貴婦人」を女性と判断したのは、赭土で赤く染まった（実際には若い男性の）骨が、象牙の杖、穴のあいたタマキビの貝殻（おそらくビーズとして衣服に縫いつけられていたのだろう）、マンモスの牙で作られたペンダントといっしょに埋葬されていたからだ。イングランドの（ウェールズでも）男性が、そのようなもので身を飾るはずがないというのが論拠だった。埋葬された時代についても、バックランドの判断は大幅にずれていた。彼は古代ローマ時代のものと考えたが、実際には三万四千年から三万三千年前のものだとわかってきている。

それはXと彼の息子がダービーシャーの氷河の端で暮らしていた時代より、ずっと後のことだ。気候はXよりも赤い貴婦人に優しく、赤い貴婦人が生きていた時代までにはヨーロッパの人類に現代的行動が深く浸透していた。だが三万四千年前のガワー半島は、まだ野生のままで、暮らすには危険で奇妙な場所だった。誰もが住めるところではなかったはずだ。引き寄せられたのはフロンティア精神をもつ起業家魂の持ち主で、フロンティア精神は家族の血に流れる傾向がある。ヨーロッパ全体でそれほど多くの家族が存在したわけではないから、Xの遺伝子のかなりの部分が、きっと赤い貴婦人の骨にも組み込まれているのだろう——その骨は今、オックスフォード大学自然史博物館にあって、私はだいたい二週間に一回は会いに行く。彼女が入っているガラスケースの前に一時間は立ったまま、中をじっと見つめ、彼女に話をさせようとする。ただし彼女に頭はない。あたりの人々は、私を変人だと思うにちがいない。

Xと赤い貴婦人が近い親戚ではないとしても、焚火のまわりで伝えられる口述の地名辞典があり、そこには滞在する場所、狩りをする場所、祈る場所が並んでいたはずだ。この洞窟もその一覧に含まれていたことだろう――歯がいっぱいだったから、避けるべき場所として、あるいはひらめきを得られる場所として、伝えられていたのかもしれない。

暗くなってきた。遠くの海上ではコンテナ船がエイボンマスの埠頭まで自動車を運んでいる。ウェールズはまだスイッチが入ったままだ。眼下の道路は行き詰まっている。誰かが中央分離帯で半分の大きさになって、点滅する青い光に照らされている。ずっと上のここでは、あと一時間もすればアナグマの時間だ。フクロウがようやく動きだし、まばたきをはじめる。キッツキは自分の頭にからまった舌をほどいて穴にさしこみ、一日の仕事を切り上げると、遠い谷に飛んで帰る。鳥たちにも帰るべき家があるからだ。

洞窟の入り口から数フィート中に入ると、光はすっかり降参する。現代では、これだけの暗闇に出会う人はほとんどいないだろう。どこか新鮮さを感じる暗闇だ。自分の手がなんだかよそよそしく思える。両手が、まるでコウモリのように暗闇から私のほうに飛び出してくるのだ。もっと奥に向かうと、もう入り口が見えなくなった。

トムは嬉しそうに暗闇に腰をおろす。私はまだ、ダービーシャーの森で起きたことにどこか狼狽していて、暗闇が怖いように感じる。でも、そんなことはない。ダービーシャーはもうはるか彼方で、私たちはあそこだけの、地元の出来事に巻き込まれたにすぎないのだ。集中攻撃を浴びてしまったが、個人攻撃ではなかった。そしてあのダービーシャーの丘が、はるばるここまで、ドシンドシンと追いかけてきたとしても、これほどの真っ暗闇にいる私たちを見つけることはできないだろう。

チベットの僧は暗闇の中で何週間も瞑想する。そのときの難しさは、感覚が遮断されることの心理的な困難だと、よく言われている。ここにはそれほどまでの遮断はない。視覚以外のあらゆる感覚が（これまで自分がもっていると思ったこともなかった多くの感覚も含めて）活気づくだけでなく、視覚そのものも、自らがまだ感覚の王者であることを示そうとしてサイケデリックなショーを繰り広げるからだ。飛び散る火花、色つきの六角形がからみあって回る万華鏡、細長い緑色の顔、さらに飽きてくると、古い画像のコレクションを順にさかのぼりはじめ、脳がなんとか音とにおいに主導権を渡さないようにと、あらゆるものを繰り出してくる。だから私はその暗闇にいながら、ドーセットの海辺で両親といっしょにアイスクリームを食べ、同時にスコットランドにある山の頂上近くの穴で身を丸くし、両手を頭にあてて砂漠に座り込み、上半身裸でヨークシャーのムーアを走って足下からライチョウを飛び立たせ、サマセットの農場でシードルを飲みながら頭上を低空飛行するツバメの風を感じ、爪をすっかりなくした詩人とギリシャの島で赤ワインを飲み、ペットにしていたウサギが死んで硬くなっているのを見つけ、冬の海を見ながらなぜカモメがいないのかと不思議に思うことができた。

ここで生じた音は、すべてが長く続いたままだ。それは、あらゆる音は実際には永遠に続いていること、音が一時的だという誤った印象を与えているのは私たちの貧弱な聴覚だということを、思い出させてくれる。音にせよ何にせよ、一度はじまったものが終わることはない。

響いてくるのは、水のしたたる音と飛び交うコウモリの羽音ばかりのように思えるが、耳を傾ければ別の音も聞こえる。岩肌を流れる水は、その表面を磨いて溶かしている。そして一滴ずつ流れるごとに、溶かされた岩を運ぶ。水のすべてが液体になった岩だ。水は磨きながら音を出す。だが記録装置を使ったとしても、音の波形が変わるどころか、画面は微動だにしないだろう。それは溶けていく岩が私自身の体の溶けていく細胞と共鳴する響きで、どこか死を思わせる安心感を運んでくる。石灰岩の絶壁と連帯感を共有できるのは、なかなかのものだ。たとえその連帯感が、どちらも溶けて消滅しているという事実にあっても。

まちがいなく、これは実際の音ではない。まちがいなく、それは思考か、あるいはふだんは見過ごされている体の感覚だ。思考と感覚とは異なるものなのかどうか、私にはわからない。

私の指は生え変わる。ふだんなら品の悪い言葉で、湿ったケツは麻痺していると言っただろうが、実際に起きていることはそれよりはるかに興味深い。麻痺とは感覚がないことではなく、新しいカテゴリーの感覚がその気迫を見せられる空間だ。

私たちはもう二時間あまり、黙ったまま座っている。あまりにも興味深すぎて、私はすべての興味にうまく対処できていない。整理された日常的な視覚世界に戻りたいと思う。そこでポケットに手を入れ、ライターを探す。太ももに触れた自分の手の圧力が粗野に感じられ、ほとんど痛いほどだ。肌と木綿の布のこすれる音が、まるで自動車事故のように響く。

「何してるの?」と、トムが囁き、その声と息はハリケーンだ。

「何にも」と、私は答え、手を引っ込める。

また一時間が座ったままで過ぎていく。再び自動車事故とハリケーンの音が響いたあと、私がライターの火をつけると、天界が開けた。大天使ミカエルとそれにつき従う天使たちが洞窟の天井を突き抜けて姿を見せ、私たちは思わず叫び声を上げる。

炎を見られるようになると、炎とは残酷で殺風景で妥協を許さないものだということがわかる。それでも炎は、私たちが大きな丸い腹の中に座っていることを教えてくれる。私がちょうど立ち上がれるくらいの高さがあり、突き当たりが細くなっていて腸に続き、そこをしばらくは這って進めるが、二度と戻ってはこられない。あるいは別のたとえを使うとすれば、私たちはゆったりした子宮の中にいて、そこは太った胎児がたくさんはいれるくらい広々としており、丘の奥深くからそこまで卵管が、そしてヤマアイとヤナギランの草原を通って尾根まで産道が、長々と続いている。

私たちは何本ものロウソクに火を移し、腹の周囲に並べて立ててから、もう一度腰をおろして、じっくり観察をはじめる。

正面の壁には、一本の木か、もしかしたら魚か、鳥の翼がある。

「それはちがうな」と、トムが言う。彼がロウソクを三本動かすと、たしかに、私たちの目の前に巨大なウシの前半身があらわれた。角の先は天井を突きさし、鼻先は熱気を帯びて広がっている。二人ともじりじりと前に進み、手を伸ばしてその鼻を撫でてみる。そして突き飛ばされずにすむと、毛むくじゃらの首に移動し、次は前肢だ。肢がピンと張って脈打ち、力がみなぎっているのがわかる。

このように触ってみたいと思う衝動が沸いたことに、私は戸惑っている。あり得ないことだ。人はよく柵越しに馬の顔に触れようとして、またロウソクの灯った夕食のテーブルごしに愛する者の顔に触れようとして、無意識で手を伸ばす。子どもたちは泥沼を見ると、思わず腕を伸ばして摑もうとし、大きく広げた手のひらを泥につける。だが現代的な先入観は、視覚と認知とを結びつけている。私たちは「理解する」という意味でsee（見る）という単語を使う。また「見ることは信じること——百聞は一見にしかず」とも言う。創造的プロセス全体を視覚的なものとしてとらえ、それを想像と呼ぶ。だが私たちが最も本源的な状態のとき——子どものころ、動物と関わるとき、恋をしているとき、あるいはメンディップの鍾乳洞で身震いしているとき——には、そのような偏見を克服して自分の目を疑い、現実にある自分の体と現実にある世界とのつながりがしっかりしていることを確かめたくなり、その唯一の方法として実際に触れてみるのだ。

後期旧石器時代の洞窟「芸術」に最もよく見られるモチーフのひとつに、赭土で輪郭を描いた人間の手形がある。私たちもストローや中空の鳥の骨を使って霧を吹き、台所の壁に手形をつけていたものだ。これにはさまざまな解釈がなされている。たとえば、それらは初潮を迎えた少女たちの手で、大人の女性になる儀式で洞窟にやって来ており、緒土は月経血をあらわしていると言う人たちがいる。あるいは、それは洞窟の壁がこの世とあの世を隔てる膜とみなされていたことをあらわし――あの世はシャーマンがトランス状態で行った場所で――手形はその膜を押したいという強い願望のあらわれだとする人たちもいる。手形はおそらく向こう側の世界に住む人々への敬意を示しているという考えだ。だが広く受け入れられているのは、手形は同じ洞窟で見つかることの多い洗練された動物の絵の前に――ときにはずっと前に――描かれたものだとする説で、たいていはあとの絵に（たとえば節くれだった肢や目の周辺に）組み込まれる岩の周辺に集中している。触れてみる行為は視覚的な表現の前になされ、その表現を確定したのかもしれない。オーロックスの肢が最初に見つかり、そこから手探りで、体の残りの部分が見つかるのだ。

私は洞窟の壁を優しく撫でながら、そこにはほかに何があるのかと思いをめぐらす。そうしながら、象徴的表現が象徴的表現を生み出すことに注目している――鼻は腰まわりをほのめかし、腰まわりは蹄を暗示する。この相乗作用に釘づけになると、それが世界全体を構築するのを止めるのは難しい。

トムがまたロウソクを動かす。コウノトリが現れた。また同じことを繰り返す。次は鷲鼻をした老人が現れた。また同じことを繰り返す。次はブタ。また同じことを繰り返す。キツネ。また同じことを繰り返す。別のキツネ。また同じことを繰り返す。もうひとつ別のキツネ。すると私の父が腸の中のどこかで咳き込み、コールタールが深さと鳥糞石のにおいを圧倒する。

このような場所には、槍の刺さったオーロックスを描くしかないだろう。もしもそれが重要で、緊急で、神聖であれば。

それが重要で緊急だったのは、人間の死に対する反応だったからであり、人間の死は誕生とともに偉大な事実だったからだ。それは世界を分割した。ミシェル・ペイヴァーが描いた壮大な中石器時代の冒険物語『クロニクル千古の闇』では、オオカミが「息をしない」ものとほかの生き物とを区別する。私たちも同じだ。私たちは死で頭がいっぱいなのだ。古代人はあまりにも頭がいっぱいになったために、死を自分の思考のあらゆる部分に組み込んだ。私たちはあまりにも頭がいっぱいなために、すべての会話から精力的に死を追放している。

死で頭がいっぱいなのは人間だけではない。子の死に直面したチンパンジーの母親は、死んで朽ちていく赤ん坊を、ほぼ十週間にわたって連れ歩くことで知られている。中央アフリカの暑さの中で広がるにおいを想像してほしい。それだけでも母親の没頭ぶりを想像できるだろう。チンパンジーはほかのチンパンジーの死骸をよく吟味し、「息をしない」ことを理解しようとする。体のにおいを嗅ぎ、傷を調べ、腕を引っ張り、手を撫でたり握ったりし、死体の毛づくろいをし、顔を覗きこみ、口を開こうとし、短い距離を引っ張って歩き、ほかの状況ではめったに聞くことのない呼び声を上げる。チンパンジーにとって死は特別なもののように見え、死者は並外れた地位をもつ――それは、私たち自身の文化を除くほとんどすべての文化で、祖先がすることと同じだ。群れの全員が敬意を表せるわけではない。死者とやりとりする特権を手に入れる必要がある。有力な個体が死体を守り、下位の個体を追い払う。現代人には、葬儀の参加者を決めるための殴り合いは多くない。

死者の特別な地位はネアンデルタール人でも見られる。考古学者ポール・ペティットの観察によれば、ネアンデルタール人が来世についてどう考えていたかとは無関係に（ネアンデルタール人の墓には一部にとても曖昧な花の痕跡があることで、信仰の萌芽かもしれないという見方があるが、私個人としては納得していない）、ネアンデルタール人の死者は一貫して特定の場所に葬られていた。彼らには自分自身の場所が必要だ。彼らは自分たちとは異なっている。「息をしない」者は、息をしている者とは異なっている。

特定の場所（おそらく埋葬地や決められた追悼場所）を死者と結びつければ、死は持続すると確信するところまで、あと少しだ。すでに心と脳が同じではないことを知っているならば、とくにそう言える。そして幽体離脱体験（ＯＢＥ）および臨死体験（ＮＤＥ）がそのことを教えてくれる。現代人でもそのような経験をもつ者は多く、狩猟採集民の共同体ではもっと一般的だったと推測できる十分な理由がある。狩猟採集民の共同体には、厳しい苦行や植物幻覚剤の摂取によってＯＢＥを生み出すことを専門としたシャーマン文化があっただけでなく、ＯＢＥは焚火のまわりでの踊りや、カリブーの必死の追跡、あるいは断食の、ありがちな副産物でもあったからだ。正しく扱えば、空気は幻覚誘発ガスになる。

私が病院の救急病棟で自分の体の上を浮遊して、どことなく超然とした無関心さで看護師の髪の中心の分け目を見つめていたとき、私の目には自分自身の頭もすっかり見えていた。頭蓋骨を覆う皮膚を見ることができた。頭蓋骨の中には私の脳がすっかり収まっていた。脳は、亜酸化窒素の筒につながる管にあふれ出すことも、耳から出て膨れていることもなかった。すべてが、あるべき位置にあったのだ。それでも「私」のすべてが、脳の境界を調査していた。私の心と私の脳は同じではなかった。

ごく初期のヒト族に、体が死んでも心は生き残れると信じる傾向があったことは、広く意見の一致を見ている。焚火のまわりや動物の群れを追う狩猟の旅で何があったかを考えれば、それは驚くべきことではない。ヒト族は脳がすべてではないことを知っていたので、脳が流れ出しても物語の終わりではないかもしれないと思ったのだろう。彼らにとっては、個々の人間がやったことは、ただそれが起きた場所と、おそらく持ち物を変えただけだった。死は個人を消し去ることはなかった。その正反対だ。もしも体の中に閉じ込められなければ、それまでより多くのことができた。よりほんとうの自分になることができた。ポール・ペティットは次のように見ている。

ほとんどの人間の死は、突然の個人の終焉だとはみなされず、ただひとつの状態から別の状態への変身だと考えられ、通常は生物的世界を「超越」したために作用の威力が増す結果になった。

その考え方がいったん整うと、必然的に神学が続く。ペティットは続けて、意味をパターン化して読み取るヒト族の自然な傾向が、死は終わりではないという確信と組み合わさって、神、霊、そして宇宙の超自然的説明を信じるのが自然になったのだと言う。神は穀物と耕作と新石器時代の階層化が生み出したものではなかった。神は目の前の洞窟の中にいた。神は「より大きい心」の国の主であり、副葬品に囲まれた愛する死者が自分の頭蓋骨から抜け出すとすぐ、その国に向かうのだ。

宗教革命（言葉を変えれば、霊の革命）は、象徴化の結果であり原因でもあった。「死者とは、もし象徴でないなら、何者か」と、ペティットは書いた。「かつて生きていた生命の象徴であり、過去の愛着と究極の分離の象徴であり、物質的技術、集団記憶、記念物を通して彼らに蓄積した社会的重荷と作用の象徴だ」。その通り。すべて真実だと私は思う。だが、コールタールのにおいがだんだん強くなっている。もしもそれが象徴的なものであれば、それは私の鼻を焼いている。ヒステリー状態が実際の肉体的衰弱を生み出すのが、私にはわかるのだ。

心と脳の関係をあらわす有名な隠喩のひとつに、ラジオがある。その隠喩を用いれば、脳は普遍的な心に波長を合わせる。

米国で最もよく知られた懐疑論者のひとりに、マイケル・シャーマーがいる。「スケプティック」誌の発行人として、いかにも怪しげで単純な、まだよく調べられていない超常現象について考え、その正体をあきらかにしている人物だ。シャーマーはとても率直で、その率直さから自分の結婚式の日に起きた出来事をあかしている。その日、ずっと壊れたままだったラジオが急に鳴りだし、彼と花嫁のジェニファーのために音楽を奏ではじめたという。すると花嫁は（シャーマーによれば自分と同じくらい懐疑的だが）、祖父が自分に何かを伝えたがっているのだと確信した。シャーマーは次のように書いている。「私たちは呆然として、何分かのあいだ押し黙ったまま座っていた。そして涙を浮かべたジェニファーは、『おじいさんがここに、私たちといっしょにいるわ』と言った。『私はひとりぼっちじゃない』」。一方のシャーマーの妻は、その音楽は自分の祖父からの、結婚に賛同するプレゼントだと結論づけていた。シャーマー自身は、その経験が「私を愕然とさせ、私の懐疑主義を徹底的に揺るがした」と結論づけている。

父の死から数か月たったころ、私が妹といっしょに父が息を引き取った部屋に入っていくと、バッテリーレスラジオのスイッチが入った。私たちはそれを、「私はここにいる」という存在の宣言だとみなした。

現代の死者は実際のラジオを使わなければならないとは、なんとも気が重い。私たちに後期旧石器時代の脳があるなら、そんな必要はないだろう。当時、生きている脳はむしろラジオに近かった。毛サイを槍で突いた者は誰もがラジオで、死者の声を受信して放送していた。

＊

私たちはさらに西の、別の洞窟に移動した。この洞窟には願かけの気配はない――人間のすることすべてが、必然的に願かけになるという意味を除いてではあるが。

この洞窟は、干潮時でも海面から数ヤードの高さしかなく、満潮になれば泳いで外に出なければならない。子どもたちをここに連れてくる前には、ごく良識的な妻に複雑な計算を示しながら、春の満潮時に海面が最も高くなっても、まだ海面の上に私たちの鼻が出るだけの空間が残るということをしっかりと示さなければならなかった。

洞窟があるのは、ムーアから一気に落ち込んでいる長く急峻な丘陵の麓《ふもと》だ。丘の頂上ではコチョウゲンボウがマキバタヒバリを仕留め、ヒバリがまるで操り人形師の神がもつ糸に引き上げられたかのように、地上から空に向かって一直線に飛び立ち、その喉から絶え間なく銀の鈴の音を響かせている。

カッコウたちが舞い降りてきた。深い谷の端にある高い木にとまって、今年のサハラ砂漠と地中海を横切る旅に出かけられる仲間はほかにいないかと大声で尋ねながら、マキバタヒバリの巣に目をこらしている。

ムーアの下にある森、私たちの洞窟の屋根を縁どるように広がった森では、ノスリがミャーと声をあげ、カラスがカーァと叫び、キツネがキーィと鳴き、植物たちもキーィと同調し、さらにギーギー、コッコッ、サラサラとミツバチに話しかけ、互いに囁きあう。大きな道路から分岐した小道はアカシカの足跡でデコボコになってぬかるんでおり、八月からイースターまでムーア全体でシカたちを苦しめる猟犬から逃れてきた様子がわかる。私は荷物をもって丘を下りながら、シカたちの目を感じる。漫画家が描くような大きな茶色の目だが、その隅にはイボのようにハエが集まっている。

誰かが足首をひねりそうになりながら苦心して小道を下り、森を抜けて岩場ばかりの荒々しい海岸にやって来たとしても、私たちの洞窟を見つけることはできないだろう。海辺では何千年もかけて、人間の足で歩くには最悪の大きさの岩ばかりが選択されてきた。洞窟は想像よりずっと遠くにある。それでも、もしたどり着いたなら、カエルの口がウェールズに向かって大きく開いているのが見えるはずだ。中を覗くと私たちがいつも焚火をする台があり、さらに奥に進めば海藻の寝床がある。私たちはみんないっしょに丸まって、互いにカサガイとイガイのげっぷを吹きかけながら、茶色の海が寄せてはまた引く音を聞きながら、そこで眠る。

夜明けの最初の光が、天井にネズミイルカを描き出す。もしかしたらイルカかもしれない。海に潜って太陽から逃れようとするかのように尾びれを突き立て、顎には魚の気配がある。魚は一時間もすれば呑み込まれ、ネズミイルカも午前中には岩の表面に姿を消していく。

私たちの予定はミヤコドリの予定だ。潮が満ちているあいだは大きな岩の上に座って波を眺め、それぞれの波はどこではじまったのかと思いを巡らす。ブラジルのどこかで、ザトウクジラの尾びれにグイッと押されてはじまったのかもしれない。バフィン湾のどこかで氷山にいたアザラシが海に滑りおり、いっしょに海に落ちた氷の塊が波を起こしたのかもしれない。それとも、パナマからパーム油を運んでいる貨物船のプロペラが波をたてたのだろうか。その波がたどった道筋が決まれば、その波が途中で見てきたこと、聞いてきたことから、物語ができあがる。貨物船では恋人どうしの航海士と機関士が、たわいない喧嘩をし、救命ボートのそばで互いに棘のある言葉を投げつけていた。バフィン湾で海に滑りおりたアザラシのうち、一頭は傷を負い、スキンカヤックに乗ったイヌイットのハンターに撃たれてしまった。ザトウクジラが大西洋を回遊するあいだ、大きな白い鳥がそのあとをもう二十年も追い続けているが、もし言葉を話すとしても、説明できる理由などない。

ようやく潮が引くと、私たちは大きな岩の上から降り、それぞれ袋を手にもって海を歩きまわる。イガイを岩から引っぱり、棒を使ってテコでカサガイをはがし、ヌルヌルしたボウアオノリをひと握り摑み——気をつけないと手の中でぎゅっと押しつぶされ、あわれな姿になってしまう——、小石を持ち上げて逃げ惑う小さな緑色のハマガニを捕まえ、フリントのナイフでコンブのリボンを切り取り、メアリーのタイツで作った後期旧石器時代らしくない網を砂地の上で引っぱりまわしてブラウンエビを狙った。やがてまた海は私たちを海岸まで押しもどすので、こんどはサムファイアにオニハマダイコン（ひどい味だ）、ムラサキハナウド（まあまあの味）、ハマフダンソウ（すばらしい味）を探す時間だ。

それから洞窟に戻る。ネズミイルカはもう潜ってしまった。私たちは大騒ぎで焚火の用意をし、息を吹きかけて火をおこす。焚火は硬くなった海藻と地下室の古い扉が大好きで、海の塩と金属を取り込むと、乱暴な紫色と地球の中心のオレンジ色に燃え上がる。

熱い岩の上にのせて貝類の口を開き、フリントの破片を使ってカニを殺し、石でエビを気絶させ、イガイの殻を使って貝の中身をすくうと、そのすべてを海水といっしょに鍋に入れる。もちろん、これは間違ったやり方だ。後期旧石器時代に鍋はなかった。私たちも一度、ブナの木の枝で三脚を作り、そこにシカ皮をかけて調理しようとしたことがある。うまくいくが、今は怠けているだけだ。

まもなく海の大混乱がはじまり、肢とはさみと触角がうごめき、緑色でネバネバして、ゴムと繊維質と毛が混じったドロドロのものができあがる。これを食べるときの気持ちは、試合の後半もだいぶ進んだころ、ラグビー選手の尻にかじりつくのにちょっと似ている。

それからみんなでウトウトし、探検し、泳ぎ、鳥の声を真似し、船を見つめ、擦りむき、イラクサの繊維で釣り糸を編み、ウサギの骨を削って釣り針を作り、飛行機に悪態をつき、波が海岸線を変えていく様子を見るために印をつけた石の動きを書きとめ、そうこうしているうちに海がまた気を取り直し、海峡に集まりはじめると、ふたたび潮だまりをひとつずつ沈めていく時間がくる。

夜には焚火が壁に鳥を連れてくる。くちばしが曲がり、フォークのように分かれた尾をもつ残酷な鳥だ。炎が十分に高く燃えると翼を曲げる。だがいつもは見栄えのしない光景で、小さくてノロくて漠然としたものや、その一部だけが見えている――割れ目の片側には肢が一本、小さい瘤の中に消えていくネズミのようなみすぼらしい尾、そして地衣類の背景の向こうで鼻が震えている。

私はシードルをたくさんもってきた。これもインチキだ。この場所にリンゴをもたらしたのはローマ人で、はじめて組織的にビールの醸造が行なわれたのは、おそらく新石器時代に入ってからになる。だが後期旧石器時代の人々にくらべれば、私はまだ意識の状態を扱う上では初心者だから、ツバメが飛び交うあのメンディップの農場に少しだけ助けを求めても悪くはないだろう。そしてもうひとつの言い訳は、「酒に真理あり――イン・ヴィーノ・ヴェーリタース（in vino veritas）」に隠された真実だ。シードルはごまかしをはぎ取り、私自身と、私の一部であることがわかっている他者の感覚とのあいだの距離を縮めてくれる。

だから今、私はブリキのマグを手にして海辺に座り、いっしょにいるトムは非難がましい目をして水を飲みながら、石灰岩のかけらで地図をひっかいている。この場所は、いつものように闇に包まれている。私は海を眺めながら何かを探し、船のエンジンの響きに耳を傾け、カモメは眠るのだろうかと思いをめぐらし、歯にはさまったカサガイの筋をとろうとするが、飛び交うコウモリのせいで気が散ってしかたがない。

背後の森で音がする。枝が落ちた音だ。私が急いで振り向くと、そこにはほんの一瞬、だが私に向かって親しげにうなずくには十分な時間、Xとその息子が肩を並べて立っていた。二人は木の下に立ち（そもそも彼らが座ったり横になったりすることなどあるのだろうか?）、大きな皮の服を着て、ほとんど膝まで届くようなブーツを履いている。背中には何か大きなものを紐で下げている。

私は静かに立ち上がる。彼らに会いに行くためだ。腰を上げるためには、一瞬だけ向きを変えなければならない。立ち上がって後ろを向くと、もう二人の姿はなく、コールタール石鹸のにおいが飛行機雲のように残されていた。その雲は丘を登って道路に向かって続き、空中には口笛の音が響く。あの少年のひび割れた唇から出ていることはまちがいない――「ラーリリリ、リリ」。

＊

何週間もの時間が、荒々しい南西の風が海峡を吹き渡るときに波が互いに重なりあうように、もつれあいながら瞬く間に過ぎて行った。私の思考のほとんどは泡沫だった。私の命と私の心臓の歩調は、波の寄せる拍動に呼応し、その波は私の夢に出てくるすべての音楽のメトロノームになっている。私たちはダービーシャーの森の中には入れず、この場所の音とポンプの中にいる。「カモメの甲高い鳴き声は、蒸留された孤独の響きだ」と、私はシミのついたノートに書き込む。だがそれは思い上がった戯言にすぎない。ここに孤独は存在しないのだから。

私たちの顔は風とまぶしい光に焼かれ、目は細くなり、肌は塩とヘレフォードシャーから洗い流されてきた土で傷つきやすくなっている。

私はここを離れるのが怖い。それが何よりも恐ろしい。海岸線を走って私たちを運んでくれるバスはあるが、それは死のように思える。ここの岸辺では、気心の知れた死者が私たちといっしょに歩いてロブスターを探し、洞窟の壁には騒々しい動物たちがいて、私たちは幸福を感じ、「私」と「あなた」のような言葉をこれまでで最も自信と優しさに満ちて使う。霊のキツネはいない。私には必要ないように思える。

ブルーベルが生気を失い、色褪せている。サンザシが人里離れたデボンの小道に性欲のにおいを放っていた季節から（それはまた、隠喩というより化学の作用で、動物の肉が朽ちていくにおいにも似ている）、もう六週間が過ぎた。道路を目指して丘を登っていく途中、少しのあいだ、波が私の頭に押し寄せてくる。ずいぶん長いあいだ、私の耳はその音を聞くことができずにいたのに。だが、道路まで上りきったころには波の音は消え、ただ通過する車の轟音と、カッコウのヒナを狙うのに忙しいマキバタヒバリの甲高い声しか聞こえない。

夏

リチャード・リーの計算によれば、ブッシュマンの子どもは自分の足で歩きはじめる前に、四九〇〇マイルという距離を抱かれて移動する。そこで子どもはその間、リズムに身を任せながら、目に見える範囲にあるものの名を絶えず口にして過ごす。詩人にならないはずがない。

――ブルース・チャトウィン『ソングライン』

これのために冬があったのだと、私は考えがちになる。これがあるからこそ、暗闇の中でなんとか持ちこたえる甲斐があるというものだ。こうして火と寒さの中で丹念に仕上げてきた物語を、今、生きる義務がある。

だが私は、すでに白状した通り、物語がないという難題を抱えている。高地のムーアや深い峡谷、砂に押し寄せるひとうねりの波、ウミバトの喉のあえぎ、ギシギシの味、ましてや子どもの笑い声のすばらしさを、正しく表現することなどできそうもない。

後期旧石器時代の人々はこの問題を解決していたらしく、ウミバトになる方法も、波に宿る方法も見つけていた。だが私は、ムーアに太陽が照りつけても、どの波にも私が潜れば硬い甲羅など取り去ってくれるにちがいない砂がいっぱいでも、子どもたちが大声で笑いながら棒をもって戦いごっこを続けていても、寒さの中に取り残されている。

私は再び西に向かった。今回は前よりもさらに西だ。そこではブナの生垣が家々より高い。ヒツジのはらわたに群がるカラスは太って光沢をもっている。そこでは黒い水の中でサケがコソコソ歩きをしている（コソコソ歩くには、普通なら肢《あし》が必要なのだが）。夕暮れに口で息をすると、とても大きくて入り組んだ昆虫の一群を吸い込む羽目になる。そこではカワウソがノラニンジンのあいだで身をくねらせ、川の中にあるいくつもの層のあいだを滑るように泳ぐ。そこでは騒々しいウミスズメの群れが波間から飛び立つと、そのくちばしではイカナゴがピチピチはねている。カッコウの子どもは育ての親の五倍もの重さがある。そこではカモメがアイスクリームを食べ、自分の子も食べ、いつも原始のままの冷たい青い目をしている。そこではアカシカが、六百年前に倒れた木に角がからまないように頭を低く垂れながら、五百年前に狩りで追われて絶滅したオオカミから逃げまわっている。

それでも私は、ここにいることを選んだのはまたもや北への裏切りを意味するのではないかと不安で、遠い昔に私の父が送ってくれた葉っぱと球果を入れたタッパウェアを、バックパックの底にしのばせている。

まずはダービーシャーの森に戻って、夏のスタートを切ることにした。もう霧の壁はなく、丘も震えてはいない。イバラは熱気を帯び、ヒツジは元気なくうなだれ、私たちの冬の隠れ処《が》には使用済みの皮下注射針がきれいに隠されているだけだ。針がここにある理由はよくわかる。ここは、麻薬で意識が変容したときにぴったりの場所だからだ——私たちがここを隠れ処に決めた根拠とは、少し違う。

ダービーシャーの冬と春に物語がないことに、私は幻滅していた。たしかに森とムーアには人々がよく訪れ、人々は物語であり、土からは物語がキノコのように生えて成長していたが、私自身が自分の耳を育てない限り、人々と土は――だから物語は――私には聞こえてこないのだ。そしてそれは私が自分自身の物語をもたない限り実現しないし、それは自分が語られる価値のある「私」をもつかどうかにかかっている。

私の父、そしてXとその息子は、今では沈黙を保っている。生きているあいだは、そんなことはなかった。今はせいぜい私の父が、まるで喉を絞められたような押し殺した声で、いつも昼のさなかに何かを言おうとして苛立っているだけだ。もしも私が父の喉ぼとけを太陽でカラカラに乾かして薬箱にしたら、大いに役立ったことだろう。Xは彼の父親で、きっとそうしたと思う。

そこで私たちはしばらくのあいだ春の海の洞窟に戻ることにし、自分たちが残した貝殻の山の上に、いかにも誇らしげに立った。未来の考古学者は、私たちがどれだけ精力的で成功していたと判断するだろうか。

それから二日を費やして棒きれをつなげた粗削りの筏《いかだ》を作り、流木の厚板で漕ぎだした。その筏はもちろん処女航海で沈没してしまった。というより、一種の潜水艦になった。海面下数フィートの場所に少しのあいだ浮かんでから、水で重くなって海底に向かったというわけだ。

はじめて海を渡った人たちは、これまでにわかっている限りでは、もっとうまくやった。ホモ・エレクトゥスの船乗りは、八十五万年以上前に何とかしてロンボク島からバリ島まで航海しているし、六万年ほど前の中期旧石器時代には（たぶん）筏でティモール海を渡り、オーストラリアに定住した人々がいた。

「そうやって比べるのは公平じゃないよ」と、トムが言った。「その人たちは竹を使ったんだから」

当時は、私たちにはない素養をもつ人たちもたくさんいた。たとえばイグサで帆になる布を織る人や、植物の繊維で作ったロープで何本もの棒をつなぎあわせてビリヤード台のようにまっ平らな板を作れる人、そして千マイルの遠くにある陸地のにおいを嗅ぎつけられる人などだ。だが、ずば抜けて重要な素養、紐結びや塗装などより、はるかに重要な素養があった。それは、ある場所が自分自身に出ていくようにと促す時、その地を出発すべき時を、知る素養だ。

波で削られた海辺の洞窟は、今それを促していたが、それを感じるまでに長い時間がかかってしまった。私たちの筏が沈んだのは、私たちが惨めにも無能な船大工だったからだけでなく、私たちがどこか別の場所にいるはずの人間だったからだ。この場所に戻ってくるべきではなかった――少なくとも一年間は。春には、私たちはほんとうに幸せだった。そこは私たちの場所だった。旧石器時代の誰かがそのことを知れば、コールタールのにおいがまったくしないことに気づいたにちがいない。

そこが家かもしれないと思うことによって、そうしようと努力することによって、私たちはそこを台無しにしてしまったのだろう。人間はいつも自分の住処を汚してしまう。適度に敏感な人はそのことを知っていて、必ず立ち去る。寛大な大地もそのことを知っていて、必要に応じて優しく、あるいは厳しく、こう言うのだ――「もう行く時間だ。次の場所に行く時間だよ」

私たちは何度も何度も、来る日も来る日も、毎年毎年、まったく同じ場所に戻っている。私たちの足は地下鉄の駅の階段で、去年のこの時期に踏んだのとまったく同じ場所を踏んでいる。同じ椅子に腰をかけ、同じ陶器の穴に用を足し、同じコンピューターのキーを押し、同じハンドルをまわし、同じことを同じ電話機に向かって話している。唯一の変化といえば、ほとんどのものが、概して残念な原因で起きる。病気と誕生日が近づいてくるとき、そして子どもが生まれ、成長し、意識を深め、手に負えなくなるときだ。私たちは悲しいほど、何もないことに対応するのがうまくなった。全身全霊をこめてそれを求め、何も起こらないようにすることに経済的にも心理的にも念を入れて取り組む。

狩猟採集民が同じ場所を二度以上訪れることはない。もちろん大きな季節ごとの循環はある。もちろん秋には一族が集まり、いっしょになってカリブーを棍棒で殴って男女が戯れる。冬には物語を語り、春には一団となって川に行き、前の年と同じ石に立って槍でサケを突く。そして秋になれば毎年、籠いっぱいにベリーを採れる茂みに行くが、それは地下鉄のバンク駅で何十年も同じ改札を通り続けるのとはわけが違う。昨日と今日で同じ茂みはない。ひとりの採集民が昨日その茂みでベリーを摘んだなら、今日そこに行く意味はない。バイソンは毎年同じ谷を下るかもしれず、同じ岩がいつも槍を投げる絶好の場所になるかもしれないが、刻々と変わる風の向きを見直さなければならないし、自分が狙っているバイソンとまったく同じ道筋をたどったバイソンは、世界中を探してもいまだかつて一頭もいなかっただろう。私の頭上に見える木の葉の向きが、これまでのどの葉とも違うし、これからも二度と同じものはないのと同じことだ。感覚を研ぎ澄まして外に出ると家にいるよりはるかに消耗するのは、そのせいだ。すべてのものは、自分も含めて（人間の細胞は一瞬ごとに変化しているし、思考が変化しているのは言うまでもない）ミリ秒単位で新しくなっている。そのことに完全に気づくのは不可能で、やってみるのは楽しいが消耗するだけだ。

場所は静止しているものではない。今目に入っている野原は一瞬前の野原ではないし、それはその一瞬前の野原でもない。私たちはかつて、そのことを知っていた。静止の概念は人間の思考に遅れてやってきたものだ。ひとつの野原、一個の石、一匹のウサギ、そして自分の足が踏むことのできるすべての場所は、過程にすぎない。イアン・マクギリストが言うように、存在するものは何もない。放浪が定義づける人生によって教えられるのは、そのことだ。

これは、物質に対する手厳しい軽蔑を伴うものではない。そして、自我について、あるいは死を越えた自我について話すことに、意味がないことを意味するものでもない。人類学の悪い例を二つ示そう。どちらもブルース・チャトウィンのすばらしい著書『ソングライン』にあり、はじめは正しかったのだが、やがて強い口調の主張で勘違いをしている。

カラハリ砂漠を横断するほどの距離を歩いて移動するブッシュマンは、来世で魂が生きるという考えをもっていない。「私たちが死ぬとき、私たちは死ぬ」と、彼らは言う。「風は私たちの足跡を吹き消し、それが私たちの終わりだ」

定住してゆったり暮らしていた人々、たとえば――アシ原を通る来世への旅という概念をもつ――古代エジプト人などは、この世では実現できなかった旅を来世に映して思い描いていた。

カラハリ砂漠のサン人に関するこの主張が、来世について彼らが信じていることを正確に要約していたとしても（していない）、また古代エジプト信仰の特徴と複雑さの理由に関するこの主張が、正しかったとしても（正しいかもしれないし、正しくないかもしれない）、狩猟採集民が来世という概念をもっていないと一般的な原則として述べるのは確実に不正確だと言える。まさに正反対だ。彼らはその概念をもっているし、その概念は一歩ずつの歩み、ひと息ずつの呼吸について伝えている。来世はこれと重なり合う。旅立った者は完全に旅立ってはいない。死は、すでに見てきた通り、彼らの作用を増やす。彼らが物質に対してもつ潜在力は、肉体をもつ人間が物質界に影響を与える力より、性質の上では異なるが、大きいのだ。

もし、死を経ても存続できる「私」――意識、心、自我――が手に入れば、ダービーシャーやデボンの森を歩きまわって、クマを探したり自分は何者かと考えたりできる自分が手に入ることになる。私が探しているものが手に入る。

自我の意識と、自分自身の不滅の感覚とは、まったく同時に生じるものなのだろうか。もし、自分と他者との関係からわかるような種類の自我の存在を心から信じるなら、消滅はばかばかしいほど信じがたいものになる。言うまでもなく、自分自身の不滅を信じるという兆候が、象徴を理解するというほかの兆候――「私という意識」の、また別な豊かな兆候――とまったく同時にあらわれる点は、示唆に富んでいる。現代的行動のはじまりは、少なくとも来世の誕生と（両者に因果関係はないにしても）時期を同じくしている。ロビン・ダンバーとクライヴ・ギャンブルが現代的行動の主な要素について仮定している点も、もう一度考えてみよう――高次の志向意識水準／心の理論が関係性を促進し、開花させる。もしも私たちが生き生きとして洞察力に溢れた関係をもたないなら、私たちは現代人ではない。私たちを定義している関係のひとつ、そして最も根気強く私たちの志向意識水準を試すもののひとつは、死者との関係のように思える。新石器時代になると、たしかにもっと明白だが、旧石器時代にも存在した。

ここに宣言文がある。人間であるためには、関係をもつこと。生きている人間とだけでなく、死者とも、そして人間以外とも。人間であるためには、自分が耐えられると信じること。人間であるためには、放浪すること。

海辺の洞窟がある海岸は、これら三つのすべてで私たちを助けてくれた。トムと私は沈黙を保ったまま、それまでのどの時期より互いに身近な存在になった。言葉は抜け落ち、別のもっと古い、もっと雄弁な形式にとってかわられた。私たちの頭はときに合体した。そしてもちろんコールタール石鹸に、Xと彼の息子の亡霊もあった。それから海岸が親切にも私たちを冷遇し、背中を押してくれた。静止は死を意味するからだ。

そしてここに私たち全員がいる。私はムーアをさすらい、プールの隣にある三角形の森林でブナの枝を集めて眠り、ウサギとブルーベリーとマスを食べて生き延び、自分がひどい父親だと後ろめたく感じたとき、そして誰かに背中のダニを探してほしくなり、ラザニアを食べたくなると、ときどき小屋に戻る。

全部で六人の私たち家族はよく、放浪する一団になる。駐車した車の脇にピクニックテーブルを広げている現代の狩猟採集民は山ほどいて、それと同じようなものだ。ときには目標を定め、サラダ用にハマアカザの尖った葉、ヨウシュツルキンバイ、ノイバラの花びらを集めたり、夜中に動き回る犯人を調べるためにペレットの糞を探したり、コートを作るために車にはねられた動物の皮をとったり、必要だと感じてカラスの羽根を拾ったりする。だが家族一人ひとりは生まれつき、きまった生態的地位を探検するスペシャリストになっていて、たいていは放浪しながらそれぞれがいるべき場所にいる。

私たちは心から政治的公正を願っているにもかかわらず、役割は自然に、時代遅れに、断固として、昔ながらの男女の区別に従うものになっている。十歳のレイチェルは腕ききの採集者で、勤勉に茂みを探り、葉をもぐ。八歳のジョニーは穴を調べる専門で、骨を集める。十三歳のジェイミーには死肉を見つけるハゲワシの本能が備わっている。トムは疲れ知らずの万能選手で、ほかのメンバーから遠く離れた場所まで足をのばし、ふつうは前かがみになって、しゃがみこむことも多く、小さいものも地平線も見つめ、武器を作って試しに使い、ブツブツ囁き、口笛を吹く。最近のメロディーは、たいていは「ラーリリリ、リリ」と聞こえる。妻のメアリーは、ありがたいことに、レイチェルと同じくベリーとサラダに特化している。そして私はと言えば、ムーアをぼんやりと無駄に歩きまわり、ほんとうはそこにいない。

海は狩りの場で、ここでは私たち全員が殺し屋になり、サバをこの世からあの世へ、さらに別の場所へと無理やり送りだしている。こうして冷酷になれるのは、サバには私たちに合図を送るまぶたがないせいだ。そして海岸にもまぶたがないから、私たちはひどいことをする。先の曲がった棒で岩の割れ目を探り、殴り、突き刺し、つぶす。殺すことについて、ふつうはあるはずの本能的な躊躇がない。放たれた魂を慰める必要があるのはわかっているのに、どうやら私たちは、魂をもつにはまぶたが必要だと決めつけているらしい。

私たちが残酷だと言っているのではない。実際のところ、残酷なのではない。だが、叫び声をあげているニューロンは、その叫び声を処理して経験に変えている脳がどれだけ単純なものであっても、叫び声をあげているニューロンに変わりはないのだ。

私たちの感性、邪悪さ、理性的信念は、空腹に負ける——もっと正確に言うなら、おそらく海辺の焚火に負ける。あの魚とあのカニは火に焼かれるように生まれついているのだから、その過程についての倫理的な不安は消えていく運命だ。炉辺は人と議論の偉大なる調停役になる。火の前にいる人には、火のほかのものは何も目に入らない。

夜は途方もなく大きい。過去が近づく。谷はそこで起きたことのすべてをしっかりとらえて離さない。Ｘと彼の息子は、今ではたびたびここにやって来るようになった。二人は少しずつ打ち解けてきて、彼らと私を隔てているものが、私にはだんだんわかりはじめている。

隔てているものは、おもに二つある。ひとつ目は彼らの脆弱性で、したがって彼らがもっている、世界への、そして彼ら自身への、依存の感覚だ。私は冬のあいだ、不測の事態について、また私たちがつねに絶望と無力と永遠の瀬戸際にあることについて語っていたにもかかわらず、実際にはＸの絶え間ない脆弱性を再現することはできない。私の人生にもオオカミはいるが、Ｘの人生にいるほど数が多いわけではない。不確実性はあるが、自分が飢えるかどうかに関するものではない。Ｘは脆弱であることを選んでいる。故郷のフランスで飢えることはなかっただろうが、ここでは氷の上にいる。だが、選んだにしてもそうでないにしても、彼の脆弱性は現実だ。私は自主的に食料を断つことで飢え、どう感じるかを伝えることはできるが、それでは飢えないという選択肢がない場合にどう感じるかについては、何も伝えられない。私は芝居をしているだけで、いくら文字通りのメソッド・アクティングに没頭し——自分の感情と経験を活かして、なりきってみても——Xの役をうまく演じることはできない。脆弱性を引き起こすものはあまりにも多いから、失望は大きい。私たちにまつわる関係のすべてが、相手が恋人でも、山でも、フリントのかけらであっても、自分がどれだけ脆弱かを理解させてくれるのだ。

そこでおそらく、Xと私の大きな違いの二つ目を正しく探るのは不可能ということになる。その違いとは、自我の性質だ。

この本は、まさにそれを探る物語を伝えようとする旅の本なのだから、それはこの時点でちょっとした悩みの種ということになる。おそらく私はドアの外に一歩出ることさえできない。でも今すぐあきらめるつもりはない。まずは、まとめてみることにしよう。Xがいたのは人類の進化の時代で、どれだけ長い時間がかかるにせよ、新しいタイプの自己認識と自己理解が生まれつつあった。それは新しい象徴的な意味という形で現れた。その意味によって点火し、まちがいなく、それによって煽られた。意識が存在したのは、そのときがはじめてではなかった。ずっと前からあったのだ。だが、新しい人類の意識は、それまでのどの意識とも種類が異なっていた。あるいは、それまでに存在していたどの意識ともあまりにも異なっていたので、実際には何か別なもののように見えた。あるいは（これが私の好みの選択肢なのだが）、自己表現にはるかに長けていたので、それまでに存在していた何とも、種類も程度も異なるものに見えた。

とはいえ、この革命に、それまで世界および自分自身と関わっていた古い方法が一夜にしてすべて消えてなくなるほどの影響力があったとは思えない。それからおよそ四万年の月日が流れた今でも、それらの古い方法がすっかり後退したとは言えない。まだ手の届く範囲にある。ただしそれを経験するには、ビジョン・クエスト（ネイティブアメリカンの通過儀礼）に挑戦するか、精神分析医の指南を受けるか、遠方からイヌと意思の疎通を図るか、呪文を唱えて木の上から鳥を落とすか、眠っている子どもや認知症になった親や昏睡状態の患者の無意識の考えを読み取る必要がある。

　この夏、私は「象徴断ち」をして、古い方法を理解しようとしている。もし象徴をすっかり捨て去ることができれば、自分自身の外にあるものと、仲介のない、直接的な接触が可能になるはずだ。それはおそらく象徴革命が起きる前の状態、そしてその後も長いこと頻繁に見られた状態だっただろう。

　断食の場合と同じく、ゆっくりした積み上げが役に立つ。文字を読まない一日。人間が生みだした芸術を見ない一週間。ひと言も話さない午前中。それからゆっくりと、読むことや自然以外の像を見ることをやめる時間を長くし、沈黙を守る時間を長くし、いつもの瞑想の実践を長くし、そのあいだは自分の呼吸の満ち干を目で見て心で感じ、つかの間の思考をますます無関心に見つめる。無関心は思ったほどの速度では育たず、思考をひとつずつ、指先でつまみあげては、イヌの糞をビニール袋で拾い上げるようにして頭の外に捨てる。はじめ、思考はこうした強制的な立ち退きを挑戦と感じ、頭に入ってくるときも出ていくときも力を二倍にして抵抗するが、しばらくするとそれにも疲れはじめる。

　もし私を見かける人がいたら、アナグマの尻みたいな髭を生やした中年男が、古い船乗りのジャンパー、泥のついたジーンズ、ニット帽に身を包み、脚を組んで目を閉じたまま、カラスの吐き戻しが一面についた岩の上に座り、何としてでもそこからヒナをかえそうとしているのだと思うだろう。

　だが、私を見ている人がいるとは思えない。その岩は新しいワラビの要塞に、ほとんど覆い隠されているからだ。目を開くと海が見える。風がある日には白い波頭が見えるくらい近いが、波の音は聞こえないくらい遠い。雌のアカシカがよく森の端で餌を食べていて、森は小川から噴き出したブロッコリーのようにこんもりと丸い。シカはワラビには興味を示さないが、どちらにしても、ここにいる私のにおいには気づかないだろう。私の後方、丘の頂上の少し下に、小さな一群の立石がある。しばらくすると、それらの石が安っぽく、厚かましい存在に思えて、腹が立ってくる。丘の上にショッピングモールがあるようなものだ。

私がやろうとしていることに、自分で考え出した部分などまったくない。これは現実との接触を求める古くからの方法で、言語、聖職者、思考体系、写真、憶測、テンプレート、虚栄心、規則、社会制度によって加工されることのない、生のままの状態に触れようとする。つまり、何よりも単純なやり方だ。小さな子どもたちなら誰でもやっている――ただしそれも、私たち大人が介入して台無しにしてしまうまでのことになる。だが、こうして大人が子どもに対してやってきたことは、大人になってから直接的な経験を成し遂げることが、たとえほんの一瞬であっても、どれだけ難しいかを示す尺度になる。

このような追求で最もよく知られた文学は、宗教を拒絶するとともに文学の価値を疑う宗教文学で、これまでに存在したあらゆる文化の神秘主義文学、そして既成宗教の独占に対する反応としてはじまり唯物主義の独占に対する反応として新たな道を歩みはじめた、西洋ロマン主義文学ということになる。そしてその多くは、経験に基づかない認識作用、とりわけ言語を介した認識作用の効用を、疑問視している。老子は、「言葉で話すことができる道理は、永遠の道理ではない」と言った。包括的理解ではなく直観的理解こそが、唯一の真の認識論なのだ。私たちは「不可知の雲」によって視野が覆い隠されたときだけ、何かを知ることができる。聖パウロが回心したのは、一連の主張に納得したからではなく、出会いによって地面に打ち倒されたからだった。ほとんどの宗教は、根底（神秘主義者がいる場所）では新しいタイプの認識論の提唱であり、目覚めを呼びかけるものだ。

西欧以外の世界は、西欧世界に比べると直接的経験から完全には脱け出しておらず、震えるほど恐れている西欧のように直接的な経験を体系的に却下するようなことはない。ケンタッキー州の改革派教会――または認識の上では同等の、ウォールストリートのオフィス――に座っているよりも、インド南部にあるシヴァ信仰の僧院に座っているほうが、ごく初期の後期旧石器時代の狩猟採集民であるとはどのようなものだったのか、よりよく実感できるはずだ。

大人でも、とても困難ではあるが、自分自身の努力を通して何かの真の経験的知識をもつことはできる。それにはふつう何年もの時間がかかり、瞑想用の大広間に腰をおろしては自分自身の息を見つめ、感じる方法を学ぶ。そうやって、自分自身の胸の中に住めるようになる。ほとんどの人は、何ひとつ経験することなく死んでいくだろう。西欧で暮らして何かを経験する人たちは、無理やり経験を詰め込むことで、痛くはあるが安堵を与えるひらめきを得ている。そして図書館からも職場からも、きちんと整った心地よいアルゴリズムの集合からも、泣きわめきながら引きずり出されている。

アンドリュー・ハーヴェイは、それがどんなふうに起こり得るかを次のように書いている。

私は懸命になって聴き、勉強したが、ほとんど理解できなかった。オックスフォードで長年にわたって、懐疑主義と皮肉のあまりにも入念な訓練を受けたせいで、私の心がすっかり硬くなっていたのだ。私は何冊もの黒い手帳に小さな手書き文字で、「学究的な」記録をつけていた。それはまるで、まだオックスフォード大学のボドリアン図書館にいて、「宗教」についての「論文」を書いているようなものだった。今この記録を読むと、大笑いしてしまう。そこからは恐怖と不安げなうぬぼれがあふれ出してくるようだ。

だがその後、ありがたいことに、一連の直接的で神秘的な経験によって私の知性と感情が永遠に解放され、その経験は森羅万象に対する私の理解を永遠に変えてしまった。そして私は、やむにやまれず探究者となった。

このときの経験のひとつは、自分自身が化身した瞬間の感覚で、あるとき海辺で美しい中性的な人物に出会うと、それは自分自身であることがわかった。また別の経験では、海辺を歩いていると自分の心が「まるでココナツを壁にぶつけたように」真っ二つに割れ、まぶしいほどの明るい光にキラキラ輝くボートと海岸が目に入り、波が「オームを唱えながら何度も何度も砕ける」ところを目の当たりにした。

「ラーリリリ、リリ」——トムの口笛が響く。

私たちが後期旧石器時代を理解するためには、何かこのようなことが必要なのかもしれない。私はこれまでに、焼けつくような砂粒の平原で、溝の中で、樹上の家で、熱帯の島のあいだで揺れるボートで、街なかでの不法占拠で、マントラに合わせてセミが合唱するジャングルの僧院で、そして丘の中腹で、自分自身の見習い期間を過ごしてきた。丘では孤独がナイフとなって、ゆで卵を切るみたいに私の頭のてっぺんを切り取り、惨めさがスプーンとなって私の心をすくい取って、数マイル四方のがれ場に塗りたくっていた。

後期旧石器時代の人々がツンドラをさまよい歩き、幸福そうに微笑んで、ひらめきに酔っていると言っているのではない。これは石器《ストーン》時代の話で、酔《ストーンド》った時代の話ではないのだ。それでも、「私」と「あなた」があったとはいえ、後期旧石器時代のアイデンティティはそれほど明確に区別されたものではなかったと考えても非現実的ではない。心は個人のものではあっても、より分散していたし、境界は現実のものではあっても、ぼんやりしている可能性があったし、人間性は点ではなく、つながりとみなされた。そして当時の人々は直観的なダーウィン主義者で、人間以外の世界との親戚関係に気づき、人間の生態学的な循環する性質を理解し、そのすべてが人間の責任へとつながっていた。人間が動物を食べ、動物が人間を食べ、人間が動物を食べ、それが何世代も続き、ときには植物がその循環に割り込んだ。私たちはすべていっしょに、その循環の中にいる。どこで人間が止まってオーロックスがはじまるのか、どこで私が止まってあなたがはじまるのか、はっきりさせるのは難しい。これは、後期旧石器時代の心について私たちが知っているあらゆるものから飛び出してくることで、後期旧石器時代ともっと近代に近い狩猟採集民との比較には慎重さが必要だが（人類学は考古学ではない）、現代の一部の土着コミュニティの存在論にそのまま反映されている。

シャーマニズム——後期旧石器時代の社会で最も顕著な特徴のひとつ——は、ペルソナと領域のあいだに導管を築いた。全員がシャーマンでなかったのはたしかで、一部のシャーマンはおそらく何らかの高位の聖職者らしい態度をとっていたのだろうが、誰もがシャーマンによる画策と旅によって恩恵を受けていた。シャーマンは別の世界への窓を開き、誰もがその向こうからの空気を吸った。

私は岩の上に座って、たくさんの声に耳を傾けなければならない。賢い家庭教師がたくさんいる。誰かは九十メートルの長さのデボンの生垣に二千七十の種がいると数えた。それにはおそらく細菌や原生動物やその他の微細な生物は含まれていない。つまり二千七十の異なる方言があることになる。なぜなら、植物にも音にまつわる暮らしがあるからだ。一部の植物は授粉昆虫が出す音に反応して、より甘い花蜜を出し、そのときには花を耳として用いて奥の方まで音を導く。根は水が生み出す音響的な振動に向かって伸びていく。木質部にある気泡は音を出してはじける。そして植物は超音波信号を発していて、それを動物や、別の植物が受け取っているかもしれない。それらの超音波信号は、ストレスを受けている植物と受けていない植物とで異なっている。コンピューターに教えれば、その違いを検出できるようになる。

私たちは、こうした音に気づいていることに気づいていないわけだが、そうなると、それらの音が与える影響の大半に気づいていないことになる。私たちが受け取っていることを意識しているのは、人間のあいだでやりとりされる、ほんのわずかな情報だけだ。ほとんどの情報はボディーランゲージやフェロモンのかたちで、あるいはもしかしたら「テレパシー」とか「ただの直観」として大ざっぱにくくられるほかの方法で、私たちの意識のレーダーにとらえられている。だが、戸外の緑地に身を置くと気分に影響があるのは、あきらかだ。それは誰もが経験していることであり、多くの体系的調査の対象にもなっている。「森林浴」は健康にいいのだ。では、こうして私たちの気分をよくしてくれる力に、植物の囁きが含まれていると考えてはおかしいだろうか。その囁きが心を和らげる効果をもち、もしかしたらとても詩的なものかもしれない。そしてもしそれが正しいならば、落ち着きを得た人間の脳は、認知機能を備える機械の強力な宣伝にあまり惑わされなくなって、植物などの声の影響を、より強く受けるようになると考えては変だろうか。もちろん私には判断できないし、このような考えからぼんやりと環境保護に走っても意味はないが、そう考えられない理由はない。

私には、植物がいつも楽しそうに私におしゃべりを続けているようなふりはできない。でも、キタヤナギムシクイ、カラス、イヌ、農場で働く人たち、そして海が、そのときどきで気分を変えている様子は聞こえる。ここではいつも海の音は聞こえなかったのに、今は聞くことができるようになった。たぶん、これまで暮らしの背景にある産業騒音の一斉射撃から私を守ろうとして緊張していた、内なる耳の筋肉がリラックスしたせいで、よりとらえにくい音もドアをくぐりぬけられるようになったのだろう。どのようにして起きたにせよ、サラサラという微かな音、私の野営地の頭上で海辺を吹き渡る夜風より半音ほど低い、小石が転がり、砂が動く、サラサラという音が聞こえる。

ここではずっと瞑想しながら過ごしているような印象があるなら、それは間違いだ。実際にはひどく忙しく、認識の働きが求められている。私はつねに問題の解決策をひねり出さなければならず、もし小屋まで走って戻れなければ、生死に関わる。どうすればあの緑色の水をきれいにできるのか？　このウサギの肉のかけらは、乾いていくのか、それとも腐っていくのか？　イルフラクームのほうから嵐がやって来るのか？　隠れ処の脇に壁を作るべきか？　次の谷に移動する時期か？　その根っこには毒があるのか？　幽霊はすべて友好的か？　あの電球の真上にフリントをあてれば、すべてが粉々になるのか？　昨夜の夢に出てきたヘビは、私が焼いていた木の皮の苔から生まれたのか？　ずっと下の農場から火が見えただろうか？　誰にも見られずに海まで移動できるだろうか？　カワマスは何匹で足りるだろうか？

本能的な人種差別の感覚で、私たちは狩猟採集民が単純な人たちだったと思いがちだ。だが、そんなことはまったくない。狩猟採集民として生きるには、私たちよりもはるかに幅広い技能が必要になる。現代の典型的な整形外科医の暮らしを考えてみると、毎日の仕事の七十五％を人工股関節置換手術に費やし、そのほかに研究報告を執筆し、患者の相談にのり、少しは管理の仕事もし、毎日の雑用をこなす。だが狩猟採集民にとっては、それは息が詰まるほど単純な暮らしに思えるだろう。スーパースペシャリストでいることは、簡単で、退屈だ。ジェネラリストでいることは、難しく、興味深い。

これは「高潔な野蛮」の暮らしではなく、卑しい整形外科医であることを意味する。

＊

象徴断ちの効果は——ある程度までは——上がっている。人類の伝説とも言える私たちの「可塑性」の一部は、「すぐ忘れ、すぐ学ぶ」ことだ。

家族のもとに戻れば、象徴断ちを続けることはできない。やってみたが、長くても二十分がせいぜいだ。それは、寝る前にお話を聞かせてほしいとせがまれるからでも（その時間は楽しいものではあるが）、本棚が魅力をふりまくからでも（たしかにふりまいてはいるが）、大声で指示したくなるからでもなく（そんな気持ちはない）、ここ家庭という場所には大切な問題とジレンマがあり、それに対応するために私がきちんと理解して信用できる唯一の手段は、計画だからだ。計画するには仮想の世界を組み立て、それをさまざまな仮想の解決法で試し、最後にうまくいくものに落ち着く。一時間前、私は本物の森で暮らしていた。今、私は人工の世界で暮らしている——その世界は今この時に存在せず、おそらくこれからもずっと存在しない。「われらの日用の糧をきょうも与えたまえ」と祈ろうか。それでは私には不十分だ。いずれにしても、そのように暮らすために必要な信仰を私はもっていない。それは抽象化に対する滑稽な自信過剰にもとづいた、信仰心のなさなのだ。

*

私がひとりで出かけると、いつもXがそこにいる。Xの顔をじっくり見たことはないが、肌の色が浅黒いことはわかっている。驚くことはないはずでも、驚いてしまう。事実、およそ四万五千年前にアフリカからヨーロッパに渡った肌の浅黒い人類は、八千五百年ほど前まで、西ヨーロッパでその肌の色のままだったことがDNAの分析でわかっている。ヨーロッパの弱々しい光の下で、Xが十分なビタミンDを作れているかが気になる。でもやがて、彼はもう死んでいることを思い出す。だから心配する必要はない。

こんなふうに考えているうちに、彼はどんな種類の存在なのかが気になってきた。たくさんの可能性があるだろう。それは神秘主義者によって延々と議論されてきたことだ。サンスクリットには、予想にたがわず、とりわけ複雑な分類があり、肉でできていて食物を食べるフード体のほかに、エネルギー体、アストラル体、無限体と並ぶ。肉をもたない体は――おそらく数学者が話す意味の――多次元で、そのために空間と時間という従来の次元による境界があるとは期待できない。

Xの物理的な脳はすでになく、四万年という歳月を考えれば、二十一世紀のデボンで彼に会えると思うほうがおかしい。何しろ量子現象は素粒子のレベルでのみ見られ、それらの寄せ集めでできた体のレベルにはまったく当てはまらないという説明には、十分に説得力をもつ理由があるのだ。

後期旧石器時代に氷原の上を、肉体のない人類が歩きまわっていたかどうかは知る由もない。だが、この世界に接しているいくつもの世界でシャーマンが効果的に活動するためには、異なるタイプの体が必要だったと言える。一般的に、ほかの体は人間以外の動物の体で、別の世界の体は私たちが暮らす世界とまったく同じように振る舞ってはいなかった様子がうかがえる（洞窟の壁画には、体の一部が洞窟の壁を通過している光景が描かれているものや、動物が走っている場面に地面をあらわす線がなくて、浮かんでいるように見えるものがある）。ラスコーとベーダは、実際にはそれほどかけ離れていない。後期旧石器時代の服装は馬革のマントではなく、サフラン色の僧衣だ。

＊

トムは、私がやってほしいと思っているイニシエーションのための「リトリート」を、にべもなく断っている。

私がそれを願っているのは、狩猟採集民として暮らす実験の一部としてではない――もっとも、ビジョン・クエストのような儀式は狩猟採集民の共同体ではごく一般的なものだ。その由来は、標識となる柱が重要だという長年にわたる確信にあった。儀礼がなければ、そこを正しく通過することができない。

私の頭にあるのは、ダートムーアでの四日間の断食で、遠くから賢明で親切な友人に見守ってもらう。ただそれだけのことだ。そうすれば、何が起きるかわかるだろう。

おそらく三日のあいだは、孤独、恐怖、失見当識によって、それまで自分を包んでいた推測と錯覚による無価値なものがはがれ落ち、苦しいながらもどんどん汚れがなくなっていく感覚がある。そして次の一日で、もし幸運に恵まれるなら、それまでよりさらに苦しみながら自分が満たされていく。そうすれば、あとは落ち着いた感情と自信と謙虚さが生涯にわたって続く。

伝統的なビジョン・クエストではよく本人の守護動物とも言えるスピリット・アニマルが姿をあらわす。ダートムーアでそれが起きるかどうかはわからない。私の友人はきっとあり得ないと思うだろうし、ましてや姿をあらわすはずだとも思っていない。それよりも、アニミズムが忍び寄る可能性のほうが高い。周囲のものすべてが生きている感覚になり、そこには、ここが重要な点で、トム自身も含まれている。

通過儀礼を避けて通ることはできない。トムには意味のあるものを経験してほしい。現代のありがちな成人式は、長年使っていたアイフォンの代わりに新しいアイフォンを手渡すのがせいぜいだろう。ダートムーアでなら、きっとそれを越えられる。福音派のキリスト教徒は結婚を、（生家を）離れて（生涯の伴侶と）結ばれることだと言う。テクノロジーはそれをとても効果的にやってのける。子どもの注目を家からすっかり引き離し、自らに縛りつけて離さない。

私自身の別れの儀式では、シナイ山から引き離され、あの粗野な学校に連れて行かれた。私はたしかに離れたが、行った先で、何かのものや場所や精神に結ばれることはなかった。もしも結ばれていたなら、壊れてしまったかもしれない。イギリスの寄宿学校を卒業する子どもたちの大半が、それなりに壊されてしまうように。二世紀にわたってイギリスの制度に基づく暮らしの推進力となっているファウスト的契約のもとでは、私は自分の魂と引き換えに、イギリスの有権者が愛してやまない偽物の権力と信任を貸し出されていただろう。

四日間だけ家を離れ、自分自身と、そして魂をもつデボンのムーアと結びつくほうがいい。それからは戻るか行くかだが、いずれにしても、存在論を主張する特権階級となって、ネクタイを締めるのを永遠に嫌うようになるだろう。

焚火のそばでひとりで横になり、ウサギの肢をしゃぶりながらこうした思いにふけっていると、Xも最近はひとりでいることに気づいた。彼の息子の姿が見えない。

私は自分の子をなくしたかのようにパニックに陥る。ことによると、なくしているのかもしれない。そこで記憶をたどってみる。Xの息子を最後に見たのはいつだったのか？　あれは、トムが私といっしょに最後にやって来たときだった。トムがいないときでもXの息子を見かけたことがあっただろうか？　ない。

何をどう考えたらいいのか、わからない。

「ラーリリリ、リリ」

＊

ある朝、目が覚めると、太陽が私の顔を照らし、森がまわりじゅうを取り囲み、じつに苦しそうに大声で「土器！」と言っている。私は理解がとても遅い人間で、このときやっとわかったのだ。

後期旧石器時代には土器がなかった。作る技術がなかったわけではない。作ることはできた。たとえばチェコ共和国には後期旧石器時代の窯がある。だがそれらは、土器を作るためではなく、小さな像と粒状の粘土を焼くために使われていた。

そしてもちろん、彼らは土器をもっていなかった。土器は重い。永久凍土の上を小さな子どもたちを引いて移動できるかどうかが、家族の規模を決める制約のひとつだったとしたら、食器類一式をもって歩きたいとは思わないはずだ。私が家にもっているものすべてが、後ろめたく思い出される。数千冊の本、数百冊のノート、何らかの思い出や隠喩が張りついた工芸品などだ。

こうしたものすべての重要性が私を悩ませる。世界の貧困の中で（私も貧しいが）そんなにたくさんの所有物があることに政治的な意味でむかつくからではない。それらが何もなければ、私はどうなるのだろうという疑問が浮かんでくるからだ。たぶん私の大部分は、さまざまな種類のデータベースやメモリーバンクに依存していて、もしそのすべてが炎上してしまえば、私も燃えてなくなるのだろう。

ここから後期旧石器時代の探求へと思いが及ぶ。私の大部分が本棚にあって、オックスフォードの壁にしがみついているのだとしたら、いったいどうすれば自分が後期旧石器時代のやり方でムーアを歩いていると思うことができるのだろうか。実際には遠ざかっているのではないのか。そうなると、この本でもこれまでにくよくよ考えてきた、意識、主観性という、根本的な問題に行きつくことになるのではないか。私が言っている、と私が言うことの大部分は、実際には私の頭から遠く離れた場所にあるからだ。私は自分が読んだことのある本を根拠にして何かを主張しているが、その本は踏み台の上に立たなければ手が届かなかったもので、その本の実際の内容を意識的に記憶しているわけではない。私が主張している根拠などインチキだ。それは盗作する者の不正な権威でさえない。盗作する者は少なくとも自分が盗んでいるものを知っていて、意識的に採用する。

この森から海までの道のりを、自分の頭の中に実際にあるもの、自分の足の下に実際にあるもの、実際に見えるもの、嗅げるもの、聞こえるものだけを携えて歩くとは、いったいどんなことなのだろうか？　それこそが信頼できる情報源であり、頼れるもの、正確で冷静なものになる。

想像がつかない。

でも、やってみることはできる。片道だけのほうが、より放浪に近いだろう。これまでは、後期旧石器時代の人々はいつも移動を続けているわけではなかったと自分に言い聞かせていた。彼らは先に進む切実な理由がなければ、その場にカリブーがいて近くにヘーゼルナッツがあれば、しばらくのあいだ野営していた。それはほんとうのことだが、私はそれを新石器時代人でいることの言い訳として利用していたのだ。ほんとうは、私の小さなブナの木の木陰が好きになっていただけだ。それに、早朝の太陽の光で私のカバンがまだら模様に染まる様子、「カッコー」という声が聞こえる直前にカッコーのノドが詰まる音、ハトの胸肉のフライに使う平らな石、隠れ処の支柱の角度（好きな理由は、それが永久のように見えるからだとわかった）、遠い海の波音、私が踏み固めた小道がはじまる森の端でイラクサが歓迎するように道をあけていること、頭が三つあるヤモリに見える苔、隣の谷に巣をもつノスリの旋回、私のリュックの安心感のある重さが、大好きだ。

こうした余計なものが計画全体の価値を下げている。私は偶像破壊の意欲にかられて立ち上がると、隠れ処をたたみ、平らな石をブラックベリーの茂みに投げ入れ、そのほかのものはすべてリュックに詰め込み、今から眠るのではなく歩くという気持ちをこめて靴紐を結び、リュックを肩にかける。でもリュックが重すぎると感じ、もう一度肩からおろすと、「万一に備えて」持ち歩いていた古いミリタリー毛布を投げ捨て、これまで一度も向かったことのない方向を目指して出発する。

こうして激情にかられてやらなければならないことだった。そうしなければ、一生やることなどできなかっただろう。

*

私はひとりぼっちで、歩き、歩き、歩き、できる限り暗くてひんやりした公有地の谷に降りていく。高地のムーアからの広々とした眺めを信用できないのは、高い場所からは道路を行き来する車、海を進む船、大空を乱す飛行機が目に入るのを避けられないからだ。靴を脱いで、また履きたい誘惑になるべくかられないように、荷物の一番底にしまい込んだ。でも実際には、そんな誘惑はまったく感じていない。自分の両足から今もらっている知識を、なぜいつもは感じていないのだろうか——その知識には、（知る価値のあるほとんどの知識と同じように）衰えることのない戦慄の感覚が伴っている。

谷の空気にはアカシカの麝香《じゃこう》が強く漂い、微小なハエが雲のように集まって螺旋を描く。林冠の葉はいっせいに太陽の方を向いて糖を作り、細くて硬い葉脈に送り込んでいる。私はここで眠りたいが、小さい昆虫に血を吸い取られてしまうから、夜はいつもムーアで過ごす。

脚が疲れてきたときに眠ることにしているので、慣れてくるにつれて一日がだんだん長くなる。歩きながら食べる。今のところ食べるものは豊富だ。ブルーベリーとブラックベリーがいつもより早く実り、天然のサラダをいつでも楽しめる。散策する人たちが目に入れば、狩りをしていて私を殺そうとするものと仮定する。

前に来たことがあるせいで、頭の中に地図があるのが気がかりだ。シベリアかどこか、よく知らない場所に行くべきだった。地図は——その場所に関する実際の知識とは異なり——領土を扱っている。地図は文字通りの還元主義者で、マイルを一センチに縮め、おしゃべり好きな形容しがたい森林を緑一色の斑点にしてしまう。そして風景を折り畳んでポケットにしまえるという考えを私たちに植えつける。大地が私たちのことになる。地図は象徴化が成しえることの最悪の例だ。

だが、私の心の中に地図があっても、私の知識はムーアには勝てない。あそこの小川は私の心の地図にはないし、私のつま先のあいだに乱暴に飛び出してきて、私の大きな体が踏みつけなければ引きずられることもなかった小枝も、地図にはない。そして夜には、あるいは私の頭が草やヘザーより低い位置にあるときにはいつでも、心の中の地図は消滅する。地上から見るムーア——キツネとネズミのムーア——は、空の神々、地図製作者、還元主義者が見るムーアとはまったく異なる座標をもっている。

私は隠れ処を出てから、少しずつ半径を大きくしていく大まかな円を描いてらせん状に歩き、一日に二十マイルほどをゆっくりと、だが軽快に進む。太陽は容赦なく照りつけながら、親切にしようとしている。夜の空を見上げれば、そこにあるのは追跡とダンスだけだ。ひとりで星座をたどりながら深宇宙にたどりつくことはない。Xはいつも私から数百ヤード離れた場所で野営をしている。彼の焚火から漂う煙のにおい、ときには肉を焼いている香りがする。彼は本物の狩猟民だ。

ときには道路を横切らなければならないこともあり、および腰で渡りながら、車に出会う恐怖にかられてしばらく道を見つめる。エンジン音が恐ろしい——私の暮らしの中では雷を除いて何よりもはるかに大きな音だ——が、カーラジオから響く音や乗っている人の話し声の断片が聞こえるほうが、もっと恐ろしい。ここに嘘は存在せず、あらゆるものが深く、永遠に、重要だ。あらゆるものが生きるか死ぬかの問題——もちろん車の中でも同じ——だが、ここでは、あらゆるものがそのことを知っている。

車に乗っている人からは、私は恐ろしく見えるにちがいない。毛深く、髪はもじゃもじゃで、まさに野生の目をしている。第一次世界大戦のあと、私と同じような見かけの人がデボンをうろついていたのだろうと想像する。彼らは自分の目で見てきたものと失ったもののせいで眠ることができず、激戦地のパッシェンデールとヨタカの両方をどうすればひとつの世界が受け入れられるのか、不思議でしかたがなかっただろう。それは私の混乱の根源でもある。何週間もひとりでムーアにいたために、さんざん心配したにもかかわらず、この後期旧石器時代プロジェクトがある程度まで前進し、ムーアの世界と道路の世界のあいだに、こだまの響く深い裂け目があらわれたのだ。その道路に、私は戻らなければならないことを知っている。

アクバル大帝は、インドのウタール・パラデシュにあるファテープル・シークリーの宮殿に隣接するモスクの門に、次の言葉を刻んでいる。「(平和の宿る)マリアの子、イエスは、こう言われた——世界は橋である。その上を渡りなさい。だがその上に家を建ててはならない」

そしてラビ・ナフマン・ブラツラフはこう言った。「全世界はとても狭い橋にすぎない。肝心なのは、恐れないことだ」

私たちを不安にさせるのは家だと、私は学んだ。

それは問題だ。なぜなら、私の家族は家に住んでいる。

＊

秋の気配が感じられるようになった。いつもではない。目に見えるものでもない。木の葉は色づきもしていないし、落ちてもこない。寒いということもない。ただ、熱がなくなっている。まるで炎が消え、世界が燃えさしで料理しているかのようだ。

そして突然、まずムーアの頂上に秋が訪れる。ただしこれは登場ではなく退場だ。秋と冬に実体はない。ただ夏がいなくなるにすぎない。

「いよいよ、鬱の性格がはっきりしてきたわね」と、友人で精神科医のケイトが言った。

いや、そうじゃないんだよ、ケイト。自分の熱力学を正しく理解するのは、鬱じゃない。

私は人を惑わすような秋の甘言が嫌いだ。秋は、実際には春と夏がした仕事を、自分のものだと言って押し通そうとしているかのように思える。はっきりさせておくが、リンゴもプラムもベリーも、きみにはまったく関係ないよね、秋さん、そうだろう？　収穫に関してきみが貢献していることがあるとするなら、天気をはっきりしないものにし、道をぬかるみにするだけだ。「豊かな実りの季節」だって？　たしかに。でも、それはきみのものではないよ。

家族は、みんなが家と呼ぶものに戻っていった。私たちは素直に、そして軽率に、子どもたちを学校に送り出し、子どもたちはスタートを切ろうとしている。

私はまだムーアにいるが、横になったり座ったりしていると、ムーアがすり寄ってきて熱を奪っていく。夜間に谷から這い上がってきた霧が、日中にも谷に戻っていかない。私は野生のプラムばかり食べていたせいで激しい下痢に襲われ、用を足すために小川にしゃがむと、寒さが身に染みるようになった。

私は帰る日を決めるわけではない。ただそれは、ほとんどすべてのことと同じように、自然に決まる。キツネが月明かりの場所を避けて通る様子を見つめ、海のゆったりした波音に耳を傾け、風に乗ってくる湿ったヘザーとコールタールのにおいを嗅ぎ、それからどういうわけか、私はトーントン行きのバスに乗っている。窓には雨が降り注ぎ、ラジオでは誰かがエレキギターの二つのコードだけで、会ったばかりのどこかの女の子の行動を、まるで大事なことのように嘆いている。

秋

世界の偉大な霊的言語であるサンスクリット語には、超越の海の水際となる出発点をあらわす三つの語、サット・チット・アーナンダ（Sat-Chit-Ananda）がある。サットは「存在」、チットは「意識」、アーナンダは「至福」を、それぞれ意味している。私はこう考えた――「私には、自分の意識が正しい意識かそうでないかはわからない。私には、自分という存在として自分が知っているものが、正しい存在かそうでないかはわからない。それでも私には、私の至福がどこにあるかがわかる。だから私が至福にしっかりと摑まれば、それが私に自分の意識と存在の両方をもたらしてくれるだろう」。

――ジョセフ・キャンベル『ジョセフ・キャンベルと神話の力』での言及

アキレスはアルチラで歩くことができる。実際のところ、アキレスは歩かなければならない。思い出さなければならないことがたくさんあるのだ。とりわけ、ひとりの人間として生きることはそれ自体が宗教活動であるという記憶についてだ……

アラン・ガーナー『アルチラのアキレス』

いったん歩きはじめると、止まるのは難しい。

私は定住することができず、郊外の家から長い散歩に出て放浪する狩猟採集民のように感じようとしたり、断食をしたり、果物を食べて断食を中断したり、うずうずしながら裏庭で冷たいバーベキューを食べたりして惨めな数週間を過ごした後、ビルバオ行きの船に乗った。

この身勝手な熱中にも、いくらか筋の通ったところはある。それは、私が象徴的表現の起源を探しているという点だ。そして最も強大な象徴は言葉であり、バスク語はインド・ヨーロッパ祖語(PIE)のわずかな生き残りのひとつと考えられている。バスク人の祖先はおそらくアナトリアに起源をもち、そこから広がっていくうちに進化していった。だからバスク人は、トルコの血筋を引く生きた後期旧石器時代の化石と言えるかもしれない。穴居人が話すのを聞きたければ、スペインに行ってバーの椅子に座り、目を閉じて、あとは想像にまかせることだ。

ということで、私はそれを実行しているところだ。波止場に近い古くて暗い場所に、かれこれ四時間は座っている。汗と海藻のにおいが漂う。私のテーブルは戦争前に塗装され、あとは表面を拭くだけで今まで使われ続けているらしい。そこは、アラベスク模様のタイルと魚の箱で作った小さい店の隅っこで、不愛想なウェイターが何も聞かずに私のジョッキに赤ワインを注ぎ、タコと子ウシの足のゼリーを皿に載せると、口髭を引っ張って、後ずさりしながらお辞儀をする。

私が着いたとき、店には誰もいなかったのだが、今では非番のポン引きと港湾作業員で満員すし詰め状態だ。ぼんやりした店の明かりは、たばこの煙を介して私のいる隅にようやく届く。煙をくぐりぬけて、ときどき私の目の前に顔がぬっとあらわれるが、私が外国人だとわかるとブツブツ言いながら退散する。

全員がバスク語でしゃべっている。ほかのどんな言葉も話すのは危険に思えてくる。それは私が今までに一度も耳にしたことのない響きで、喉から出す音、舌の先と歯を器用に擦り合わせるさまざまな音を組み合わせて、ラテン語を母国としたチュニジアの軍団兵がアラビア語を話したらこんなふうに聞こえるのかもしれないと思う。過度と思えるほど表情豊かで、言葉とその力に酔った人々の言語だ。生まれてはじめて言葉というものに出会った人は、言葉をそんなふうに感じるに違いないと、私には確信できる。言語は魔法の力をもっている――目には見えない方法を使って、ものごとをひとりの人の頭の中から別の人の頭の中へと移しかえ、息を呑むほど見事な正確さで伝えることができるのだ。たったひとこと声を発するだけで、具体的な何か（たとえばゾウ）の姿を心に描くことができる。そのことにワクワクしない人は、どこか具合が悪いのかもしれない。そしてごく初期の言語が自らの限界を押し上げようとしたことは、驚くにあたらない。音や語のあらゆる調子を駆使して、自らの威力を世に知らせたいと思っただろう。

バスク語がＰＩＥの名残だとする議論は複雑だが、説得力がある。最も興味をそそられる論拠の一部には異論もあり、たとえば、バスク語の単語の「斧」（aizkora）、「鍬」（aitzur）、「小刀」（aizto）の語源は「石」（haitz）だから、斧と鍬と小刀が石で作られていた時代にさかのぼれる、といったものがある。私はそれが真実であってほしいと願うが、バスク語／ＰＩＥの論文は、そうした議論抜きできちんと生き残っていける。

この言語の構造は、とても変わっている。中心となる名詞には目立つ地位が与えられており、名詞の前に位置することの多い定冠詞と不定冠詞が、名詞の後に押しやられる。そこには具体的な世界を十分に楽しむ印象があり、言葉によって何かを実際に表現できるという驚くべき事実にうっとりしているかのようだ。動詞はドイツ語と同じように文の最後に移される。動作は、動作をする者に従属するわけだ（ドイツ人がすべての名詞の先頭を大文字で書くとき、実際にそうなっているのではないだろうか)。動作をする者が主役だ。

そこでバスク語では、'The man falls in front of the bear'(男がクマの目の前に落ちる)が'Man-the bear-the in front fall is'になる。同じように、'The woman has given the berries to the child'(女が子どもにベリーを与えた)は'Woman-the child-the berries-the given has'、'The hunter has seen the wolf'(ハンターがオオカミを見た)は'Hunter-the wolf-the seen has'だ。それは、動作とは不可分の個人的な責任を強調するパターンになっている。The の後ろにうまく隠れることはできない。

＊

ビスケー湾で船酔いに苦しみながら帰ってくると、何かを学べたように思え、ほんとうに学べたかどうかを確かめるためにはダービーシャーの森に戻る必要があると考えた。けれども雨の季節がやってきて、雨はそのままとどまり、私もしばらくのあいだ、とどまることになった。

私はオックスフォードにある中世風の図書館にいる。目の前の机の上にあるのは先史時代の美術の本だ。二つの図版が、私の目を引いて離さない。

ひとつ目はライオンマン——体と手足が人間で頭がライオンの立像——で、マンモスの牙に彫られ、ドイツ南部にあるホーレンシュタイン・シュターデルの洞窟で発見された。三万二千年前から三万年前に作られたとされる。

ライオンは、私の目には微かに皮肉っぽく微笑んでいるように見える。ギリシャの青年像クーロスの顔に見られる——唇の両端をわずかに上げただけの——アルカイックスマイルを思わせる笑顔だ。肺を大きく膨らませたような大きな胸と、槍投げを得意とする人のがっちりした肩をもっている。こわばっていると評する人たちもいるが、踊りの途中で歩くときのバレエダンサーのような、引き締まった姿勢だ。こうしたごく初期の人類の美術では、人間の男性の体にいつも動物の頭が伴っていた。女性はいつも全身が人間だ。ただし、多くの場合は胸が大きく膨らみ、外陰部が強調され、腹と骨盤はゆったりとして、太ももはまるでオークの木のようにどっしりしている。

これまでにも見てきたように、動物と人間が合体している場合の最も一般的な解釈は、シャーマンの世界の一面をあらわしていて、動物の霊に変身する途中のシャーマンか、その逆の様子、世界とカテゴリーのあいだの境界が開いている様子、この世界があるがままのものではない様子、物は見えるがままのものではない様子と考えられている。

女性像は生命力を称賛するものと読み解かれる傾向がある。地母神か、豊穣の聖像か、またはその両方かもしれない。それらは宇宙が与えてくれることを伝えており、つまり人間は自らが生み出したものではないこと、物語は物語自体が生み出したものではないこと、そして自分たちの立場は感謝すべきものであると叫んでいる。

もう一枚の図版は、フランスのアルデシュ県にあるショーヴェ洞窟のライオンだ。その壁画には、たてがみのないライオンの群れがバイソンの群れを狩る様子が描かれており、私が知る限りで最も美しく、巧みで、恐怖を感じる芸術作品だ。この壁画も三万二千年前から三万年前に描かれた。

ライオンには後ろ肢《あし》がない。後ろ肢を描けば、前肢の恐ろしいほどの方向性が弱められてしまう可能性がある。その前肢はすべてがバイソンの方向を指している。まるで偉大な宇宙の指が、バイソンの方を指し示しているかのようだ。これは死の対象として選ばれることを描いた絵なのだ。ライオンの集中の的となっている焦点に、私は身震いを覚える。最も完全に描かれたライオンの目は隠れていて、ただ暗い影でほのめかしてあるだけだ。それでも、恐ろしい夢で見た覚えがあるから、その目がどんなものかがわかる。バイソンは、描かれているというより、ほのめかされているように感じられ、すべてもつれ合って投げ出された頭だ。その洞窟の壁には、台風よりも激しい動きがある。

この壁画は、自然界の内側にいて、自然界について幻想をもたない人物によって描かれた。彼は（描いたのは男性だったとみなす傾向がある）自然界の中にいただけでなく、その外にもいた。彼は、電子と同じで、ひとつの場所に限定されない。そして彼は出来事を単に観察して記録することはできず、物語を語ることができた。それらのライオンはどこかからやって来て、歴史をもち、今まさに起きようとしている殺戮のために、ものごとが変化していくところだ。この物語は、隠された目と同じように、もっと大きな物語の一部だった——この壁画を描いた人物も、その物語の一部だった。これはただ一頭のバイソンの死についての物語ではなく、「死」についての物語だった。

それでも、絵は恐怖を感じさせるほど美しい。そしてその美しさは、恐怖にあるのでも、哀れな詩にあるのでもない。画家はライオンを単なる殺人マシンとして称賛しているのではない。ライオンが、その役割とは無関係に、本質的に美しいから称賛しているのだ。この画家にとって、自然はただの食料庫ではない。

現代的行動とは、ただ象徴的表現によって証明されるだけでなく、象徴的表現に関するすべてなのだと、多くの考古学者は主張する。ライオンマンとライオンの洞窟壁画はこうした象徴的表現の、至高の、とても早い時期の例だと言えるだろう。だが私はそれらを熟考し、森、海、交友関係、アフリカの森林地帯と山の上、ムーア、海辺とシャーマンの長椅子での自分の経験に思いを巡らせてみて、異説を唱えるようになった。象徴的表現は、ほんとうにもてはやされているほどのものなのかという疑問が生じたのだ。とりわけ、象徴的表現を用いることがそれ以前のすべてのものと私たちとを分ける大きな転換点だと考えることに、迷いを感じるようになった。大きな分岐点は、もちろん、解剖学的には現生人類でも行動的にはそうではなかった人々とのあいだにあると考えられる（それらの人々は、私たちが——豊かな象徴化によって声高らかに——歴史に登場した時期より、およそ十五万年前の化石記録で確認することができる）。

何年か前に、私は大きな一頭の雄のクーズーを追って、ナミビアにいた。（群れから離れた乱暴なはぐれ雄について書こうとしていた時期で、わずかな痕跡を頼りに、このクーズーがそのうちの一頭だと考えていたからだ。）トラッカーと呼ばれる動物追跡を専門とする案内役でナミビア人のジパハが同行してくれていた。ジパハは四十五歳くらいだが、髪には白いものが混じっている。夜明けから二人でこの動物の痕跡を追っていた。すでに午後も遅い時間だ。夜はまるで幕を下ろすように、またたく間にやってくるだろう。残された時間はあまりなかった。

乾季で、動物が通った跡はほとんど見えなかった。そこで折れた草の茎と、かすかに乱れた葉を頼りにしていた（だから、それらを集めていた）。だがついに水のある場所を見つけ、そこでは泥の中に、私でも見逃すはずのない跡が残っていた。私たちが追っているクーズーだけでなく、ほかのクーズーの跡も、またイボイノシシ、ブレスボック、ハーテビースト、ヌー、ディクディク、インパラの跡もあり、すべてが小型哺乳動物と鳥類の細かい痕跡に混じり合っていた。ジパハはそれらの跡を何分間かじっくり見つめ、周囲を歩きまわり、かがみ込んで近くでよく見て、においを嗅いでから、クルリと向きを変えてあたりのアカシアの茂みを眺めまわす。どこかに歩いていって、また戻ってきて、またかがみ込む。それからようやく立ち上がると、自分の服の埃を払い、ゆっくりと、だがはきはきした口調で、完全な自信をもって話しはじめた。

彼の話はこんな具合だ――このクーズーは四日前の夜には、この水場に来ていた。ここ最近でここまでやって来たのは、それがはじめてだった。東にある丘からはるばる移動してきているからだ。その晩、驚いたハーテビーストに脅えて土手を駆け上がったとき、わずかによろけてしまった。それで右「膝」を傷め、立ち上がるのが難しくなった。サンザシの木の下で不安な夜を過ごし、落ち着くことができず、痛む肢で遠くまで移動するのを恐れた。朝になると水のある場所に戻り、何羽かいたサケイを追い払い、その後は一マイル離れた木立のあいだで一日の大半をブラブラしながら過ごした。まだぎこちない歩き方で水場に戻ってくると、肢の不自由なジャッカルに追い立てられて、元来た道を戻り——私たちのいるほうに向かったが、足早にわずかな水を探しに行っている——そして翌日にはまた同じ道をたどって、木立のあいだに戻った。もう一度、水を飲みに出かけ、もうひと晩を同じように過ごし、コブラの隣で水をすすり、もうひと晩をサンザシの木の下で過ごしてから、私たちがいる場所に戻ってきた。肢はだいぶよくなっているものの、まだ左の前肢にちょっと体重がかかり過ぎている。一か月くらい前には別のクーズーに右の後肢を蹴られたから、歩くのは簡単ではなかった。私たちがこの足跡を見つけたのは、その後だ。

私は彼の言ったことをまったく信じなかった。それは演劇だと思った。今なら信じられるのかもよくわからない。だが、彼は私の疑い深そうな様子に腹を立てながらも、最後まで話し終えた。そしてそれがすべてパフォーマンスだったとしても、説得力があり、細部にわたり、完全に筋が通っていた。

彼が私に言ったことが実際に起きたものではなかったとしても、こうした話をできる人はたしかに多く、スーパーマーケットとライフル銃が必要な感覚と直観を退化させてしまう前には、それをできる人がとてもたくさんいた。だが、行動的現代性が実現する前も同じだった。現代的行動をする前の人類は、とても洗練された、効率のよいハンターだった。彼らは大地を、少なくとも私を案内してくれたトラッカーと同じくらいは、正しく読み取れる必要があったのだ。

さて、ここが重要な点だ。そのように読み取るためには、ライオンマンとライオンの洞窟壁画に見られる象徴的表現と、同じ程度とは言わないまでも、まったく同じ種類の象徴的表現を理解している必要がある。すぐれたトラッカーは、何かがそれ以外の何かをあらわしていることを知っている必要がある。これは非常に基本的なレベルで、あきらかにほんとうのことだ。足跡は、それを残した足と同じものではない。それはその足の象徴だ。すぐれたトラッカーはこの象徴という考え方を、最高のレベルにまで高めている。たとえば、足跡に花粉を見つけると、その足跡は火曜日の午後より前にできたものだとわかったりする。その花粉を飛ばすほど強く北西方向の風が吹いたのは、火曜日の午後だけだったからだ。花粉が——実際には花の射精だが——ある時間枠の象徴になるわけだ。動物を追跡する千里眼の能力は、単に因果関係の網目を読み解く理解力を大きく超えたものだ。ひとつの石に濃い灰色の塗料を塗りつければライオンの喉になると理解することと、実質的な違いはない。長期にわたって追跡する必要があったであろう動物の狩りが成功した証拠が見られるなら、多少なりとも象徴的表現の証拠が見られるということだ。狩りの旅があるなら、象徴的表現がある。先史時代のバーベキューは、行動の上では現代的だった。

＊

ようやく雨が弱まった九月も終わりに近いある日の夕方、どんよりした空の下、私は谷を登る道を歩いていた。鉛鉱山の作業員のために建てられた小屋を過ぎ、とびきりのパブの前も（とてもつらい思いをしながら）通り過ぎ、雷鳴とともに姿をあらわす神を想定して建てられ、今では神が静まりかえったか死んでしまったために打ち捨てられたチャペルの前も過ぎ、やがて雄ウシたちが駆け回る、かつては鉛鉱山のあった牧草地に着いた。

森は喪章のような漆黒で、背景にはイバラが茂る。森に続く鉄の扉を押しあけると、森は呼吸を止め、じっと見つめはじめる。やがて片方の前足を空中にかかげたまま、凍りついてしまった。

トムはこない。「やることがあるんだよ。それにギターのレッスンもある」

「やることがあるなら、帰って来てからやればいいさ。そんなに長くはいないから。それにギターをもって行けば、一日じゅう、一晩じゅうだって、練習できる」

「いや、ぼくはここにいなくちゃ」

ずいぶん慎重だ。私は、きっと悪気はなかったのだと自分自身に言い聞かせはしたものの、ここに二人で来ていた最後の夜に何があったのか見当もつかないし、それから何かが起きて森はもう安全だと思えるようになったわけでもない。

まるで足場を上がるように丘を登っていく。前にいた隠れ処《が》に戻るつもりはない。おそらく何かがあったのなら、それはその場所だけに限られたことなのだろう。木の下にもいないほうがいいかもしれない。開けた場所にいれば、慰めになる飛行機と人工衛星が見えるだろう。

サラの家は空っぽだ。サラはロンドンに行っている。

私は簡易テントのビビィバッグを牧草地の平らな場所に広げ、その中に寝袋を入れると、そこにもぐってイワシの缶詰を食べてから、仰向けに寝た。

聞こえる音は少ない。森はまだ息をしていない。ときどきマフラーの壊れた車の音が遠くから響いてくる。見るべきものもほとんどなく、丘の麓《ふもと》に猫背の木々があるのと、何マイルか離れた数軒の農家に明かりが灯っているくらいだ。納屋の横にカリブーの皮のマントに身を包んだ後期旧石器時代の狩猟民はいない。コールタール石鹸のにおいもしてこない。

私は待つ。森も待つ。まるで我慢くらべのようだ。先に息をするのは？ 先に瞬きをするのは？どちらかが先にそうしたら、何が起きるのだろうか？

わからない。森は待つことができ、待とうとする意志がある。私には息をして、瞬きをして、「よし、次は何だ？」と言うだけの度胸がない。私はそれからずっと、もし自分にその度胸があればどうなったかと、考えつづけている。

夜を見つめ続けているうちに太陽が昇ってくる。すると、まったく予想していなかったことに気づく。私はずっと、森が私のことを試しているのだと思っていた。たしかに試していた。そして私は自分が負けたとみなしていた。だから、しっぽを巻いて谷を降り、オックスフォード行きの列車に乗らなければいけないと思い込んだ。そうすればたぶんトムがギターのレッスンを受ける時間に間に合うだろう。でも、どうやら、これは合格か不合格かを決める試験ではなかったらしい。丘と一体になるひらめきを得る試験の優等生とはいかなかったかもしれないが、手ぶらで家に送り返されるわけでもないようだ。

丘は、何年も前にシナイ山と友人のクリスが優しくしてくれたように、とても優しい。腹を立てることもなく、私が家を離れてエクスムーアと不義を働いているから、家族のいる家に戻っても歓迎されなかったのだと言う。そしてカチカチと鳴くカササギを送り届けてくれ、そこには片目のコマドリもやって来る――ただし、前と同じコマドリかどうかはわからない。やってきたコマドリは前よりも落ち着いている。でも、もしかしたら、日ごろの暮らしに疲れてしまっただけかもしれない。それから、昼間に！　あの野ウサギが姿を見せる――この上ない恵みと赦しのしるしだ。私が牧草地の隅に座っていると、彼女が私の脚のすぐ近くまでやって来て、私に目をやり、自分に目をやる。すると私たちのあいだの回路が完成し、決して止まることのない何かが起きる。

そこで私は帰るのをやめ、昼間は眠り、夜に移動する。夜になると大地が姿をあらわして、会うことができるからだ。長い距離を歩き、たびたび森から離れた場所にとどまり、水路、石垣の陰、グリットストーンの縁《ふち》にできた洞窟、枯葉の山の中、松葉のマットレスの上、ムーアの頂で眠る。ムーアでは、片方の目にシェフィールドの明かり、もう片方の目にマンチェスターのきらめきが届く。寒さのせいで太ったライチョウとフクロウはとても柔らかくなり、キツネは湧き上がる寒さを跳ね返せるように、とても硬くなる。

最後のツバメが旅立ち、ガンが戻りはじめる。夏の終わりのころには、私は何週間ものあいだ夢中になって太陽の最後の光を浴び、もうわずかしか続かないことを思いながら、最後の花蜜を集めようとした。だが今はもう、寒さを心配してはいない。それは私の魂のまわりに脂肪がたくさんついているからではない。以前にはただ知っていただけのことを、今では感じているからだ——大地は耐えて、再び戻って来ること、そして私が今のように大地の近くにとどまれるなら、私も耐えていくことを。

私は円を描いて移動している。円を描きながら、少しずつシェフィールドに近づき、今は、町が降伏して野生がはじまる境目にあるボタ山の上や、わずかな雑木林の中で眠る。ときには、走っていくバスが見えるくらいまで道路に近づき、そのバスに私と一緒に学校に通っていた誰かが乗っていたなら、もし今でも連絡を取り合っていたなら、その人と私の人生はどれだけ違っているのだろうかと考える。すると、裏切ったという大昔の疑惑が頭をもたげてくる。「おまえは彼らを見捨てた。おまえはここを見捨てたんだ。おまえはニセ者だ。もし根を切ってしまわず、この場所の深くまで根が伸びて、栄養をもらっていたなら、おまえがどんなふうになっていたかを考えてみるがいい。今ごろは正しい木になっていたはずなんだ」。だが、バスはやってこない。

今ではXがずっとここにいる。とても近くまで来ることも多い。彼の顔が半分だけこっちを向くこともある。ときには、風向きによって彼のにおいがわかることもある——汗と尿と木が燃える煙のにおいだ。だがたいていの場合は、私の心の片隅にいる灰色の巨体にすぎない。

ここ何日かのあいだ、私は最後にシナイ山に行きつくだろうと考えるようになった。ときには、茶色いムーアの川の上にある住宅地の上にある森の上に、シナイ山が見えることがある。だがある晩、その日一日を過ごしていた木の割れ目の中で目を覚ますと、赦しを請うためにも、完結させるためにも、どんなことのためにも、そこに行く必要などないことを悟る。

ここはまだ、後悔と自責の念とコールタール石鹸のにおいがいっぱいの場所だ。それでも、私がビビィバッグの中で眠っている限り、幽霊が私をののしったり、強い願望によって私を引き裂いたりすることはない。

＊

「何か物語を話してよ、お父さん」と、トムが言う。

私たちはオックスフォードにいて、保育園の裏手にある公共の森で木の切り株に座っている。焚火を燃やし、ソーセージとマッシュルームを炒めながら、規則第一主義の地元の役人が健康と安全を盾に文句を言いにこないようにと願っているところだ。

いいよ、トム、やってみよう。

むかしむかし、世界がもう、とっても古くなっていたころ、ひとりの男の人とひとりの女の人がここで暮らしていた――そこの、オークの木のそばだよ。二人には何人かの子どもたちがいて、その子どもたちをとっても愛していた。誰かをとっても愛することは、いつだって問題なのだけれど、この男の人と女の人には、ある特別な問題があった。この子どもたちに、どこの子どもたちとも同じように、食べものを用意しなければならなくて、それは、その男の人と女の人がやっぱり愛していた別の生き物を殺すことになったんだ。動物や植物をね。その男の人と女の人が、動物を殺そうとして手を振り上げたり、草の茎や木の実を引っ張ったりすると、いつでも訴えるように、叫び声が聞こえた。「私を殺さないで。どうかわたしを殺さないでください。もし殺せば、わたしの子どもたちがあなた方を苦しめ、永久につきまとうことになるでしょう。うそだと思うなら、やってごらんなさい」

その男の人と女の人はどうしたかな？　自分の子どもたちがお腹をすかせているのを、放っておくことはできなかったけれど、殺す気にもなれなかった。

二人の子どもたちはどんどんやせ細っていった。あばら骨が浮き出し、頬の骨も顔から突き出してきた。

ある日のこと、ひとりのおばあさんが足を引きずりながら森へやってきた。「足をどうかしましたか？」と、男の人は尋ねた。おばあさんが皮でできた長いマントを持ち上げると、その脚に長い棘が刺さっているのが見えた。傷は膿んでいて、まわりじゅうをハエが飛んでいた。

「お座りなさい」と、男の人は言った。それから、男の人とその奥さんは棘を抜いて、小川からくんできた水で傷を洗い、傷のまわりをコケでしばった。

「ご親切に、どうもありがとう」と、おばあさんは言った。「ありがとう。ところで、私はとてもお腹がすいています。何か食べられるものはありますか？」

男の人と奥さんは顔を見合わせた。そして、そのおばあさんに何もあげられないことが、とても恥ずかしくなった。

「ごめんなさい」と、奥さんが言った。「何もないのです。だから私たちはみんな、こんなにやせこけているのです」。そして、これまでの話をおばあさんに聞いてもらった。

「おやおや」と、おばあさんは言った。「それは大変なこと。私が助けてあげられるかどうか考えてみましょう」。おばあさんは目を閉じると、ゆっくり三まで数え、「三」と言うと同時に小屋の屋根をつきぬけて飛んでいってしまった。

男の人と奥さんは、びっくりぎょうてんした。いったいどこに行ってしまったんだろう？でも、そんなに長くはかからないうちに答えはわかった。何分かすると、おばあさんがまた姿をあらわし、小屋の真ん中の地面に座った。

「もう大丈夫ですよ」と、おばあさんは言った。「動物の神様と植物の神様に話をしてきました。あなたがたが親切にしている限り、動物と植物を食べても神様は嬉しいと思うでしょう」

「それなら安心だ」と、男の人は言った。「ありがとうございます。でも、いったいどこに行ってきたのですか？」

「植物と動物がやってきた場所、植物と動物がやがて帰っていく場所、そして彼らの神様が住んでいるところです」

「私たちもそこに行けますか？」と、女の人が尋ねた。「私たちもありがとうと言いたいのですが、どうでしょうか？」。そして奥さんが男の人のほうを見ると、男の人もうなずいた。

「さて、行くことはできるでしょうね」と、おばあさんは曖昧に答えた。「いつかはきっと行きますよ。でも、あなた方はほんとうに今すぐ行きたいのですか？」

男の人と女の人は怖いと思ったものの、行きたいと答えたので、おばあさんは二人を連れて森を抜け、岩にあいた大きな洞穴の前に行った。男の人と女の人はそれまで、この場所をいつも怖がっていた。そこにはクマが棲んでいることを知っていたからだ。でも、おばあさんは手にもっていた杖に何かを言って、それに灯をともし、二人を穴の奥へ、どんどん深い場所へと案内した。

男の人と女の人がその奥で何を見たのか、私にはわからない。二人とも、私には話してくれないんだ。でも、その日から子どもたちが丸々と太って、丈夫になったということは知っている。それに、男の人と女の人は、それから子どもたちも大きくなってからは、夜になるとその岩の洞穴にちょくちょく行って、戻ってくると見違えるようになっていたことは知っている。

その家族はこのあたりで有名になった。その理由は二つある。ひとつ目は、そのおばあさんが帰るとすぐ、男の人と女の人が、何年も前に死んだ自分たちの両親を森に埋めた場所に行ったからだ。二人はそこを掘ってなんとか骨を取り出すと、よく洗って自分たちの小屋に置いた。ときどき長い狩りの旅に出るときには、手の骨で作った腕輪をそれぞれの手にはめて、残りの骨は石の下の安全な場所に戻るまで保管した。

　二つ目の理由は、二人がすばらしい物語の語り手になったからだ。冬になると、とても大きな焚火をたいた。そんなに大きな焚火にしたのは、四方八方から人々が集まって火を囲んで座り、物語に耳を傾けられるようにするためだ。もちろん、それまでにも物語のようなものはあったけれど、それは起きたことを報告する話に近かった。シカ狩りがどんなふうに進んだか、どのベリーを食べたら病気になったか、などだ。でも、その男の人と女の人が話した物語は、それとは違っていた。どれも旅の物語ではあったけれど、知らない場所に旅して見たこともなかったものを見た物語、もち帰ったみやげの物語、そしてもし花や何かをよくよく見れば、どんなものでも、思っていたものといつも同じとは限らないことがわかるというような物語だ。それに二人は、その物語がとても大切なものだというふうに、また誰もが自分自身の物語を見つけて話すことが大切なのだというふうに話した。人々は永遠には生きないかもしれないが、物語は永遠に生き続けるからだ。ときには、物語があまりにもすばらしく盛り上がったせいで言葉が不足し、途中で、たいていは文や語が足りなくなったときに、急にみんなが歌を歌いはじめることもあれば、立ち上がって焚火のまわりで踊りはじめることもあった。そんなときは、スタスタ歩いたり、気取って歩いたり、腰をくねらせて歩いたりして、登場している生き物の様子を表現した。

　その男の人と女の人は年をとっていったけれど、気にする様子はなかった。やがて二人に死ぬときがやって来ると、そのころには子どもたちがすでに一族の中で一番大きく、一番太った大人になっていた。そして二人は死ぬ前に、自分の子どもたちにこう伝えた――鳥が骨をきれいにしてくれたら、その骨を自分たちのお母さんとお父さんの骨といっしょにして、おばあさんがずっと前に二人を連れて行った洞窟にある高い棚の上に置くようにと。そして子どもたちは言われた通りにした。

「とってもおもしろい」と、トムが言った。「さあ、ギターを弾かなくちゃ」

「アーキタイプとやらといっしょにうろつく旅から帰って来たのね」と、香水をたっぷりつけた女性が言った。

そうかな？　正直なところ、自分では帰って来ているかどうか、よくわからない。

第二部　新石器時代

Taylor

冬

私は会計士という職業を非難しているわけではなく、あらゆる分野の能力を独り占めすることを非難しているだけだ。そして、不気味に迫っているように、もし進歩を犠牲にして物質主義に偏った時代に突入するなら、私たちは会計士の手中に落ちる。それは精神的な氷河時代を意味し、あらゆるものが凍りついてリスクがなく、リスクがなければ動きがなく、動きがなければ探求がなく、探求がなければ未来がない。深みは、表面からはただの暗闇にしか見えない。

アラン・ガーナー『かなたより、さらに昔』

歩くのをやめると、何かが起きる。

私はケニヤ北部の、ケニヤ山からあまり遠くない高地で、この地に農場をもつ動物学者の友人のところに滞在している。今は正午近い時間だ。きょうは夜明けよりだいぶ前に目を覚ました。寝室のドアを叩く音で起こされたからだ。

「起きて、起きて、火事だ、火事だ」

ベッドから飛び起きるとすぐ、においが鼻をつく。煙のにおいは甘くて、恐ろしさを感じさせない。

パニックになるほどのことはなかった。何マイルも離れた場所の山火事だ。それでも穏やかな風がこっちに向かって吹いている。私たちはテラスに腰かけてポーポーを食べながら、眼下の水場にいるキリンを眺め、ときどき望遠鏡を取り上げては火の様子を見る。ただ青い雲のような細い線が見えるだけで、恐ろしそうなところはなく、広がっているようにも見えない。だがキリンはたまに水から首を上げ、向きを変えて、線をじっと見つめた。私はまたポーポーを食べ、本に戻る。

その後、私たちは火に向かって車を走らせ、火事の先端から半マイルほど離れた丘の上にランドローバーを停めた。丘の麓《ふもと》にある茂みのあたりに野生動物が集まっている——エランド、ダイカー、トムソンガゼール、イボイノシシ、バッファロー、オリックス、それに歩くのが好きな鳥たち。そのすべてが家のほうに向かって移動し、頻繁に立ち止まっては肩越しに振り返る。私たちはさらに火の近くに進んだ。今では火の燃えるパチパチという音が聞こえるようになった。煙のすぐうしろではツバメが何度も急降下して、炎にあぶり出された昆虫をすくい取っている。

炎そのものに、それほど強い印象はない。火がアカシアの仲間の長い棘をもつ木（ホイッスリングソーン）に達したときだけ、たまに大きな火炎が立ちのぼる。すると棘の根元にある大きく膨らんだコブの内部で熱い空気が渦を巻いて、茂みが笛を鳴らしているような音を出し、枝が幹から焼け落ちるごとに奇妙な叫び声が響く。だがたいていは、誰かがタバコを吸ってでもいるような煙が、茶色い草のあいだを這って進んでいくだけだ。

心配はないだろう。こうした火事は、この茂みのある地域と農場とを区切る土の道を越えそうもないし、どっちみち風向きも変わりはじめている。私たちは家に戻ってポット三杯目のコーヒーを飲んだ。

風は夜通し吹いて、炎を来た方向に押し戻した。すでにほとんどのものを燃やしていたから、燃え尽きるのは早い。

翌朝、黒く焼け焦げた荒れ地を訪れてみる。足の下が、まだとても温かく感じる。ジャッカル、ハイエナ、ハゲワシ、カラスがほとんどのものを平らげたあとだが、それでもまだ日曜日のランチを思わせる焼き肉のにおいが漂う。残っている死体を見ると、一部はまだ何の動物かわかった。ヨツユビハリネズミが多く、まだ体の針で炎をやりすごせると思っているかのように、丸まったままのものもある。草原の掃除屋たちも、もっと簡単に食べられるものがほかにあるから、今のところは手をつけていない。素早く歩けなかったフサオヤマアラシは仰向けに倒れ、前肢《まえあし》で何かを懇願し、唇を引き締めて最後の唸り声を上げながら息絶えた。だが、ほとんどの死体は何の動物か見分けがつかない。どれも筒状の炭になっているが、生きていれば、トゲネズミ、グラスラット、ジリスなどと呼ばれていたことだろう。ヘビも多く、複雑にもつれたり曲がったりしているものもあれば、漆黒のほうきの柄のようにまっすぐ伸びているものもある。ごく小さい哺乳動物なら、草の根のあいだにある穴にもぐりこんで生き延びたかもしれない。草はもう、光を目指して地表に出る準備をしている。

家に戻って、もし自分があの火をつけたなら、どんなふうに感じただろうかと思いを巡らせた。

＊

新石器時代は家畜化・栽培化の時代で、多くのもの――穀類、ヒツジ、ヤギ、ウシ、ブタ、そして自分たち――が飼いならされた。だがそのすべての前にあったのが、火を手なずけて利用できるようになった過程だ。その糸口を開いたのは、ホモ・エレクトゥスとホモ・ネアンデルターレンシスだった。火は、稲妻として天から落ちてくるか、燃えるメタンガスとして水から溢れ出してくるか、激しくぶつかりあった石の火花がコケやキノコに宿るか、火打ち石の中に眠っていたものが打ち合わせることで呼びだされて、人々の手に渡った。

火が果たした役割は偉大だ。ライオンを追い払い、食べものからそれまで無駄にしていたカロリーを利用できるようにして脳と体を立派にし、太陽の力を超えて昼間を長くし、狩猟採集民たちが焚火のまわりに集まるにつれて共同体の中心となった。火はまた、一度生まれると繁殖の手を休めることはないから、実り豊かなものの象徴とみなされたかもしれない。だがこれらはすべて、より思い上がった支配の前触れにすぎなかった。火は、自然界に対する無差別兵器——大量破壊兵器——として使われるようになったからだ。そのような使い方は、やがて人間と、自然界にあるほかのすべてのものとのあいだに、くさびを打ち込みはじめた。

先史時代の人類はたしかに、食べものを焼くよりも大規模なことをできる火の力を目にしていた。私のように野火を見つめ、焼け跡にふたたび動物たちがやって来て、新たに芽吹いてくる草を食むのにも気づいたことだろう。彼らはきっと、火によって肉を手に入れやすくなると考えていたし、また新石器時代よりも前から火はそのような使われ方をしていたことはまちがいない。だが全般的に見れば、後期旧石器時代と中石器時代の狩猟は不安な、宗教的意味合いをもつ仕事で、タブーによる手加減が加えられていた。命を奪うことは厳粛であり危険でもあった。殺した者とその共同体とに災いが及ばないよう、殺すときは十分に配慮して、祈りをこめ、目標を定め、儀式を伴う必要があった。もちろん大量殺戮も行なってはいた。後期旧石器時代の狩猟民たちが大型動物を狙い撃ちしたことが、更新世に特徴的だった巨大動物類の絶滅の(気候変動と並ぶ)大きな一因となった。だがその当時の過剰殺害は、その後に登場する一種の精神病質の無関心とは異なり、生態上の見込み違いが生んだ結果にすぎない。

やがて新石器時代になると、人間は自分たちの便利さの邪魔になるものすべてを、火を用いて破壊するようになった。それ以前は、木の枝を一本折るのも必要に迫られたときだけで、おそらく何らかの心の痛みを伴っていた。だが今や、生い茂る木々を根こそぎ、土地の一区画を丸々、そこに暮らしていた動植物もろともに燃やし尽くすようになった。古くからの行動規範は破られ、それほどの規模の行為が引き起こした結果を、もはや古い方法で償うことも慰めることもできなかった。森を破壊した者は、シャーマンの旅に出かけても自らの焼け焦げた魂を癒すことはできず、激怒したあらゆる動物たちの魂からリンチを受けることになるだろう。

つまり、単に火を用いて大地を焼き払うという行為によって、とてつもなく大きな神学上の転換を余儀なくされたのだ。破壊された生き物の魂をひとつひとつなだめるのは不可能になった。そこで、自らを誠実な存在から超越した存在へと切り替える必要が生じ、人間は荒廃した土地の偉大なる権力者であり、唯一その破壊の権限を与えられているのだと考えるようになった。この切り替えには時間がかかった。祖先崇拝が登場するまで、あと一歩のところだ。

いったん見境なく殺しはじめると、ますます見境なく殺すようになる。行動がアイデンティティを変える。こうして人間は、たいまつを藪に押しつける行動によって、自己改革をなしとげた。それまで人々はシカや木々と存在論的に同等だったのに、今では（おそらく最終的には、封建的な神に権限を委ねられたことによって）シカや木々の支配者になった。火と伐採によって、中石器時代にヨーロッパを覆っていた豊かな森林地帯の多くが消滅した。だがそのことが人間に与えた影響は、はるかに大きいものだった。暴力行為は、通常、犠牲者よりも加害者に大きく影響する。しばらく時間がかかるかもしれないが、天は必ず恨みを晴らす。

人は食べものを手に入れるために動き回るのにうんざりすると、大地を焼き払ってしまいたい衝動にかられる。そして森や畑や、家の前の店から、あるいは他人の力を借りて、食べものを手に入れようとする。便利さへの欲求は致命的だ。それによって、歩くのをやめたとたんに——私たち自身にとっても、私たちが触れるすべてのものにとっても――ものごとが悪い方向に向かいはじめるという不変の法則に、背を向けることになるからだ。

＊

また別の日の早朝、私の目覚まし時計が午前三時半に鳴り響いた。水で顔を洗い、大急ぎで着替えると、自転車に飛び乗って走り出す。刺すような強烈な寒さだ。誰にも出会わないうちに、目的のミニバスにたどり着く。ほかの人たちはもうほとんどバスに乗っていた。私と同じく、誰もが食肉処理場に行くのは気が進まない。私が浮かない顔をして会釈をすると、目を覚ましていた人たちが頷き返した。

「きょうは、どんなことになるんでしょうね」

片道およそ一時間の旅で、凍りついたカブ畑を抜けて平坦な道を走る。食肉処理場には五時前に到着した。一番近い町から二マイルほど離れた場所にポツンと建っている。だがすでに大忙しの様子だ。ブーン、ガチャガチャ、という金属音が聞こえ、外にいても、凍りついた鼻にさえ、ブタの尿のにおいがする。ブタを積んだ大型トラックが何台かちょうど到着した。トラックに書いてある所在地を見ると、ブタたちは私よりもっと早起きをしてきたらしい。中には、北に百マイル行った場所にある養豚場から運ばれてくるものもある――そこは自然光がまったく入らない、大きなプラスチック製の納屋だ。ブタの足が大地に触れたことは一度もない。その奇妙な形の湿った鼻は、生化学の面から最適化された濃縮物以外のにおいを嗅いだことはない。その餌も、ロボットによって自動的に餌入れに注ぎ込まれる。

支配人が挨拶をするために顔を出す。スーツにネクタイ、真っ白な短いブーツに身を固めて登場すると――頭にはポリエチレンの帽子をかぶっているので、フケが肩に落ちずにすんでいる――見学者一人ひとりと、そっけない握手を交わした。その指はずんぐりと太く、爪はとても清潔だ。

「ようこそ。みなさん、ようこそいらっしゃいました。どれだけきちんと処理がなされているかを見にきていただき、まことにありがとうございます。この中に菜食主義者の方はいらっしゃいますか？」。そう言いながら見学者をぐるっと見回し、寛容な笑顔を見せる。

「ひとりもいない？　それはよかった。もしいても、問題はありませんよ。ここに隠しごとは何もありませんからね。まったくありません。ではここからは、ロンが皆さんを細かくご案内していきます。ロンはここの現場監督で、みなさんにはあとでロンが手作業で詰めたパイを召し上がっていただきますよ。そうだね、ロン？」

「もちろん、すぐに」

ロンは五十代後半で、白い口髭を生やし、頑丈な前腕には竜がとぐろを巻き、手の指にも自分で見える部分にだけ自分で彫ったタトゥーがある。彼はここの近くの学校を卒業して以来、ときどき中断をはさみながらも、ずっと食肉処理場で働いてきた。

「荷物《キット》はここに置いてください」と言いながら、「従業員休憩所」に続くドアを開く。

「キット」という言葉が気になる。彼はわざわざ軍隊っぽく聞こえるようにしているらしいが、女王陛下から一シリングたりとも受け取ったことはないにちがいない。

休憩所には臭い息とおならのにおいが充満している。ゴミ箱はコーラの缶とフライドポテトでいっぱいだ。部屋の真ん中にあるテーブルの上にはポルノ雑誌が山積みで、一冊は「読者の妻たち」のページが開いたままになっている。「あ、すみません」と言って、几帳面なロンが雑誌を閉じて山にのせた。「若い奴らには息抜きが必要なんでね。この仕事じゃストレスがたまるから」

部屋の周囲には、従業員たちが荷物を保管しておくロッカーが並んでいる。ロッカーについた名前は、どれも白人の名だ――バリー、ゲイリー、レン、スティーブ……スティーブはバツ印で消され、代わりに大文字の「ＰＥＥＤＯ」と書かれている。

私たちはバッグを置くと、押し黙ったまま、ロンがぞんざいに配ったボイラースーツと靴に着替え、食肉処理場の作業場へと列をなして進む。中は寒く、静かだ。金属の触れ合うチャリンという音、ホースから水が出るシューッという音、ナイフを研ぐシュッ、シュッという音、そして遠くに立ち昇る湯気の下でザワザワする気配だけが響く。

ザワザワの気配の源はブタだ。囲いの中に入れられ、暖かさを求めて互いに体を寄せ合いながら、長旅の後で落ち着くまで一時間ほど待たされている。悲しんだり狼狽したりしている様子は見えない。そもそも楽しい経験など、一度もしたことがない。走り回れる見込みもなく、これまでに血のにおいを嗅いだことも、叫び声を聞いたこともない。先頭の準備が整えば、高い壁に囲まれた通路に向かって押し合いへし合いしながら進んで行くだろう。板を手にしたスティーブ・ザ・ピードが追い込む係になる。

私たちがブタの囲いに立ち入りを許されるのは、ただ、すべてが幸せに運んでいることを見せようという処理場の意図があるからだ。近くにいるブタの背中をかいてやると、ブタはその小さい目でこっちを見上げる。視線を投げかけてくる目は、私たちを見つめるどの一平方センチメートルをとっても、世界の一、二を争うほど表情が豊かだ――争う相手にはロイヤル・シェークスピア・カンパニーの看板役者も含まれる。そのブタはこれまで人間に背中をかいてもらったことなど一度もなかったし、これからかいてもらうことも二度とない。

ブタたちが十分に落ち着きを取り戻し、先頭は準備を整えて待ち、スティーブが追い立てをはじめる。後方にいるブタたちも仕方なく腰を上げ、まわりのブタと同じように通路に向かって進む。そうして歩きながら、根っこや石の下を探ろうとして地面に鼻を突き出す。滑り止めのついたコンクリートの床の下には望めないものだ。中間のブタたちが動くのは、前にいるブタたちが動くから、そして前にいるブタはみんなの友だちだからで、この見知らぬ場所ではいっしょにいれば心が安らぐ。

前方では最初のブタがスタンナー（気絶させる枠）に近づいていく。一頭目が到着する。日ごろから電気柵に慣れているブタにとって、その枠は別に不吉なものではない。先頭のブタがその枠に入ると、後方で冷たく柵が閉じ、後ずさりを許さない。そこにバリーが手を伸ばし、ブタの頭をトングではさんでボタンを押す。ブタの頭に電流が流れ、体が硬直し、寝る前にお話を読み聞かせてもらっているかのように目を閉じる。枠の扉が開き、ブタは滑り台で次の段階へと滑り降りていく。

後方に続くブタたちにとって、これは恐怖というよりも興味深いものだ。ここまでのところ、支配人の言ったことは正しい。私が頭に思い描いていたのは、ブタが体を捕まえられて反射的に叫ぶ姿や、死の恐怖、逃げようとして出口に殺到する光景だった。だがそんなことは起こらない。ブタも人も、とても行儀よく振る舞っている。

ここまでの状況に満足し、うまく行っているあいだに切り上げたい考えのロンは、気絶したブタといっしょに私たちも先に進むようにと促す。

私は抵抗も儀式もないのを見て、なんだか気が抜けてしまった。ブタたちは命の光が消えることに怒りを感じていない。食肉処理場はビジネスで、ブタたちの行動はあきれるほどビジネスライクだ。私はそのビジネスに加担しているブタを責める。死は重大な出来事であるはずなのに、そうなっていないではないか。もしも死がこんなふうに日常的に訪れるのだとしたら、私たちはどうすれば安全と感じることができるのだろう。儀式についてはどうだ？　さて、ここで働く男たちは、朝起きて、朝食をとり、トイレに行き、車を運転して、ラジオから流れるフェイクニュースと録音済みの音楽を聞きながら食肉処理場に到着し、着替え、無気力に「読者の妻たち」のページをめくり、やばいと感じ、ブツブツ文句を言い、冗談を言い合い、ガムを嚙みながらそこに立って、きょう殺す予定の七百頭を待つ。昨日も同じことをしたし、明日もきっと同じことをして、定年まで、あるいはベーコンロールの食べ過ぎで心臓発作に見舞われるまで、そのどっちか早い方まで、同じことをする。この男たちから私は何を期待しているのだろう。ブタを刺す前に、一頭ずつ「主の祈り」を捧げればいいのか？　スタンナーに近づくブタに認知行動療法を施すべきなのか？　行列の後方にいるブタに死別カウンセリングをすればいいのか？

滑り台の一番下で、痙攣を起こしたブタが山になって横たわっている。ゲイリーが一本の後ろ肢にチェーンを巻くと、そのブタは釣り上げられ、ゆっくり動くレールにぶら下がったままレンの前まで移動していく。殺す係のレンは、自分の前に来たブタの喉にナイフを突き刺す。ナイフを抜くと血が噴き出して、レンの前かけと長靴に勢いよく降りかかる。

儀式がないと気を揉む必要はなかった。レンの声はよく響くバリトンで、ブタの喉にナイフを突き刺す動作に合わせて、讃美歌「素晴らしきものすべてを」を朗々と歌いあげているからだ。

すべての［ブスッ］輝ける美しきもの
すべての［ブスッ］大小の生きとし生けるもの
すべての［ブスッ］賢くすばらしきもの
神は［ブスッ］それらすべてを創られた

ロンはレンの機知を誇りに思い、にっこり笑って手を叩き、私たちにも賛同するようにと視線を送る。

ブタは次に熱湯のタンクに送られる。ここではときどき異常事態が発生することもある。レンのやり方がまずいとブタが意識を取り戻してしまい、そうなるとダンテ本人が言葉を失う羽目になる。

悲鳴を上げ、前のめりになり、目をまわし、熱湯と血と糞をたっぷり呑み込むのだ。だがきょうのレンは少なくとも正確な仕事をし、そのブタは無言のまま、少し痙攣しながら、皮をはがれ、内臓を抜かれ、分解されていった。

これでロンはひと息つける。私たちを支配人のもとに送り届けると、仕事は終わりだ。

「さて、みなさん、怖いことは何もなかったでしょう？　これでソーセージのマッシュポテト添えを食べるときにも、ブタはポテトと同じくらい痛い思いをしていないことがわかりますね？」

彼は前にも同じことを言っていたから、どうやら自慢の下りらしい。

帰りのミニバスで口を開く者は誰もいない。私たちは昼食前には家に戻る。彼らはまた午後一時半から、畜殺を開始する。

私はそのときXに会わなかったが、もし彼があの場にいたら、絶対に目を合わせないようにしただろう。

食肉処理場は後期旧石器時代からはるか遠くに離れているが、歩くのをやめるとどれだけ遠くまで行けるかには驚くばかりだ。

＊

ある過程の全体を、最後にたどり着く前に判断するのは軽率だし、不当でもある。その過程が何千年も続き、世界中の、数多くの異なる文化を背景にして続いたものなら、なおさらそう言える。だから（ゆっくり起きた）新石器革命を、食肉処理場、国家、ファストフード、ヘッジファンド、社会的疎外、内燃機関、女性の服従、階級制度、役員室のごますり、アマゾンオウムの全滅と結びつけるのは、ゆっくり、慎重になる必要がある。そこで私もゆっくり進むことにしよう。さて……いくつか大きな深呼吸もしたので、先に進むことができそうだ。ゆっくり考え、原稿に書き連ねた告発と、それを支持する証拠を慎重に検討した結果、私はやっぱり前述の申し立てをすることに決めた。

因果関係は次のようなものだ。人類は（いや、正直なところ、私たちは）、便利さと安全の確保を望んだ。私たちは不測の事態を減らしたい、あるいはなくしたいと思った。私たちは自然界を思いのままにしようと試み、自分たちは自然界の一部ではなく、自然界とは異なるものだと考えはじめた。はじめのころのコントロールしようとする努力は、ある一面だけを考えるなら、とてもうまくいった。ひとつの場所で大量のカロリーを生み出すことができたのだ。その結果、人口が爆発的に増えた。人口がいったん増えはじめると、もう後戻りはできなかった。もっとカロリーを生み出さなければならず、それを生み出す場所を広くしなければならなくなった。その場所から逃げ出すことも、ダンバー数の確固たる論理体系から逃げ出すこともできなかった。そこに登場したのが、身分、余剰、市場、力があって重要な人物、その結果として力がない人物、そのほかあらゆる付随する状況だ——過密、孤独、職業病、運動不足が原因の病気、伝染病の蔓延。それらが相乗効果を生みながら一万二千年あまり続き、今の私たちがある。

＊

Xと彼の息子が暮らしたツンドラ、象牙を探しまわり、霊のオオカミと踊り、何百マイルも離れたフランスにいる家族の考えを見つめ、女性のお腹が中にいる子どもで膨らむように自分の頭の中で自我がどんどん膨らむのを感じていたツンドラでは、天気が変わった。氷河は北に後退していき、永久凍土は融《と》け、数千年にわたって蓄積されたマンモスと毛サイの糞を燃料として、ツンドラは青々とした森林に生まれ変わった。自然界は以前にもまして、惜し気もなく与えはじめた。

＊

氷のように青く澄み切ったある日、私たちはノーフォークの海岸にいる。友人の小屋に滞在してハイイロアザラシを探し、泳ぎ、パースニップ酒を楽しもうという趣向だ。殺風景な砂地の岸辺を歩く。子どもたちは喧嘩をしていて、その同盟関係は一九七〇年代のベイルートのように目まぐるしく変化する。現在の口論の原因は、ウの頭の骨が誰のものかという点だ。私は東の方を眺め、カツオドリのダイビングを見つめる。カツオドリは魚を食べて生き、魚が食べる生命体は、海底で生きる糧を得ている——ドッガーランドの水中王国だ。ここは中石器時代のアトランティス大陸で、オーク、ハンノキ、ハシバミが青々と茂り、食べものになる動物がたくさんいたが、八千五百年前ごろに海底に沈んでしまった。私はロッテルダムの自然史博物館で講演をしたことがあるが、そこにはオランダの沿岸からトロール船によって引き上げられたドッガーランドの人工遺物が数多く収蔵されている。講演のお礼にと、博物館からはきれいな化粧箱に収められた中石器時代の糞石——ハイエナがドッガーランドに落とした糞の化石——を進呈された。とても親切にしてもらったと思っている。

海岸の行く手に、大きな黒い塊が見える。子どもたちは少しのあいだだけ意見の違いを脇に置いて、みんなで走り寄った。とても古いピートの巨大な塊だ。石炭になる途中で、おそらく一万年前のドッガーランドのかけらだろう。そこからは小枝を一本ずつ引き出すことができる。中石器時代のリスが、そのハンノキを走りまわっていたかもしれない。

子どもたちはそれぞれに枝を抜き取ると、まるでそれが聖人の骨であるかのように手にもっている。顔が黒くなるまで鼻に近づけて、剣歯虎《サーベルタイガー》が最後に吐き出した空気を吸おうとしている。そして、身を切るように冷たい風が吹いているというのに上着を脱ぎ、その中にできるだけたくさん、運べるギリギリの重さまでピートを詰め込んでいく。

「私のクラスには先史時代の森をもっている人なんて、きっとほかに誰もいないわ」と、レイチェルは言う。

もちろん、もっている人はたくさんいる。私たちのまわりには禁止されていても石炭を燃やしている人が、たくさんいるからだ。でも私にはそれをレイチェルに話す勇気はない。

家に戻ると、子どもたちはロッテルダムの糞石を取り出して、ピートの上に載せた。それが面白くてたまらないらしい。

「その大昔には、ほんとにこうやって、ここに載っていたのかもしれないよ」と、ジェイミーが言う。「わからないよね」

私も、わからないと思う。

＊

中石器時代の狩猟民は、今、我が家の台所にある枝を吹きわたる実際の風の音を聞いていた。その狩猟民たちの脳は、後期旧石器時代の脳、新石器時代の脳、青銅器時代の脳、鉄器時代の脳、ギリシャ・ローマ時代の脳、暗黒時代の脳、中世の脳と、まったく同じ働きをしていた。そこで、それらの脳が私たちの脳とまったく同じ働きをしていたのか、という疑問に戻る。

多くはこの考えに異議を唱え、定住が象徴的表現の使用を大きく前進させる必要かつ十分な条件を作ったのであり、したがって、それが私たちの認知アーキテクチャを大きく変える必要かつ十分な条件だったとしている。これは認知を見下す考えのひとつで、後期旧石器時代の人間は知的にも精神的にも未発達だったとみなしている。この考えを認めない理由は、差別的というだけでなく、それが証拠と食い違っているからだ。

その証拠を理解するために、私たちはおよそ一万四千年前のレバントの人々の物語を取り上げる必要がある。地中海の端にあって、オークとテレビンの木の深い森に覆われていたレバントには、ナトゥーフ人が暮らしていた。ナトゥーフ人もまた、通常の人類学の分類区分には（ほかの多くの人々と共に）含まれていない。その人々は狩猟採集民だったのだろうか？　そうだ。ヨーロッパ北部の後期旧石器時代の人々にとってカリブーの移動が非常に重要だったのと同じように、ナトゥーフ人にとって一年の重要な時期は、移動するガゼルの群れの到着だった。野生のロバと野生のブタも、木の実、ベリー、植物の根とともに重要なものだった。では、ナトゥーフ人は一年じゅう、放浪の旅を続けていたのだろうか？　続けていなかった。では、村で暮らしていたのだろうか？　暮らしていた。穀物をもっていたのだろうか？　たしかにもっていたが、それは数千年にわたって野生の穀物をフリントの鎌で刈り取っていたもので、栽培化してはおらず、していたとしても非常に稀だった。なぜ栽培化する必要があっただろうか？　植物は自然に種子を落とすのだから、栽培の不都合な点などなしに、翌年もまた十分な収穫を得られる。すべてがエデンの園を彷彿とさせた。人々は額に汗することなく、パンを食べていたのだ。

だが、ナトゥーフ人は気候変動のせいで、その楽園から追放されることになった。今から一万二千九百年ほど前にヤンガードリアス期と呼ばれる急速な寒冷化がはじまり、それが千年以上も続いて、豊富にあった水を氷河に閉じ込めて中近東に大規模な旱魃をもたらしたからだ。その結果、オークとテレビンの木の森も草原（中でも野生の穀物）も姿を消し、狩猟の対象となっていた野生動物は激減して、それまでのような時計回りの移動もしなくなった。

こうしてナトゥーフ人は深刻な難題に直面した。どうすればいいのか？　彼らの世界は（長くても）二、三十年のあいだに、見る影もなく変わり果ててしまった。

そこで彼らは、移転と復帰という二つの戦略を立てた。まず、自分たちが狩りで狙う動物たちと同じように、それまで暮らしていた丘から、もっと暖かくて木々がいくらかは残っている谷に移動した。そしてそこでまた村を築いたが、今度は前のように定住はできず、少なくともある程度は昔の放浪の暮らしに戻らなければならなかった。天の思し召しに従って、食べものが手に入る場所ならどこにでも行く生活だ。一部の人々にとっては——中でもシナイ半島とイスラエル南部のネゲブでは——完全に時計が巻き戻されて、中石器時代や後期旧石器時代のように完全に狩猟採集に頼らざるをえなかった。

このような苦しい状況では農耕は難しかったが、この緊急事態が谷で穀物を育てるという考えを促したらしく、初期の試みがあったようだ。

ヤンガードリアス期は、はじまったときより、もっと急速に終息した。一万一千五百年ほど前になると、わずか十年に満たない期間に地球の気温が七度も上昇して、新石器時代への道が開かれたのだ。古い村に再び人が住むようになり、レバントからメソポタミア南部の沖積平野までの広い範囲に、新しい村が築かれた。こうしてようやく、誰もが学校で教わってきたように家畜化と栽培化のきっかけとなった安定した定住がはじまり、それが(さらに主張されている通り)私たちが軽蔑的な意味合いを込めて「文明化」と呼ぶもののきっかけとなった。

人類史のこの段階は通常、以下のように説明されている——まず、定住によって穀物の栽培がはじまった(あるいは、ヤンガードリアス期に先見の明のある農業請負人が栽培した穀物が、広く利用できるようになって、定住を促したのかもしれない)。すると定住と穀物によって人口が増加した。こうして人口が増加すると、ロビン・ダンバー数の圧力によって、とりわけ高度な社会脳を生み出す必要が生じる。そこでそうした脳を作り上げ、利用し、それを促すために象徴的表現を拡大していった。

この説明には間違いが二つある。ひとつ目は、私たちが定住の結果、よりよい社会脳をもつようになったという仮定だ。これについては、あとで詳しく考えていくことにしよう。そして二つ目は、高度な象徴的表現と社会生活には、その基盤として農業による定住が必要だったという主張だ。これは、後期旧石器時代に見られたすばらしい芸術の開花のみならず、メソポタミア北部にあるギョベクリ・テペの遺跡とも、大きく矛盾している。

ギョベクリ・テペの遺跡には、騒々しくごったがえしたイスタンブールのバス乗り場から延々と、ほとんど永遠と思われる時間、バスに乗った末にたどり着くことができる。そして、小さなシャンルウルファ空港に上品に降り立つより、絶対にバスで行くことをお勧めする。それも、つけっぱなしのビデオとエアコン完備の都会風バスなどではなく、坊主のタイヤをはいて煙とヤギで満員の、小さくて壊れそうな危なっかしいバスをいくつも乗り継いでいくほうがいい。そして途中でたくさんの小さな町に降り立ち、ケバブを食べて、ジロジロ見つめられるべきだ。そうすれば、西洋は不気味な存在なのだと思い出すことができる。

シャンルウルファ（通称ウルファ）は、かわいげのない、でも楽天的な街で、ボーダフォンショップ、吐き出されたチキン、スパイスのきいた暗闇の島々が並び、目の前に砂漠がある。もう何年も前に、私はこの近くではじめて古代と政治を味わい、ユーフラテス川上流の堤防で野宿をし、日光で温まった赤ワインを水筒から飲んだ。

ギョベクリ・テペは、シャンルウルファからミニバスで少しの距離にある。それは、人類学の先入観を粉々に打ち砕いてしまう、思いもよらない場所だ。大学の研究に影響を与えてきたジョークを打ち明けながらいわくありげに目配せする、カリスマ性のあるスフィンクスのような存在は、そこにはない。この遺跡の最大の見ものはT字型の石柱で、最も大きい石柱は高さが五・五メートル、重さは最大十六トンもあり、側面には人間の腕と手が彫刻されている——おそらく石柱は人間の姿をあらわしているのだろう。中にはベルトと腰巻を巻いている柱もある。この象徴的な体の表面のいたるところを這い、歩き、飛んでいるのは、人間以外の動物だ。キツネ、ライオン、サソリ、イノシシ、ヘビ、アヒル、ツルなどの姿がある。遺跡全体は広大だが、まだわずかな部分しか発掘されていない。この場所ではこれまでに、大量の骨（おもにガゼルのもので、オーロックスや野生のロバの骨も含まれている）が見つかった。ここは広大な祝宴の場だったということになる。専用の大規模な醸造所があったかもしれない。

だが、人が暮らしていた痕跡はない。ただ折に触れて人々が集まっていたことを、ガゼルの骨の安定同位体分析が示している。巨大な寺院だったようだ。

これまでわかっていることから、ここは非常に興味深い場所だ。パラダイムを打ち砕く要素が二つある。ひとつ目は、ここではまだ、その近くのどこでも、農耕が営まれていなかったことだ。この施設は狩猟採集民によって建設されたにちがいない。そして二つ目はその時代で、ギョベクリ・テペは一万二千年から一万一千年前に作られ、それはストーンヘンジより六、七千年も前になる（しかもストーンヘンジの規模は、ギョベクリ・テペに比べてはるかに小さい）。

ギョベクリ・テペの存在は、ふつうに考えればあり得ない。この堂々とした記念碑的巨石建造物には、手の込んだ象徴的表現が見られる。このようなものを建設するためには、膨大な労働力を奮い立たせるとともに、連携させる必要がある。そのためには物理的かつ社会学的なインフラが必要だ。つまり、ギョベクリ・テペの背景にはすでに安定して構造化された社会があったはずで、その社会は神学的な意味をもつ確信と、強力なリーダーシップで結束していた。狩猟採集民はギョベクリ・テペのようなものを必要とすることも、望むこともなかったように思われるし、物理的にも、組織的にも、認知的にも、これを作り上げられるとも思えない。だが、彼らは作り上げた。

私たちが文明や文化と呼ぶものの多くに、定住は不要なのだ。

＊

スティーヴン・ミズン（祖語としての音楽について考えたときに取り上げた人物）は、ギョベクリ・テペのような複合体の副産物として家畜化、栽培化が登場したのではないかと思いを巡らせている。そこでは、働く人々、祝宴に参加する人々、祈る人々のために、大量の食事とビールが必要になっただろう。このような必要性は「組織委員会」の心を一致団結させ、もしかしてその結果、原初の農民たちは野生の穀物の収穫量を増やせないだろうかと自問したかもしれない。それならもしかして、とミズンはさらに推測していく――集まって祈っていた人々の一部が、ギョベクリ・テペの石柱の森でヒトツブコムギから作ったビールなどを飲んで陥った恍惚状態から抜けきらないまま、家に帰る途中で新しい穀物を見つけ、持ち帰ったかもしれない。

どこで手に入れたにせよ、その新しいすぐれものの穀物（穂先が丈夫で、種皮は柔らかく、休眠が短くて、毎年定期的に芽を出し、鳥を寄せつけない長いひげを備えているもの）の種子は、やがてヨルダン渓谷へと伝わった。

そこではナトゥーフ人が待ち受けていた。真の明確な農村と急速に発展する都市の暮らしがはじめて出現したのは、まさにここ（最も劇的な場所はエリコ）だ。エリコは世界で最も古い町と呼ばれることが多い。それはほんとうのことかもしれないし、そうでないかもしれない。もしもエリコが、そのあやふやな栄誉を誇る最初の集落ではなかったとしても、大きく外れてはいない。

＊

エリコ行きバスの出発点は、東エルサレムのダマスカス門に近いアラブバスのターミナルだ。少し上がったところに、イエス・キリストが十字架に架けられて埋葬された場所であると福音派の人々が信じている、大きな岩がある。バスはまもなくユダヤ砂漠に沿った道を下り、丘の上の集落を過ぎ（この集落は戦略的にとても重要な要塞で、そこにたまたま保育園、ハンバーガー屋、草の植わった境界があり、ニュージャージー州から通いでやって来るIT専門家の集団などが暮らしているということだ）、ときどきベドウィンの野営地の近くも通る。どの野営地にもラクダとヤギと、インターネットでつながった電話が揃っている。前の席のケフィエを被った頭のあいだから、死海を覆うかすみの先にヨルダンの赤い丘が見えてくる。

死海の北側にある平地に入ると道は平らになり、私たちは地球上で最も標高の低い場所を走る。しばらく進むと、ほとんどの車は南方向に曲がって、死海の西岸に沿って進んでいく。その道はナツメヤシの林と、死海文書が発見された洞窟のある山のあいだを抜けて、やがて死海沿岸のビキニがまぶしいリゾート地へと続き、そこでは誰もが仰向けに浮かんで新聞を読んでいる写真を撮ることになる。

私が進むのは北方向に曲がる道で、死海に注ぐ直前のヨルダン川の流れに沿って走る。バスはまもなくイスラエル軍の検問所で止められた。彼らはパレスチナ人にその力を見せつけるために、ときには乗客全員をバスから降ろして太陽の下で一列に並ばせ、老婆がもつ小さな籠の中までひっかきまわすことがある。ダマスカス門の市場で売れ残った野菜をくまなく調べ、どうやらズッキーニの下に隠すのが伝統になっているらしい核弾頭とロシア製の戦車を探すのだ。だがきょうの若い兵士は、いちいち気にするのにうんざりしていたようだ。ふてくされた様子でバスに乗り込むと、横柄な態度で一人ひとりを上から下まで眺めまわし、私には無愛想にパスポートを見せるよう要求し、ぞんざいにパラパラめくった後、先に行くようにと合図を出した。

エリコの外にあるパレスチナ当局の検問所で目にするのは、また別の、もっと古めかしい軍国主義だ――カイゼル髭を整え、立派な肩章をつけた軍人が任務にあたっている。彼らはイスラエル人よりさらに無関心で、何分もしないうちに私はエリコに向かって進みはじめた。

私はもう何十回も来たことがあり、その多くはエルサレムの厳しい冬の寒さから避難するためだった。ここはいつでも難民の町、追い立てられた者たちの町だ――はじめはヤンガードリアス期の乾燥した寒さから逃げた人たち、そして今は中東戦争で追われたパレスチナ難民が暮らす。この地の暖かさと豊富な水が歴史的に大きな魅力とされてきたのだが、今ではウェストがゴムのズボンをはいたキリスト教原理主義のアメリカ人たちが満員のバスで大挙して訪れ、ヨルダン川のイエス・キリスト洗礼の地とされる場所への行き帰りに土産物屋を次々に物色しては、ナイロン製のナップザックにオリーブの木で彫ったラクダの置物を山ほど詰めて帰る。オリーブの木で彫ったキリスト降誕像だと、故郷のアラバマ州に戻ったとき、カトリック風に見えてしまう危険があるからだ。私は、数十年前はじめてここに来たとき、レストランに入ってハマスを食べ、トルココーヒーを飲み、ノートに走り書きをし、喧嘩を眺め、ここで前に出会ったオランダ人の女の子がもう一度姿を見せることを願っていた。

古代のエリコ――テル・エッ・スルタン――は現代のエリコの町の外にある乾燥しきった丘で、エリシャの泉に近く、その泉がナトゥーフ人の――新石器時代の人々の、と論じる人もいるかもしれない――大動脈だった。永住の最初の（およそ一万一千五百年前からはじまった）段階では、エリコは粘土と藁のレンガで建てた小さな円形の家がわずかに集まっただけのものだった。

テル・エッ・スルタンの丘の上に立つと、アラビアから吹いてくる熱風は、かすかにオレンジと焼けたタイヤとカルダモンの香りがする。眼下のプランテーションではバナナの木が海のように揺れ動き、頭上の崖に建つ「誘惑の修道院」では鐘の音が響く。そして町に並ぶ尖塔は、手遅れにならないうちに降参して唯一神を祈るように、預言者の名はムハンマドだと、私を説得する。丘の上にいるのは私と痩せたイヌたちだけだ。私は仲良くしたいのに、むこうは石を投げられればあたる距離を知っていて、近づいてこない。カラスが岩山を偵察しながら、養うべき預言者を探している。

ここに長居はできそうもない。まるで荒波が打ちつけるように、頭の中でいくつもの思考が激しく巡って止まらないからだ。すべてがはじまったのは、ほんとうにここなのだろうか？　工場式農場、毛皮のコート、チキンナゲットの全責任を負うには、ここはあまりにも小さすぎはしないか？　GPSで制御する刈り取り脱穀機に、キーストーン・パイプラインはどうなんだ？　はじめて栽培された穀物は、すぐそこに見える、ガソリンスタンドの隣の、あの畑で育てられたのか？　ナトゥーフ人の狩猟民は、ガゼルを棒に吊るしてピスタチオの森から戻り、私が今登ってきたのと同じ、あの道を通って丘に登ったのか？

どこで、いつ、動物がはじめて家畜化されたのかは誰にもわからないが、ヒツジとヤギが最初に飼いならされ、まもなくウシとブタが続き、それがどこで、いつ起きたにせよ、ここエリコにはとても早くから飼いならされた動物たちがいた。私が立っている場所のすぐ隣にある小さな丸い家に、疲れ果て、脚を痛めたひとりの狩猟民が戻ってきた様子が頭に浮かぶ。彼は家で待っていた妻に、こんなふうに言葉をかける――お前が丁寧に育てている、あの親のいない野生の子ヤギに、つがいの相手を探してやれさえすればなあ。そうすれば苦労しなくても肉を食べられるだろうに。もしかしたら、そんなふうにしてはじまったのかもしれない。

それなら、もしかしたら、私たちの体がXより頑丈ではなくなりはじめ、私たちの脳が縮みはじめたのは、この場所だったのかもしれない。（飼いならされた動物の脳は、ヒツジでも、人間でも、驚くことに魚でも、野生で生きる仲間の脳より小さい。とくに大幅に縮むのは辺縁系で、そこは認識と、生きている感覚全般をつかさどる場所だ。野生で暮らす者は小屋の中で暮らす者より――人間でも、そのほかの動物でも――ただ毎日の活動から、より多くのものを引き出し、世界に関する情報を、より多く得ている。）もしかしたら雌雄二形（雄と雌とで体格や色など外から見た姿が異なること）が、少なくともヒツジとヤギで減少しはじめたのは、この場所だったのかもしれない。何もしなくても雌があてがわれるのだから、雄はもう交尾の相手を引きつけるために角を突き合わせたり、魅力的に見せたりする必要がない。もしかしたら雌のヒツジ、ヤギ、人間の繁殖力が高まり、雌がより好色になりはじめ、性成熟の年齢が早まり、野生生物では繁殖年齢に達すると失われる若者特有の行動的、解剖学的特徴の一部を成熟した後も残すようになったのは、この場所からかもしれない。もしかしたら家畜化された動物から人間に感染症がはじめてうつるようになったのは、この場所かもしれない（人間がかかる感染症のほとんどは、人間以外の動物から伝わったと考えられている）。もしかしたら感染症そのものが死の大きな原因になりはじめたのは、この場所かもしれない――共同体の規模が大きければ感染率も高まる。もしかしたら繰り返されるストレスと不自然な姿勢が原因の職業病がはじめて生じたのは、この場所かもしれない――脚を体の下で曲げたまま一日の大半を穀物の粉ひきで費やしていた女性たちは、足指に独特の関節炎を発症したし、ほかにもさまざまな形の関節炎が農作業に関連づけられる。もしかしたら食事が原因の栄養不足がはじめて重要な問題になったのは、この場所かもしれない。狩猟採集民は全般的に変化に富んだ食生活をしていたが、単一栽培は食事の脆弱性につながる。初期の農村で、はじめて鉄の欠乏が見られる。もしかしたら歯の膿傷（穀物の粉末に入っている砂粒が原因になった）と歯周病が広まったのは、ここからかもしれない。

もしかしたら、退屈がはじまったのはこの場所かもしれない。狩猟採集民は、季節ごとに変化する多種多様な問題を解決しなければならず、多種多様な物理的および認知上のツールを使っており、そのためには数多くの異なる分野について、数多くの事実に関する博識が必要だった。新しい世界では、認知の能力を試されるような課題は減っていった。困難なことはあっても量や取引の問題で、結局のところは政治的なものだった――そうした問題は、野生の世界で何とか食べ物を確保しながら生き、繁栄していくという課題に比べれば、取るに足らない退屈なものだ。今では、「この季節にはこの畑から、みんなが食べるだけの十分な食料を作り出せるだろうか？」と自問する。「余った分を蓄えておく場所は十分にあるだろうか？」「この村か、それともあの村と、取引をするほうが得だろうか？」。それは、狩りでマンモスを仕留めたり、黄泉の国から魂を呼び出したり、五十マイル離れた丘の斜面にいつベリーが実るかを知っていたり、キノコの馬車で空を飛んで遠くの星まで遊びに行ったり、ひと晩おきに新しい家を建てたりするのに比べれば、退屈でありきたりなことだった。

もしかしたらレジャーの衰退がはじまった場所は、ここかもしれない。ここで、夏の二週間を休暇とする考えがはじまったのだ。狩猟採集民が、起きている時間の半分以上をカロリーを得るために使うことはほとんどない。農学者のジャック・ハーランは、フリントの鎌を用いてトルコで野生のヒトツブムギを刈り取り、家族のみんなが三週間作業をすれば一年間に必要な穀物を収穫できると明らかにしたことで知られている。

もしかしたら専門化というものがはじまった場所は、ここかもしれない。ひとりの男が作物の栽培を専門にし、別の男がヤギの飼育を専門にする——もしかしたら、ひとりが一か所にとどまることを専門にし、別のひとりはどちらかというと遊牧民に近く、自分のヒツジやヤギの群れを追ってタイムの香る丘を放浪し、夜は動物たちといっしょに野宿をして、昔の狩猟採集民がもっていた循環する天とのつながりを保っていたのかもしれない。それならもしかしたら、種をまくカインと遊牧するアベルのあいだに楔が打ち込まれたのは、ここだったのかもしれない。

もしかしたら男女のあいだに楔が打ち込まれたのも、ここだったかもしれない。現代に近い狩猟採集民の研究から、狩猟採集では男女が常に異なる役割を担ってきたと考えられている。そこでは女性が採集を担当し、男性が狩猟に出かけることが多く、ほとんどの環境で生き残りのために重要なのは一般に採集のほうだったから、男性の自負心の行き過ぎを抑えることができていた。だが栽培による経済では、女性が家にとどまって穀物を粉にする役割になり、男性は自分たちが中心になって生産をする者で、女性はただ加工をしているにすぎないと豪語できるようになった。狩猟採集民が平等主義だったと主張するのは言い過ぎかもしれないが、平均的に見て、定住社会よりもはるかに階層がなかったのはたしかだ。

もしかしたら余剰の観念が生まれたのも、その結果として利益の観念が生まれたのも、ここだったかもしれない。もしかしたら人口が増えすぎ、羞恥心と信用だけで治安を守ることができなくなったのはここで、だからもしかしたら、最初の暴君はここにいたのかもしれない。もしかしたら、動物を旅の道連れではなく物とみなしはじめたのは、そして人間以外の世界に魂がないとみなす過程がはじまったのは、ここかもしれない。もしかしたら所有権という考えが、その結果として権利と資格が、ここで生まれたのかもしれない。もしかしたら、人間以外の世界の魂をなかばなくしたことで、ほかの人間の魂をなくす過程がはじまったのは、ここかもしれない。

そしてもしかしたら、あの山の上、今では修道院が建つあの場所から、狩猟採集民たちが憐れむように農民たちを見下ろし、その心には気難しい無政府主義者が下劣な者たちを見下すときの優越感があったのかもしれない。

アメリカの人類学者ジェームズ・C・スコットは、狩猟採集民が農業従事者をどう考えているかを記録してきた。重要な点をまとめれば、農業はつらくて退屈な労働で、狩猟民には適さず、可能であれば避けるべき仕事だというものだった。耕作農業には、とりわけ魅力がなかった。北アメリカに入植したヨーロッパ人たちは、アメリカ先住民を一方的に決めた土地に押し込めて農耕を強制した。それはメソポタミアに生まれた初期の都市国家が、穀物の生産を維持するために奴隷労働と強権に頼らざるをえなかったのと同じ構図だ。ヨーロッパで黒死病の流行によって人口が激減し、多くの土地が余ったときには、すぐに耕作農業は放棄されて、昔ながらの焼畑式農業に戻った。

現在では、私たちはひとり残らず農民だ。私たちが耕し、飼育しているものは、人間（オープンプラン式に仕立てられた高層ビルの畜舎で、ひたすら利益を生み出している姿を見てほしい）、資源、そして、ただの身代わりとして、ブタとニワトリだ。私たちは狩猟採集民の横柄な視線を恐れ、ある程度まで私たちに対する彼らの軽蔑は当然だと思いながらも、できる限りの力を尽くして歴史を書き換え、狩猟採集民は農耕が可能になると喜んでその道を選んだと言っている。だがそれは真実ではない。スコットの指摘によれば、はじめての定住共同体の形跡はおよそ一万一千年前ごろのものだ。それと同時期に、栽培化された植物と家畜化された動物の形跡もある。だが、栽培植物と固定した畑に依存して定住する村落が生まれたのは、それから七千年も後のことだった。つまり、現在の私たち人間の暮らし方は、かわいそうな未開の穴居人にとってはたまらなく魅力的に見えたとみなしがちだが、実際には七千年ものあいだ抵抗されるか無視されていたのだ。それは、近代まで生き抜いた狩猟採集民の考えを反映している。狩猟採集民は、仕方なしに私たちのようになる。今の暮らし方は、私たちのような生き物にとっては最後の手段でしかない。

農耕は、ヘロインと同じように、夢中になるのは簡単だが抜け出すのは難しい。余分な作物のおかげで人口が増え、人口が多ければ手に入るすべての動物を殺し、周辺何マイルもの木の実とベリーを食べ尽くしてしまうから、引き返すことは不可能になる。単一栽培の危機が迫ったところで、万事休す。ただ、より多くのものを生み出し続けるようになるだけだ。そして取引をはじめれば、需要と供給の法則が圧力を増し、ますます前に進むしかなくなる。

人々は種子から硬い殻を取り除き、ウシの本能を変えた。そのために、人が野生で生きられなくなったのと同じく、穀物もウシも、もう野生では生き残ることができない。人がいつも近くにいて守る必要がある。ダービーシャーのツンドラでの一年にも及ぶマンモス狩りや内省の旅は、もう忘却の彼方だ。自分の農場の番をして、自分の穀物と自分の家畜を、自分で穀物と家畜とに与えてしまった脆弱性から守ってやらなければならない。そしてもし、隣村に住む嫉妬深い人々が鋤《すき》の刃を鍛えて剣を作り出せば、もう逃げる場所はないし（狩猟採集の時代には世界じゅうのどこにでも逃げることができたのに）、実際にも想像の上でも、農場以外にはどこにも生きていけるだけの資源がない。穀物のおかげで増えた小さい子どもたちを連れて行く場所はないのだ。もしかしたらエリコは、私たちが選択の自由をすっかり失った場所なのかもしれない。

土産物屋とオレンジの木立が並ぶこの静かで暖かい場所に、何という大きな非難を浴びせなければならないことか。

太陽が西の荒野に沈もうとし、町には少しずつ明かりが灯りはじめ、そろそろバスに乗る時間だ。またガタガタ揺られながら丘を上って、エルサレムの滞在先である十字軍の地下室に戻ろう。

途中、再びベドウィンの野営地を通り過ぎる。彼らはラクダの世話をし、ヤギの群れを集め、トヨタのピックアップトラックのタイヤを交換している。仲間のうちではずいぶん妥協しているほうかもしれないが、それでもまちがいなくユダヤ教とキリスト教に共通の神は、エリコの農場で暮らす農民よりも彼らのほうを好む。ヤハウェはルソーよりもはるかに、遊牧の民を美化している。これらのベドウィンはアベルの末裔で、アベルという名は「消えゆく息」というような意味だ——その姿はここに一瞬あるが、次の瞬間には、ユダヤの山々の向こうから昇る太陽の光の中に消えていく。もしも自分の名前が「消えゆく息」だとしたら、誇大妄想を抱くのは、たとえ内容がどんなものでも無理だろう。株式上場企業の指揮をとることも、セントラルパークを見渡すコンドミニアムで暮らすことも、葉巻をくゆらすこともできない。だが、車を飛ばして重役室か不動産会社に急ぐ兄のカイン（その名のルーツは獲得と所有）の目には入らない春の花を目にし、鳥の名を知り、それらを売り払って儲けたいとも思わない。

これら二人の兄弟の物語は、大昔からある定住者と放浪者、農耕民と遊牧民のモチーフを記号化し、詳しく説明するものだ。中近東の放浪する遊牧民は後期旧石器時代の狩猟採集民とは異なっているが――聖書のこの部分は、新石器時代がしっかり定着した後になってから物語に加えられている――アベルは兄よりもはるかに狩猟採集民に近かった。カインは私がエリコで見てきたばかりの人たちのような「土を耕す者」で、アベルは「ヒツジを飼う者」だが、ピックアップトラックはもっていない。二人は主に供え物をする。アベルの供え物は自分が飼っている群れの肥えた初子で、カインの供え物は「地の産物」だ。だが主は両者を同じようには喜ばない――「主はアベルとその供え物とを顧みられた。しかしカインとその供え物とは顧みられなかった」。

なぜ神はアベルの供え物のほうを好むのだろうか。それははっきりしない。数多くの詳しい説明がなされているが、実際に役に立つものはないようだ。私には、アベルの性格と生き方に対する単純で個人的な好みのように思える。

カインは、アベルの供え物のほうが好まれたことで「大いに憤って」、頭に血が上ってしまう。二人は畑に行き、カインは、彼の末裔である新自由主義者と同じように競争を終わらせることにし、アベルを殺す。人類ではじめての暴力は、典型的な新石器時代の領域――畑――で起きた。

神はカインが最も恐れていた罰を言い渡す。彼はコンドミニアムを売り払い、ストックオプションを放棄し、自分が殺した弟のように永遠に「地上の放浪者」にならなければならない。それまでオフィスに行く途中でホームレスの前を気取って通りすぎていたのに、今度は自分がホームレスになって、毛布に身を隠して暮らさなければならないだろう。彼は根を切られてしまった。

だがこの物語で最も奇妙な部分は、詳しく読んでいくと、カインがこの罰に最後まで従い続けているとは思えないことだ。従うようには見え、カインはノドの地に行く――その名は文字通り「放浪の地」を意味する。だがカインはそこで放浪せず、そこに「定住」しているのだ。そして罰を受けるに至った古い悪しき方法に、一直線に戻っていく。しかも、それだけではない。彼は町を建てると、自分の長男の名に従ってエノクと名づける。それは親族と血筋に対する新石器時代の執着の、典型的な例だ。子孫を求めることで死を追い払おうとする。その町は、どの町も栄えるように、栄えた。人口が急増し、産業が盛んになり（カインの子孫であるトバルカインは「青銅や鉄のすべての刃物を鍛える者」になり）、その製品はまちがいなく売買されて、そこには活気に満ちた大都市文化が生まれた（聖書には、同じくカインの子孫であるユバルは「琴や笛を執《と》るすべての者の先祖となった」とあり、後期旧石器時代の骨で作った笛の存在をすっかり忘れている）。

神は罰のことを忘れていたのだろうか？　カインは無罪放免になったのだろうか？　いや、そうではない。結局のところ、私たちはみな、自分がほしいものを手に入れるという刑を受けているからだ。カインは都会の静止状態を求めた――年金政策、抜け目ない投資、電動式シャッターを備えたガレージつきの大きな家、洗練されたショッピングモール。彼は哀れにもそれを手に入れ、それが罰だった。空を飛ぶワシ、降り注ぐ太陽、自宅で勉強する子どもたちの笑い声を、自分のものにできたかもしれなかったのに。一週間にわたって飢え、アカシアの木の焚火のまわりをグルグルまわり、ガゼルになり、エン・ゲディの泉に潜り、モアブの山でカラスから食べ物をもらえたかもしれないのに。

予想外かもしれないが、息絶えたアベルが、息が絶えたにもかかわらず――あるいは、そうだったからこそ――勝利した。

だが、ユダヤ教とキリスト教の（そして今はイスラム教も含めた）ジグソーパズルのこの部分には、もうひとつのピースがある。

バスは東エルサレムを通り過ぎるところだ。眼下で、町の精神的中心である「岩のドーム」が金色に輝いて見える。ここはユダヤ教徒、キリスト教徒、イスラム教徒にとっての聖地だ。ユダヤ教徒は「来年こそエルサレムで」と毎年言い、キリスト教徒の巡礼者は息を切らして中世に整備された「苦難の道」を歩いて、それがゴルゴダの丘に続く道だと信じ、預言者ムハンマドは天馬ブラークに乗って「神殿の丘」にやって来ると、ムスリムがこの町に抱く尊敬の念の長い伝統を築き上げた。だがここは都市だ。五つ星のホテルと下水設備とATMが揃っているのだから、まちがいない。もし神に一貫性があるならば、過越の祭りの祈りは「来年こそ、人気《ひとけ》のないどこかの荒野で、そこでは自然と心を通わせ、自然の秩序における自分の場所を実感できるであろう」とするべきではないのか？　そしてキリスト教徒にとって、時の終わりに生まれる新しいエルサレムが「都」であることに――その都はすべてが水晶と鏡で飾られて、光り、輝き、自然とは程遠いものであることに――戸惑いはないのか？

その逆だろう。過越の祭りとヨハネの黙示録は、贖罪の物語だ。そこでは、もしも都でさえ罪を贖《あがな》うことができるならば、たとえ一生の終わりまで、あるいは世界の終わりまで待とうとも、私たちすべてに希望がある、と言っているのだ。神が放浪者の肩をもっていることははじめから明らかで、これまでずっと変わっていない。ヘブライ人は、シナイ半島を埃まみれで放浪した四十年間にアイデンティティを確立し、ようやくエルサレムの地に落ち着いたとき、神聖な都の最も神聖な場所の中心に、何を置いただろうか？　それは「契約の箱」で、野営地から野営地へと神を運んでいたものだ。ベドウィンの神を連れ歩くために、箱を持ち運ぶ棒を失うことは決してない。それは旅して歩く人々にとっての動く祭壇だ。イスラムの人々の一般的な住処は黒いヤギ皮のテントで、ハジ（大巡礼）の制度はムスリムたちに、移動には価値があることを思い出させる。そして最後に、ユダヤ人の中のユダヤ人、キリスト教徒にとって理想の人間とみなされているナザレのイエスは、「キツネには穴があり、空の鳥には巣がある。しかし、人の子にはまくらする所がない」と言った。

つまり、農耕がはじまったこの地で生まれた宗教のいずれによっても、実際または比喩的な農耕に携われば、恐ろしいほど魂を危険にさらすということになる。最悪の状況で全体を判断してしまう。私にはその傾向がある。

＊

私には、あまりにも幅広く一般化しすぎる傾向がある。

もっとよい見方をするために行くべき場所はたくさん思いつくが、最高の部類に入る場所のひとつは、ウェールズ中部の奥地にあるフランとケヴィンのところだ。彼らは新石器時代について語るのではなく、その時代を生きている。現代のヒツジの祖先にあたる驚くほど小さい野生のヒツジ、ムフロンを育てているのだ。立石がある敷地で暮らす二人は、自分たちが使う粘土の食器を自分たちで作って焼き、籠を編み、角で作った杯から自家製の酒を飲み、キツネ皮の帽子を作り、その皮を柔らかくするためには脳でなめし、柔らかさがあまり大切でなければ煮たオークの皮でなめす。そして何マイル離れていても見える丘の上の墓に埋葬してもらうことにしている――「そうすれば、ものごとに目を光らせておくことができるから」。そして自分たちは中世風の農家で暮らしているが、新石器時代のブリテン島で見られた形式で小さな集落を作った。格子状の木の壁に泥を塗った円形の小屋を建て、屋根をヘザーで葺《ふ》き、低い入り口をひとつだけつけて、床は泥のままにしている。

見せかけだけのものではない。ごく真剣な取り組みだ。こんなふうに暮らしているのは、とても慎重に、熱心に、思慮深く吟味したあげく、それが人間として生きるための最良の方法だと判断したからだった。たしかに、そこにいるのは最もすばらしい、最も生き生きとした人間たちだ。

フランがとても詳しく説明してくれたのに、トムと私はどうしようもなく道に迷い、ようやく農場に続く森の道をたどりはじめたときには、もう丘に日が沈みかけていた。飼いならされたオオカミに吠え立てられながら、家に足を踏み入れるとすぐ、フランが飼っているオーロックスの肉を深皿に入れて手渡してくれる。肉を煮込んでいる鍋の隣には、蜜蠟、炭、松ヤニの鍋がある。そっちはフリントの斧を木の柄に固定するために使う。

「ウシを食べるのはつらい」と、フランは話す。「大好きなものを殺すのは、いつだって大変よね。私は殺すことに決めた日の何日も前からストレスに苦しむわ。だから、新石器時代の人たちが饗宴を楽しみにする必要があったのがよくわかる。苦しみをまぎらすためね。当時の人たちが動物を殺すのは、今よりずっと大変だった。動物は今よりずっと身近な存在で、育てるのもずっと難しかったから。それに動物は彼らの保険証券でもあったのよ。生と死の違いを生むことができる備えとして。保険証券を簡単に破いたりはしないの」

動物を殺して肉のために解体するのは、フランとケヴィンにとっては共同体としての事業だ。ステーキと胃袋と罪を、みんなで共有する必要がある。彼らの饗宴は貪欲な死のパーティーではなく、動物を殺すことは道徳的に重大な行為であることを認めるための行事になっている。それには骨の折れる正当化の理由が必要で、多くの人たちがそれによって喜びを感じるなら、正当化はより簡単になる。私もそう思う。私たちは祝祭日と休日にだけ肉を食べ、そのときには私の苦しまぎれの実利的計算によって、世界の幸福の正味量は、その動物の生と死と消費によって増えるだろうと結論づける。フランとケヴィンはもっと実際的だ。「私たちはヒツジをできるだけ長く生かしておけるように、ウサギを撃つ」。そしてもちろん、トムと私があの野ウサギに感じたように、その動物のあらゆる部分を利用することが道徳的に欠かせない――肉と臓物だけでなく、骨は道具に、皮は服に、腱は糸に利用する。

トムと私は、今夜は丸い家のひとつに滞在している。中に入って何分もしないうちに、持ち物の大半を床の土に埋めた。もし一万年後に掘り出されれば、人類の歴史が書き換えられてアカデミックな経歴を台無しにすることだろう。

よく晴れた夜で、身を切るように寒い(「オオカミに噛みつかれてるみたい」と、トムは言う)。星座は忙しく動き、互いを責め立てる。私たちはヘザーで焚火をおこし、そこにカバノキをくべ、棒のまわりにパン生地を巻いて残り火で焼いた。

Xと彼の息子は後ろにいて、これまでよりずっと近くにしゃがみ込むと、私たちのフワフワしたダウンジャケットと厚地のミトンをほしそうな目で眺め、私たちの口にするすると入っていくヘビのような焼けたパンを不思議そうに見た。彼らはこの集落のすぐ下にある森で野営する必要がある。ここには彼らの居場所はない。

少年の姿がよく見える。私にとってははじめてのことだ。筋骨たくましく、気もそぞろで、父親のような冷静さはまったくない。長くて黒い髪が顔にまでかかっている。少年が注意を向けていられるのは焚火とトムだけらしい。その視線は、休みたくなると家に帰るかのように火に戻り、また自分に与えられた課題かのようにトムに向けられる。火からもトムからも視線を外しているときは、唇を固く結んだまま、ソワソワとあたりを見回すばかりだ。父親はときどき息子をきつい目でじっと見つめるが、少年はそれに視線を返すことはない。

一マイルほど離れた場所で子ウシが母親から離れて動けなくなった。その鳴き声のテンポからすると、どうやら疲れてしまったらしい。私たちの後方にある丘の上の農場では、イヌがキツネを追いかけたくて、つながれた鎖を必死で引っ張っている。アナグマがワラビを押しのけ、雪かき器のように頭を下げて茎を割る。人工衛星がオリオン座の足に沿って、滑るように動く。

トムは眠そうにおやすみを言うと、足下を照らすために燃える小枝をもって小屋に入っていく。寝袋に潜り込む音が聞こえ、すぐに入り口から小枝が投げ出された。数分もすると穏やかないびきが響いてくる。その頭はまもなく、枕に使うとがんばって用意したヘザーにしっかり押しつけられるが、やがてのけぞり、思春期らしく昼間じゅう体をこわばらせていた力が抜けていくのだろう。もう寝ると言う子どもを見送るのは、つらい。大きくなったと感じさせられ、それは嬉しいものではないからだ。焚火のむこうにいるXとその息子を見つめるのもつらい。私の頭は混乱している。新石器時代が六千年前ごろブリテン島に到達し、Xがダービーシャーで自己実現を果たしたのが四万年前だとしたら、そこには三万四千年の差がある――それは、私と新石器時代のはじまりとの差の六倍に近い年月だ。この三万四千年間のどこかで、人類は支配への欲求を身につけ、新しい時代がはじまった。

私は懲《こ》りずに、膨大な長さの時代全体を中傷しようとしている。だがおそらく彼らが支配への欲求を身につけたのは、この場所ではない。新石器時代のウェールズは、後期旧石器時代のダービーシャーと同じく、世界のはずれ、縁《ふち》にある場所だった。ここで暮らすのは難しかっただろう。今でも同じだ。当時、ここで生き延びるためには自然界と手を組まなければならず、自然界を奴隷にしようとしても無駄だった。大昔の狩猟採集民と同じように、何でも屋でなければならなかった。単一栽培は死を意味した。天、地、死者と関わる古い方法が、ここでは長いこと残っていたように思う。地理的条件のせいで、宗教や、聖職者が支配する王朝は、ここでは生まれない。

もう私も寝る時間だが、これほど寒い時期には、いつもなかなか眠れない――寒さが苦手だからではなく、寝具にくるまって顔まで毛布で覆わなければならず、それが死んでいるように思えるからだ。小屋には煙を逃がす穴がないので、中で火をつけることはできない。煙はやがて草ぶきの屋根を抜けていくだろうが、その前に、小屋の中にいる人の目と肺に入り込む。煙を逃がす穴がないので、私はこの小屋を好きではない。毛布の下から頭を突き出せば、開いたままの入り口を通して星を見られるが、それでは話が違う。私は仰向けにまっすぐ寝たまま、天の猟師とその猟犬が夜空を駆け回る様子を見ていたいのだ。たとえばシベリアの遊牧民の円形テントで、煙を逃がす穴を閉じれば、その住民は破門され、天上の神の存在から切り離されて小さい部屋に閉じ込められる。そうなれば、自分自身の魂に辱めを受けるしかなくなる。

今は、午前三時ごろだと思う（もう何年も前から、腕時計と携帯電話を持ち歩かなくなった）。トムのいびきのせいで、私は感傷的になるだけでなく、苛立ちも感じる。外に出るほうがましだ。外にいれば、フクロウだけに見守られてゆっくり大便も済ませられるだろう。

だが、起き上がって靴を履き、凍える暗闇に出ていくのは、自分の意志で今できることの中でも突出した行動だ。私は弱虫だから、自分の気持ちを奮い立たせるのに三十分もかかってしまう。

それでもいったん外に出ると、なぜ寝ていたのか不思議に思える。いつも同じことの繰り返しで、私は少しも学ばず、何も覚えていない。BBの名で知られる偉大なネイチャー・ライターのデニス・ジェイムズワトキンズ・ピッチフォードは、「人は朝寝坊をして、人生でどれだけ多くのものを見逃していることか」と書いた。私は、プレアデス星団の近くのどこかで行なわれていた猟と、たぶん何かの殺戮を見逃し、それから有刺鉄線の近くで起きた猟と、たしかな殺戮を見逃した。そこでは月明かりで血が黒く見えるはずだ。私は、隣の牧草地から火の番人のようにきちんと並んで一列になって出ていくヒツジも、カバノキの小さな息がまとまって雲になり、アナグマに咳をさせ、低空飛行のフクロウを着地させたところも見逃した。

新石器時代の農民兼猟師たちが大便のために小屋を出たときには、しばらくのあいだ、自分の置かれた状況と自分の体がいつもと違うように見えたにちがいない。これは唯一の、真に孤立した行動だった。ほかのことはすべて――出産も、食事も、性交も、死も――誰かとの共同になる。そしてひとりぼっちのヒツジ飼いも、ヒツジはまだ十分に仲間だったから、やはり共同で仕事をしていた。でも排便のためにうずくまっている体だけは真に孤立しており、ようやく立ち上がって振り返り、小屋のほうを見るとき、ようやく自分を取り戻して社会とつながりはじめるのだ。

＊

フランとケヴィンの温かいもてなしはじつにぜいたくだが、私たちがここにいるのは二日間だけだ。新石器時代の観光客はあり得ない。ほかの人のプロジェクトを訪問し、そこにしばらくのあいだ没頭し、味を覚え、帰ってメモをとる。この時代のすべては責任——場所、作物、動物、人間に対する責任——だからだ。この時代にはじまった責任は今もなお、厄介なものもそうでないものも含めて、私たちに単調な繰り返しを強いている（家賃、税金、結婚、寝る前のお話）。だが、大地は政府よりはるかに冷酷な収税官だ。大地は汗と肥料と金銭と時間だけでなく、思想の忠誠と道徳的な純粋さも求める。新石器時代の考え方、そしてそれ以降のほとんどの農民の考え方では、正しい生き方と正しい考え方は報われ、悪しき行ないとひねくれた考え方は罰せられるからだ。不純な行為をしたり、石のナイフで許可なく殺したりすれば、不作にみまわれる。

真の新石器時代人になる方法を教えよう。まともな市民であれば、たぶんもう真の新石器時代人になっている。そうでないなら、庭の囲いの欠けているところをきちんと修理し、飼育されたブタの肉を食べ、財産目録を揃え、感傷にひたりながら家族写真をめくり、死ぬことを心配すればいい。

春

死よ　驕るなかれ、たとえ誰かがお前を
強く恐ろしいと言ったとしても、そうではないのだから
お前が倒したと思っている者は　死んではいない
哀れな死よ、お前には私を殺すこともできぬ

——ジョン・ダン『死よ、驕るなかれ』

この冬には物語がなかった。その主な理由は、私が新石器時代の物語を理解できたと思ったから、そして私が採用した新石器時代に関する物語が、政治的なものだったからだ。大規模で間違っている物語は、いつもほかのすべての物語の息の根をとめ、政治的な物語はすべて間違っているから、すべての政治的手段は世界から色と複雑さと本物の楽しみとを奪ってしまう。政治的ではない物語こそ、人間についてのほんとうに本物の何かを語ることができるのだ。私はどんなものであっても政治論に関わっているとむなしく感じ、自分が汚れたような気分になる。すべての政治がすべての

人間を侮辱する。

私の死んだ父は、私が過ごした新石器時代の冬のあいだ、姿を見せることはなかった。もちろん父は長く残る記憶として、いつも私の肩にのっている。だがその存在は、肘掛け椅子に座ってコールタール石鹸とパイプ煙草の香りを漂わせている父の体というよりも、一連の原理、あるいは私が最終的に説明できる、肉体から切り離された一対の目のようなものだ。

父の不在は、新石器時代への私の探求が不十分であるという警告にちがいない。なぜなら、新石器時代のはじめから終わりまでの全体が、現代の精神科医によって持続性複雑死別障害にかかっているると診断されたようなものだからだ。私が自分の父親をずっと引き合いに出していることを感傷的で不健全だと思う読者は、もう先史時代のルーツから遠く離れてしまっている。作家のジュリア・ブラックバーンは、死んだ夫の灰をヨーグルトに混ぜて食べた。それが正常な人間のすることだ。

この本では、私自身の父についてたくさん書いてきた。ここまで、母についてはほとんど語っていない。母も、世の道理ですでに他界しているが、その死が（年上の）父よりも早かったのは道理にはずれており、母が死んだ美しい春の日の朝、母が大好きだったスイセンの花が庭で咲き誇っていた。それは、一方で明かりを消しながらもう一方でよみがえりについて語るという、嘲《あざけ》るような、わざと興味をかきたてるかのような、この宇宙のいつものやり方だ。

母は学校の教師で、素敵な音楽家で、言語学者で、とても自由な精神の持ち主だった。そこで母の死後、姉と私は従順な葬儀屋と信用できない弁護士の助けを借りて、葬儀に関する母の願いをかなえることにした。医師がやって来て、何か平凡な言葉をつぶやいてから死亡証明書を作成したあと、私たちは母親の衣服を脱がせると、すでに硬くなった遺体を庭に運び、大きな台の上に載せた。父がいつも壁紙に糊をつけるのに使っていた台だ。それから私は市場で買った新品の彫刻刀セットをよく研いだ。

「ほんとうに、これをやらなくちゃいけないの?」と、私は姉に尋ねた。

「母さんが望んだことよ」と、姉は答える。姉はいつでも厳格だ。「あなたが先にやって。獣医なんだから」

最初に刀を入れるのが最も大変だった。(私たちをよく抱きしめてくれた)腕や、体腔ではなく、大腿部からはじめようと思った。刀が体に入っていくと、いくつもの層を感じ(皮膚、皮下脂肪――あまりなかった――、筋膜、筋肉)、私は自分がしていることを抽象化できた。これは実際には母の筋肉ではない。ただの筋肉だ。実際には、母でさえない。母はもう逝ってしまい、私たちはあとで母はどこに逝ったのかを話し合うこともできたのだから。その後、まったく嬉しくはなかったが姉が本気で加わり、一時間にわたって奮闘した結果、皮を剝ぎ、手足の肉を削ぎ、内臓を取り除いた。筋肉とさまざまな内臓を堆肥の山に積んで、パラフィンを大量にかけて火をつけると、道の行き止まりにある庭はこれまでで最大のバーベキューの香りに包まれた。

あとになって、そこまでは簡単だったことがわかった。体の接続部は悪夢だ。母は歩くのが(美術館巡りを除いては)嫌いだったにもかかわらず、その靭帯は鋼のようで、体をすっかり分解して一族の地下納骨所に運ぶためのゴミ袋にすっかり入れ終わると、私たちは汗だくになっていた。

もちろん、これはすべて作り話だ。これを読んでいると、吐き気を催し、私は正気ではないからどこかに隔離されるべきだと思ったりしたことだろう。だが、それはなぜなのか?

新石器時代は、典型的な祖先の時代だった。

エリコが永住の地になった第一段階では、少なくとも死者の一部は家の床下に埋められた。自分たちの両親の上で、歩き、料理し、口論し、教え、夜の営みもした。オックスフォードの我が家のキッチンには、今は亡き両親の写真がある。この平凡な記念物でさえ、その前ではあまり残酷なことや不作法なことはできないと思わせ、まれではあるが、我が家での高貴な行動を促すようなところがある。とくに子どもたちの心に訴える力は絶大で、床下数インチにいる祖父母に代わって、内輪もめを鎮める力をもっている。

頭蓋崇拝はエリコで発展した。世を去った親族の姿を頭蓋骨であらわし、その目を貝殻に置き換えて、家の中に飾っていたにちがいない。それがあると、家でする仕事がとてもはかどったことだろう。

新石器時代初期のブリテン島には、多くの世代にわたって使われた共同墓地があった。たいていの場合は実際に暮らす家とは異なる場所に、または実際に暮らす家を模して作られており、そのまわりに同心円の溝を掘った土塁（土手道つき囲い地）が築かれ、そこからは数多くの人骨、ときには動物の骨が見つかっている。人が死ぬと文字通り、聖書の言葉に従って、祖先と共に眠り、その骨は最終的に祖先の骨と混じり合う。

多くの墓では、新しい死体は古いものの上に重ねて放置され、分解するにまかされたか、墓室の先端に積み重ねられた。こうして生きる者の家から死者の家へと移り住んだあと、ウジ虫、ネズミ、甲虫を案内役として、変身の旅が続いていった。墓はトンネルで、石の膣のように、死者はそこを通って生まれ変わる道を進んだ。変身は、生物学的な死で終わることはなかった。

墓地――中でもブリテン島西部の墓室をもつ巨石墓――は、ときには忙しい社交の場だった。生きた訪問客たちを受け入れるために、前庭なども用意されている。そこはピクニックを楽しめそうな場所だ。人々が集い、生きている者どうしが会って慰め合うとともに共通の悲しみをもって団結を示し、それを感じる場所になっていただけでなく、生きている者が死者と出会う場所でもあった。死者と会うことによって尊敬の念を伝え、祖先を味方につけ、死者からの指図を受け、引き続いて日常生活にも加わるよう招待することができた。骨を撫で、口づけをし、死んだ祖父に会ったことのない小さい子どもに手渡していたにちがいない。子どもたちも祖父に会えた。死後も永久に人々の訪問を受けて触れ合えること、息が止まったあとに家族とのつながりがより深まることがわかっていれば、死が自分の最期で、劇的な恐ろしいものだという感覚は、ずっと小さくなるにちがいない。

ときには墓地そのものが動物の解体加工場になり、そこではフリントのナイフを使って骨から肉が切り離された(一部の骨には、今日までナイフの跡が残されている)。またときには動物が別の場所で(おそらく土手道つき囲い地で)解体され、骨だけが墓地に運ばれた。骨だけになると、元の形とは異なる状態で置かれることも多かった。頭蓋骨は、ときには回廊と墓室の縁《ふち》に沿って並べられ、ウィルトシャーにあるランヒルの石塚の場合は、頭蓋骨が二列に並んだあいだに長い骨が積まれ、関節で完全につながった骨格が入り口への道をふさいで、決して訪れることのないもてなしを待ち受けているようだ。骨はあちこちに持ち運ばれたらしく、ときには少しだけ残っていることもある。またエーヴベリーに近いウェストケネット長形墓では、頭蓋骨、大腿骨、脛骨《けいこつ》が不足している。骨が別の場所から移されたとき、手足の小さい骨は見逃されたようだ。

新石器時代初期のブリテン諸島の光景には、どこにでも人の骨があった。考古学者ジュリアン・トーマスは、次のように書いている。「新石器時代初期のブリテン諸島には死者の残骸がいたるところにあったと言っても、言い過ぎではない」。墓地、土手道つき囲い地、長形墓に隣接した溝、孤立した穴、洞窟、川、またはそれに限らず、バッグ、家庭、ときによってはポケットの中までだ。私はポケットにギリシャの「悩みの数珠」を入れて持ち歩いている。そしていつも、いじっている。歩いているときや、カフェで座っているとき、それを取り出して揺らしたりカチカチ鳴らしたりする。新石器時代なら、私は同じことを人間の指骨でやっていたことだろう。

だが、人骨はただの玩具ではなかった。「私たちは、人骨の一般経済というべきものの話をしている」と、トーマスは言う。

手足の小さい骨は硬く、火葬にも耐えることが多い。私の父が火葬された後（父が食べたステーキとキドニープディングの一生分のカロリーは、地元の小学校の暖房に再利用されただろうか）、手渡された真鍮の飾りつきの箱をあけてみると、その遺骨には指の骨がたくさん、黒ずんではいるがしっかりした形で残っていた。

父は、私の友人のバートと、その奥さんのメグのことが大好きだった。バートはウェールズのブラックマウンテンで農耕を営み、メグは魔女だ。だから私は二人に骨を二つ手渡した。

「面倒を見てやってくれないか？」と、私は言った。するとバートは、それまで一度も見たことのないような真面目な表情になって、そうすると約束し、私をハグし、メグも同じことをし、子どもたちには見つからない棚の高い場所の、カモメの剥製の隣に置いた。骨は今でもそこにある。

バートとメグの一家とは、誰よりも親しくしている。今では血を分けたきょうだいよりも親しく（生物学的な物質を交換したことによって築かれた、新たな関係だ）、二人の両親が世を去ったなら、その一部を譲り受けて暖炉の上に置くつもりだ。

「不思議なことがある」と、メグが言う。「私たちが言い争ってるとき、棚のほうを見ると、あんたのお父さんが解決してくれるんだ」

また、すべてが偽りではないかと怖くなる。でもそれが、新石器時代のものごとの運び方だった。トーマスは新石器時代の骨の循環を、贈与経済《ギフトエコノミー》の物の循環に匹敵するものだと考えている。骨の交換が関係性を築いて定着させ、それは与えた者と受け取った者とのあいだだけではなく、生きている者と死んだ者とのあいだの関係性でもあった。死者はまだ正餐を取り仕切り、まだ契約の交渉を進め、結婚の仲人を務め、法的な訴訟を裁いた。

仕事に出かけるとき、（ミイラ化した体とまでは言わないまでも）祖先の骨を持ち歩くのは、私にはごく論理的なことのように思える――おそらく新石器時代の初期には家畜のあとを追って、そうして何マイルもの範囲を歩きまわっていたことだろう。結局のところそれは、父が私のために拾ってくれた葉っぱと球果と松葉を、私がずっと持ち歩いていたのと同じではないだろうか。死者は語り続けたい、感じ続けたい、影響を与え続けたいと思っている。もし私たちが眠りにつくとき、その首に死者の骨がピッタリとついていなければ、死者は別の手段を利用するだろう。もしかしたら、いつも漂ってくるコールタールのにおいは、私たちがサマセットの墓地におとなしく埋めてきた黒焦げの中手骨《ちゅうしゅこつ》の代わりなのかもしれない。死者は私たちが本来の自分を取り戻す手助けをしてくれる。それは、生きていたころの両親がDNAを渡すだけでなく行動の手本も見せて、今の私たちを作り上げてくれたのと同じことだ。もし人が、自分の祖先と旅によって（今あるように）定義されているとしたら、祖先を家に置き去りにして放浪の旅をすれば、ほんとうの自分にはなり得ない。ほかのことは別にしても、両親を湿った墓穴に置き去りにするのは重大な非礼であり、不親切なのだ。先史時代の世界の礼儀作法に反している。ただし私たちの行動の大半も、同じように反してはいる。Xは自分の祖先について、これら新石器時代のウシ飼いやヒツジ飼いと同じように考えてはいないが、スティーブ・ザ・ピードの食肉加工場の光景、におい、音に激怒するのと同じように、バイパスの反対側にある市営墓地を見たら激怒するにちがいない。どちらも、生と死の（それらが異なるものだとして）あるべき姿ではない。

　ただし、人間性という考えについて時代錯誤に陥らないことが重要だ。トーマスは賢明にも、新石器時代の体と現代的な意味での「個人」とを単純に同一視する危険性を戒めている。

> ひとまとまりの皮膚に包まれて、ひとつの魂または心をもつ、ひとりの人という概念は、ひどく現代的な西欧の人間だ［…］現代の学問の実践である考古学は、医科学的な理解を通して

古代の体を具体的な姿に戻そうとしている。これは、その体が実際に生きていたときの様子とは大きくかけ離れているということを、私たちは認識する必要があるのだ［…］人格的同一性と身体的全体性という現代的な西欧の概念は、おそらく当時にはあてはまらなかった。

その通りだ。後期旧石器時代には、立派に発達した自我の意識が存在してはいたが、その自我を包んでいた皮膚は、人間と人間以外を含む世界のすべてが透過できるものだった。「私」がどこにいたかを伝えるためには、いくつもの岩、花、オオカミ、妻、星の位置を基準にした交差方位法を、際限なく繰り返さなければならなかっただろう。新石器時代の初期には、そのような交差方位法の数が大幅に減ったと考えられ、基準は人間の共同体のメンバーと、その共同体の暮らしが関わっている家畜たちだけになった。（いくつかの長形墓では牛の頭蓋骨が人間の骨と混ざって見つかっており、ジュリアン・トーマスによれば、それは「人間とウシの遺骨が、ある意味で等価だった」ことを示している。）そして新石器時代が長く続いていくうちに、自己を規定し、自分の位置を示すための関係性の数と多様性が、ますます減っていった。

イギリスの考古学的記録でその最もあきらかな兆候が見られるのは、共同の長形墓から個別の墓（一部には個別の円形塚がある）への移行で、とてもゆっくりしたこの過程は紀元前三〇〇〇年ごろにはじまったとトーマスは考えている。円形塚は（紀元前二〇〇〇年ごろにはじまった）青銅器時代の初期に典型的なものだが、新石器時代にも円形塚はあり、後期の長形墓の一部には、関節がつながったままの体が収められた立坑墓を覆っているものもある。

新石器時代後期の死者は、それまでの死者よりもきっぱりと、個人として、死んだ。塚への埋葬は、長形墓に積み上げられてごちゃまぜにされるより、はるかに明確な終着点だった。だが新石器時代後期に光のない場所に閉じ込められ、生きている者たちから遠ざけられたのは、そのころに死んだ者たちだけではない。それよりはるか昔に死んで、古い墓室で横たわっていた者たちも同じ運命をたどった――生者と死者が対話しやすいように作られていたイギリス西部の墓室の多くで、その入り口が石や土によって塞がれたのだ。そうやって対話が奪われた。入り口を塞ぐ前に、あちこちに分散していた骨やバラバラにされていた骨を墓室に戻すこともあった。これで、死者には死者の場所が決められた。生者も同様だった。このとき、両者の住所が異なるものになった。

こうした骨の統合は、死者をそれまでよりずっとはっきりと、景色の中に配置した。新石器時代の初期に、おじいちゃんはどこにいるのかと尋ねれば、こんな答えが返ってきたことだろう。「そうだね、肋骨の何本かは土手道つき囲い地の上、右の大腿骨はおばさんといっしょ、左の大腿骨はおじさんといっしょ、骨盤は私がもっていて、左足の一部は袋の底でイノシシが通るたびにカラカラ鳴っている。脾臓はイヌにやって、尺骨は川、上腕骨は揺れるニレの木のそば、踵の骨は古いオークの近くにある穴の中で、残りはみんなで日曜日の午後にいつも行く、あの墓室のあるお墓よ」。同じ質問を新石器時代の後期に尋ねると、答えは塚を指さし、「あそこ」の一言でおしまいだ。

新石器時代の初期の景色には、死者が一般的なものとして宿っていた。だが新石器時代の後期の景色では、ところどころの場所に、死んだ特定の人物がいるだけだった。

この言い方には政治的な響きがする――まったくその通りだ。自己認識の根底に迫っている。自分の骨がまとまっていれば、はっきりした死んでいる「自分」がいるが、骨がイングランド南部の石灰岩の丘にバラバラに散らばっていれば、そのような「自分」はいない。自分が死ぬとバラバラになるのだと思えば、生きているときの自分もバラバラだと思いがちだ。そして自分の祖先がいるひとつの場所を指し示すことができるなら、その場所と周辺地域に対する自分の権利について、また自分の主張を正当化する根拠としてそこに埋葬されている祖先について、ずっと話しやすくなる。それはルパート・ブルックの有名な、とても感傷的な「兵士」という詩に見られる本能だ。「異国の野原のどこか片隅に／永遠にイングランドである場所がある」。

新石器時代の後期および青銅器時代の初期に見られた円形塚は、すっかり孤立したものではなかった。ほかの死体が加えられたり、火葬された灰が塚にふりまかれたり、元の塚から共同墓地が生まれたりしたかもしれない。だがすべてのことが最初の埋葬に依存し、最初に遡って語られ、最初の埋葬によって認められる。ちょうど、所有権を主張する正当性が最初に所有していたことの正当性にかかっているのと同じだ。新石器時代後期の墓地の配置は、現代の家族関係図にとてもよく似ている。自己の定義が、家系の問題になった。旧約聖書の、長々と続く系図を覚えているだろうか？　AはBを生んだ、BはCを生んだ、CはDを生んだ。それは新石器時代後期のマントラだ。人は自分の祖先に確信をもつことができたから（「ほら、私の祖先が見えるはずだよ。あの丘の中腹の、あの土が盛り上がった塚に」）、土地に対する権利に確信をもつことができた。こうしてブリテン島に土地の保有権が生まれ、農地制度として整備され、少なくともローマ人がやって来るまで続いた。

新石器時代初期の人々と土地との関係は、はるかに流動的なものだった。集落をもってはいたが、一年の大半を遊牧民として放浪し、いたるところで死んだ。土地所有の主張はあったにちがいないが、あたりの野山の多くの部分は一年の大半にわたって耕地として利用されていなかったので、ウシやヒツジの群れが好きな広々とした場所を積極的に守っていく理由はほとんどなかった。それに、周辺には森がたくさん残っていたから、家畜を率いる人が森の一部を切り払って自分の動物たちにもっと効果的に草を食べさせたいと思えば、たいていは思い通りにできた。フリントの斧も火打石も、豊富にあったからだ。

歩くこと、そして歩かないことが、再び、政治的に重大なことになる。

土地の保有権という考え方によって、自分が「所有」する土地とのあいだに、親密で愛情に満ちた財産管理という関係性が生まれたのだと信じたい。その関係性は、放浪民と放浪する土地とのあいだの関係から生まれるものよりも身近で、優しいものだった。だが、私にはそうは見えない。人間は何かを手にすれば、もっと多くをほしくなり、そうやって次々と手にしていく者は冷たくなりがちだ。

＊

「いいね、ありがとう」と、メグが言った。

メグとバートは（私の父の中手骨を、もう台所の棚の上には置いていないらしい）ウェールズのブラックマウンテンで、ヒツジとウシを飼い、森と、古くから受け継がれた穀物と、子どもたちを育てている。二人がブタを育てるのをやめたのは、ブタのことを好きすぎたからだ。電気もソックスも自分たちで作っている。口にするのは、野菜と、車にはねられた動物と、環境・食糧・農村地域省公認の干し肉で作ったチョリソーだ。私たちは彼らが暮らす農家の外に腰をかけ、自家製の酒を飲み、ラディッシュを食べ、川向こうに見える鉄器時代の要塞があった丘を眺めている。メグは毎朝、その丘に駆け上っている。メグもバートも疲れ果てた様子だ。ちょうどヒツジの出産の時期にあたっているから、二人は夜も眠らず、昼も働きづめで、羊水と潤滑ゼリーのにおいを漂わせている。

三人で何パイントもの酒を飲みほし、私は欲深さについて、そして農耕の誕生と強欲さの誕生との関係について、大声でまくしたてていた。二人はこれを、あり得ないほど寛大に受け入れていたのだが、私が支配と農耕とのつながりについて話しはじめると、とうとう爆発した。ただし、とても穏やかに。二人はただ大声で笑いだし、自分でも止められないほど笑った。

「冗談言うなよ」と、バートがしどろもどろで言う。

「冗談なんかじゃないよね」と、今度はメグが言って、また二人で大笑いし、もう止まらない。それから私がまた、ごく初期に畑を耕し家畜を飼った人たちが、世界ではじめてのニーチェ信奉者だったと続ける。彼らは言葉なんか忘れていて、ただ高圧的に、土地所有の書類を増やし続けただけだ。自称貴族、すぐに自称の神になった。冷酷で、強欲で、横暴で、自分自身のはかない命を思い浮かべても変わらない。それは自分自身が不滅だと信じているから、さもなければ少なくとも、自分の王朝は不滅だと信じていたからだ。

「まあ、聞いて」と、メグが急に真顔になって言葉をはさむ。グラスをテーブルに置いたのは、いつもながら、トラブル発生の合図だ。

「私たちはいつも脅えているんだよ、わかる？　農民はみんな、そしてこれまでずっとね。支配だって？　笑わせないでちょうだい。天気が一変すれば大麦はすっかり消えてなくなるし、口蹄疫《こうていえき》にかかれば何世代もの動物たちが、バートの家族が六代にもわたって繁殖させてきた動物たちが、みーんな撃ち殺されて、穴の中で焼かれるのを見てなきゃならないんだよ。あのいまいましい山だって」（と言って、山の上を指さし）「いつ崩れて、私たちに襲いかかってくるかわかりゃしない。それでも、私たちが高貴に支配してるって思う？　自分たちがこの場所を取り仕切ってると考えてるとでも、その逆だと思ってないとでも、言うわけ？」

バートは自分の靴をじっと見ている。

「あんたはファシストだよ。わかってる？　あんたは自分の言うぴっかぴかの黄金時代に生きてた、大好きな狩猟採集民たち、あらゆることについてあらゆることを理解して、あらゆる人やあらゆるものと完璧に調和して生きてた、その人たち以外は、知られざる劣等人種《ウンターメンシュ》の仲間で、深いモラルの沼に沈んでいくと思ってるんだね」

一理ある。彼女が言うことは、いつもそうだ。

新石器時代の重要性に関する議論は、ほとんどの議論と同じく、危険なほど二極化する。二極化はつねに知的な怠惰のあらわれで、私は何より、その点に罪の意識を感じてしまう。農耕は、小規模であれば、狩猟採集民の精神を台無しにするのではなく実現する方法になり得る。だが大規模な農耕は、ほとんどいつも——人によって悲惨さの尺度は異なってはいても——悲惨なものだ。イギリスの経済的、政治的、精神的苦悩の多くは、囲い込みにその源をたどることができる。囲い込みでは、共有地を強奪して私有地とし、より大きい農場に組み入れたために、農村の庶民の命綱が切られた。その命綱は庶民と土地とをつないで食べ物をもたらしていただけでなく、イギリスの精神に野生を注ぎ込んでもいたのだ。私はこれをすべて認めようとしているが、メグはまだ終わっていない。

「どうして私たちがここにいるか、考えたことある？　お金のため？　ほんとに笑わせないでちょうだい。新聞配達をするほうが、もっと稼げるってのに。私たちが景色を気に入ってるから？　あんたにとっての絶景は、私たちにとっては工場の床だよ。私たちがどうしてここにいるか、教えてあげる」

それから長い時間をかけてビールをゴクゴクと飲み干し、今度はスローウォッカを注ぐ。

「こんなこと、なんか言いにくいんだけどね、私たちがここにいるのは、この場所を愛してるからだよ。ここはいつだって私たちを破滅させるかもしれないし、殺すかもしれないのに、たぶんそうだからこそ（好きなだけ精神分析するといいよ）、ここを愛してるんだ。もしかしたら自己愛みたいなもんだね。それは認める。この場所はたしかに私の中に入りこんできて、私たちもこの場所の中に入りこんでいて、もうどこで私が終わって丘がはじまっているかなんて、わかりゃしないよ」

バートが靴から目を上げて言う。

「そんなもんさ」。たしかにそうだ。メグの声は後期旧石器時代の声で、トラクターに寄りかかったしかにXだ。

て微笑みながらうなずいているのは、そしてイヌが落とした動物の胎盤のにおいを嗅いでいるのは、

＊

暖かい春の朝、私は四時ごろに目を覚ました。場所はヒツジの出産小屋だ。干し草の俵の上で上半身だけ起きあがると、スコットランドの荒涼とした丘を見渡せる。その丘で子ヒツジを身ごもった雌のヒツジが私の顔に甘い干し草の息を吹きかけ、夏の終わりのキラキラした朝の太陽が差し込んでくる。だが、私が目を覚ましたのはそのせいではなかった。ヒツジのしわがれたうめき声で起こされたのだ。何か問題がありそうだ。

たしかに問題があり、雌ヒツジは少し前から苦しんでいたにちがいなかった。私は以前に見たことも聞いたこともある。そこで産道に手を入れると、さらに大きい声でうめく。一頭目の子ヒツジの胎位は最悪だ。俗に「ドッグシッター」と呼ばれていて、手を入れると背中の中央部にしか手を触れられず、頭も四本の足も、すべて子宮の側を向いている。

私はやるべきことを知っているのだが、これほど難しい状態では使い物にならない。私の手は大きすぎるうえ、不器用すぎるし、危険なほど短気だ。しばらくは手を尽くした。子ヒツジの後ろ足を伸ばし、それを摑んで引っ張り出そうとしてみたが、隙間がほとんどないので、子宮か子ヒツジか、あるいはその両方を傷つけそうで心配だ。あきらめるしかなく、戸惑い、恥ずかしいとは思ったが、農場の家のドアを叩いた。

農場主の妻のジャニスがすぐに出てきて、午前中にやってくる郵便配達の小包を待ちわびていたかのように笑いかける。「使えない獣医さんね」とか「朝ごはんの後まで待たせることはできなかったの？」などとは言わない。子ヒツジは十分後には出てきて、もう一頭もそれに続く。すぐに乳

房に頭突きをはじめ、それから吸いついたので、ジャニスと私は俵に腰をかけてその様子を見つめた。

「不思議だと思わない?」と、ジャニスが言う。「もう何千回も見てきたけれど、いつだって特別。いつだって、はじめてと同じなの」。それから立ち上がり、服の埃を払うと、朝食のポリッジを作りに戻って行く。

ここは営利農場だ。あの子ヒツジは番号をふられ、その番号は電子台帳に記入され、しばらくすれば食肉処理場へ、それから夕食の皿の上に送られるだろう。ジャニスは子ヒツジの体から生まれた税金と付加価値税を計上する。

もしかしたら私は新石器時代を考えるとき、死体と台帳だけを見て、ジャニスの不思議に思う気持ちを考慮していないのかもしれない。

私自身の他者に対する理解の多くは、スコットランドのヒツジとダービーシャーのウシの目からやって来る。私がはじめて役立つと感じたのは(それが唯一の機会だったが)、十歳のときにピーク・ディストリクトの農場で、シャベルを使ってウシの糞をかき集めた経験だ。その作業には、ピアノのレッスンにも、カブスカウトにも、算数にもない、素人の剝製作りにさえない、重々しさがあった。それは、自分がシェフィールドのコーンフレークに牛乳をかけられるよう手助けしていると思ったからではない。そんなことはまったく思いつかなかった。私が感じていたのは、人間がその重要性を手にするのは関係からで、関係する相手は人間以外であることが必須であり、誰かの糞を片づけるのは、関係を築くよい方法だということだ。

＊

私は長年にわたって何度となく、家畜に混じって眠ってきた——春にはヒツジの出産小屋で、ウシ小屋の干し草の上で、牧草地のウシたちといっしょに屋外で。ただしまだブタといっしょに眠ったことはなく、機会があればやってみたい。
ウシの落ち着きのなさと用心深さは、いつ見ても魅惑的だ。私はウシたちがじっと注目しているあいだ、何時間でも没頭してその注目に注目できると、バートに話す。ウシは闇と光と牧草地を、私よりはるかによく知っている。私はウシたちの牧草地を──そのほかのどこでもいいから──、ウシが知っているのと同じくらいよく知りたい。どこでもいいから──私が今ビールをこぼしたズボンを拭くのに使ったハンカチくらいの大きさの牧草の塊でもいいから──あれくらいよく知っていれば、世界が作られている方法について私がこれまでまったく感じていなかった何か、ましてや理解していなかった何かを、知ることができるはずだ。だが、それだけではない。私には、バートのビールを飲めば飲むほど、牧草地が存在し続けるためにはウシたちの鳴きながら反芻しながらの注目が必要なように思えてくる。
私はよろけながら立ち上がり、丘の要塞に向けて大きなジョッキを上げると、バークリー司教の哲学にまつわるロナルド・ノックスのパロディーを朗読する。

若い男がこう言った。
「中庭に誰もいないのに、
この木が存在し続けると知れば、
神はとても奇妙だと思うにちがいない」

ノックスは神の返答もちゃんと書いていたから、私はそれも大声で続ける。

「若者よ、あなたの驚きは奇妙なものだ。

私はいつでも中庭にいる。

だからこの木は存在し続ける。

なぜなら、神である私が見ているからだ」


この晩のこの時点で、私がウシと牧草地について感じているのはそういうことだ。

「ウシはね、バート、神のようなものだ。じっと見つめている者として必要なんだよ」

私はまじめに言っているのかもしれない。よくわからない。ウシが注目していなければね、大好きな親友のバート、牧草地は消えてなくなるかもしれないよ。世界には見る人が必要だという考えは、十八世紀に生まれたものではなかった。それはとても古くて、どこにでもあったものだ。それが礼儀だよな、じいさん。子どもたちに、人に話をするときには、その人のことを見るようにって言うだろう？ そうすれば、相手もこっちを見るだろうって。もちろんきみはそうする。私だってそうする。さて、そこでだ。もしも人間の世界と人間以外の世界に人間がいっぱいいて、その人たちがみんなきみを見つめていたら、きみは、そのみんなを見つめ返す必要がある。さもなければそっぽを向かれてしまう。

アラン・ガーナーはこの習慣を題材にし、オルダリー・エッジが常に聖なる監視人に見られていなければならない様子について『ボーンランド』で書いている。「『私がどこにいても、エッジが見えていなければならない』と、コリンは言った。『それを守るために。もし何かが見られていなければ、それは消えてしまうか、変わってしまうか、永遠に消滅してしまうだろう』」

「だから」と、私は続ける。「もしいつも見てくれているコリンがいなくて、人間が木を焼いたり倒したりし、野生生物を食べてしまえば、ウシだけがずっと見つめていられる唯一の存在なんだ。

そのウシが牧草地の隅から顔をそむければ、そこは消えてなくなる。そのとき、きみはどこにいる？　えっ？」

バートは大きなジョッキにビールをつぎ足す。

「もしそこにいるのが私のウシで、私がきみと同じようにその世話をしてるのなら、その牧草地がずっとそこにあるための責任を感じるだろうな。自分がウシを通して、世界を見つめてる、だから世界を維持してるって感じるわけだよ。それに、奇妙に聞こえるかもしれないけど、新石器時代の農民は自分たちが土地を『所有』することを、そうやって大ざっぱに、不確かに、正当化してたんじゃないかと思うんだ。そうは思わないか？」

「まったくおまえは、とんでもないばかだな」と、バートは言う。「考えすぎなんだよ。もうちょっと実のあることに時間を使えよ。さあ、ジョッキをあけて。もう一杯」

＊

メグは、どこで自分が終わって丘とヒツジがはじまるのか、わからないと言う。これはウェールズの田舎の、一種の「不二一元論（アドヴァイタ）」だ。この考えは、さまざまな系統の霊的求道者、とりわけ東方の求道者たちに好まれている。だが限界はある。メグは自分のヒツジたちがトレーラーに積まれ、食肉処理場へと去っていくとき、自分とヒツジのあいだにとても上手に線を引く。そしてそれが、どんなに早くても、後期旧石器時代と新石器時代との大きな分水嶺なのだ。

新石器時代人は線を引くことを学んだ。後期旧石器時代人が暮らしていた自然界に直線は存在せず、種のあいだの明確な区別さえなかった。殺された動物や殺されそうな動物に対する後期旧石器時代の祈りは、次のようなものだった。「いつもの規則である仕返しをされることなく、例外的に、私にこれをやらせてください。私が食べられることなく、私にあなたを食べさせてください――少なくとも当面のあいだは。私にもやがてこのときが来ることは知っています。私も、もとはといえば、あなたと同じだからです」。農民たちは自分の動物に対し、そんなふうに祈ったりはしない。祈ることはできなかった。そんなことをすれば、農耕は心理的に耐えられないものになってしまうだろう。「彼ら」という存在と、「私たち」という存在が必要で、両者は異なる道徳的地位をもっていなければならない。これが新石器時代の基本だった。新石器革命について意味をもって語るためには、「私たちであること」と「彼らであること」の認識と法令に基づいていなければならない。すでに自我の意識はあったが、それは今や根本的に再構成されて、おもに否定的な言葉として投げかけられた――「私とはいったい何？」と、新石器時代の人間が尋ねる。それに対して「彼らとは違うものだ」と答えて、数々の恐怖に備えた。

ものごとのあいだに境界は存在しない。境界そのものが存在しない――私たちが作るまでは。境界は私たちの頭の中、精神的な世界にだけある。それなのに歴史上の新石器時代は、境界線だらけだ。私たちは自分たちが作った世界のイメージに合わせて、実際の世界を作りなおしはじめた。世界を破壊し、自分たちのモデルによって置き換えはじめていたのだ。

＊

水面ではイワツバメが飛び交いながらハエを捕らえている。トンボの数があまりにも多く、アシを通して見える景色がぼやけるほどだ。もしも正しく働く耳をもっているなら、ハサミのような顎がキチン質を砕く音で圧倒されていただろう。トムと私はグラストンベリーにほど近いサマセットレベルズの、スウィートトラックを歩いている。ここは新石器時代に作られた二キロメートルにわたる直線の歩道で、陸地の高い場所と、紀元前三八〇七年に作られた当時は島だった場所とを結んでいる。もともとは湿地にオーク、トネリコ、ライムの杭を打ち込み、その上にオークの板を渡して作られた道だった。私たちが歩いているのは修復された頑丈な板で、大昔の経路の一部が再現されている。

当時、このあたりの湿地には同じような方式の道が網目状に整備され、その道をたどって島に渡ると、屋根や織物の材料になるアシを刈り、動物を槍で突き、植物を集めることができた。湿地はこう言っていた。「私を通る道を作ってはいけない」。でも人間は言った。「今では私たちが規則を作る」。新石器時代について書こうとすると、レイプの言葉を使わずにすませることはできず、それはまた植民地主義と探検の言葉でもある。湿地は侵入を許した。泥炭に杭が打ちこまれた。島々は襲われ、征服され、奪われた。

レイプは直線状の勃起した陰茎によって行なわれる。シャーマンの勃起した陰茎は、一般的にはバイソンの尻や女性の腰のように曲線をもつはずだが、後期旧石器時代の芸術ではただの直線で描かれている。後期旧石器時代の芸術で見られるほかの一般的な直線としては、洞窟壁画の謎めいた梯子のような記号があるが、その場合は直線以外の形と組み合わさっている。狩猟採集民に直線状の人工物はあるが、それらは一般的に体を突き刺すものだ。

ここでは、スウィートトラックのほかに直線状のものはない。みんな、まっすぐなものに慣れすぎて、その異様さに気づかなくなっている。私たちのあとをついてくるXとその息子はまだその感覚を失ってはおらず、歩道の直線を苦しそうな驚きをもって眺め、呆然としている。というのも、それが直線のもつ力だからだ――私たちにとっても同じことが言える。直線は目を奪い、心を虜にする。視覚を束縛し、土地を縮小する。私がトムを見ていると、トムにもそれが起きている。トムはただまっすぐ前を見つめるばかりだ。三次元が一次元に縮まってしまった。私たちの左でハイタカがカワラヒワを殺したところだったのに、トムは気づいていない。ツバメが計算違いをして翼の先が水に触れた。そのツバメがいたのはまっすぐ前ではなかったから、トムは見逃した。直線は目を——思考も——捕らえる。

捕らえることが、新石器時代にはじめて出現した直線のもうひとつの文脈だ。新石器時代になってはじめて、動物を閉じ込める囲いが見られるようになった。それは動物が動物であることをやめさせ、動物としての経験を禁じ、いつでも便利に利用できるようにするものだった。囲いは土地を切り刻み、傷を残し、完全性を失わせた。分割されていない土地には名前がなく、土地それ自体だった。区画化された土地のひとつひとつには、すべてに人間の名前がついた。

車に戻ると、私たちは現代の広域地図を広げ、スウィートトラックの経路を確認してみる。トムはこれまで、こんなふうに地図を見たことがなかった。そして地図を指さしながら言った。

「この線は何なの？」

「それは牧草地を示している線だ」

「どうしてこんなにまっすぐなの？」

「誰かが、まっすぐにしなくちゃいけないと決めたからだよ。いろんな地図で同じ様子が見える。家に帰ったら北アフリカの地図を見てごらん。誰かが部屋に座ったまま、国境はそこと、そこと、そこにしなくちゃいけないって言ったんだ」

「アマツバメは、アフリカからここに向かって飛んでいるときに、国境がどこにあるかなんてまったく気にしてないにきまってるよ」

たしかに鳥たちは気にしていない。だが、人間が引いた線は多くの鳥の暮らしを変えてしまった。

私たちはグラストンベリーまで行き、土手に腰をおろしてイワツバメを見つめながらサンドイッチを食べる。ツバメたちの素嚢《そのう》は、その日の朝にスウィートトラックの水面でとらえた虫でいっぱいなのだろう。彼らは曲線を描いて飛び、円を描き、放物線を描いて急降下する。それがものごとの成り行きだからだ。だが次に、その目がトムと同じように直線に引きつけられる。ツバメたちがねぐらにしている家の軒の直線だ。ツバメたちの目はもう何千年ものあいだ、これらの直線に引きつけられてきた。人間が家を建てはじめるまで、ツバメの巣は洞窟の中と崖の上にあった。だが今では、ツバメも人間と同じように、直線にやみつきになったのだ。

奇妙な選択をするのは人間ばかりではない。私たちの影響で別の生き物たちも奇妙な選択をするようになる。ここグラストンベリーのツバメたちも、アンブリアの崖で子どもを育て、オリーブの樹林から沸き上がるたくさんの虫を食べ、暖かい風の音とナイチンゲールのさえずりを聞いて暮らす道を選ぶこともできたはずだ。そのほうが賢明だと言える。巣を作るのに使う小さな泥の塊は、グラストンベリーの住宅団地にある軽量ブロックに漆喰を塗った壁よりも、岩のほうにしっかり張りつくはずだし、海岸のほうが空中を漂う上質なクモも手に入る。このあたりでは、クモはディーゼルの排煙と殺虫剤で息を詰まらせているし、ヒナはFMラジオを聞いて過ごさなければならない。

人間は長いあいだ、直線で囲まれた建物を利用してきた。その直線的な構造の外観は、農業の外観とほぼ完璧に相関している。相関関係は因果関係ではないとはいえ、農業、そして農業が具体的に作りあげて促進してきた世界観が後期旧石器時代の曲線をまっすぐにしたという明確な論拠がある。

全体的な状況ははっきりしている。ヨーロッパ、西南アジア、中近東――実際にはもっと広い範囲――の狩猟採集民たちは、円形の建物を用いる傾向があった。だが永住と農耕の時代になると建物が直線的になっていき、その典型的な移行の様子を西南アジアではっきり見ることができる。先土器新石器時代A（紀元前一万年－八八〇〇年ごろ）は、まだ農場をもたない移行中の暮らし方が主流で、住居は円形だった。次の段階の先土器新石器時代B（紀元前八八〇〇年－六五〇〇年ごろ）になると、私たちの知っているものと同じ農業がはじまり、住居は直線で構成された形状が一般的になる。それ以降はずっと、少なくとも日常の暮らしに関わる建物については、直線で囲まれた建物が標準になった。

（ブリテン島とアイルランド島は、考古学的にとても奇妙なことが多い。農民がはじめてブリテン諸島にやってきたとき、その人々は直線で構成された共同住宅に暮らした。ところがその後、彼らはその傾向に逆らって円形の建物に戻ったのだ。それは、この傾向を立証していく上で非常に印象的な例外になる。）

家は住む人の世界観を、ときには残酷なほど明らかにすることが多い。我が家の場合は、騒々しい子どもたち、頭蓋骨、聖像、養蜂の道具、楽器と手術器具、ハタネズミをホルマリン漬けにした瓶、堆積物を通してかすかに見える目と胎芽、まるで悪魔のカリカチュアのように振ると雪が降るスノードームの数々、未分類の分類できない本の山、ぎこちない翼をもった剝製のウミスズメ、かつては顔が見えた――また見たい――石たち、望みのある苗木とない苗木、色褪せた祈りの旗が雑然と入り混じり、そのすべてにシードルの香りが染みついている。灰色の口髭を生やしてコールテンの服に身を包んだ父が、トスカーナのどこかの丘で母に優しい目を向け、母はバース近くの草原で若々しく華麗なたたずまいを見せ、その手には「リゴレット」の楽譜があり、意表を突くようにコールタール石鹸のにおいが漂ってくる。もしこの家に一週間いることに耐えられ、免疫システムも神経も持ちこたえるなら、私たちのことをかなりよく理解できるだろう。

だが、もし私たちが家の形と位置をしっかり選んで決めているとすれば、私たちについてもっとずっと基本的なこと、自分たちでは気づいていないかもしれないことが、わかるはずだ。

中には機能を重視して選んだ部分もあるかもしれないが、もちろんそれがすべてではない。たとえば、円形の家は直線でできた家より、はるかによく風に耐える。そのため、直線でできた家を風の強い場所で長持ちさせるためには、建てる向きをよく考えなければならない。これを別の方向から考えると、円形の家（したがってその住人）は風も含んだ大きな体系の一部であり、角がある家はそうではない。「角がある」という言葉そのものが雄弁だ。直線でできた家は自然界に肘を突き出し、自らが占有すると決めた場所からほかのものを押しのけてしまう。自分の暮らしの場の基本的な位置づけ、つまりは人生の決定が、自然の力からの独立宣言となる。

円形の家は拡張が難しいのに対し、直線でできた家に部屋を追加するのは簡単だ。見ればすぐにわかる特徴だが、そこには永続性（つまり保有権）と発展の両方の考えが含まれている。直線でできた家は、そこにずっとある。なぜなら、これはこの俺様の土地にある、俺様の家で、俺様はもうどこにも行かないからだ。それに、この家はもっと広い土地もつけ足していって、もっと大きく、もっとよくなる。俺たちはそういう人間だからだ――この場所にとどまっているとしても、きっと成功する。

円形の家は本来、民主的な空間だ。中心には人ではなく囲炉裏が配置され、中心にある囲炉裏は誰にでも平等に熱と光を与える。それが、放射エネルギーに備わった自然の法則だからだ。円形の空間では他者と共同する必要があり、囲炉裏を中心にして自由な流れが生まれる。円形のワンルームの家では、秘密をもつのは難しい。

直線でできた家はまったく違う。自分の部屋があり、ほかの人の部屋がある。私の部屋はほかの人の部屋より大きくて、家具も豪華だ。私の部屋ではほかの誰にも知られずに何でもできる。部屋に自分だけの大切なものをため込み、焼けるように熱い熱にさらされたひとりぼっちの夜に、ほかの人を追いやって貧しくする計画を練る。

家は、持ち主自身の宇宙を形にしたものかもしれない。我が家の場合はその通りで、ゾッとしてしまう。狩猟採集民は頭上に広がる巨大なアーチ状の空をもち、空はそのまま周囲の地面にまで達している。モンゴル人のパオやナトゥーフ人の円形の家の壁と同じだ。一方の農場の家は任務に集中した、つまり自己収束的な構造で、牧草地や穀物貯蔵庫を見渡し、方向の上でも比喩的にも生きるために重要なものに目を向けており、それは農民によって所有されているもの、少なくとも概念上はコントロールされているものだった。農場と家は線と同じように、視野狭窄《きょうさく》を生じ、住む人々がいる世界を圧縮してしまう。

だがこれまでのところ、非常に重要な建物の類を考えに入れていない。死者と神のための建物だ。一般的には――羨道墓《せんどうぼ》のような一部の例外はあるにしても――新石器時代から中世初期に至るまで、人々は直線でできた建物の中で食べ、眠り、発情し、陰謀を企て、子どもを育てる一方、非日常を示すためには円形の構造（墓およびストーンサークル）を利用しており、直線でできた建物の周囲に円形の柵を築くことも多かった。それはまるで、大きな物語《メタナラティブ》は日常の行動をたどる物語とは異なることを知らせているかのようだ。

どう考えればいいのだろうか？　ストーンサークルなどの巨石建造物の意味を読み解こうと長年にわたって研究を進める専門家は数多く、その大半は、こうした巨石の建造物が何らかの方法で死者に関係していること、そしてそれらが権威をもつ場所であることに同意している。それ以上のところまで踏み込むのは難しい。もしかしたらストーンサークルに配置された個々の石は一人ひとりの祖先をあらわしているのかもしれないし、円は死者の共同体をあらわしているのかもしれない。

中近東の先史時代を専門とするフランスの考古学者ジャック・コーヴァンの指摘によれば、円は一般的に超越と全体を象徴し、したがって多くの場合に女性らしさ、多産、直観的理解を表現する（私には信憑性があると感じられる指摘だ）。一方の直線でできた形状は、目に見える、直接的で具体的な世界――男らしい世界――を象徴している。この考えが正しければ、ストーンサークルは人々が直観的な種類の知識に直接出会った場所だ。その知識とは、祖先が手にし、生きている者に伝えることができるものだった。それはまた、多産をとりなしてもらうという点でも重要になっただろう。初期の農民の心の中では、死と多産とは表裏一体だった。彼らは、自分の祖父母と同じように土に埋められた種子がなければ、新しい生命が生まれないことを知っていたからだ。収穫の祈りは、力をもった祖先への願いごとリストの上位にあったのはまちがいない。

これは、先史時代について考えようとするほとんどの試みと同様、推測にすぎない。だが、ストーンヘンジの新石器時代後期の遺構をもっとよく見てみれば、もう少し詳しいことがわかるかもしれない。

たいていの人は、ストーンヘンジは新石器時代のもので、ストーンヘンジのことならよく知っていると思っているだろう。ソールズベリー平野にうずくまるエレファントグレーの大きな石の集まりで、いつもたくさんの観光バスが押し寄せ、白い衣装に身を包んだドロイド教信者に囲まれている場所だ。だが、実際にはとても、思いもよらないほど、奇妙な場所なのだ。これによく似たものは、ほかのどこにも存在しない。だが、あらゆる研究の常として、そして生きているものすべての常として、異常値が最も雄弁であることが多い。

行き過ぎた一般化は大きな誤りだし、変則的な新石器時代のブリテン島で見られた証拠をもとにして一般化するのは単純すぎるが、ストーンヘンジはほかの遺跡にくらべて生者と死者との関係がはるかに明確だという理由だけで、まれな存在かもしれない。

紀元前三〇〇〇年ごろから共同墓地として利用されていた、私たちがストーンヘンジと聞いて思い浮かぶ遺跡――国内の木工技術を用いたほぞ穴をもつ加工された巨大な柱とまぐさ石、百五十マイルも離れたペンブルックシャーから運ばれた小型のブルーストーンが並んだもの――は、巨大な複合施設の一部にすぎない。近くには対をなす木造の建造物があり、当時は木の柱で作られ、おそらく屋根はなかった。この遺跡の名前は、想像力に富んでいるとは言い難いが便宜的に、ウッドヘンジとされている。ウッドヘンジからわずか数メートルの場所に新石器時代の村、ダーリントン・ウォールズがあり、その村には独自の木柱サークルが存在していた。おそらくこの村にストーンヘンジを建てた作業者の家があったのだろう。

現在のストーンヘンジには一年を通して旅行者が溢れかえり、それぞれにアイスクリームを食べながら、宿り木や人身御供の話題に花を咲かせる。だがこの施設が正しく利用されていた時代には、大勢の人の姿が見られたのはほんの時折で、とりわけ冬至と夏至の日ににぎわっていたようだ。

ストーンヘンジ自体に常にいたのは、死者だけだった。だが人々は莫大な費用をかけて不便を忍びながらダーリントン・ウォールズを訪れ、そこで大宴会を開き、おびただしい量の酒を飲み、姦淫にふけったことはまちがいない――フォルスタッフを彷彿とさせる量のブタの骨が見つかっている。その雰囲気はグラストンベリー・フェスティバルさながらだったにちがいないが、クルーズコントロールつきのレンジローバーを運転して週末にフルハムからグラストンベリーまでドライブするのと、一族郎党を引き連れ、背中には赤ん坊を背負い、前にはブタの群れを歩かせながら、ヨークシャーからウィルトシャーまで歩くのは、まったく別の話だ。当時の人はそんなことをしていた。

人々がここを訪れたのは、おそらく死の恐怖を逃れるため、そして自分たちの目的達成に死者の力を借りるためだろう。その他に、病の回復を願うため、あるいは異種の共同体の一体化を願うためなどの目的もあったかもしれない。どれも可能性はある。足や目が不自由な人々は力のある祖先に助けを求めたことに疑いの余地はないし、もし一体化を願ったわけでなくても、このような大規模な集会からは必然的に一体化が生じたはずだ。

ウッドヘンジとストーンヘンジの複合遺跡全体をひとつとみなす必要があり、これを表現する一番の方法は、「生と死を並置する形而上学的テーマパーク」となるだろう。

ウッドヘンジは無常を象徴しており、意図的に焼いたり、わざわざ掘り起こして取り除いたりすることもあった。自然に朽ちるよりも無常を明確にするためだ。ウッドヘンジの役割はお祭り騒ぎをする人々の現在の暮らしを象徴することで、朽ちていくことによって、少なくとも部分的にはその役割を果たしていた。ウッドヘンジはこう言っていたのだ——今、おまえはこれらの柱と同じように、まっすぐに立っている。でも、もう少し近づいて(中年の男なら自分の足を、女なら脚の静脈瘤を)見てみなさい。そうすれば衰えの兆しが見えるはずだ。柱をもっとよく見れば、虫に食われた穴が見えるように。

だが、巡礼でお祭り騒ぎをする人々がウッドヘンジにとどまって、自分たちの死すべき運命をくよくよと考えることはなかった。彼らは歩き続けた。ウッドヘンジからエイヴォン川のほうに少し行くと街道があり、ほとんどまっすぐの道がストーンヘンジまで続いている。

死とはどんなものなのか? ストーンヘンジとウッドヘンジがいっしょになってその質問に答えており、千三百年後には聖パウロが同じ答えを出した。死すべきものが不死の存在になり、朽ちたものが揺るぎなき堅固な存在になる。

生と死とは、ウッドヘンジとストーンヘンジのように、直線でつながっていた。その直線をテーマパークで歩き通すことができ、誰もが行かなければならないその旅の予行演習をして、恐怖を和らげることができたわけだ。巡礼者たちが隠喩の上でこの二つの領域のあいだを歩いたなら、現実にその時がきても、それほど恐れることはないだろう。土地が生と死のつながりをわかりやすくし、巡礼者は足でそのつながりを感じることができた。土地は死とは異なり、混乱した神秘の領域でも、暗黒と煙に包まれた場所でも、詩人だけが遠回しに表現できるぼんやりした場所でもなかった。巡礼者たちは道を歩くことで、聖パウロのように「鏡に映して見るようにおぼろげに」見たのとは違い、はっきりと、自信をもって見た。そのすべてが土地にあった。そして彼らはその上を歩いた。

ローマ人が侵略してきたとき、死を恐れないように見える人々を前にして怖気づいたのは、おそらくその自信の遺産だろう。

彼らが死を恐れなかったのは、それが終わりではないことを知っていたからだ。種子が土に蒔かれれば、そこから新しい生命が芽生える。暗闇が勝つことはない。

ウッドヘンジからストーンヘンジまでの街道は、新しい知的および霊的な帝国主義の宣言だったと言える。人間は森を焼き、自然を壁でふさぐことができたばかりか、生と死の形而上学的仕組みまで理解することができた。ヒツジだけでなく、永遠をも思いのままにした。それは大きな主張だった。

ストーンヘンジにはそのほかに二つ、注目すべき新石器時代の線がある。ひとつ目は壁だ。柱のあいだには大きな隙間があって、私たちにはそこに壁があるようには見えない。だが、死者はその隙間を通り抜けることはできなかった。立ち並ぶ巨大なサーセン石は、死者を死者たちの場所にとどめておくために、そこに置かれている。ストーンヘンジは牢獄なのだ。長々とした街道と川の流れが、ダーリントン・ウォールズの陽気な騒ぎと死者たちとを隔てていた。

新石器時代初期の古きよき時代には、死者を一か所で囲いに入れるだけでは隔離策として不十分だった。当時の人々は、生者と死者が互いを必要としていることを知っていた。すでに見てきたように、死者の骨はいたるところにあり、死者の声はあらゆる会話の元になり、死者が重大な事項の決定投票者になることも多かった。コールタール石鹼のにおいを嗅ぐことができなければ、あるいは狩猟採集民とその息子を目の端で見ることができなければ、世界は正しく動いていかなかった。

二つ目は、時間の線――時間軸そのもので、相続のための線を引く過程で新石器時代後期に引かれるようになった。自分の祖先が耕したことを理由に畑の所有権を主張するなら、過去との直接的で一直線の関係を確立できるようにするだろう。このような関係は、ストーンヘンジでの祖先崇拝で称えられたものだ。

これは時間を見る、まったく新しい方法だった。それまで時間は循環するものだった。だが季節は、やって来ては去り、またやって来ては去り、祖先はいつもそこにいて、どの季節でも助けてくれた。それによって、それまでは考えられなかった発展の概念が可能になり、その結果としてまったく新しい地位と侮辱の崇拝が生まれたのだった。

＊

トムと私は、腕時計も置時計もなく、意味も主張もなく、計画も地図もないまま、スペインにあるシエラネバダ山脈の熱気に覆われた丘をブラブラと歩いていた。鏡のように静かな海のむこうから熱された土と煮込んだ野菜の空気が鼻に届き、人類が実際にやって来た場所はどこかを思い出させる。ときには風がグルグルまわり、ヒツジの首のベルが空想を破るが、心を惹かれるのは視野の端にいるワシ、遠くの波の音、そして四万年前に斜面から崩れてネアンデルタール人の狩猟隊の大きな足で踏まれたままそこにあったか、あるいは先週の水曜日にマンチェスター・ユナイテッドの試合に間に合うよう大急ぎで家に帰ったヒツジ飼いが踏んでいった、がれ場の岩だ。

この高い場所で最初にして唯一の野原は死者の野辺で、それはイギリス新石器時代の骨が埋められた古い土手道つき囲い地のように、生きた者には属していなかった。だからそこは、交渉と祝祭を行なうのに中立で安全な場所だった。死は私たちすべてを平等にする。その事実は私たちの政治を一変させ、実際にしばらくのあいだ、新石器時代の政治の形を決めていた。死者は、誰もが知る通り、地位と所有は滑稽であることを発見した。死者の領域では、生者は死者の平等主義の規則に従って行動しなければならない。それは、土手道つき囲い地や同様の遺体安置場が、実際に地域社会の協議や紛争解決の場として使われたようなものだ。私たちはみな、墓地ではいつもより行儀よく振る舞う――祖先によって見つめられ、審査されているように感じ、人間の野心の虚しさから逃れられない。議会や国際サミット会議に適している唯一の場所は、共同墓地だ。

このあたりの標高はとても高い。だから空気が薄い。トムは私より楽に過ごしている。リードを外されたイヌのように私の五倍の速さで歩き、棘だらけで葉に光沢のある茂みを覗いてはバッタを探し、カラスの頭蓋骨に水を注いで脳の大きさを測り、甲虫のツヤツヤした黒い背中を反射板にしてオークの枝に光の輪を上らせ、ヘビが口笛で返事してくれるのを期待して穴に向かって口笛を吹いている。

でも今夜は、白い漆喰の家が立ち並ぶ山間の村に戻り――その村からはその昔、カトリック教徒がムーア人たちを容赦なく追い払った――天井からぶら下がっている干したブタの足から削った肉の薄切りを食べ、石の壁に囲まれた焚火のそばに座り、レンガの気管を通して息をしなければならない。

「ラーリリリ、リリ」

夏

動物の家畜化および群れの繁殖が［…］それまでは思いもよらなかった富の源を生み出し、まったく新しい関係を作り上げた。

――フリードリヒ・エンゲルス『家族・私有財産・国家の起源』

かわいいオオカミの赤ちゃんを見つけたとしよう。

子どもたちがそのオオカミを大好きだから、そのまま飼うことに決める。でもすっかり大人になると、家で飼うには大きくなりすぎるだろうし、やがてひどく疲れる長い散歩が必要になるだろうから、無理がくる。一番の解決法は、餌をやらずにおいて成長を止め、足も叩きのめして歩けなくすることだ。

その方法はうまくいき、足は傷が癒えるとおもしろい弓型になった。それならと、また別のアイデアが沸く。

どうも鼻が気になるのだ。子どものころはずんぐりしてかわいかったのだが、長く伸びてきた。

顔がオオカミにそっくりになってきて、なんだか不気味だ。そこでガレージに連れて行き、鳴き声をかき消すために大音量で音楽をかけてから、ハンマーをもって顔を叩きつぶす。

大量の血が流れ、大騒ぎになった。でもすぐに傷が癒えて、結果は上出来だ。今ではとても愛嬌のある、ぺちゃんこにつぶれた顔になった。当然ながら、あまりうまく呼吸できない。ゼーゼーという声がとぎれることはないが、それにも慣れて、いいところもある。つまり、散歩に出てもあまり遠くに行きたがらないし、あまり速くは歩かない。

手元にいるのは、もちろん、パグだ。ある夏のどんよりした昼下がりに、オックスフォードの運河沿いの道で私とトムのうしろについて歩いていたXと彼の息子が、パグを見かけた。私は二人が飼い主のジャケットに、フリント石器の先端がついた槍を突き刺すのではないかと思った。骨と顔の変形が遺伝子によるものであることも、飼い主の罪は共同のものであることも、二人には理解できなかった。

私もその罪を共有している。私は、あまりたくさんの動物を食べず、生前に幸せだった動物だけを食べるようにしているものの、傲慢であり、過去数か月のあいだにはまちがいなく鶏肉と牛肉と羊肉を食べた。そのニワトリは、胸の筋肉が大きすぎるのと足が弱すぎるのとで立つことができず(もっとも立てたとしても、歩く場所はどこにもなかった)、ウシは遺伝子変異によって生まれたベルジャンブルー種で、筋繊維が巨大に発達したため、臀部が巨大な子ウシを自力で出産するのが難しく(多くは帝王切開が必要になる)、ヒツジは本来なら母親の子宮を独占するはずだったが、利益の名のもとにほかの二頭と共有したために、出産時に母親の大きな苦痛と胎児のトラウマを引き起こしたことはまちがいない。

私は牛乳も飲んだ。型にはまった施設にいる現代の乳牛は、一日に三十リットルの牛乳を生みだし、そこには四%の脂質、三・二%の蛋白質、四・八%の乳糖が含まれているだろう。重さにすると、脂質一・二キログラム、蛋白質一キログラム、乳糖一・五キログラムになる。それだけのものを草から、あるいはふつうの餌を普通の速さで食べているウシからは、搾り出せるはずもない。できるだけ速く発酵してできるだけ速く第一胃を通過するようなウシの餌を与え、次のひと口が入る余裕を作らなければならない。それには代償を払う必要があり、ウシの受胎能力と免疫力が低下し、第一胃アシドーシスという病気と歩行困難のリスクが高まる。乳牛は生産寿命のすべてを、代謝の危うい状態で過ごす運命だ。私たちは味気のない牛乳を、恩恵を受けるというよりも食物摂取の義務のようにして飲みながら、抗生物質への耐性で命をおびやかし、懸濁液で河川を汚している。

　コントロール、計画、傲慢、そして蓄積されていく隠れた犠牲。現在もまだ蓄積は続く。それが新石器時代だ。

　とはいえ、今もまだ、初期新石器時代の農民たちがまわりにいる。支配する死者がどこにでもいて――地元にある家族の塚の下にとどまらず――倫理的に自分たちを評価するようにと呼びかけているのだ。彼らは過去に対する責任を負っている。それは自分たちが受け継いできた遺産に対する責任だ。自分自身の遺伝的後継者、つまりいずれ同じ塚に加わる人たちだけでなく、すべての人々に責任があると、彼らは言う。彼らは世界をさまよい歩き（それは実際にではなく比喩的にだが）、夜になると直線で囲まれた農家に戻っていく（ただし家を広げようという意図はない）。彼らに、自分たちは何者なのかと尋ねてみれば、自分たちは生態系の一部なのだと言うだろう――それは、堆肥の利用、動物と人間の糞のリサイクル、無脊椎動物の保護、コウモリの巣箱の設置、ヒツジたちの笑顔に限らず、小学校の資金集めのクイズ、地元で本屋とカフェを経営する協同組合、認知症患者のための夕食の用意までも含んだ生態系になる。

　それでも、彼らは絶滅危惧種だ。新石器時代後期は、彼らを追い出そうとしている。

　私は新石器時代後期の農民に会いに行った。彼をジャイルズと呼ぶ。彼は友だちの友だちの友だちで、私がリンカンシャーの広大な農場を訪ねると、穏やかに、でも慎重に、挨拶してくれた。そこでブーンと響く音は、ミツバチの羽音ではなく車のエンジン音だ。握手に差し出したその小さくて柔らかな手は、ここではほんのわずかな働きしかしていない。眩しいほど真っ白なシャツと淡い黄色のズボンという服装もスマートだ。

額にはいった免許状と機械の写真が並ぶ農場事務所に私を案内したジャイルズは、手招きして椅子をすすめると、こう言った。

「それで、何が知りたいんですか？　どんどん聞いてください」

私がほんとうに知りたいのは、どんどん聞いてわかるような種類の知識ではないので、曖昧に、農場に関する基本的な情報の一部に興味があるのだと伝えた。生産量はどれくらいか、難しいことや望みは何か、そして（もっと大胆になって）今やっていることをやっている理由は何か、と尋ねてみた。彼はこれに対して穏やかに答えてくれた。得意とする内容だったらしい。

「コムギ。私たちが生産しているのはコムギです。絶好調ですよ。千五百エーカーあります。すべてがとても科学的なんです。去年は一ヘクタールあたり十三トンの収穫がありました。現金ベースで、一エーカーあたり約五と四分の一トンですね。一平方メートルあたり、七百本のムギの穂を実らせてますよ。悪くない数字です。なぜ、これをやってるかって？　世界には食糧が必要でしょ？　四十五億人が、毎日コムギを食べるんです。うちがやっていることなんて、微々たるもんですよ」

「それで」と、私は窓の外のどこまでもパンケーキのように平らな畑を眺めながら尋ねる。「そういう調査や測量には精通しているんですか？」

「ええ」と、彼は満足そうに答え、椅子の背にもたれると、私と同じ光景に目をやった。「よくわかってますよ」

それから彼はヒーターつきレザーシートを装備した新車に私を乗せて、農場をグルッと案内してくれた。

私が車のシートについて感想を述べたので、彼はこう説明した。「贅沢だとは思っていませんよ。屋外で暮らすには快適さが大切ですからね。従業員にも同じことをやってます。彼らには最高ものだけ使わせています。運転席には娯楽も用意してますよ。金で買える最高のシステムを揃えました。外じゃ退屈することもありますからね」

従業員は何人いるかと尋ねてみた。

「二人です。二人とも一流の人間ですよ」と、彼は答えた。

千五百エーカーに二人。人口密度は最終氷期とあまり変わりなかった。

ドライブには少し時間がかかった。どの畑も、私にはみんな同じに見えた。実ったコムギが植わり、茎はみんな同じ高さに揃って、利益で頭を低く垂れている。でもジャイルズにとっては、すべてが同じではなかった。向こうには品種の違うものが植わっていて、隣のものより窒素がわずかに少なくてすむ。

「土壌検査には金をかけてるんです。正しく把握しなくちゃなりませんからね」

このあたりの東部の土壌はやせていると聞いたことがある。昔は、輪作に休耕期間（大地とその住民にときどき休みと自由を与えるという、古い安息年の考えの変形）、それに草食動物の糞が、土地の状態を維持していたのだろう。とりわけ、活気に満ちた微生物学と土質が問題で、栄養分が北海へと流されていかないようにするために必要だった。今では多くの収穫は期待できないと言われている。

「くだらない」と、ジャイルズは言った。「心配性の人たちが勝手にたわごとを言っているだけですよ。私の孫も、私のひ孫も、ここで農業をやって、ちゃんといい生活をしていきます。心配ご無用」。彼はオートマチックのギアボックスの向こうから、意味ありげに私のことを見た。「神はこの土地を、そして私の家族を、見捨てるようなことはありませんから。神はこの土地の所有権を私たちに与えたんです。神がその委託を取り消すようなことはありません。私たちはこの土地に気を配ってきました。神もこの土地に、そして私たちに、気を配ってくれますよ」

ジャイルズは、古い習慣を守る保守的な福音派キリスト教徒であることがわかった。地元の英国教会は、環境保護運動と同様、リベラルすぎて耐えられない。「彼らは罪を目立たないようにしています。私たちが実際にはどんなものか、話そうとしません。ほとんどの人がそうですよ」と、嬉しそうに言葉を続ける。「際限のない苦しみを与えられる運命です」。彼の息子たちは、今は遠くの寄宿学校に行っているが、自分の信念を共有しているのだと、喜びを隠さずに話す。だからこそ彼は、神がこれからも世代から世代へと自分のバランスシートに微笑み続けてくれるにちがいないと、これほどの自信をもって言えるわけだ。一年のハイライトはどうやら、別の寄宿学校の生徒のためのキリスト教徒のキャンプに行き、人間は本質的に悪を背負って生まれてきているから、親切にするよりも福音を説くほうが大切なのだと教わることらしい。

その点は、私が別れ際にジャイルズから手渡されたちらしから読み取った、皮肉たっぷりの解釈になる。そのちらしといっしょに、穀物価格の乱高下を示す概況報告書ももらった。

私が知っている農民のほとんどは――新石器時代の初期でも後期でも――とても信心深く、また自分たちが「霊的」であると最も大声で主張する者ではないと、最も大声で主張する人たちだ。新石器時代の農民はたしかに信心深く、もし違いがあるならば、「霊的」でもある。私がすでに言及したように、新石器時代の宗教の原点は、魂をもってはいるが人間ではない従兄弟の血を手から洗い流すという、農民たちの必要性にあった。新しい新石器時代の宗教に火がつくと、その炎は恐ろしい偶発性の風にあおられていった。

狩猟採集民の暮らしは比較的安全なものだった。カリブーが来なければ、集団はどこかほかの土地に移動し、サケを食べて生きられた。だが、農業が状況を変えた。自分のもっている卵を全部同じ籠に入れる、そうやってひとつのことにすべての希望を託す生き方に変わったのだ。穀物の収穫に失敗すれば、それで終わりだ。

狩猟採集民にも、もっと多くの偶然性はあったが、どれも命をおびやかすほどのものではなかった。さらに、彼らはそうした偶然性に面と向かって交渉することができた。カリブーに戻ってくるよう頼んだり、稲妻の直撃を受けないように祈ったりできたからだ。農民に起きる偶然性の数は少なく、農民が必要としたのは太陽と雨、それから収穫期に雨が降らないこと、病気がないことくらいだったのだが、どれかひとつだけでも穀物をすべて奪う可能性があった。では、誰に嘆願書を提出すればいいのだろうか？　その相手は、必要とする恵みのすべてを与えることも差し控えることもできる、唯一の神、または天にいるたくさんの神々だ。こうして祈りの方向がいったん縦に定まると、仲裁の流れを仕切る聖職者の階級制が必然的に生まれ、社会的地位と権力が聖職者に近いかどうかに一致しはじめる。

それは現代になっても、多くの農民にとって同じようなものだ。メグは正しい。農民はいつでもおそろしい可能性の影の下で生きている。ほとんどの人にとって、その暗い影は終わることのない病にまつわる憂鬱だ。天気予報は、バス停まで歩くのに濡れるかどうかを伝えるより、破滅につながるかもしれない。ホワイトホールでスーツに身を固めた男が休暇をとったら、スーパーマーケットのバイヤーがパースニップの葉が左右対称じゃないと思ったら、市場と家をすっかり失うかもしれない。

日曜の朝の礼拝で献金の皿を順に手渡すとき、ツイードのスーツを着込んだ赤ら顔の農民はほかの人たちよりずっと真剣に祈るだろう。わずかであっても特定の土地に隷属するならば、神にも隷属しなければならない。

それは規則のように思える。

数は少なくても深刻な不測の事態 ＋ 洞察 ＝ 天国の神
数は多くても交渉の余地がある事態 ＋ 洞察 ＝ アニミズムまたはその同類
〔数は少なくても深刻な不測の事態 または 数が多くて深刻な不測の事態〕 ＋ 洞察なし または ｛洞察 ＋ とても大きな勇気｝ ＝ 現代のヒューマニズム

＊

私は長い草の生えた牧草地で、仰向けに横たわっている。草ではなく、草々とでも言えるだろうか。ここには数多くの種のイネ科の草と、数多くのイネ科以外の種の草が生えているからだ。おそらく全部合わせれば百五十種ものイネ科の草やその他の花などが入りまじって、くねり、這い、棘を出しながら、それぞれが頭を揺らし、海風に合わせて異なるメロディーを奏でている。私の胸の上には少なくとも八つの種の昆虫がいて、私の頭のまわりで空気を震わせている虫は一ダースを超えそうだ。私には鳥の鳴き声を聞き分ける才能は皆無だが、そんな私にも、十五くらいの異なる鳥の声が聞こえる。

冬をウェールズで過ごしたとき、フランは私に、新石器時代に森を切り払ったことによって生物の多様性が豊かになったのだと説明した。私は半信半疑だった。中石器時代のブリテン島は深い森に覆われ、そうした場所の林床は日光の恵みを得られずに、たいていは不毛だった。木々を切り倒したり焼き払ったりして太陽の光が届くようになれば、別の生態的地位が生まれることは、私にも理解できる。

私の友人カースティーの、ヨークシャーの農場にあるこの牧草地は、フランの主張の正しさをみごとに立証していた。また同時に、新石器時代が問題を引き起こしたのはその点であることも、みごとに立証していた。隣の家の農地に続く石塀に乗ると、そこから先にどうなったかが聞こえてくる。いや、むしろ何も聞こえない。そこには静寂あるのみ。完全な平穏——それは墓地の平穏であり、なぜならそこは墓地だからだ。昆虫は毒殺された。小鳥たちには食べるものがない。収穫はコムギだけで、それも除草剤と殺虫剤を浴びせられている。

　人間が土地を管理しはじめたときから種子が蒔かれた伝統的な牧草地は、自然界を強化した。生物多様性は生態的な健全さを保つよい方法で、その基準に基づくなら、人間はしばらくのあいだ世界の健全さを高めた。ただ、私たちには、いつやめればいいのかがわからないだけなのだ。もしかしたら新石器時代症候群の一部は、私たちにはただ「できない」ということなのかもしれない。

　もうひとつの大切な疑問は、私たちはなぜはじめたのか、という点だ。私たちはこれまでに、狩猟採集民がそれまでの生き方を捨てて、しぶしぶ農耕生活を選んだ様子に注目してきた。なぜ彼らは、ただ「ノー」と言ってそれまで通りの暮らしを続ける、という道を選ばなかったのだろうか。北アメリカの狩猟採集民は、季節ごとに政治体制と社会学的体制を循環させながら過ごし、政府と権威の味がどんなものかを知っていた。なぜ彼らは、自由と非課税の気楽な暮らしを選ばなかったのだろうか？

　きっと、いくつもの理由があったにちがいない。エリコとその周辺地域に定住したナトゥーフ人が、それまで何年かにわたってトラウマを経験した後で文字通り根をおろしたくなった理由は、容易に理解できる。たしかに、それまでの何年かは狩猟採集民の生き方の楽しい例、あるいは典型的な例ではなかった。それでも、彼らは古くからの暮らし方の記憶が十分に残るほどに長く、同じ暮らしを続けてきたはずだ。ヤンガードリアス期の並外れた状況は、狩猟採集に嫌気がさすほど中近東の人々を幻滅させ、定住というものに、実際には値しない栄光を与えたのだろう。

私の知り合いに、十代のころイギリスにやって来たインド人の老人がいた。パンジャブ地方で一家が暮らしていた家は、分離独立運動の混乱の中で暴徒によって焼かれてしまった。彼はイギリス人よりももっとイギリス人らしくなることによって、イギリスに対する感謝の気持ちを表現していた。私は彼が、ダークスーツかツイードのジャケットを着ない姿を見たことがなかった。インドでいつも着ていた快適な襟なしシャツを捨て去り、いつも糊のきいた襟をつけ、斜め縞のネクタイを締めた。ウパニシャッドを読んでもいい時間に、「タイムズ」紙のとりすまして退屈な社説を読んだ。若いころいつも食べていた香り豊かなベジタリアンカレーではなくフィッシュ・アンド・チップスを選び、しかるべき時期に心臓発作で世を去った。ヨークシャーの霧雨を眺める彼の目に入っていたのは、太陽だけだった。ことあるごとにインドの文化を「古臭い」と言って切り捨ててイギリスの礼儀正しさを称賛し、近隣の人々が容赦なく見下して人種差別をしても意に介さなかった。はじめは、なんと言われてもインドには絶対に戻らなかったのだろう。しばらくすると、もう戻ることはできなかった。彼はごく初期にエリコに定住した人々のひな型だ。

私の両親は第二次大戦中の食料不足のさなかに育った。戦後、まずいが目新しい食品が自由に手に入るようになったものの、それらはどれも吐き気がするような加工食品ばかりだった。そして私の両親は、ようやく食料が豊富になったことに感謝するあまり、体に悪いと言われようとも死ぬまで生鮮食品より加工食品を好んで食べ続けた。二人もヨルダン渓谷に初期に定住した人々のひな型だ。

だからと言って、私の両親、知り合いのインド人男性、あるいは初期の中近東の農民たちを批判するわけではない。彼ら一人ひとりの選択は理解できるものだし、道理にかなっている。私が同じ立場だったら、まちがいなく同じことをしていただろう。新石器革命は私たち一人ひとりの体内で、轟音を響かせ続けているのだ。

第一世代が定着したとき、賽は投げられた。狩猟採集民でいることは、農民でいることよりはるかに多様な技能を必要とする。それは農民でいることが、組み立てラインで働いてすべての自動車に同じネジをはめ込み続けるより、はるかに多様な技能を必要とするのと同じだ。狩猟採集民が、栄えるどころか最低限生き残るために必要とした技能まで、すぐに失われた。

農民たちは急速に子孫を増やしていった。狩猟採集民は数の上で圧倒されたうえ、狩猟採集民が生きるために必要としていた種は、単調な穀草とヤギの食べる草を確保するために殺された。農民たちは、自分たちに限らず、すべての人間のための規則を書きはじめた。以前は狩猟採集生活をしていた現代のアフリカのある集団は、その地域の標準通貨がウシになったために、自分たちの意思に反してウシの遊牧生活に切り替えたのだと説明する。婚資もウシで支払わねばならなかった。ウシがいなければ、女性も、未来も、手にできなくなった。定住がはじまった時点でものごとがそのように動きだして、ヨルダン渓谷の狩猟採集民は窮地に陥った。

以上は考古学と人類学の本で主張できるような内容だが、一方で別のことも進行していた。私たちはすぐに、自由でいる能力だけでなく、自由でいたいという欲求まで失っていったのだ。そんな欲求は、現代ではほぼなきに等しい。エアコンのきいた場所での定収入があって幸せな奴隷生活と、山々を見はるかす粗末な小屋での無一文で無秩序な暮らしのどちらかを選べと言われたら、ほとんどの人は躊躇なく奴隷生活を選ぶだろう。

それでも私たちはある程度まで、その選択は間違いだとわかっていて、選択したことを思い出すのが嫌いだ。カインは、自分がアベルより幸福ではないと知っていただけでなく、アベルのほうが自分より優れていることもわかっていた。だからアベルが自分で飼っているオオカミを紐でつないで連れ歩き、オフィスに向かおうとするカインの行く手を小躍りしながら横切れば、カインはアベルが自然の上流階級にいることを思い知らされて激怒する。そこでカインはアベルを破滅させようともくろみ、アベルとその一族を強制収容所に閉じ込めて、IDカードとパスポートをもたせることでカインが心から恐れ羨む放浪をやめさせてしまう。そして「占拠」デモでアベルに催涙ガスを浴びせるのだ。

＊

象徴的表現は私たちを支配した。私たちは自分自身を象徴化して死へと追いやり、現実的なものすべてを無効にして、自分たちが作ったそれらの表象のみを重んじるようになったわけだ。その最終段階は新石器時代のはるかあとにやってきた。この本の最後の部分で私たちはオックスフォード大学を訪ね、毎日何時間もそうした表象が本物のような、あるいは本物よりすぐれているようなふりをして過ごす人たちと食事をともにし、酒を飲み、話をする。新石器時代には、そんなに悪い状態からは程遠かった。だが、それにもかかわらず、ヒツジは完全にヒツジであることをやめ、その代わりに食べ物、利益、管理問題になったか、あるいは自画自賛の理由になった。そのすべては、どれだけ自分たちの利点になったとしても、もはやヒツジではない。

私自身は、もちろん、自分は免除されていると思っている。

私は農民ではない。でも、私は長年にわたって農業が好きなふりをし、今では地域社会のさまざまな農業プロジェクトに関わっている。そのひとつは市の農場で、そこで私たちはヒツジ、ニワトリ、ときにはブタと、大量の植物を手に入れた。もうひとつは、私たちが古きよきトルストイ風共同体で野菜を育てている場所で、それぞれが午後じゅう働いて自分が流した汗にふさわしい数のカボチャ、ズッキーニ、エンドウマメ、ジャガイモなどを手に入れることができる。また別の農場は環状道路を見下ろす場所にあり、白昼夢のような渦を遠くから一望できる。この大地を揺るがすと同時に、大地を拒絶する幻想を生み出す渦だ。その農場には、やがてハンバーガーになるたくさんのウシと、私たちはヤギが好きだから、ヤギがいる。私たちは折に触れてこうした場所のひとつを訪れては、ヒツジの呼吸に耳を傾け、足を持ち上げ、鳥の首を絞め、ジャガイモを掘り、ビニールハウスを補修し、切れ目を縫い、死刑判決を下し、お茶を飲む。

今、私は畜産農場にいる。夏の盛りで、牧草も成長の盛りだ。ウシたちは毎日新しい区画に移動させられて草を食み、新しい区画は電気柵で囲まれている。私のきょうの仕事は、草刈り鎌で柵の通り道の草を刈ること——柵の電線が草に触れると電流が漏れ出てしまうからだ。

これはまさに新石器時代らしい仕事になる。草（穀草は、もちろん、ただの草にすぎない）を刈るための鎌は昔ながらのもので、新石器時代の道具そのものだ。仕事の要点は、別の種の生き物が生きる場所をコントロールすることにある——私は野生らしく見える環境でただまっすぐに草を刈って直線を作り、それから別の種の生き物が自ら選んだ世界に広がるのを妨げるテクノロジーを利用して、私がその生き物のために選んだ世界で過ごさせることによってコントロールしようというわけだ。

私はこの仕事を気に入っている。最も官能的な快楽のひとつと言えるだろう。まず、鎌をカンバス地の鞘から抜き、親指で切れ味を確認する。砥石のケースに水を入れてベルトに下げ、砥石を浸す。それから砥石を刃につけて上下に規則正しく動かす。「シュッ！　シュッ！　シュッ！」。それは私の人生で最も冒険とスリルに満ちた動作だ。海賊の一日は、こうしてはじまる。

次に、心の目で直線のめどをつける。きょうは牧草地の端にあるブラックベリーの繁みからはじめ、まっすぐサンザシを目指そう。青空の下、暑い昼下がりに、Tシャツと短パンで働く。ほんとうは草がまだ朝露に濡れている早朝からはじめればよかったのだが、きょうは都合がつかなかった。シードルの大きいボトルをもってきたから、仕事をはじめる前にまず一口飲む。きっと飲むより速く汗になって出ていくことになるだろう。西部地方の収穫作業員の賃金は、かつて、一部がシードルで支払われていた。サマセットのシードル製造会社は自社製品を「農業の潤滑剤」と呼ぶ。

鎌を手にとる。冴えないイギリス製の鎌とはひと味違う逸品だ。イギリス製の鎌を使うと、手のひらの皮がむけ、椎間板がスロットルマシンのコインみたいに飛び出す羽目になる。でもこれは軽量で完全にバランスがとれ、自分の腕の一部のようによく馴染む。アルプスの牧場でカウベルの響きに合わせて干し草を刈るために作られた、オーストリア製の鎌だからだ。仕事の大半を鎌が引き受けてくれる。私はただ地面の上で鎌を振るだけでよく、右腕に軽く力を入れながら、戦車の砲塔のように腰の上で上半身を回転させる。この動作に慣れれば、一日じゅう働くことができるだろう。鎌を使う草刈りはたいていは軽い仕事とみなされ、女、子ども、老人の仕事になる。上達すれば素早くできる仕事でもある。有能な鎌使いはガソリンで動く草刈機をしのぐ。

私は最初のひと振りで切り倒そうとしている草に目を向ける。なぜその草は、きょう、倒される対象に選ばれたのだろうか？　長いあいだのせつない習慣であれこれ思いをめぐらしてから、中途半端かもしれないが、ひとつの答えに気づく——それは、ほかならぬ私が決めたことなのだ。

草がどのように変化するか、はっきりはわからない。私はきのう、今とほとんど同じ時刻に草を一列刈ったけれど、きょうはまったく違って見えるだろう。深呼吸をひとつして、鎌を振りながら丘をのぼりはじめる。「ザクッ！　ザクッ！　ザクッ！」。カーボンスチールの三日月型の刃が地面に近い薄緑の部分に食い込んで、茎が次々に倒れていく様子が美しい。きょうは、茎を切るときにシリコンの硬さを感じる。きのうはマシュマロを刻むように感じた。

私は何千もの昆虫を追い立てている。足のあいだをウサギが走りぬけたのでリズムを崩し、ひと休みしてシードルを飲む。そのほかに私を止めるものは何もない。息を吐きながら草を切り倒し、息を吸いながら腕を引く。「ザクッ！　ザクッ！　ザクッ！」。呼吸、シードル、太陽、生気が功を奏し、私は永遠にこの動作を繰り返して決して止まらず、靴は緑色に染まっていく。牧草地の一部とXの頭がサンザシの陰から私を見つめ、シードルのボトルを指すように首を振る。「飲んで！」。私が彼に向かって叫ぶと、彼は牧草をかき分けるように進み、煙のせいで赤みを帯びた茶色の目で私をじっと見つめ、歯のあいだにはさまった肉のかけらが見えるほどはっきりと歯を見せてから、ゴクリと飲む。そしてもう一度、ゴクリ。

私の父が丘の上で手を振る。父は、いつもそうしていたように、丸太の上に腰かけている。市場町ベイクウェルのブロックルハーストの店で買ったズボン、一度私にくれようとした古くて硬い靴、なぜかコールタール石鹸で洗ったチェックのシャツといういで立ちだ。私が父に気づいたことがわかると、父ははるか遠くに目をやり、いつもそうしていたように、はるか遠くのものが今ここにあるものとつながっている可能性があることを理解しようとする。父がここまで下りてきて、シードルを飲んでくれればいいのにと思う。そうすれば父はXが誰なのかを知り、質問攻めにすることだろう。いつもパーティーに来た友人や車のうしろに乗せた人を質問攻めにしていたように。父はそうやって何分かのあいだに、相手の身の上をすっかり把握していた。子どもたちは不気味な人だと思って遠ざかり、大人たちは意味ありげに感じて遠ざかった。

「ザクッ！　ザクッ！」。私からしたたり落ちた汗でハエが溺れる。足をバタつかせる様子が少しだけ私にも伝わってくる。またシードルを飲み、Xにも飲んでもらうが、父は丘の上でさわやかな風を見つけたにちがいない。父の超然とした態度には、オリュンポスの神々の威厳さえ漂う。もしギリシャ神話の神のひとりが、つばの広いツイードの中折れ帽をかぶったなら、父の姿になる。

切られた草はほぼ水平に倒れる。牧草地の一番下は、もう干し草に近くなっていて、立ち退きを強制された者たちはすでに新しい共同体を見つけている。だが私の左側は、あまり快適というわけにはいかないだろう。明日にはウシの第一胃の中で発酵しているはずだ。私の右側は、柵の安全な側にまわり、そうなるまでにはしばらく待たなければならない。

「ザクッ！　ザクッ！　ザクッ！　ザクッ！」。Xはもうサンザシの木の陰に戻った。サンザシの木ではすし詰め状態のスズメたちが場所取りに精を出している。

あと五回。「ザクッ！　ザクッ！　ザクッ！　ザクッ！　ザクッ！」。私が仰向けに寝転ぶと、溝のある牧草の茎が大聖堂のように青空に向かってそびえ立ち、ハシボソガラスは私が死にそうだと心配し、ちょうど着いたばかりの子どもたちの叫び声が響く。「おとうさーん！　おとうさーん！」

子どもたち全員が顔を揃えている。トムだけは、いつものようにみんなから離れ、あちこちをキョロキョロ探しては石をひっくり返し、木に登り、ブラブラ歩く。まともな警官がトムの動きを見れば、手錠をはめ、挙動不審の疑いで警察署に連行することだろう。今はサンザシの木を見下ろして、なぜ急にそこにスズメが集まっているのかと不思議に思っている。

私の父は子どもたち全員を懐かしそうに、慈愛に満ちた目でしばらく見つめていたが、遠くなった耳にも騒々しすぎることに気づき、足を引きずりながらゆっくりと水桶を調べに丘を下っていった。

Xが手伝ってくれてもまだシードルはいっぱい残っていて、この暑さはまだしばらく続くだろう。「今夜はここに泊まろう」と、私が提案する。焚火をすること、そしてあとから寝袋が届くことを条件に、そうだね、もちろんだよ、とみんなが同意する。

そうして私たちはそこでひと晩を過ごすことになった。内臓の串刺しを焼き、固いところを吐き出す。ヘッドランプのように目を光らせたウシたちが、柵ギリギリまで焚火に近づいてくる。兄弟姉妹間の最近の対立はいったんお預けになる。焚火をはさんで喧嘩はできないからだ。キツネが様子を見にやってくる。ジョニーは生垣が気になっている。レイチェルはまったく不思議で、焚火から燃え上がる葉っぱを取り出している。ジェイミーは催眠術にかかったかのように、神秘的な様子だ。トムは今回に限ってはものごとの中心にいて、突き刺すための棒を焦がしている。

やがて火が小さくなると、みんなが空を見上げ、驚きの声を上げながら次々に名前をつけ、ますます驚くと、ますます名前をつけていく。星座の実際の名前をあまり知らないから、自分たちの好きなようにつける――カエル、木、魚、鳥、ハリネズミ、花、シカ。すべてが生き物で、夜空には靴やトラクターは存在しないらしい。それらのすべてが物語でつながっている。鳥は魚を捕まえ、シカは花を食べ、ハリネズミはカエルといっしょに踊る。そこで私が教育の名のもとにそのすべてをぶち壊し、むこうの木のてっぺんにあるのが天の川で、それは私たちの故郷であり、そこには五千億個の恒星があるのだと教える（わざわざ丸太に炭で、500,000,000,000という数字を書きつけてみせた）。あそこにあるぼんやりした光の塊がアンドロメダ星雲だと思う。あれは私たちが肉眼で見ることのできる、天の川銀河以外の唯一の銀河で、そこには一兆個の恒星があって、地球から二百万光年の距離にあり、だからね、レイチェル、あそこにあるあの光は、私たちが見ることのできる一番古い光なんだよ。あの光は、みんなの祖先であるホモ・エレガスタがアフリカの繁みをはじめてうろついたときより前に、この農場への旅に出発したんだ。それから私はますます調子に乗って詩を詠むような口調で、太陽系全体が飢えたブラックホールに飲みこまれ、電子がエネルギーレベルのあいだでノミのように飛び跳ね、何百万マイルもの長さをもつガス線条体が捨てられた花嫁の引き裂かれたベールのように宇宙全体に延び、瀕死の恒星の中心はつぶれたあとも暗闇に光を放ち続け、エネルギーは静かに活動し、銀河系のあいだで渦巻いているのだと論じた。けれどもみんなの関心はとっくに薄れ、パチッと音をたてるマシュマロや靴にあいた焦げ穴に目を凝らしている。

「百五十億年前には、何もなかった」と、物理学者のチェット・レイモは書いている。「それから神が笑った。無限大の高密度と無限大の高温をもつエネルギーの種子が無から生じ、一瞬にして物質へと姿を変えた。現在の宇宙論的思索によれば、その最初の笑いは一秒の十億分の一のそのまた

十億分の一のそのまた十億分の一ほどの長さで、それがすっかり終わると、宇宙が本格的に動き出したのだった」

悪い神話ではないが、私はもっとよい神話、たしかにもっと役に立つ神話を聞いてきた。おそらくXと彼の息子（もうここに来ている）、そして私の父親（まだ丸太の上に腰かけている）が、今なら物語の決定版を語ってくれる。

私は新石器時代の人々が星座に名前をつけたと想像する。彼らを非難するのは思いやりに欠けるというものだ。ユダヤ教とキリスト教に共通の物語が正しいとするならば、彼らはすべての動物に名前をつけるようにと言われており、彼らが知る限りでは——その点では私たちの知る限りでも——星座は動物だ。私も子どもたちが怖がって名前をつけようとしたことを、とがめはしない。名前のほうが番号よりいい。名前は少なくとも関係を暗示する。私たちは、カエルと星とハリネズミと渦巻き銀河と関係をもつことができる。私が丸太に書きつけた数字は、何の意味もなさない。

明日は夏至だ。新石器時代の人々にはとても大切な日で、私たちも注目している。私の友人の多くも期待し、どこかの立石に行って、イーベイで買った皮のコップでブラックベリーワインをたらふく飲み、笛とフィドルとマンドリンで何か中世風の曲を演奏して、傾斜する大地とのつながりを感じようとする。でもそれはいつも正反対の効果をもち、私は長形墓にある骸骨の最初の持ち主よりもサイモン・コーウェルのほうに親しみを感じてしまい、家に帰ってユーチューブを見るのを待ちきれなくなる。

これを知っておくだけの価値はある。私には新石器時代を理解できるように思えてきたからだ。新石器時代は、何もないという理由で理解できないだけでなく、多くの現代的な考え方がその時代に形成されたものの、最後の一万年ほどのあいだは私にとって恐ろしいものであるために理解できないのだ。その当時、人々は世界が足の下で揺れていると感じていた。私にはそう感じられない。

当時の人々は、これが一年じゅうで最も明るい日であることを祝った。私にとっては、これから光が後退していくことを思い起こさせる日だ。

＊

さて、私たちは石の近くまで行き、絞り染めの服を着た大勢の人たちといっしょに雨に濡れながら立っていた。私は何も感じず、何も起こらなかった。だから私は家に帰って、これから一週間はポリッジと平らな円形のパンだけを食べて過ごそうと固く決心した。だからそれを実行し、その結果として、新石器時代の食事の時間はまったく退屈なものだったにちがいないことを思い知らされることになった。この種の料理の退屈さは、誰にでもこたえる。私はシナイ半島とエジプトの白砂漠でベドウィンとともに長い時間を過ごしたことがあって、彼らの食事は多かれ少なかれ新石器時代のものだ——ポットを逆さにしたもので焼いた平らな円形のパンを食べる。そのあいだ、私のイライラは募るばかりだった。それでも彼らには少なくともマーマレードとツナ缶がある。

私たちはひとつの種として生きる一生のあいだに、およそ八万種の異なる動物と植物を食べてきた。それでも現代では、コムギ、コメ、トウモロコシというわずか三つの種が、世界の人口の四分の三の食を支えている。私たちは自ら退屈を選んだのだろうか、それとも退屈さが私たちをとらえたのだろうか。その両方だ。私たちはときに圧力をかけられ、ときに圧力を逃れる。たしかに、階級が芽生えて強固なものになるにつれ——それははじめ親族関係に基づくもので、力のある先祖からの反論できない承認があったが、のちの支配者層は血のつながりによるものではなく政治的なものになった——体制は、多くの場合は血なまぐさい方法で、選択という概念自体を認めなくなっていく。コムギよりイチジクを熱狂的に好む市民は、現職ではなく新しい統治者を選ぶかもしれない。

「二百四十六種類ものチーズをもつ国を、どうすれば治められるというのかね？」と、シャルル・

ド・ゴールは尋ねたという。チーズに対する情熱が強ければ治めるのは無理で、そのために現代の全体主義者はすべて——新自由主義者であろうと共産主義者であろうと——小規模な生産者を嫌い、独占企業を好む。これは新石器時代後期からずっと見られる状況だ。現在ではたった四つの会社が世界の穀物取引の四分の三以上を支配し、私たちの統治者はそれを望んでいる。政治家は独占企業から支払いを受けるわけではなくても、相手が多いより少数のほうがビジネスは簡単になる。とりわけ、その少数の企業のCEOと同窓なら申し分ない。

新石器時代の人口増加によって、国家形成に必要十分なだけの人数に達した。人口が増えれば、抽象的な考えと階級制度も活気づく。これらの階級が同時発生する理由は複雑だが、新石器時代の社会の庶民にあたる個々の人たちにとって、その傾向は幸先のよいものではなかった。

人口と階級には因果関係があり、抽象化と階級にも因果関係がある。抽象化の加速は新石器時代の芸術を見ればはっきりわかる。イベリア半島とブルターニュにある新石器時代初期の芸術はわかりやすく、弓はあくまでも弓だ。だが新石器時代が進むにつれて、芸術作品を解釈するのはどんどん難しくなっていく。つまり、芸術は専門家の職業になり、専門家だけがその意味を解く秘密をひそかに知っている状態が生まれた。上流階級と庶民が芸術にあらわれたのだ。ときには芸術を一般大衆から遠ざけるために、はっきり難しくしてあったが、より難解な説明を必要とする、純粋に形而上学的な前進が見られることもあり、つまり理解が求められるようになった。これに人口の増加という要素を加え（大半の人々は聖職者や支配者にはなれない）、その年の収穫に失敗すると自分の子どもたちが死ぬのがわかっていることから生じる恐怖を足せば、有毒な独裁政治の条件がすっかり整う。

このような条件のもとでは、暴力が増加することも予想できる。それは同じ共同体の内部でも異なる共同体のあいだでも、起こり得ることだ。自分たちの穀物は育たなかったのに、隣村の穀物がよく育ったのなら、槍と袋をもって隣村に押しかけるのは自然の流れだった。

実際にそのようなことが起きたというのが、大多数の意見だ。ただし、これに反論しているひとりは有名なスティーヴン・ピンカーで、ものごとは少しずつよくなってきているという独特の見解をもっており（この考えは、この本の最後の部分でも再び登場する）、その結果として新石器時代の暴力は後期旧石器時代よりも少なくなったとしている。ピンカーにとって、「人間の堕落」は「上昇」だったことになる。

ピンカーによれば、静的な社会が生まれる前には狩猟採集民が人口の十五％を殺していたが、定住すると殺人は減っていった。その考え方は、ほんのわずかな考古学的根拠に頼るものだ。たしかに後期旧石器時代の狩猟採集民の骨には、高い損傷率が見られるが、そのような損傷の大半が確実に人間によるものだとは言えない。どこかから落ちたり、オーロックスの角で襲撃されたりと、ほかにもいろいろな原因が考えられるからだ。狩猟採集民は比較的穏やかだったという正統派の学説に反論するために、ピンカーは暴力的な狩猟採集民の例を引き合いに出している。だが、現代の狩猟採集民から先史時代の暮らしを推定するのは疑わしい上、ピンカーが根拠としているのは社会、経済、心理の全体が国家によって混乱に陥ってしまった狩猟採集民の例だ。

ピンカーはさらに、チンパンジーとボノボには種の内部での恐ろしい暴力があるとも書いている。彼らから遠ざかるほど、私たちはより平和的になっていくと、ピンカーは信じているように思える。でもそれは奇妙な議論だ。私たちは後期旧石器時代に行動的現代性を確立した時点で、基本的な生理的、心理的配線において現在と同じくらいチンパンジーから遠い存在になっていた。その後の何千年かのあいだに変わったのは周囲の環境で、そのために私たちに残っていた暴力的傾向が現実のものとなってあらわれるようになった。後期旧石器時代には（その後の大半の狩猟採集民社会と同様に）、仲間の人間を殺そうという犠牲の大きい危険な行動を起こす理由はとても少なかった（人間の数もとても少なかったからだ）。歩きまわる土地は豊富にあり、海には魚が、ツンドラにはカリブーが、豊富にいた。ほかの誰かにイライラさせられるなら、最も簡単なのはただ先に進むことだった。そのころには、その後とは違って、簡単に先に進むことができた。

新石器時代に抽象化が増えたのも、この方程式の一部になる。人間の概念を殺すより実際の人間を殺すほうが難しい。残忍な専制君主は誰でもそれを知っている。モシェ・コーエンとその妻ハンナを総称的なユダヤ人に変えること、さらに「寄生虫」に変えること、あるいは彼らの顔をマンガでユダヤ人の鼻にすることは、群衆をあおって彼らの家を焼き討ちするよりもはるかに簡単だろう。もしも空想上の「助けを求める避難民」が、実際には愛すべき父親であり献身的な息子であるアブドゥル・ムハンマドで、チェスとウクレレが大好きであることを示せば、その人物を拘束してシリア行きの飛行機に強制的に乗せるのはとても難しくなるだろう。

人口の要素がこれに加わってくる。人がたくさんいれば、個人は見えにくくなる。そして急激に増える人間の商品化でも、同じ効果が働く。利益がより重要になるにつれて、一人ひとりの人間は本人が誰であるかよりも、何をできるかによって評価されるようになっていった。そしてもし期待されることをできなければ、さて……それはとても古く、とても新しい物語だ。

人口が増えるにつれて社会はより複雑になり、規制が必要になる（とみなされる）。その結果、規制する者と規制される者のあいだに大きな溝ができる。市場がすべての規制を繰り出せば、金持ちが一番上で、貧乏人が一番下だ。

現代の人類学が示すことのできる大昔の暴力に関する最も有用な情報は、おそらく野生からの疎外の影響だろう。私たちはみな、たとえマンハッタンで暮らしてプラスチックケース入りの電子レンジで温めたものしか食べないとしても、野生動物であることにまちがいないのだが、鉄格子に閉じ込められた現代の暮らしにある程度は慣れてしまった。それでも都会の動物園で暮らす最初の何世代かにとっては、精神的にとても厳しい。最近になって狩猟と採集をやめた狩猟採集民社会では、精神疾患、自殺、暴力がとても多い。文筆家のジェイ・グリフィスは、次のように言っている。「人間の精神には、野生に対する原始的な忠誠心がある。その第一の戒律は、野生的な天使に忠誠を誓って生きることだ」。そしてその戒律を破ると、恐ろしい天罰がただちに降りかかる。そうした罰では、まず狩猟する動物も魚もいない砂漠のような「心の荒地」に追放され、そこから以前の狩猟民たちは自分の仲間や別の人間を狩りの対象にしはじめた。アフリカ、オーストラリア、北極圏で暮らす先住民はグリフィスに、暴力をはじめとした反社会的行動の問題に対する唯一の解決策は「土地」だと言った。ただし彼らの主張の意味は、国家主義者が意味するものとは正反対だ。先住民は、すべての野生の人間（つまりそれはすべての人々）に、野生の土地すべてに対する自然な権利を与えるべきだと言っている。オーストラリアの先住民であるヨルングの人々は、大地を「心の薬」と呼ぶ。ジミー・エコーと呼ばれるイヌイットのミュージシャンはグリフィスに、「暴力は自然の外にいることからやってくる」と話した。

私には本や論文がなくてもそれがわかる。私たちの家族の暮らしが、ひとつの長い証拠だからだ。子どもたちを緑あふれる場所に連れていけば、すぐにナイフは鞘に収まり、意地悪も消えてしまう。それは単なる気分転換やエネルギー発散という問題ではない。同じ子どもたちを室内の娯楽に連れていくと、兄弟の興奮状態は同様だが、内戦は継続する。子どもたちが都市文明の象徴的な存在――たとえば、制服を着た博物館の係員や、地元にあるギリシャ料理店の口髭を生やした威厳あるウェイターなど――に威圧されているのだと思う人もいるかもしれないが、そんなことはまったくない。樹木は子どもたちに、警察官にはできない道徳的な要求をするのだ。

ただし、新石器時代の人々が身につけることのなかった、重要な堕落要素がひとつある。それは文字言語という、大量精神破壊の武器だ。文字言語は支配者層による拘束を強固なものにする。文字は相続、負債、正式な義務を（ときには文字通り）石に刻み、それによって支配者層に正義、慈悲、自然な革命に打ち勝つ力を与える。文字言語は抽象化の極致で、自然の具体的な世界から人間を離婚させる仮判決だ（これから見ていくように、啓蒙が離婚の確定判決になる）。何かを書きとめれば、まったく偽物の権威が与えられ、それは経験に基づく権威を打ち負かすものになる。自分の世界が粘土板に書かれた文字にあるならば、森まで出かけて何かを確かめる必要はなく、森は書かれていることに反論する機会を与えられない。そして――なんという名誉なことか！――それらの文字を書いた人物、世界全体を作り上げた人物は、あなたなのだ！

最古の文字言語はシュメール語だ。最初は絵文字で、人間の頭の中以外の世界でも丁重にうなずいてもらえるものだったが、まもなく絵文字はシュメール楔形文字の線（再び直線の登場だ）に取ってかわられた。楔形文字は、自然の粘土の上に、人間が作って人間が手にした葦製のペンを攻撃的かつ強欲に突き刺した跡で、それによってメソポタミアは世界を独自のイメージに作り変えた。

声のみに頼る文化では関係性が求められていた。話し手と聞き手との関係性、話し手と情報源との関係性だ。ひとつの物語をまとめるためには、口述による語り手は自らが野生にまじって経験を積み、野生の気分が乗って物語を語るために選んだ音色があれば、その音色に耳を傾け、その物語を作った野生にそれをもらう許しを請い、作り手の意図に反した使い方はしないと誓い、野生から戻る際には丁寧にお辞儀をし（それはユダヤ教ハシディーム派の人々がエルサレムの嘆きの壁から立ち去るとき、そこにいる存在を軽んじることがないようにと後ろ向きに歩くのと同じようなことだ）、焚火のまわりで誠実に物語を語り、物語を語り続けられるように社会的死を与えるという条件で聞き手を結びつけなければならない。

だが文字があれば話は違う。誰かが部屋の中に座ったまま、自分の頭の中にある考えをもとにして、永遠に拘束力をもつ線を刻む。その線は頭以外の権威には由来せず、ヒツジが自分の好きな場所で草をはむのを妨げる柵の直線のように確実に、他人の未来の行動と方向を制約する。負債の一覧や条約の詳細を刻むのは物語を語ることで、その岩がどのように巨大なヒキガエルの爪に関係しているかについて、自分の父親がどのようにお守りの葉を集め、詰まったパイプをくゆらせ、体が焼かれたあとも長いことコールタール石鹸の飛行機雲を残しているかについて語るのと同じことなのだ。

文字言語によって忍び寄る支配権には、また別の重要で悲惨な段階があった。新石器時代には起きなかったが、その種子は新石器時代に蒔かれたもので、それはアルファベット（音声）文字の登場だ。絵文字は人間以外の世界にも会釈し、樹木や雄ウシのスケッチで意味を伝えた。だが音声文字は言語と自然界とのつながりや依存関係を断ち切ったので、人間ははじめて、言語というのは人間だけの持ち物だと信じはじめた。そのときまでは（私はこれまで新石器時代をさんざん非難してきたが、その新石器時代全体を通して）、人間以外の世界も話したり聞いたりすることができた。ただし人間以外の世界の訛りはどんどん強くなって、人間には聞き取りにくくなり、その物語は無視されたり、利用されたり、奪い取られたりするようになっていった。アルファベットが登場するまで、自然界が無口だとはみなされていなかった。アルファベット以前の自然界は、歌い、詩を詠み、意見を述べていた。だがアルファベットの登場と同時に、その声は消えた。そして、動物を黙らせたいと思えばどんなことでもできるのではないだろうか。

＊

私たちはまた、ウェールズのバートとメグの家にいる。私が春に支配について長々としゃべってしまったことを、メグは許すと言っているが、私にはほんとうかどうかわからない。でもここにいると、いつものことだがとても気持ちがよく、私たちはヒツジの群れを集め、ロバに餌をやり、水力発電タービンをいじくりまわし、川で泳ぎ、鉄器時代の聖職者の骨を探し、カメの骨で解剖学のジグソーパズルを楽しみ、アナグマのトイレの地図を作り、子どもの下痢に効くダイコンソウと近所の人の脚にできたおできに効くフキタンポポを煎じ、今は家に戻ってヒツジの肉とホウレンソウを食べている。(「そのホウレンソウは、これまでで一番、鉄分が多いよ」と、メグが言う。「私の生理の血を肥料にしたからね」)

窓の外を見ていたバートが、あわてて皿を置くと大急ぎでドアを開けて外に飛び出し、谷に続く小道を走っていく。私たちもあとに続く。

「さあ、はじまったぞ」と、バートが叫ぶ。「いそいで!」

風が吹くとオークの木から葉が舞い落ちる。バートはその葉が地面に着く前に捕まえようとし、もしも手に取れたらとてもラッキーなのだと言う。

ジョニーはゲームに加わらない。そして、「葉っぱは落ちるものだよ」と、まじめな顔をして言う。「葉っぱにとっては、今は地面の上にいるときなんだ」

「ラーリリリ、リリ」

秋

ある金持の畑が豊作であった。そこで彼は心の中で、「どうしようか、わたしの作物をしまっておく所がないのだが」と思いめぐらして、言った。「こうしよう。わたしの倉を取りこわし、もっと大きいのを建てて、そこに穀物や食糧を全部しまい込もう。そして自分の魂に言おう。たましいよ、おまえには長年分の食糧がたくさんたくわえてある。さあ安心せよ、食え、飲め、楽しめ」。すると神が彼に言われた、「愚かな者よ」

ルカによる福音書、12章16〜20節

「今年は」と、リズが言った。彼女はアウター・ヘブリディーズ諸島の見える小さな農地で、流木の彫刻とフェルトのスリッパと物語を作っている、かわいらしい友人だ。「あのよき晩を、おとなしく迎えるのはやめにしましょう。みんなで大騒ぎして、ワインを山ほど飲んで、夏が私たちにくれたものを山ほど食べて、感謝の気持ちと頭痛をもって秋に突入するのよ」

だから私たちはそうすることにした。みんなで車に乗り込んで北に向かい、グラスゴーに近い高速道路のホテルで一泊する。そのホテルには、あやしげな床タイルのセールスマン向け特別料金と、回転するハリネズミみたいな靴磨き機がある。そして翌日の昼までには、リズの住む谷に向かう細い道を下る。私たちはホテルにあった巨大なシラーズのおかげで、すでにフラフラするような頭痛を抱えていたが、その後は約束通りに進んだ。火の上で回転するヒツジの肉と生垣から摘んできたサラダを食べ、フィドルとアコーディオンとボズランに合わせて踊り、インドのラーガとクジラの歌の録音で音楽の合間を埋め、大樽に入ったルバーブワインを飲み、みだらな歌や崇高な歌を歌い、次のリールダンスに備えて海で泳いで頭を冷やす。不機嫌なカラスが木の上にとまって、私たちのやり方に文句を言い、イルカの噂話をする。

　何もかもすばらしい。でも、親愛なるリズ、問題がある。こういうことじゃないんだ。光には少しずつ闇が忍び込む。光が突然消えるわけではない。春分と秋分、夏至と冬至はすべて、計測と計算と、実際にはない分割によって決まっている。よく実った穀物を鎌で刈ったあと、秋になったら一晩でベリーが実るわけでもない。何かが起きるのを期待して巨石がある場所に行ってはいけないんだ。いつでも何かが起きることを期待しなければいけない。暗闇は、スコットランドの北部に行っても比較的暗いだけで、最初は稲妻によって空からやってきた火が一日を明るく燃やす。火は空からやってきたのだから、夏の空は決して休まないと言っていいだろう。ただ暖炉に引っ越すだけだ。

　きみが作った美しいケーキ、夏をあらわす緑色でマジパンの花が一面に飾られた逸品は、切り分けられ、厳かに食べられた。私はその理由を理解し、きみは勇敢で善良で寛大だけれど、何か美しくて高価なものを壊すのは、食べるにせよ割るにせよ、新石器時代に富と地位を示すために陶器を割ったことを思い起こさせる（現代のギリシャで皿を割る習慣になって残っている）。

　狩猟採集民の世界では、暗闇は少しずつやってきた。どの日をとっても前の日や次の日とほとんど変わらず、そんなに長くも短くも感じられなかった。それぞれの季節が、数多くの異なる方法で十分なものを与えてくれ、毎日の喜びはその日一日に十分なものであって、倉をいっぱいにするものではなかった。

　現代の西欧では倉をいっぱいにする儀式、収穫祭がある。私たちが大好きな祭りだ。誰に感謝するのかを明確には言えなくても、とりあえず感謝するのはいいことなのだろう。収穫祭は妥当なもののようだ。私は思いをめぐらす。

「われらは地を耕し、種をまく」と、収穫祭の時期に子どもたちが歌う（さて、子どもたちはそうしていないが、それについては何も言わないでおこう）。この讃美歌は、どちらかというと自画自賛に聞こえる。私たちは農業の上で正しい選択をし、私たちは鋤《すき》で耕した。だから私たちはこの冬もお腹いっぱい食べることができ、来週には村の集会場で盛大なパーティーを開く。

　次の行では謙遜が見える。「陽を輝かせ雨を降らせた神だけが育てられる」と、神に伝えるのだ。でもこれは信用できない。神はただ私たちが思いついた計画のパートナーであって、慣習経済で行けば、神と聖職者の取り分は骨折りの報いとしてわずかなはずだ。たとえば、十%、つまり十分の一程度になる。それに私たちは正しい神を支持したこと、そして明らかに有効な方法で神をなだめたことでも、褒められていい。それはとても新石器時代らしく、とても旧石器時代らしくない。後期旧石器時代の感謝は一定した恐れおののく心で、身を捧げてくれた動物や植物に向けられていた。そしてそれは、新石器時代の感謝とは異なり、神の代理人である地上の支配者にへつらって向けなおされることはなかった。その支配者は人々に種を蒔くよう指図し、人々に恩恵をほどこし、自らは上等のスーツを着て柔らかい椅子に座り、慈愛に満ちた笑顔をたたえ、列をなして教会を出る人たちから丁寧な挨拶を受ける準備を整えている。

*

「これでみんな、寒さの中で幸せに死ねるわ」。私たちがさよならのハグをすると、リズは顔を輝かせながらそう言った。

太陽が沈むと地球は死んでしまうように思える。これまでの冬、私は自分の手と耳を地面につけて、地球にまだ鼓動が残っていることを確かめようとし、何も感じず、何も聞こえないことがわかると、自分の中で暗闇が広がるように感じたものだ。

それは新石器時代の考え方で、太陽がなければ命はなく、地上に作物がなければ命はない――だから冬至には死にもの狂いで注意を集中させた。冬至をすぎれば、太陽がまた私たちの側に向かいはじめる。壁と柵によって分けられた二元的な世界で、それは狩猟採集民にとっては想像もつかないものだったが、私たちのほとんどにとっては、それからずっと住み着いて離れない考えだ――太陽がある世界／太陽がない世界、光／闇、死／生、オン／オフ、神／神の不在、信じる人／信じない人、黒／白、私たち／彼ら、清潔／不潔、祝宴／飢餓。それでも、新石器時代には私たちほど極端ではなかった。その時代にはある程度まで、死は創造的なこと、翌年の収穫は寒い暗闇の中で生み出されていること、冬は生きていることを知っていた。私はそんなことさえ忘れていた。

*

二組の皿が、大きな家の前で人から人へと手渡されていく。一方の皿には小さなカナッペが並び、上にのっているのはスモークサーモンと少しのキャビアだ。もう一方の皿には、通りの向こうのスーパーマーケットで買ったソーセージロールがのっている。カナッペは赤と黒の服に身を包んだ騎手たちに恭しく提供され、ソーセージロールのほうは、徒歩や車で追う人たち、また緑色の服を着て後ろの箱にテリアを乗せた四輪バイクで追うしわくちゃの顔の男たちのあいだでまわされていく。騎手はワイングラス(フォックスハウンドの飼い主用のカットグラス)でチェリーブランデーを飲み、歩行者には紙コップで料理用のシェリー酒が配られている。

これは一年じゅうで最も人気のある猟犬勢揃いの日のひとつだ。パラディオ風建築の屋敷のテラスからは、数千エーカーにのぼる、いわゆる田園風景を見渡すことができ、故国を離れたイギリス人がその風景を見れば涙を流すだろう。オールドイングランドのローストビーフの元になるウシが草をはむ、緑色のパッチワークキルトのような牧草地、刈り込まれたブラックソーンの生垣、丘の上のラウンドアバウトにある森林の名残、何もかもがうねるように続き、穏やかで、控え目だ。もちろんそのすべてが十八世紀に農民から奪われたもので、その結果、都市には安価で絶望的な労働者が押し寄せた。だが、このよく晴れた輝かしい日を、そんな考えで台無しにするのはやめておこう。そして、あたりを歩く猟犬のまだら模様の脇腹から、株式仲買人の妻たちがはいた乗馬ズボンの太ももまで、たしかにすべてが輝かしい。

誰もが認めるきょうの主催者は絶好調の人物だ。彼女はケイマン諸島の税務弁護士事務所で腕を磨き、それからその腕を活かしてビジネス上のライバルと熱心すぎる収入検査役を蹴散らし、華々しくロンドンとシャイヤー(イングランド中部の狩りが盛んな諸州)に帰還すると、やもめの男性と結婚し(彼女がその姿を見た時点で、男性に勝ち目はなかった)、曖昧な様式をもつ新築のカントリーハウス、訴訟を免除することを約束した金庫内の書類、そして二百年の歴史をもつ三十組のフォックスハウンドを手に入れた。今はふだんの重役椅子に代えて馬上の鞍に座り、望遠鏡を手に、ホスト役にもてなしの礼を述べ、良識のぎりぎり範囲内で攻撃的なジョークを飛ばし、すべての人に(キツネを除いて!)すばらしい狩猟になるようにと言葉をかけている。

小柄で屈強な猟犬係が律儀にも話に耳を傾けているが、目は自分の猟犬から離れない。彼はそれらの猟犬のことを、自分の子どものことと同じくらいよく知っている。ダーターの左の後ろ足は、不自由になってしまうだろうか？　チャンターは夕べ犬舎で年老いたウシに吠えすぎただろうか？　きょう、動作が遅すぎては困る。これくらいの臭跡なら、チャンターの鼻が必要だ。乾燥しすぎている。彼はプロ中のプロだから、主催者についてどう思っているかはおくびにも出さない。彼の父も猟犬係だった。だから歩くより先に馬に乗れるようになった。彼はキツネの夢を見て、赤毛の魅力的な妻をもち、その妻は狩猟で死んだ馬で（十分に新鮮なら）スープを作る。もし彼にキツネを好きかどうかと尋ねれば、微笑みながら指を顎に当て、「うーん、それは複雑な問題だ」と答えるだろう。たしかにその通りだ。

きょうは最初に、テラスから見える場所にあるブランディの森に行く予定だ。森にはキツネがたくさんいて、ブナの木の根のあいだを掘っている。あの猟犬係の父親が、自分の猟犬を駆り立てて大きな灰色の雄ギツネを追わせているとき、低い枝にぶつかって首の骨を折ったのはその森だった。猟犬係はむきにならないようにしているというが、ブランディの森に行くと顎にいつもより力が入り、懸命に殺そうとするという。

トムと私は歩いてここまでやってきた。近くの友人の家に泊まっていて、狩猟の騒ぎがどんなものかをトムに見せておきたいと思ったからだ。猟犬のあとをできる限り遠くまで追っていき、それからは馬の運搬車両の後ろに摑まって戻る予定にしている。

猟犬係が主催者とホスト役に向かって帽子を上げ、笛を吹く。猟犬も首を上げると、仕事ができると思ってワクワクしている様子を見せ、猟犬係のあとに従って道を進んでいく。それからそれぞれが思い思いに帽子を上げ、馬の腹帯を占め、手綱をもつと、馬もまたカチャカチャ音を立てながら進んでいく。

そのとき、架台式テーブルの横から、最後の馬が通過したあとで奇妙な腕が伸びるのが見えた。

その腕はアカシカの長くて硬い毛で覆われている。先端の手は黒に近く、爪は噛まれて短く、水圧式万力のような力を出す。それでもその手は食べ物を口に入れる繊細さをもって、ソーセージロールをつまみあげる。

馬たちは今ではみな遠くへ行き、私にはソーセージロールで満たされていく顔が見えてくる――ソーセージロールはまだたくさんある。顔は手と同様に、とても暗い色をしている。ただし灰色がまじった黒い顎鬚《あごひげ》に隠れて、ほとんど見えない。髭は不規則に刈られ、カワウソの毛皮に見える丸い帽子は黒いカラスの羽根で縁どりされて、眉毛の位置まで引き下ろされている。鼻はまっすぐで長く、濡れている。私がじっと見つめるなか、彼はもうひとつソーセージロールを口に詰め込み、一方の鼻の孔を親指で押さえると、もう一方を力いっぱい吹き出したので、テーブルにしぶきが散った。まだいくつかカナッペが残っている。彼はそのひとつを手にとると、匂いを嗅ぎ、足で踏みつぶす。腰までかかるシカ皮のパーカーをはおり、両足を覆っている薄いズボンはおそらく死産した動物の皮をなめして作ったのだろう。ブーツはアナグマの毛皮で、顔の筋がつま先に向かって縦に入っている。彼が笑えば――きっとよく笑うだろうが――圧倒的な荘厳さをもった大声を出すにちがいない。

背は私より頭ひとつ分ほど小さいが、力に満ち溢れているために、オークの老木のような見かけの高さと太さがある。それは大きな求心力をもち、あらゆるもの――目、テーブル、思考、ソーセージロール――が彼のほうに引き寄せられていく。まるで顎鬚を生やしたブラックホールのようだ。そのせいか、しばらくのあいだ、私はテーブルのそばにもうひとつ人影があるのに気づいていなかった。その人物も動物の皮を着ているが、もっと若く、色も白く、弱々しく見える。この少年は食べ物には関心を示さず、その目は私の後ろの何かに釘づけになっている。私はようやく目を閉じ、彼の父親のほうから顔をそらすと（髭の男は父親にちがいない）、振り返って息子が魅了されているものを確かめる。すると私のすぐ後ろにはトムがいて、視線で穴をあけたいと思っているかのように、テーブルをじっと見つめている。

「トム？」と、私は呼びかける。「トム、何を見ているんだい？」

トムは池から上がったばかりの犬のように頭を振り、急いで私のほうを見ると、「なんにも」と言う。

いいよ、好きなようにすればいい。

家から見下ろす草原では猟犬がクンクンと鳴き声を上げ、猟犬係が犬たちを励ます声が聞こえる。「行くんだ、チャンター、見つけろ、見つけろ」。ほかの猟犬はチャンターの鼻のことをよく知っていて、まわりに集まってくる。「行け、そこだ」と、猟犬係は駆り立てる。「行け」。そのとき突然、波が砕けるような大きな音がとどろいたかと思うと、犬たちがまっすぐ丘を駆けのぼって行く。猟犬係が犬たちの状態を心配したのは、的外れだった。犬は胸の高さの匂いを追っており、チャンターは今では後退し、若い猟犬が進んでいる。きっとこれは、夜中に餌をあさったキツネが早朝に巣穴に戻るときに残した古い臭跡ではない。きっとこのキツネは、生垣の下で寝ているにちがいない。大当たりだ！　あそこにいる。先頭の猟犬から牧草地ひとつ離れた先で、ふさふさの尻尾をまっすぐ後ろになびかせて、懸命に走るキツネの姿がある。スピードには自信があり、頭を使おうとはせずに、ただまっすぐブランディの森の古いキツネの砦に向かう。

「ヒュー、ヒュー――ッ！」と、猟犬係が叫ぶ。「ヒュー、ヒュー――ッ！」。するとその意味を知っている猟犬たちは、速度も声も倍にする。猟犬係のあとをフィールド・マスターが追い、いつも先頭を突っ走る猟犬係を食い止めようとする。「猟犬たちに場所をあけてー っ」と叫ぶが、効き目はない。馬と人の鼻が膨らみ、帽子がしっかりかぶり直され、尻ポケットに入れた酒入れが取り出されて最後の景気づけがゴクリと喉を通り、上品で震える一団が出発の準備を整え、拍車が腹に入って鞭が振りおろされると走り出し、彼らのベルベットの上着に泥がかかる。

オークの幹のような男は口を大きくあけ、壮観な光景に顔を向けている。両腕はだらりと垂れ下がったままだ。前のめりになって目をこらし、帽子を押しつけ、信じられないといった様子で眉をひそめる。少年の肩を軽く叩くと、固く握りしめたこぶしで草原を指した。

キツネはまだずっと先だが、間隔は狭まりつつある。ふさふさの尻尾は少し垂れはじめ、足も土で重くなってきている。

猟犬係は、先頭の猟犬から牧草地ひとつ分だけ遅れている。そして遅れ気味の犬をけしかけながら、「行けーーっ、行けーーーーっ」と叫び続ける。高い生垣から何輪かの花が馬の首に降りかかり、さらにイングランド中部の柔らかな土へと落ちる。今夜開かれるレスターシャーの政治家がらみの夕食会で、鎖骨が無傷な者の数は減るだろう。四輪バイクが森に向かう道で爆音をたて、その後部に積まれた箱はキャンキャンと騒がしい。

キツネは生垣を通り抜けようとする。ほとんど成功したかに思われたが、やっぱり隙間が細すぎた。生垣の下の溝に沿って走り、ようやく柵に達すると、それを飛び越える。だが柵のてっぺんにぶつかり、仰向けに倒れてしまう。疲れ果ててしまった。もはや先頭を奪われつつある状況だ。それでももう一度、柵を飛び越える気になり、今度はうまくいく。すぐ後ろでは、ダーターが興奮しすぎてなかなか追い詰められないでいる。でももうそれ以上は必要なくなった。誰の目にもキツネが見えているからだ。もう長くはないはずだ。テリアの男たちは、うしろの箱を開ける必要も、シャベルを取り出す必要もない。やがて猟犬がキツネを広々とした場所に追い詰め、降参させるだろう。

だが、ちょっと待て。まだ終わっていない。先頭を走っていた猟犬が戸惑っている。だから、それを追っていたほかの猟犬たちも戸惑う。チャンターまでもが戸惑い、今や疲れきって、どうすればよいのかわからない。猟犬係が近づき、頭をかく。キツネは用水路に潜り込めたのか？　大きなウサギの穴なのか？　はっきりはわからない。猟犬係は馬から降りると、手綱を引きながら溝を覗き込む。でも何も見えない。また馬に乗り、ラッパを吹いて、キツネを見失った地点を中心に大きい円を描くように猟犬を配置する。でも何もいない。奇妙だ。もしかしたらどこかの大ばか者がその朝、あたりに何かの液体をまき散らして臭跡を消してしまったのかもしれないが、そんなことはありそうもない。こうして追い詰め、最後の瞬間に見失う。ブランディの森ではよくあることだった。ルール通りに進むはずもない。彼はその場所も、そこにある何もかもを憎む。

だが、猟犬係がこのキツネをあきらめて、別のキツネを探そうとしたそのとき、四輪バイクのひとつから大声が聞こえた。「あそこにいる、ジョン、納屋のそばだ」。たしかにいる。四分の一マイルは離れているだろう。どうやってあそこに行けたのかは誰にもわからないが、まだ助かったわけではない。その歩調は遅く、森からはさらに遠く離れ、腹側の白い毛は垂れさがって地面につき、頭は垂れ、舌は長くつき出たままだ。

「行くぞ、みんな」と、猟犬係が叫ぶ。「行くぞ、仕事を終わらせよう」。彼はあぶみに体重をかけて立つと、仲間の猟犬係に合図を送って、あとから来た者たちを下がらせ、猟犬だけを納屋に進ませる。犬たちはまた走り出し、キツネはブナの木の根元を目指す。そこでは巣穴をふさぐアーストッパーも効き目がなく、シャベルも入らず、穴はアナグマと共有で、アナグマ相手だとテリアも二の足を踏む。だがフォックスハウンドはどうだろう。この猟犬は臭跡と自尊心と友情を求め、大昔からの夢を果たそうとしている。その夢から覚めることはなく、つまりほんとうは、トナカイを追っている。

キツネは追いつかれずにブナの木までたどり着くことはできないだろう。やがてブリンドル模様の半分オオカミに殺されることになる。その半分オオカミたちは、自分だけはちょっと違ったすぐれ者なのだと思っている。

オークの幹のような男がまるで解凍されたように、活発に動きはじめる。たっぷりついた肉は今だけついているものかもしれない。彼は息子の腕を摑むと、突然、森に向かって走り出した。自分の解凍が進むにつれて、行く先の動きを凍りつかせているようにも見える。そして猟犬たちを（私の記憶が正しいなら）自分のほうに引き戻し、私の目も、私の思考も、ソーセージロールも、同じように彼のほうに引き戻されていく。親子だけが軽快な足取りで前進していく。猟犬係を追いこし、先頭の猟犬を追いこし、キツネに追いついた。そしてかがみ込むとキツネをすくい上げ、両腕に抱いて走り続ける。

森の端で、彼とその息子が振り向いて、私たちのほうを見た。オークの幹の男が手を上げる。私はそれが挨拶だと思いたい。彼の息子も手を上げる、私は目の隅で――そこは見る価値のあるすべてのものが見える場所だ――トムの腕が上がるのを見た。

親子と、喘ぎ続けるキツネは、いっしょに森に入っていった。猟犬係は自分の猟犬を集めて笛を吹く。ただ、私たちにその音は聞こえない。私たちの耳に届いたのは別の響きだ――「ラーリリリ、リリ」

私はメロドラマのような結末を、半ば期待してみる。もしかしたらあの猟犬係は、狩猟史上最もにおいの強いキツネを追いながら、父親が命を奪われた枝と同じ枝にぶつかって死ぬかもしれない。でもそれは起こらない。パラディオ風建築の屋敷のテラスで開かれた和やかなレセプションのあとは、それはごく普通の、平凡な、何物も殺さない一日になる。それに何の不思議もない。

主催者は戦略的に重要な何人かの友人たちとチャリティーディナーに出かけ、馬に乗ってあとを追った人たちの多くは病院に行き、四輪バイクの男たちはパブに寄ってダーツとビールでストレスを解消し、猟犬係は風呂を浴びたあと、犬舎の隣にある家の暖炉の前に座り、キツネは好きかと聞かれたときの微笑みを浮かべながらパチパチ燃える薪を見つめている。

*

私たちはまた、ダービーシャーのサラの農場に来ている。私たちがはじめてXとその息子に出会ったのはここで、トムが森の祭壇に食べ物のための食べ物を供える習慣を身につけたのもここで、スピノサスモモのあいだからコールタールのにおいがはっきりと沸き上がったのもここだった。ここでは私が空腹のあまり揺らめく光を目にし、カササギがカチカチと鳴き、野ウサギが月の光を浴びて大の字に寝転び、私たちはここから四万年前に死んだカリブーの狩りに出発した。

家族の三人はベイクウェルに買い物に出かけ、私とトムは森の中の古いキャンプに座って、谷を見渡している。

きょうはトムがいつになくおしゃべりだ。「もしぼくがここで農場をやるなら」と言うと、腕を伸ばして丘全体を指す。「一番てっぺんにヒツジを放す――今はあそこが無駄になっている。それから水たまりを柵で囲む。鉛がいっぱい入っているからね。そしてあの木のすぐ下に桶を置いて、パイプで水を引くよ」

そうかい、トム。

もし視覚以外の感覚が決心に影響を与えるとしたら、どうする？　丘のにおいが決心を変えるかもしれないし、丘の上で眠ってみれば、丘にもヒツジや桶の景色が見えることがわかるかもしれない。トムが丘の計画を立てるのではなく、丘にトムの計画を立てさせたら、いったいどうなるだろうか。

「ここで農場をやりたいの？」と、私は尋ねる。

「きっと楽しいよ。大変だろうけど、楽しい。それにいつまでも家族でここにいるなら、ぼくがやるべきだと思うんだ。それに、自分でもやってみたい。そうは思わないの？」

私は答えられない。言いたいことが多すぎるからだ。

私はトムを見る。彼は驚くほど落ち着いている。私が同じ年頃だったときに比べて、はるかに落ち着いているのだ。彼は自分が誰だかを知っている。そしてこれから、大人という身を切るような冬の季節に突入しようとしている。何とかしなければならない。

手遅れにならないうちに、この落ち着きを振り払い、もっと長続きするものに置き換える必要がある。「私が不安そうな若者に働きかけるときには、もっと不安にさせようとする」と、マーティン・ショーは言っている。不安を感じていない若者には、それははるかに大切なことだ。

＊

「何か物語を話してよ、お父さん」と、トムが言う。

「ふたつあるんだ」と、私は答える。「最初のはポケットの中だ」。そう言って私は、開業弁護士に毎日送られる要約一覧の中から、しわくちゃになったニュースを引っ張り出した。

「ザ・ローヤー」誌によると英国最大級の法律事務所では、スタッフと、顧客から直接報酬を得る弁護士を狭いオフィスにどんどん詰め込むようになっており、近年ではひとりあたりのスペースが三分の一以上も削られている。スタッフひとりあたりの平均平方フィート数は三十三％、顧客から直接報酬を得る弁護士ひとりあたりでは三十二％、パートナーひとりあたりでは九・六％の減少が見られた。

「おもしろいね」と、トムが言う。「もうひとつのは、もっとおもしろいといいな」

正直いって、そうでもない。

むかしむかし、とてもお金持ちの男と女がいた。二人は広大な屋敷をもらって（誰からかははっきりしない）、そこに住んでいた。その屋敷はあらゆる方向に、目では見えないほど遠くまで広がっていた。あまり大きくて、二人は一番端まで行ったことがないし、行ったことがあるという人も知らなかった。とても美しい屋敷だった。男と女がどこに行っても、見事な景色が広がっていた。森があり、山があり、川があり、湖があり、渓谷があり、どこにでも親切な動物たちがいっぱいいいた。川にはあふれるほどの魚が泳ぎ、木々では鳥たちがさえずり（そして実際には木々もおしゃべりをしていたのだが、ずっとゆっくりだった）、シカと野生のウシと野生のブタの大きな群れもいた。それほどたくさんの動物たちがいたにもかかわらず、男と女はその名前を全部知っていて、もしシカの名前を呼ぶと、そのシカがやってきて手に鼻をこすりつけるのだった。

食べ物は一年を通して、とても豊富にあった。ベリー類、花、キノコ、それにほかのものに比べるとあまりおいしくは思えなかったけれど、森の端に生える何種類かの草の茎の先端につく、大きな頭の部分も食べられた。それにもちろん動物もいた。シカや魚がそろそろ自分の命も終わるころだと感じると、二人にこう言ったものだ。「私を食べて、私を楽しんでください」。そこで男と女は涙ながらに礼を言い、その贈り物を受け取った。

男も女も、とても健康だった。気候がよく、食べ物も豊富で、広い土地をよく歩いていたから、二人はとても力強く、しかもしなやかだったのだ。二人は家から家へと移動し、あとの掃除は風とネズミにまかせておいた。だから毎晩、新しい家で過ごすことができた。

ところがある日のこと（どうしてそうなったかは、誰にもわからない）、男が女にこう言った。「毎日毎日外に行って食べ物を集めなければならない暮らしなんて、もううんざりだ。それにどうして、動物たちが自分で死ぬと決めるまで待たないと、肉を食べられないんだ？　森に行って木を切り倒し、切った場所のまわりに石垣を作り、石垣の中に家を建てよう。あの頭の大きい草も石垣の中に植え、動物たちも何頭か石垣の中に連れてきて、自分の好きなときに殺せばいいいんだ」

女は、それはとても悪い考えだと思ったから、そう言ったが、男は考えを変えなかった。だから、二人はそうした。

二人が石の斧をもって木々の近くに行くと、木々はうめき声を上げ、鳥たちは怒り狂い、シカたちがやってきていったいどうしたのかと尋ねた。女は泣いて、眠りながら木々のうめき声を聞いたが、男の考えは変わらなかった。男は石垣を作る石を持ち上げたときに背中をひねり、そのせいで前よりもっと機嫌が悪くなった。石垣は高かった。だから家からは（家はすぐに、とても汚くなった）山々も木々も見えなかった。見えるのは石垣だけになった。

動物たちは石垣の中で暮らすのを嫌がり、黙って自分からやっては来なかった。だから男が罠を使って無理やり捕らえ、石垣の中に引っ張ってきた。動物たちはあまりにも大きな声で叫んだので、男は夢の中でもその声を聞いていた。二人はこの動物たちに名前を与えず、ただ「それ」とだけ呼んだ。動物たちは好きなところで草を食べられなくなったので、二人は動物たちのために牧草を育てて集めてこなければならないうえ、糞の掃除もしなければならなかった。それに草の頭を食べるのにも飽きてしまった。そもそも挽いて粉にするのが重労働で、女はそのせいで背中を痛めただけでなく、シカから移されたやっかいな熱に苦しみ、治らなくなった。

男と女にはたくさんの子どもがいて、その子どもたちもまたそれぞれの子どもたちをたくさん産んだ。

何年かたったころ、男は妻に行った。「間違いをしてしまったようだな。前のような暮らしに戻らないか?」。女は悲しい顔をした。女は、子どもと孫たちが石垣の外にいた森の動物をほとんど殺してしまったうえ、キノコを見分けられないこと、それに残されている動物たちももう自分たちを信じてはくれず、命を投げ出しにやってきてはくれないことを知っていた。

「無理です」と、女は言った。「でも、私はそうしたい。せめて、私たちがこれまでやってきたことを謝ってみましょう」

そこでみんなで黒ずんだみすぼらしい森に行き、謝罪の言葉を聞いてくれそうな相手を探した。でも、何ひとつ見つからなかった。

そしてそのことは、草の頭の食事、シカから移った熱、山ほどたまる糞、背中の痛み、養わなければならない人数の多さよりも、もっともっと大きな問題だと悟ったのだった。

第三部　啓蒙の時代

Fig 51
COGITO
ERGO
SUM

嘘で固めた話がきれいに包装されて、何世代ものあいだ少しずつ大衆に売られていれば、真実はまったく不合理に思え、それを話す人は錯乱した狂人にされるだろう。

ドレスデン・ジェイムズ

科学の一般的な物質的枠組みは、今のところ、悪くはない。ただ、正しいのは半分だ。私たちは、心が重大とみなされることを知っている。［そして数多くの物語が］物質にも心があり、宇宙の根本はこうして心があるという点であって、何らかのほとんど無関係な、偶然の、または最近姿をあらわした物質特性ではないことを示している。

ジェフリー・J・クリパル『宙返り―あなたは、ほんとうは誰で、なぜそれが大切か』

「ここにムラ＝ムルングがいる。彼は白人で、気が狂っている。私は彼を覗きこむが、先祖は見えず、マミンガタもない。彼の肉体は何もない。夢もない」

「夢もない！」

アラン・ガーナー『ストランドローパー』

それはすべてプラトンにある。すべて、プラトンの本に出ているよ。やれやれ、ここの学校ではいったい何を教えているんだ。

C・S・ルイス『最後の戦い』

私はかつて、動物とは何かを知っていると思っていた。動物は食べ、動き、たいていはこちらが見つめると、むこうも見つめ返した。動物は自分なりの目的をもち、私が知っているほとんどの人間よりも、はるかにしっかりと精力的にその目的を追求するように見えた。その多くはとても魅力のある刺激的な住処をもっていた——木の上、崖、洞窟、大海原、私からは見えない空中。

イヌの基本的な描写をするのはとても簡単だ（と思っていた）が、一般的なイヌというものにしても、どれか特定のイヌにしても、完全に説明するのは不可能だ——それは、何か興味のあるものや大切なものを完全に説明するのが不可能であるのと同じことになる。イヌは鼻の先ではじまって尻尾の先で終わる。毛で覆われ、四本の足と二つの目があり、ネコやネズミを追うのが好きで、たいていのものはなんでも食べる——ただし特に肉が好物だ。荒々しいときも、優しいときもある。

だがある日、私はイヌのようなものは存在しないことに気づいた——実際には、ほかのどんな動物もいない。それは私が獣医学生として、はじめて実習に臨んだ日のことだった。

新入生全員が真新しい白衣に身を包み、列をなして解剖室に入っていった。部屋にはホルムアルデヒドの強烈なにおいが充満している。でもすぐに、そのにおいが気にならなくなった。それが私たちの新しい空気だった。

部屋には金属の机がたくさん並んでいた。そしてそれぞれの上に、私がそれまでイヌだと思っていたものが横たわっていた。実際にはグレイハウンドだ。それぞれの「イヌ」に六人の学生が割り当てられた。イヌたちがそこにいるのは、もう充分に速く走れなくなったからだった。グレイハウンドは解剖に理想的だ。経済的な価値から見れば走るのが遅すぎるとしても、痩せ型で筋肉質だからだ。筋肉を隠す脂肪がわずかしかない。そしてその最初の学期に私たちが勉強していたのは筋肉だった。

まず肩からはじめ、しばらく続けた。筋肉のラテン語名、起点と交差、動作の構造を覚える。私は今でも肩には詳しい。腰に到達するころには、私はすっかり疲れていた。

ただしそれは問題にならなかった。肩と腰は、いずれにしてもつながっていなかったからだ。それらは二つの大きな体腔によって分けられていた。典型的な試験の問題は、肩についてだけ、または腰についてだけ質問するもので、八問のうち五問に答えられるだけの知識さえあれば、イヌに後半身があることを知らなくても大丈夫だ。

そこで私たちがそのイヌを、肩、腰、舌、肺、脳、膀胱に切り分けると、もうイヌの形は残らなかった。私たちは外科用メスを使って、生きていようと死んでいようと、すべてのイヌを殺したのだった。

ものごとはさらに悪くなっていった。二週間に一度ずつ、私はひどく悪い予感をもちながらしぶしぶ古い階段を上り、カム川を見下ろす美しい部屋に出向いてソファーに座ると、細胞内の化学反応についての自分の知識のなさを痛切に思い知らされる苦しい一時間を過ごさなければならなかった。

「ノートに書いてください、ジェントルマン」。こう呼ばれたのは、私たち全員が紳士ではなかったにしても、全員が男子だったからだ。「シスアコニット酸からクレブス回路が二段階進んだときに生まれる化合物の構造式を」。そこで私は心の奥底から何らかの知識のかけらを引っ張りだして、ノートにかろうじて何らかの文字を書き込むと、たいていはディナージャケットと黒い蝶ネクタイに身を包んだ指導教官が両手を背中で組んで歩きまわり、私の悲惨な試みを覗き込むや、バカにしたように鼻を鳴らしてこう言うのだ。「ノーー、サー、もう一度やってみなさい、サー」。私はさらに苦しみながらとりとめもなく書き続け、ようやく容赦ない指導をやめて夕食に出かけたくなった指導教官が答えを口にし、私を解放するのだ。

この指導教官は、解剖学者への軽蔑を隠そうとしなかった。「私は原点を研究しているんです。いわば根本ですね。肝臓は、たまたま私の部下が研究している工場にすぎません。肝臓に葉が三つあっても三百あっても、たいしたことじゃありませんね？ そして」――この教官は自分を主として分子遺伝学者と見ているので――「膝は、私の遺伝子がそうならなくちゃいけないと言っているから、そうなっているだけですよ」。そうなると、イヌがいないというだけではなかった。肩も腰もなかった。あるのは遺伝子を構成している分子だけだ。

生きた動物を見て、その問題を扱う方法を学ぶようになっても、事態は改善しなかった。なぜなら、動物に問題があるわけではなかったからだ。肩か、腎臓か、生化学的回路か、染色体か、遺伝子に、問題があるのかもしれない。私たちは動物を治療したのではなく、治療したのは問題と回路と遺伝子だった。動物は存在しなかった。

この本の最初の部分で、私は木を一度も見たことがないと白状した。今度は終わりに近くなってから、私はイヌを（少なくとも大人になってからは）一度も見たことがないと白状している。残念なことだ。

*

私は自分の首に縄を巻き、きちんと結ぶと、しっかり絞める。

Xと彼の息子はベッドに座ったまま、不安そうな様子だ。Xは立ち上がって私を止めようとするが、それはルール違反だと思い出したかのように、また座る。私がオックスフォードに戻ってからは、二人はだいたいいつも私の目に入る場所にいて、死んだ狩猟民にできるだけの近さと配慮を保っている。

私はネクタイの上に襟を倒し、上着をはおり、あまり遅くならないように戻ると声をかけてから自転車に飛び乗る。家から五分ほどの場所で夕食会があるからだ。

今夜はグランドオールドカレッジのひとつで、ブラック教授の夕食に加わることになっている。教授は、私のプロジェクトはくだらないと断言していた。先史時代の人間の心に近づける人はいない、という理由だった。そして私を鹿肉のパイ包み焼きと年代物のクラレット（赤ワイン）の夕食に招き、彼の友人たちの前で彼が正しいことを私に認めさせようとしている。

もう遅刻だ。殉教者の聖人（この場所の守護者のひとり）の像が飾られた壁の前に自転車を止めると、回廊を走って「特別研究員社交室」に向かう。そこでどんな社交が行なわれているのかは、よく知らない。たしかに、いつも見慣れた風景だ。みんながあらゆることについて同じ考えをもっているように、そしてすべてがとても単純だと思っているように、感じる。

教授は石器時代から持ち出した展示物を評価するために、小規模な委員会を結成していた。委員のひとりは、顎鬚《あごひげ》をきれいに整えた国際的名声のあるシェークスピア研究家で、スコーンの風味とドイリー（小さな敷き物）の染みについて話すためのエジンバラ訛りの持ち主だ。そしてもうひとりは、しわくちゃのスーツを着込んだ小柄で痩せこけた生理学者で、ラットの神経伝達物質の分子と生涯をかけてワルツを踊り続けている。教授自身は年季の入った、つややかでにぎやかな生粋のロンドンっ子で、専門ははっきりしていない――たぶん、政治学か社会政策か経済学のひとつか何かだ。私がはじめて教授に会ったとき、教授は「私を狭いところに閉じ込めないでほしいなあ」と言った。

「世界は私の思いのままなんだから」

夕食会は当たり障りのない会話ではじまる。

「それで」と、教授が私にシェリー酒のグラスを手渡しながら言う。「マンモス・アンド・チップスのほうはどんな感じかね？」

シェークスピア研究家と生理学者はよく状況を把握しているらしく、期待に満ちた目で私の答えを待っている。

「今夜の話題とはくらべものになりません」と、私は答え、私も次の人と同じように平凡な話ができることを示そうとする。

「ほお、それは順調だ」と、教授は笑う。「きみは私に、穴居人は可能な限り最高の世界で暮らしていたと言ったね」

私はそう簡単には話に乗らない。夕食代として一曲歌わなければならないのはわかっているが、まずは声のウォーミングアップが必要だ。

「その人々は、壁にあんなふうには描きませんでした」と、私は壁にかかった十八世紀後半の風景画を指さして言った。その絵には、水しぶきをあげる滝、緑に覆われたあずま屋、寝転ぶ若者が描かれている。

「うらやましいかぎり」と、シェークスピア研究家が言う。「現実離れしたナンセンスだ。いつかラスコーに行ってみたいものだなあ」。このとき幸運にも夕食の準備が整ったので、列をなして二階へと進むと、もっと現実離れしたところを通ってキャンドルの明かりがともるホールに通される。そこでは学部生たちが、ヘッジファンド管理の職を求めて就職活動をする面倒な一日を過ごしたあとの空腹をかかえたまま、高価なヘアスタイルとカラスみたいに真っ黒な服で、立ったまま私たちを待っている。

長いガウンを着たカレッジの学者がラテン語の一節を暗唱し、ヘブライ人の途方もない神に、そしてその後ドレッドヘアで無政府主義的に人間の姿をしてこの世に現れたことへ、またカレッジの後援者たちに（その多くは奴隷商人だった）、これからウェイターの手で運ばれる豊かな恵みを感謝した。

「何かに気をとられているようだね」と、シェークスピア研究家。

「ええ、そうなんです」と、私が応じる。「あの絵について、あなたのおっしゃったことについて考えているんですよ」

「何気なく言ったことだよ。このワインの妨げになるような話はよそう」

何気なく言ったにせよ、捨ててはおけない感想だ。とても重要な意味がある。「あの絵の何が問題なんですか？」

「退屈な絵だ」。シェークスピア研究家はそう言ってため息をついた。「何も起きない。描かれている唯一の人間は眠っているからね」

その絵には見るべきものがある。視覚芸術にも文字芸術にも目につく新石器時代以来の人間以外の世界に対する人間の主要な態度が、ちゃんと表現されているのだ。もちろん例外はあるが、ほとんどの場合、自然は人間が芝居を演じる舞台とみなされている（ほんとうに大事なものは人間の芝居というわけだ）。つまり、自然は人間にまつわることの背景にされている。自然が自然として重要な意味をもつことはまれだ。ときには、怒りを鎮める必要のある女神の居場所になる。ときには、大波、稲妻、地震、予言の鳥または予言の鳥の腸、預言者を飲み込む巨大な魚を通して、神々や肉体のない「運命」が人間に対処する手段になるが、その場合でも、大切なのは人間にとっての結末、あるいはそれをどう逃れるかのほうだ。

たいていの場合、自然は単純に無視されている。ホメロスに風景の描写やバードウォッチングの光景はほとんどない。自然界を理解しようとする古代ギリシャの情熱を動かしていたのは、花とカエルへの愛ではなく、秩序と体系への愛だった――後期旧石器時代に見られた自然との一体感であるはずもない。

もちろんアリストテレスは熱烈な自然主義者だった。だが、講義録によって判断するのは公正を欠くにしても（それ以外に残されているものはない）、アリストテレスの関心は完全に人間中心のように思える。偉大なるアウトドアから学べと彼が駆り立てるのは、それが哲学のカリキュラムの一部だから、正式にエウダイモニア（幸福）を得たと認定されるためには履歴書に鳥とミツバチが必要だからだ。私たちはまた、人間以外の世界に対する体系的中傷をはじめたことでも、アリストテレスに感謝する必要がある。なぜなら彼は三つのタイプの魂があるとし、それに明確な階層を設けたからだ。植物には「野菜」の魂があり、すべての動物には野菜の魂と「感覚」の魂があり、人間には、野菜の魂と感覚の魂と「理性」の魂がある。それぞれの特性をここで説明する必要はないだろう。この体系は、ほとんどの狩猟採集民の思考にはない生き物の階層を、具体的に表現したというだけで十分だ。そうした考えは、新石器時代に動物と植物を征服したことで暗黙のうちに示され、地球を征服するという創世記の命令によって成文化され（創世記が、この征服は実際には大きな負担になることが多い財産管理を引き受けるためのものだと主張しても、和らげられるものではない）、やがてスティーブ・ザ・ピードやフライドポテトつきビッグマックへとつながる。

アリストテレスによる科学的な動物学の企ては、ともかくも、一時的な成功にすぎなかった。私たちが知る限りでは、それから千五百年あまりのあいだに、アリストテレスの考えに基づいて考えを進めた人はいない。ヘロドトス以降、想像上の生き物の動物寓話集が登場し、道徳的な目的を果たすために、または単なる面白い物語として、用いられた。

ローマ人は（驚くかもしれないが）、自然界に対してより大きな関心を抱いていたようで、それは自分たちのためだった。ルクレティウスと大プリニウスは現代の博物学会があれば喜んで出席し、ウェルギリウスが『アエネイス』で描いたみずみずしい光景を、盲目かと思うほど土地の戦略的重要性以外はまったく目に入っていないホメロスと比較するだろう。だがその後、自然に対する真の称賛を目にするには十七世紀半ばまで待たなければならない。ただしルネッサンスと中世が称賛を向けた先は、「耕された実り豊かな土地、つまり牧草地、農作物、庭、果樹園、池であり、野生のままの自然ではなかった。人間の手がつけられていない自然には価値がないと考えられていた」。そういうものは、西欧キリスト教世界では「獣」を連想させるものだったからだ。

獣欲は真の敬虔さの敵だった。それは戦うべき相手であり、多くの人にとっては自然も戦うべき相手ということになった。イギリスの聖職者で科学者のトーマス・バーネットは、一六八一年の著作で、十八世紀になって盛んになるロマン派との論争の合意事項を要約し、議題を設定している。自然の風景は危険で邪悪だった。その荒々しさは、堕落した世界、つまり「神の元来の完全さ、滑らかさ、対称性の多くを失った」世界に対する、神の不満を示すものだ。いずれにせよ（西欧の）よきキリスト者には、鳥を眺めるよりもするべきよいことがあった。彼らのほんとうの家はここにはなく、運命は天にある。だからそこにたどり着くことに集中するほうがいい。ここでまた直線が登場する。まっすぐの細い道が救いにつながっている。でも川やアナグマが作ったような曲がりくねった道は破滅につながっている。入り組んだものは邪悪で、不用心な者を誘惑する。悪魔そのものはほえたけるししのように、食いつくすべきものを求めて歩きまわっている。森はオオカミと性的誘惑に満ちている。宇宙の時間は天地創造からキリストの受難を経て黙示の時まで一直線に進み、私たち人間の一生も誕生から死まで、そして（森に決して立ち入らなければ）救いへと、まっすぐに進んでいく。肉体を嫌うアウグスティヌスは、原罪に関する自らの見解を公表し、出産の自然作用が世界に罪をもたらしたと教え、西欧の教会もそれを信じた。宗教改革が、個人の内面に至高の価値があると説いたとき——必然的に野生の森と荒地は調和しないものとなり——自然は西欧の心をつなぎとめる戦いについに敗れた。

ロマン主義は美辞麗句を並べたオードやソネットで自然への愛を主張したものの、その愛は往々にして自己満足のものだった。十八世紀後半から十九世紀はじめにかけてはカラーのポケットレンズの販売が盛んになり、遠くまで散歩に出かける人たちが（パラソルや厚いウールのコートを手放さずに、自分が暮らす都会の気候をそのままもちこみながら）レンズを通して丘を眺めた。あるいは丘に背を向けて、クロードグラスに映る風景を眺めた（クロードグラスは、まるで家の客間にいるかのように、景色を小ぎれいに枠にはめて見ることができる鏡だ）。でも人々は、実際に風景そのものを求めていたわけではなく、風景がもたらしてくれる感動がほしかっただけだった。ただ、手入れされ、管理されて、すっかり整った模造品を消化できただけだ。ロマン主義のオオカミは、たいていは去勢されていた。

自然界の否定は、宗教的なミームにとどまらなかった。ジョン・ロックは著書『人間知性論』（一六九〇年）で、「人間の社会的および道徳的振る舞いに関係のない自然界のすべての領域」を無視するようにと、読者に強く求めている。またサミュエル・ジョンソンは一七七五年に（もう少し分別があってもよさそうなものだが）、フランスの自然の景色について熱弁をふるった人たちをあからさまに軽蔑したことが伝説となっている。まったくばかげているとして、彼はこう言ったのだ——「草の葉は、いつでも草の葉だ。こっちの国だろうと、あっちの国だろうと」。二枚の草の葉を実際に見たことがあれば、そんなばかげたことを言う人はいないだろう。

最初の真の風景画家は誰なのかについて論じることがあり、ヨーロッパ以外では事情が異なったにせよ、ヨーロッパの視覚芸術での一般的な位置づけははっきりしている。新石器時代からヨーロッパのロマン主義の時代に至るまで（そして一般的にはその後も）、自然は積極的に害を及ぼすものではないものの、偉大なる人間のショーに花を添えるショーウィンドウの飾りつけにすぎなかったのだ。

いくつかの重要な反対意見がある。それらは穏やかな自然主義者から時折もたらされるものではなく、世界の偉大な宗教からもたらされるものだ。私はその範疇《はんちゅう》に、シャーマニズムも含めている――狩猟採集民のシャーマニズムに限らず、あらゆる年代のほとんどのコミュニティの隅に見つかる、ネコと薬をもつ賢い女性たちもだ（そして、かがり火のてっぺんでも池の底でも、たいていは見つかる）。真の狩猟採集民は、ごく最近まで統計的に世界の人口の重要な部分を占め続ける一方で、彼らの宿敵である民族国家の影響力が誇張されてきた。ジェームズ・C・スコットの推測によれば、紀元一六〇〇年ごろまで、世界の人口の多くは定期的に税金徴収人に出会うことがないか、収入の状態を見えないものにすることができた。狩猟採集民は、自分たちが自然界の一部であることを知っていた。それぞれの外形と気質のすべてが自然界によって決められ、自然界に依存し、自然界に支配されていた。そしてそれぞれのものがそれぞれの魂をもち、話し、聞き、望み、注目し、愛情を注ぎ、異なる物語をもち、そのすべてが加わる大きな網目の一部であることを知っていた。

国教の多くも同じことを知っていた――ただし、ここでも、ときには縁《ふち》の話になる。ヒンドゥー教と仏教は常に存在の境界を幻想だとみなし、仏教はチベット（古くは縁の場所だった）に進出したときに、古くからあるアニミズムを採用して仏教化した。アブラハムの一神論では、自然は厳しいときを過ごしたが、創造されたものには創造者のスタンプが押されるという観念について深く考えるとき、自然にも居場所が見つかった。

ユダヤ教は過去においても今に至っても、最も疑い深い。そして創造主と創造された者との混同を恐れ、境界を監視することを使命の中心に置いた。その考えによれば、境界は天地創造で確立されたものだ。私たちにはそれがよく見える――光／一日、陸の生き物／海の生き物、汚れのあるもの／汚れのないもの、など。でもラビ・ユダヤ教は本質的に都会で信仰される宗教だったから、それはあまり役に立たなかった（ただしユダヤ教の大きな祭りの多くは農業の一年に合わせて催され、仮庵《かりいお》の祭りでは、ユダヤ人たちは星も見える屋外の一時的なシェルターで過ごして、流浪の民だった起源を思い起こす）。タルムードが成立した過去からのイスラエルの大きな変化の一部は、アウトドアで暮らす新しい血統のユダヤ人の誕生だった。オレンジの果樹園を手入れし、砂漠を行き来して戦うユダヤ人たちだ。それでも世界のユダヤ人の多くにとって、古い習慣を捨てるのは難しい。英国のユダヤ人作家、ハワード・ヤコブソンは、小説のひとつでユダヤ人の主人公について次のように書いている。「まずありそうもないことだが、もし自分が考えつく最もユダヤ人らしくないことをひとつあげるよう問われたとしたら、きっと自然とサッカーのどちらに決めようか、大いに悩んだことだろう」

ユダヤ教の自然神秘主義はカバリスト（ユダヤ神秘主義者）に委ねられ（イスラム教ではスーフィズム――イスラム教神秘主義――に引き継がれたように）、その人々によって古典的な東洋の形式になった。自我の境界の解消と、自然界を含む他者との恍惚とした融合だ。彼らは自分自身の境界が消えてなくなるまで、他者に自分自身を委ねる。

キリスト教は、昔も今も少し異なり、東と西とのあいだに大きな分断がある。西方は、すでに説明してきたように、自然に敵対する。それは、神の超越を重視するとともに、この世より来世に重きを置きすぎたこと、そして物質を体系的に軽蔑してきたことの成り行きだ。これは、セックス（野獣のような行為）の蔑視、そして聖パウロが人間だけでなくすべての生き物が救済されると語ったことを忘れている点によくあらわれている。

東方教会は、禁欲的で荒涼としたパワーハウスと修道院生活への敬意にもかかわらず、物質が重要だと考えるとともに、神の内在と神の超越の両方を躊躇なく受け入れてきた。正統派キリスト教では、神が葉っぱにもオコジョにも命を吹き込む。ギリシャ正教の標準的な朝の祈りでは、「あらゆる場所にいてあらゆるものを満たし、命を与えるもの」として、精霊を呼び出す。「あらゆるもの」にはカモメもクジラもキノコも含まれる。「あらゆる場所」には荒地も熱帯雨林も亜原子粒子もミトコンドリアも含まれる。ドルイド教の僧は聖なる森をもっていたが、正統派キリスト教にはそのようなものはない。聖なる森ではない森などないからだ。正統派キリスト教は、ソロモンが鳥の言葉を話しても驚かず、聖フランシスコはカトリックより正統派キリスト教に近いと考え、ケルトの聖人が首まで冷水につかって祈るのは、苦行のためではなく水とともにいる者の気持ちを感じるためで、海から上がるときには宙返りするカワウソに乾かし暖めてもらうと、独自に考えている。コンスタンチノープルは、超越について十分に瞑想すれば内在的にもなると言う。その逆もある。

私がスープを飲みながら話したのは、だいたいそんなことだ。

シェークスピア研究家は、私が歴史について話した概略にほぼ賛同してくれ、シェークスピアが明らかに未開の地に親密さを感じていたのは、彼のそのほかのすべての点と同様に、早熟だったと指摘した。教授は辛辣に、もし私が夕食にかかしをたくさん招待したいなら、前もってそう言ってくれれば執事にロウソクには気をつけるよう伝えておけるよと言った。生理学者はつまらなそうに、ロールパンをもてあそんでいる。

「ひとつのおもしろくない絵について、言うことがずいぶんいっぱいあるものだ」と、教授は続ける。「でもそれは、きみのプロジェクトといったいどんな関係があるのかな？ たしかきみは、石器時代の狩猟採集民と新石器時代の定住者は、どんなふうだったかを知りたいんだったたね？ どうしてそんな、神学的なわけもわからない話になるの？」

もっともな疑問だ。そこで彼らにこう伝えた。私は自分がどんな種類の人間なのかを知りたい、そして、自分が成長していくために何が必要かを知りたいと思っている。それには私の原点を探求する必要があり、それは、教授、偶然にもあなたの原点でもある。そして私は気づいたのだが、私やあなたのような種類の生き物は、自然界の一部に含まれている生き物であり、それは遺伝的な祖先の問題だけではなく、どれだけワインがおいしくても、どれだけ多くのシラブルが私たちの言葉に含まれていようと、ずっと続いている、明白な、毎日の事実の積み重ねなのだと。

　教授はいかにも大げさに胸を叩き、脇の下をかく。

　私は、さっきからバターの塊をお皿に押しつけている生理学者に意見を求めてみた。

「これはダーウィンが言ったことにすぎないね？　私たちの従兄弟はアメーバで、私はそれが嬉しいし、ドキドキする。すべて言い古されていることだが」

「さて」と、教授が割ってはいる。「それでなぜ、そんな大騒ぎをするのかね。たしかに言い古されていることだ。我々は動物だ。我々を支配する本能は、自分が生き残って太るのに役立つことをするようにできている。狩猟採集生活をしていた類人猿と同じようにね。ここにいる学生の誰に聞いても」と言って、近くの学部生にうなずいて見せる。「同じことを言うよ。この学生たちが金融街で働けば、残念ながらほとんどがそうなるだろうが、自分は好戦的な雄のチンパンジーの群れの一員だと気づくんだ。そこには雌もたくさんいて、みんながテリトリーの安定と、象徴的な食べ物の確保と、実際にも象徴的にも絶頂に達することに夢中だ。それで？　何か新しいことはわかったのかね？　どうしてわざわざかわいそうな子どもたちまで連れて、洞窟まで出かけていくの？」

「本を信用できないからです」と、私は答える。「それに、実際に自分でやって、感じてみると、まったく違う種類の知識を得られます」

　シカ肉の料理が配られ、少しだけ中休みできるが、逃げ切ることはできない。

「きみは、超自然の話をこんなに長々としてきた理由を、まだ説明していないね」と、教授はグレイビーソースが一巡した段階で容赦なく催促する。

「超自然の話なんかしていませんよ」と、反論が思わず口をついて出る。「あなたが超自然と呼ぶことにした経験は、まったく自然なものです。私たちが現代的行動をする人間になった歴史の、最初の最初から同じことをしています。注意して見てみれば、今の私たちの日常の暮らしでも、ずっと同じなんです。それが私たちを実際に人間にしたのでないとすれば、少なくとも、私たちがどんな動物かを決めるのに重要な役割を果たしたのでしょうね」

「ちょっと待って、ちょっと」と、口をいっぱいにしたシェークスピア研究家が話を止める。「それで、今のは、いったいどんな超自然の話？」

私はため息をついて、リストをあげていく。遠く離れているときの心の作用、たとえばリモートセンシングや、透視能力と呼ばれているようなもの。幽体離脱体験と臨死体験。人間以外のものがもつ心と、それにつながれる可能性。通常理解されている時間その他の次元の規則を逸脱すること、たとえば予知や、通常は見えない空間次元が見えること。肉体が死んだあとも人格が（それが何であれ）残ること……

これ以上出てこない。教授はあきれたように私を見ている。あの情け深いウェイターがもう一度まわってきて、今度は赤ワインを足してくれる。

教授はほとんど言葉を失ったようだ。それでもワインで元気をつけ、何からはじめればいいかわからないと、しどろもどろで話を続けようとする。シェークスピア研究家は椅子に深々と寄りかかり、私を見ながら無駄口をきかずに楽しんでいる。生理学者は見事な技を駆使して、細部に注意を払いながらシカ肉を解剖中だ。

教授はもう一口ワインをあおってから、ナプキンで口を拭き、打ち解けた様子で体を乗り出した。

「前から考えていたんだが、これは啓蒙の話だったな。何か真面目なことをしようとする真面目な試みだ。もちろん息抜きも悪くない、だが実際には……」

温厚なシェークスピア研究家が割って入った。「きみがなぜ、そういった経験について考えているのかを聞きたいなあ——もちろん、私たちの毛深い祖先の発達に関わっているのは、どうもほんとうらしいが」。そう言いながら満足そうな様子だ。

「なぜって、私が何度も経験したからですよ。だからです」と、私はできる限り上品な口調で答える。「それに、みなさんもきっと経験していますよ」

「ほんとうに？」と、シェークスピア研究家は声を上げる。そして「話を聞かせて」と言うと、ワイン係のウェイターに私のグラスにワインを足すよう合図した。

私は話をする。理由はよくわからない。ただ、誰でも夕食をごちそうになれば、ごちそうしてくれた人の言うなりになるだろう。

そこで、デザートに出てきたルバーブのクランブルを食べながら次々に話していく。キツネの霊、病院で自分の禿げた頭を見下ろしたこと、死んだ父親の壊れたラジオが鳴ったこと（おまけに、マイケル・シャーマーの結婚式の日に死んだ父親から届いたラジオのメッセージ）、私のあとをついてくるコールタール石鹸の匂い、ダービーシャーの荒地の上をカラスの体に入って飛んだこと、私がネクタイを締めるのを見ていた二人の穴居人、丘のおしゃべり、そして霧の壁。ここで頭の中を社交室に戻すと、みんな呆然としているので、ほとんどの人が受け継いでいることに話を変える。自分の後ろから誰かが見ているのを感じること、飼い主の帰りがわかるイヌ、それも飼い主が何百マイルも遠くに行って、最後に計画を変えたにもかかわらずわかるイヌがいること、デジャブ、電話によるテレパシー、世界に手が届くことのほんとうの意味を感じられること、ただしここではそうでもなくて、プラトンのほうがアリストテレスよりそのことをはるかによく理解していた。そして、愛、直観、友だちになれそうな説明のつかない感覚。たしかに、今も感じられませんか？

その後、特別研究員「非」社交室の暖炉の近くでアームチェアに腰をかけた教授は、ポートワインのグラスごしに私を見ると、おもしろがっているのか困惑しているのかわからない表情で、「さて」と切り出した。「ずいぶんと時間をかけたね。そろそろ私が質問してもいいころだと思うが」。もちろん異存はない。「だが、きみはこの大学に残ることを、どう正当化できるのかね？　きみが今ここで話したこと、きみが明らかに信じていることは、この場所の科学的精神とまったく――まったくの――正反対だ。きみがこの暗黒時代のおとぎ話でほかの学生に影響を与えようとしないことを、神に祈っているよ」

「まあ、落ち着いて」と、シェークスピア研究家が割って入る。「宇宙にはいろんなことがある。それだけだ。言論の自由は言うまでもないが」

「何を言ってるんだ！」。ポートワインをたっぷり飲んだ教授の大きな声が響く。「ただ、真実ではあり得ないということだよ。もし誰かが私に、十進法で二足す二が五の場所に連れて行けると言ったら、その人物といっしょに見に行くと思うのか？　私は行かない。私はその人物に言ってやる、さて……なんと言えばいいんだろうな」。それから深い沈黙が続いた。

シェークスピア研究家がそろそろ失礼すると言い、「とても啓発的な夜だった」と、私に握手を求めた。これで私も帰れる。ほとんどしゃべらなかった生理学者に、おやすみの挨拶をし、教授に夕食の礼を言う。「どういたしまして」。低い声でそう言った教授は、私に目を向けず、立ち上がりもしない。「出口はわかるね」

外は雨が降っている。私が自転車の鍵をあけ、走り出そうとしたところに、生理学者が長い上着をなびかせながら走り寄ってきた。

「ちょっとだけ時間ある?」と、息を切らせながら言う。「話しておきたいことがあって」

「もちろんです」。私はそう言って自転車を降りる。むこうは少し気おくれしているようで、靴がずぶ濡れだ。

「たいしたことじゃないんだ。でも、きみの話を聞いて思い出したんだよ。五年ほど前に、家で椅子に腰かけていたとき、何の前触れもなく胸がキュッと痛んだんだ。それまでに、そんなことは一度もなかった。痛みは五分ほどで引いたよ。でもそれから十分して、電話が鳴った。妹からで、母親が急に倒れ、妹の家で息を引き取ったという知らせだった。妹はそのときに心臓発作だと思うと言っていて、あとから実際にそうだったとわかった。母親には心臓の病気なんかなかったし、そのほかにも何の病気もなかった。ほんとうに健康そのものだったんだよ。最後に話をしたのは前の週で、パリ旅行を計画していると、とっても楽しそうに言っていた」

　私は何と言っていいかわからず、お悔やみの言葉を述べるしかなかった。

「夕食の席で言うべきだったね。申し訳ないが言えなかった。でもきみには、どんなだったかわかってもらえると思って」

　私は、まったく気にしていないと言ってから、そのことがあって自分自身か自分の仕事に何か変化があったかどうか尋ねてみた。

「正直なところ、特にない。こういうことは、できるだけ忘れようとするよね。それに、それで何かが変わったようにも思えない。私はいつも脳で仕事をしているんだ。自分の脳の構造と機能を変えれば、行動に何が起きるかはわかっている。私たちが心の働きだと思っていることは、実際には脳の働きなんだよ」

　議論している場合ではない。二人ともずぶ濡れで、彼は言うべきことはもう全部言った。私は彼に話してくれたことの礼を言い、家に向かう。きっとXと彼の息子が待っていて、自分で首を絞めようとした私がまだ生きているかどうか、確かめようと思っていることだろう。

＊

私はこうした夜にうんざりしている。これまで何度も同じことがあった。あの教授が注意を促した通り、みんなでかかしをあらゆる方向から攻撃したが、かかしは本物ほどおもしろくない。私は教授の辛辣な根本主義によって引き出される自分の辛辣な根本主義が嫌いだ。不機嫌と、それに対抗する不機嫌。飽き飽きするほど揺るぎない態度、うんざりするような消耗、言い古された言葉、そして何より、擁護者による啓蒙の誤った解釈。

この本では、新石器時代から啓蒙の時代へと一足飛びに進み（そして史実には合わないが、啓蒙、ルネッサンス、科学革命と産業革命、近代科学主義の誕生と勝利を融合させていることが多く）、国家の形成も、古典ギリシャ哲学が誕生した紀元前五世紀ごろの並外れた時代も、第二神殿時代の実り豊かなユダヤ教も、ヒンドゥー教、仏教、ジャイナ教、儒教、ゾロアスター教、そして古代エジプト、メソポタミア、中国の偉大な王朝も、ローマも、紀元一世紀のキリスト教の誕生と七世紀のイスラム教の誕生も、ヨーロッパの暗黒（ではなかった）時代も、軽蔑的な名前をつけられた中世も（その名前は意味深く、私たちが歴史の頂点ではないと仮定している）、すべて飛び越している。

こうして一足飛びにした理由は、私たち人間が人間を超える世界との関係によって規定されているという考えを追究しているからだ。その他の多くの関係は、新石器時代の終わりから十六世紀までの六千年あまりのあいだに変化したが、あの（人間と人間を超える世界との）関係は、洗練され、限定され、議論され、無視され、誤用されつつも、それほど変化しなかった。二つの平行した世界、狩猟採集民と狩猟され採集される側とがあり、それぞれが自らを内側の自然とみなし、話しかけ、耳を澄ます。世界の残りの部分は耕され、程度の差はあっても自らを自然の外の世界とみなし、いずれにしても鳥を統治するものとは異なる規則に従って進み、それでもどんなことがあっても自然界に従属し、適切に制御できなければ従わせる必要があり、なだめる必要があり、あるいはますます一般的に、卓越した管理者が必要になった。人間以外の世界との会話は減っていった。農民はイヌに大声で命令したり、ウシをののしったりしても、見返りに期待したのは服従だけだ。

重要な点として、世界は有機体だった。それは何らかの方法で人格化され、ガイアのような存在か、存在の力強い集合か、あるいは神聖な人物によって創られたゆえに人間性を注入された場所だ。世界には魂が吹き込まれた。人間は動物がなぜ動物（アニマル）と呼ばれているかを直観で理解した。動物の中心には魂（アニマ）があるからだ。天地創造は、生命を吹き込むこと（アニメイト）だった。

そしてその後、十六世紀と十七世紀に科学革命が起き、大規模な悪魔祓いがはじまった。人間以外の世界から魂は抜かれ、魂をもつ生き物は人間だけになった（今のところ、そして教会がそう主張したから）。

悪魔祓いは、当面は、もうひとつの線を引く作業としてはじまったものだった。ペンをもったのはデカルトだ。デカルトは現実を、物体と精神という、二つの互いに情報をやりとりしない領域に分割した。それは最初、無害なものに思えたにちがいない。ただの物知り顔の哲学的分類だ。だが結果は破壊的だった。心または魂（好きなように呼べばよい）が突然、人間以外のものから消えてなくなったのだ。私たちはその不在を、私たち自身の時代の生態学的暴行と、直接結びつけることができる。魂のあるシカを殺すことや魂のある木を切り倒すことには、すべての狩猟採集民が知っていたように、何らかの強固な道徳的正当化が必要になるだろう。だが、ただの機械を壊すことに、人が苦悩することはあまりないだろう。世界とその人間以外の住民が、そういう存在になったからだ。

もちろんこれはデカルトひとりがやったことではない。世俗の人だったC・S・ルイスは、宇宙の科学的（およびとりわけ数学的）再理解の影響について幅広く書いており、「自然を私たちの手に引き渡した」ものは、数学を利用した仮定の構築と、「詳細に制御できる現象の制御された観察」

だと意見を述べている。彼によれば、これは私たちの思考と感情に徹底的な影響を与えることになった。

それは自然を数学的要素に還元することによって、宇宙の穏やかな、または精霊信仰的な概念を、機械的なものに置き換えた。世界から、まずそこに住んでいた霊が、次に超自然的共感と反感が、最後にその色、匂い、味が、取り除かれた。（ケプラーは、仕事をはじめたばかりのころ、惑星の動きをanimae motrices（動く魂）によって説明した。そして死ぬ前になって、それを機械的に説明した。）

直接の結果は二元論で、物質主義ではなかったが、二元論は物質主義の産婆役を果たす。物質以外のすべてのものが少しずつ無視されていき、徐々に真剣な研究に値する主題とみなされなくなっていった。最終的な結果は、物質以外にはまったく何も存在しないという主張だ。物質主義は、ほかのカテゴリーに注意を払わなくなるほど積極的な信条ではなかった。ただ昔も今も、ただの自分勝手な盲目的行為で、否定するのが危険な標準的信条へと強められている。気の毒な生理学者に聞いてみるといい。

教授は、「啓蒙クラブ」のメンバーカードを見せつけて、フリーメーソンのお返しを期待した。私がそうしなかったので、傷つけられたと感じた。彼の目には、私が不当に夕食のテーブルに招かれたことになる。だから困惑した。私のような人間がその神聖な壁の内側にいると、大学はいったいどうなってしまうのか。

彼が啓蒙という言葉で意味したのは、科学革命の絶頂にあった十八世紀の運動のことだった。その最も現代的な擁護者のひとりであるスティーヴン・ピンカーは、それには四本の柱があると説明している。中心的な柱は理性だ。啓蒙の思想家は、「信頼、教義、啓示、権威、カリスマ性、神秘主義、予言、直感、神聖な文章の説明的分析のような、錯覚を生むもの」を当てにしないだろう。ここからは、人間が完全に理性的な代理人だとは確信できない。

次に科学、そしてヒューマニズムがあって、それらは道徳性への世俗的基盤を提供し、個々の人間の幸福を倫理的行動の試金石とする。そして最後が、知的および道徳的な進歩だ。進歩は不可欠なものではなく、教育を受けた啓蒙の思想家なら、適切な理性、科学、ヒューマニズムへの傾倒があれば、それは起こり得ると言うだろう。そしてこれを擁護する者は、起こった、と言う。啓蒙の王冠には、輝かしい宝石が輝いている（私たちはより安全に、より幸福に、より平和に、より豊かに、より平等に、より民主主義的になると言われる）。さて、たしかに、多くのものが時とともに実際に改善されてきたが、これまで見てきたように、相関関係は因果関係ではない。私は、産業革命が無条件でよいものだと結論づけて、イマゴ・デイ（神の像《かたち》）――人間はすべて神の像に作られているという考え――は根本的に民主主義的教義だとみなすことを怠っているように見える歴史的手法には懐疑的だ。科学的手法と、しばらくのあいだ、より一般的な啓蒙の知的文化は、間違いなくすばらしい利点を生み出した。だが私は、それは仮定に基づいていると言われるのは嫌いだし、歯の麻酔を受けながら同時に人道主義者の倫理がすべての道徳的むずがゆさをかいてくれるかどうか心配するのはいやだ。なんだか、化体《かたい》説を信じると誓わなければシスティーナ礼拝堂の天井画を見られないと言われるのに似ている。

私は、こうした原則をひとまとめにするのにも不安を感じる。実際の歴史をあらわすには整いすぎだ。啓蒙の実際の音は、プログラムを落ち着いて発表する声ではなく大騒ぎの議論で、その前の世紀の推測によって制約されるものではない。

その音は真に輝かしいものだった。「我々はあらゆるものを調べ、あらゆることを議論し、あらゆることを教えることとさえする勇気をもたなければならない」と、啓蒙の思想家コンドルセは書いた。「自分自身の理解を用いる勇気をもて」と、カントは求めた。「常に自分自身の思考の最大のものが啓蒙だ」。そして「我々の時代は批判の時代であり、あらゆるものが批判されなければならない」。

私はその時代に暮らしたい。ただし、それはスティーヴン・ピンカーが笑う時代でも、冷笑する教授や震える生理学者が真実を話すと特別研究員の地位や抵当権について心配になるような時代でもない。現代の啓蒙の学会では、議論の響きは聞こえず、愉快な探求の暖かさとスリルも感じられない。質疑応答の声が聞こえ、あの教授の夕食会で感じたような思想警察の指を襟に感じ、寒々とした意見の相違があるだけだ。スティーヴン・ピンカーは次のように書いている。「科学革命の重要なブレークスルー、おそらくその最大のブレークスルーは、宇宙は目的で溢れているという直観への反論だ」。いったいどうすれば、科学的手法を用いて、その直観に「反論」できるというのだろうか。彼の書いていることは科学的または理性的な発言ではなく、宗教的信条にある交渉の余地のない条項になる。

生物学者のルパート・シェルドレイクは一九八一年に『生命のニューサイエンス』を出版し、いくつかの一般的に見られる現象について新しいメカニズムを提示するとともに、支配的な物質主義者で還元主義者が示すパラダイムの妥当性に疑問を投じた。当時「ネイチャー」誌の編集長だったジョン・マドックス卿は、この本を「腹立たしい小冊子」として激しく非難し、「何年も『焚書』にすべき格好の候補だ」と言った。マドックスはのちにこの激高について尋ねられたときも、後悔などしていないと答えている。彼はシェルドレイクの著書に「腹が立ち」、その本は「ローマ教皇がガリレオを非難したときと同じ理由で、そのとき用いたのとまったく同じ言葉で非難できる。それは異端だ」と言った。

私の目的はここでシェルドレイクの論文を非難することではないが、単純に問いたい。なぜマドックスはそれほど恐れ、動揺したのだろうか？　マドックスは自分が物質主義の宗教的正統性を管理する立場にあるとみなし、シェルドレイクがその信条を破壊することを心配したのだ。もしその信条が、徹底した懐疑論に対する啓蒙の主張で、自然界に関する真実の解明のみに関わるものならば、マドックスはシェルドレイクに酷評ではなくコラムを与えていたのではないか？　でもそうではないから、そうしなかった。啓蒙主義のタリバンにとって、科学は手法ではなく、宗教だ。彼らは忠実な人たちで、その多くは信仰問答書がもう滑稽なものだとわかってからも長いこと、その問答書に固執している。保存は簡単で怠惰な選択肢だ。

偏執的根本主義は、どんな運動においても最後の段階になる。人々が議論を捨て、極端な主張に頼るようになると、きっと壁に文字が書かれる。マドックスを真似た言葉を使うなら、啓蒙主義的物質主義の終末を迎える。古くからの心地よい確実性は、一部だけの真実であることがわかってきた。少しあとでその例を挙げることにする。

あの教授のような人たちにとっては、これは恐ろしいことだ。本物の科学者にとっては、ワクワクすることだ。

私は知り合いの多くの生物学者を、とても気の毒に思っている。彼らは博士課程にいるあいだ、十八世紀と十九世紀に固定されたロープを伝って登れば、「このほかには何もない（Nothing-Buttery）」という偉大な山の頂上に到達するパーティーの一員で、その山頂からは全宇宙のゆがみのない眺めを目にすることができると言われていたのだ。自然界に謎はないと、彼らは重々しく保証された。あらゆるものが、物質還元主義の啓蒙のパラダイムに心地よく収まることができ、また収まるだろうと。

だが彼らは、誤った方向に導かれてしまった。そのパラダイムはきしみ、ひび割れができている。ドーキンスには当惑させられる。遺伝子決定論は死んだ。遺伝子は環境と盛んに会話することがわかっており、「環境」の定義がどれだけ広くなるかは誰にもわからない。ラマルクは、長いこと悪口を言われ続けてきたが戻ってきて、それでもエピジェネティクス（後世学）と名前を変えられている。遺伝学は、かつて考えられていたほどの説明力も予測力ももたなくなった。遺伝子は利己的ではない――あるいは少なくともただ利己的なだけではない。実際には、ただ何かだけのものなど、もう何もないのだ。

もう生物学者が意見を表明してもいいときだ。その古くて陳腐な原理の力は誇張されたものだと認め、自分たちのパラダイムのきしむ音に耳を傾け、修正するか、あるいは新しいものを手に入れるときが来ている。彼らは九時五時で働く物質還元主義者になっている――給与と任期のために、そして認知的不協和のせいで。彼らは仕事をしているあいだ、間違いだと自分でわかっている根拠の上に構築されたバーチャルリアリティの中で過ごす。そして研究室から自宅に戻ると、（少なくとも、子どもたちが寝る前に本を読み聞かせるとき、世を去った両親を悼むとき、飼っているイヌを撫でてやるときに）人間とイヌは――植木とまでは言わなくても――機械以上の存在であること、利他主義は互恵行動や血縁選択では完全に説明できないこと、心には脳内化学成分以上のものがあることを認める。沈む夕日を見て不思議な気持ちになり、マタイ受難曲を聴いて涙を流し、ワーズワースは自分の上司より賢明だと思う。互いに矛盾した世界のあいだを行き来する、この落ち着かない揺れを感じながらでは、幸せな生き方はできない。まとまりのあるひとりの人間になって、まとまりのある暮らしをするときが来ている。

それが生物学者だ。数学と物理科学とはまったく異なる世界にいる。そこには啓蒙懐疑主義がまだ生きていて、元気にしており、実質的な科学的前進を生み出してきた。それはまた、ほかのすべての生き物、実際にはほかのすべてのものに対する私たちの態度の完全な再方向づけをなしとげることができ、なしとげるべきなのだ。正確に言うなら、それは啓蒙の考案者によって真剣に求められた、道徳的前進の種類だ。

私が夕食会で見た啓蒙文化、そして脅えている生物学者の友人たちに見る啓蒙文化に対する、私の不満は、恐れを知らない探求の独自の原則に準拠していないこと、そのために激しく非難していた宗教と同じくらい専制的な信念になったこと、そして現実的な人間および人間以外の繁栄の障害になっていることだ。なぜなら人は、自分が性質を理解していない生き物、性質を理解しようと選んでいない生き物の繁栄を効果的に促すことは、できないからだ。数学や物理科学に見られるような、適切な科学的懐疑主義は、あらゆるものの中核は「心」であることを示唆している。それがほんとうなら、それはあらゆるものを変える。実際に（存在論的、道徳的、認識論的な）あらゆるものを、後期旧石器時代の狩猟採集民のものに近づける。

適切な人間中心的倫理体系をもつためには、人間とは何かを知る必要がある。ウシ、ニワトリ、山、友人に対して適切に振る舞うには、それらのものが何かを知る必要もある。

あの教授は、これらのものがすべて単なる物質の塊だと信じている。それらはたしかに物質の塊だ。では、それらが単なる物質の塊だと実証されているだろうか？　されていない。だが教授の問題は、それよりずっと大きい。物質とは何なのか、誰もまったくわかっていないからだ。私たちは、ある状況で、それがどのように振る舞うかということしか知らない。私たちはそれが何かについて、単なる隠喩で示すだけだ。たとえば、「凍結エネルギー」など。隠喩を洗練させていく以外に、物理学の進歩の見通しは立たない。もっと朗々とした詩的な隠喩にするか、方程式で少しでも満足の行く一致が見られるような隠喩かもしれない。それでも、あくまでも隠喩であることには変わらない。

ニュートンなどは、自然界を時計とみなした。そのモデルでは暗黙のうちに、自然界のあらゆるものが原理上は説明可能で予測可能だとされた。自然科学とそれに関連するテクノロジーのめざましい成功が、この暗黙の了解を確実性に変えた。つまりニュートン学説のモデルはすべてを説明しているという妄想が生まれ、十分な時間と努力と思考を注げば、あらゆることを完全に説明できるという考えになっていった。こうした過程を経て、科学は（少なくとも潜在的には）全能になる。

現実主義、謙虚さ、啓蒙の合理主義は、もうとっくに期限切れになっている。現実的に、謙虚に、懸命になるためのスタート地点としては、意識の研究が適している。

意識の研究の現状は、容易にまとめられる。意識の特徴、性質、場所について、わずかながらでもわかっている者は誰もいない。「もう少し時間をくれ」と、生物学者は訴える。いや、悪いが、もう時間切れだ。これまでに四万年ほどの時間があった。そのあいだにまったく進歩しなかっただけでなく、その独善的な物質主義の世界観を用いて、時間があれば少しでも進歩できることを示すものは何もないし、できないことを示すものは山ほどある。

聞いてほしい、教授。シェークスピア研究家が言っていたように、天にも地にもニュートンの時計仕掛けの哲学によって夢想するものよりはるかに多くのものがある。時計仕掛けの哲学がすべてではない。それは近似にすぎず、ものごとの成り行きを大まかに説明しているだけだ。だから、原則としてすべてのものをその枠組みに収められるという主張は、単に間違っている。もう古い考えだ。それでよければ、しかたないが。

一九二七年から（アインシュタインが世を去った）一九五五年まで、アインシュタインとニールス・ボーアのあいだで激しい論争が繰り広げられた（ニールス・ボーアは、ワーナー・ハイゼンベルク、マックス・ボルンなどとともに、量子力学のコペンハーゲン解釈の中心人物だ）。それは、原則として、世界と完全に対応する何らかの理論があるかどうかについてだった。アインシュタインは、（相対性の立役者にとってはおそらく驚くようなことだろうが）あの教授、有望な生物学者である私の友人たち、そしてニュートンと同じ意見で、すべてを説明して予測する理論があり得るし、それはやがて登場するだろうと考えた。いや、ちがう、物の本質にとって不確定性は決定的な要素であり、世界を織りなす模様の一部になっているのだと、ボーアは言った。ハイゼンベルクの不確定性原理は、粒子の振る舞いを観察の過程と切り離して語ることはできないことを意味し、量子相補性の原則は、現象を完全に説明するためには振る舞いを粒子と波動の両方の観点で考えなければならないと言っている——ただし、粒子と波動の振る舞いは互いに相いれない。ハイゼンベルクは次のように書いている。

私たちが、私たちの時代の精密科学で自然の絵について語ると、それは自然の絵というよりも、私たちと自然との関係性の絵になるだろう［…］。科学はもはや客観的な観察者として自然に対峙することはできず、人と自然の相互作用の中で演じる役者として自分自身を見ることになる。分析し、説明し、分類する科学的手法はその限界に気づいており、その限界は、科学が介入することによって研究の対象を変化させ、作り変えているという事実に起因している［…］。手段と物体をもはや切り離すことはできない。

つまり、観察者の意識が観察される物と不可分にもつれあって、それに影響を与えている。ハイゼンベルクのこうした、科学とは「限界を意識すること」だという主張は、半世紀以上たった今では部分的にしか真実とはいえない。

アインシュタインとプリンストン大学の何人かの同僚たちは一九三五年、ボーアの間違いを強く実証する考えを発表した。もしボーアが正しければ、二つの粒子の振る舞いが互いに影響しあうと、それらが空間的または時間的にどれだけ離れても、それ以降はずっと、互いに関連し続けることになる。そんなことはあり得ない。なぜならば相対性理論が、何物も光より速く進むことはできないことを明らかにしたからだ――その結果として、二つの粒子が光速を超えて互いに連絡し合うことはできない。

今では経験的に、はっきりと、ボーアが正しかったことがわかっている。一度関係すると、つねに関係し続ける。数学的にどんな大なたを振るおうと、量子のもつれを解くことはできないのだ。量子レベルでは、空間と時間は無関係なように見える。これが、量子非局所性の理論だ。

無意識の物質からどのようにして意識が生まれることが可能だったのか、まだ誰も説明できていない。その問題について、アルフレッド・ノース・ホワイトヘッド、ティモシー・スプリッジ、デヴィッド・グリフィン、トマス・ネーゲル、デイヴィッド・チャーマーズ、ガレン・ストローソンなどの哲学者は古代の解決法に賛成した。つまり、物質は無意識ではないという考えだ。だが、あの教授に招かれた晩よりもっと気心の知れた教授陣の夕食会で何度も見てきたところによれば、量子の非局所性ともつれに慣れている物理学者は、眉を吊り上げたりしない。

（どんなものであれ）物質の（どんなものであれ）意識は、ハイゼンベルクとボーアによって予測されてその後バークリー、オルセー、ジュネーブでの独創的な実験によって実証された効果の、最もシンプルな説明のように思える。人間の観測者による注目には、何らかの意識が関与する。それは、（もし、何かと何かが異なるならば）人間以外の何かの振る舞いに影響を与える。「類は友に影響を与える」は、ありそうではないか？ 意識が意識に関与するのは、ありそうではないか？ 心が心に話しかけるのは、ありそうではないか？

非局所性ともつれは亜原子粒子の振る舞いに関係しているのであって、イヌの脳と遠くにいる飼い主の脳との関わり、あるいは私と私を背後から見つめている目との関わりに、直接関係しているわけではない。それでも、イヌの脳と人間の脳と人間の目は、それらの粒子によってできている。

さらに宇宙のすべての亜原子粒子は、今からちょうど百三十八億年前のビッグバンの時点では、互いにとても、とても、近くにあった。そしてもしもそれが正しいならば、宇宙にあるすべての粒子は、宇宙にあるほかのすべての粒子ともつれ、永遠に、互いの振る舞いに影響を与え続けている。神秘主義者の言う一体感は事実なのかもしれない。今夜の食卓にのぼるラム肉の電子が、百五十億光年離れたクエーサー内の電子によって影響を受けているなら、家から百マイル離れた場所を車で走っている飼い主の気が変わったのを愛犬が察知できると考えるのも、それほどバカげたことには思えない。

陰陽の、よく知られた黒と白が組み合わさったマークの周辺は円で、全体をひとつにしている。サンスクリットの伝統では、存在（サット）、意識（チット）、至福（アーナンダ）が一体となって、サットチットアーナンダというひとつの言葉になっている。キリスト教の伝統では、肉体をもつ世俗的な「子」と、霊的で普遍的な「聖霊」が、万物を創造した「父」と一体となる。

あの生理学者が雨の中で語った、心と脳は同じだという考え方は、よくわかる。脳の状態と意識のあいだには、たしかに何らかの関係があるからだ。私が麻酔薬を打たれたり、私の頭がトラックに轢かれたりすれば、私の意識は何らかの影響を受ける。それでも、aとbには何らかの関係があるという言葉は、（非合理的な公理の助けを借りない限り）a＝bという表記とは大きく異なってくる。そして、そうした公理には事欠かない。あの教授はチューダー様式の部屋で、公理で溢れた書棚に囲まれているではないか。

ウィリアム・ジェームズは一八九七年にハーバード大学で講義し、人間の意識は脳の働きだという考えに同意したが、「何かが脳の働きだ」と言うことは、「それが脳によって生み出されている」と言うのと同じではないと続けた。機能は伝達を示すことがあり、たとえばプリズムは光を屈折させるが、光を生み出すわけではない。プリズムのアウトプットは、インプットとは異なって見える。プリズムそれぞれの特性がアウトプットの外見を決める。脳と心の関係は、おそらくそれが似ているものだ。たぶん私たちの脳は、そこに入ってくる「心」の一部に、それぞれの色を加えているのだろう。トラックの車輪が私の脳を打ち砕いて、プリズムを割ってしまっても、私が「私」と呼んだ私の個性である心の部分が消えてなくなるわけではない。それはただ新しい場所に移動する。

つまり、脳は意識を伝達し、影響を与え、おそらく受け取る。それはラジオに似ている。ラジオが壊れれば、受け取る、または伝える力が影響を受けるだろう。オルダス・ハクスリーは脳を「減圧弁」と呼び、データの流れを日常の脳によって簡単に処理できるレベルに減速させるものだが、その働きは幻覚剤によって弱まり、通常なら遮断される波長の情報が溢れてしまうことがあると言った。数論学者のジェイソン・パジェットは、世界のフラクタルパターンを共感覚で「見る」天才として広く知られているが、高校の数学は絶望的だった。彼は路上強盗に頭を強打され、そのときの一撃によって数字とパターンとの鋭い感覚を呼び覚まされたとされる。まるで、通常はフラクタルの可視化を妨げているバルブを形成する脳組織が、強打によって壊れてしまったかのようだ。そのバルブの働きが、過去四万年のあいだに集団内で広く変化したかどうかは、誰にもわからない。

私たちはふだん、三次元の空間と時間という四つの次元の中で生きている。それが啓蒙の次元、あの教授の次元、生物学者たちの次元だ。だが、どの数学者でも次元はそれだけではないと言うだろう。そして次元は私たちを圧迫しているように思える。詩人と音楽家はそれらを罵る。麻薬愛用者やその他の恍惚状態を求める人たちは、それを乗り越えようとする。自分の小さいころを思い出してみると、次元は四つよりずっと多かったと断言できる。そして冷静な大人であっても、四つの次元（中でも時間）が自分の日常の住処ではないように話すことが多い。「時間が飛んでいくように感じないか？」「前に会ってからもう五年もたっているなんてあり得ないね」。時間をしっかり把握していれば、そんな言葉は出てこないはずだ。「魚は濡れてしまうと海に不平を言うだろうか」と、C・S・ルイスは疑問を投げかけた。「あるいは、もし不平を言ったとしたら、魚はこれまでずっと、あるいはこれからもずっと、純粋な水生動物ではないことを物語ってはいないだろうか」

私たちは時間を感じることはできない。それはまるで、量子物理学者が苦労して実証してきたこと——時間そのものは無意味なカテゴリーだということ——を、私たちが直観しているかのようだ。そもそも、時間を単独で考えることはできず、必ず時空という単一の四次元世界の中のひとつの要素として考える必要がある。だが、それだけではない。私たちは量子の非局所性という考えに出会った（時間的、空間的に、どれだけ離れていようとも、以前に関係した存在は即座に互いの振る舞いに影響を与える）。もしそれが正しければ空間も時間も、存在しないとまでは言えなくても、少なくとも的外れなものになる。それはイエス・キリストの視点とそれほど遠くない。キリストは神性を主張するにあたって、「アブラハムの生まれる前からわたしはいる」と主張して時制を混乱させた。

人は時に（おそらくいつかは）日常の次元の束縛から抜け出すことがあるという、奇妙だが一般的な状況がある。私が病院で経験したような幽体離脱では、日ごろ意識の上で存在している次元が増えるように感じられる。人は一般的に三百六十度の視野をもっている——「人がいる時空の次元が増えるなら、きっとそうなるだろう」と、ジェフリー・クリパルは言う。最近の研究によれば、人間の脳内の神経回路網は十一次元まで処理できることがわかった。私たちは意識の上では四次元しか考えていない。私たちが過ごせるハードウェアをもっている別の四つの次元は、数学的抽象の世界で、解析するには分厚い方程式の本が何冊も必要で、ブラックでもボスでもエル・グレコでも描くのは難しい。私たちは日ごろ気づいているより、はるかにつながり合っている。もしも私たちが一般的な四次元から出ることがないとすれば、それは自然選択の立場から見て、途方もない考え方だ。

私はタイの食堂に座っている。鼻から流れ落ちた汗が豆腐の上に垂れ、足の上をゴキブリが走り、川岸のカエルがマイケル・ジャクソンの歌声をかき消す。私のノートはびしょ濡れだ。まるでトイレに落としたみたいになっている。あまりに濡れていて文字を書けないから、何杯目かのビールを飲み干して壁の時計に目をやる。もう夜も更けているが、時計の針は八時十分を指していて、どう見ても狂っている。その食堂にいるヨーロッパからの旅行客は私ともうひとりの女性だけだ。彼女はスープの椀に立てかけた『ユキヒョウ』を読みながら、ひとりで食事をしている。

「すみません、今、何時かわかりますか?」

するとその女性は本から目を上げて、声を立てて笑った。

「私に聞いても無駄よ」。そう言いながら時計のほうに目をやり、「ここには八時十分に来たんだから」と答えた。

私が滞在していた安宿に戻ったのは真夜中の十二時過ぎで、それは彼女の話を聞いていたからだ。そのフランス人女性は、十年前に乗っていた車が正面衝突事故を起こして大けがを負ったという。すぐさま病院に担ぎ込まれ、血腫を除去する手術を受けた。それからしばらくのあいだ生死の境をさまよって、よく知られた臨死体験をし、明るい光を頼りに暗いトンネルを下っていくと、そこではすでに世を去った親類の人たちが待っていて、何とも言えない喜びと平和の感覚に浸った。だがそのとき、いやいやながら病院のベッドに引き戻されたのだそうだ。

それからというもの、彼女は電子機器を狂わせるようになった。時計は止まってしまうか、ときには針がぐるぐる回りだす。コンピューターに近づくと、そのコンピューターは壊れる。まだ乗っている飛行機を地上に落としたことはないが、飛行機に乗るたびに心配で気分が悪くなる――というより、もし臨死体験のおかげで恐怖心が消えていなければ、恐ろしくて震えているだろう。レストランを出るとき、私は二人分の食事代を払うと申し出た。

「それはご親切に、ありがとう。でも私が近くにいると、きっとカード読み取り機が壊れるわ。だから私はいつも現金をいっぱい持ち歩かないといけないのよ」。その通りになって、カードの読み取り機は動かなかった。そして彼女が道の反対側まで行ったとき、ようやくカードで支払いを済ませることができた。

どうやら事故のせいで彼女のハードウェアに何かが起こり、時計、コンピューター、カード読み取り機の何かに、ふつうなら送られない周波数で何かを送るようになっていて、それらの機械が同じ種類の信号を利用しているために、それを感じてしまうらしい。意識から意識へ？　そのような経験をしている人は――臨死体験とその後の成り行きとともに――とても多い。そういう人たちは、あの教授およびそれと同類の人々からは否定される運命だ。そんなことはあり得ないから、起きるはずがないと言われて。

心が心に直接働きかけて独特の明らかな知識を生み出すことを示す証拠は、ボーアが量子現象のレベルで予測したように、数多くある。つまり、人の心の影響力は頭の中で止まることはない。これについては、もっと系統立った研究がたしかに必要だ。それなのにそうした研究がいっこうにはじまらないのは、生物学とそれに関連する科学分野の現代のすべての職業の基盤となっている既存のパラダイムを、破壊したり限定したりするのを恐れているからにほかならない。テレパシーのような現象を研究室の管理された条件の下で行なった研究では、わずかな（たしかに偶然よりは大きいが、小さい）影響しか示せていないらしい。それらは、心は頭の範囲を超え、脳が属している体の中以外の物質に作用するという仮説に基づく研究だ。

だが研究室の外の、たいていは十分な証拠がある物語の領域では、その影響は往々にしてはるかに劇的だ。クリパルが言うように、「極限状態の特権」があるように見える――これは、心が心に直接話しかけられるように思えることを示している。そしてそれは、そのほかのもっと日常的なコミュニケーションが不可能なときのことで、代表的なものは死の瞬間や、将来の出来事が（よくあるように）わかるとき、またはダービーシャーの森で今は亡き父が最も強烈に偲ばれるときなどだ。研究室での実験では必然的に、劇的な種類の心と心の直接的なやりとりが生じる一般的な状況や根拠を必然的に除外しており、たとえば人間は泳げるという仮定をテストしながら、被験者には空中で泳がせるだけ、といったものになってしまう。だが人はたいていの場合、もっと穏やかな種類の心と心のやりとりを日常の出来事として経験している。たとえば、誰かが考えていることがわかる、または誰かが言おうとしていることがわかる、といったようなものだ。

私たちの関係のほとんどは、はっきりした証拠がないか、はっきりした証拠にならないことに基づいている。あの教授の、むしろ横柄とも言える妻への情熱的な愛情は、実験的または数学的に証明できるような基礎に基づいてはいないが、彼が論文で発表した社会の性質に関するどんな（統計値に基づいている）主張よりも、現実的で強固なものだ。関係の土台は不確定性のように思われ、それと同時に（ボーアが予想した通り）不確定性が宇宙の重さを支える梁のひとつということになる。

＊

私がロンドンからオックスフォードに戻る電車に揺られながら、紛れもない傑作小説に没頭しようとして、できないでいると、少し離れた座席にあの教授の姿が見える。教授はヘッドフォンをして目を閉じ、私には聞こえないオーケストラを両手で指揮しながら恍惚としている。

私は教授の神聖な空間が何であれ、そこに侵入することなど夢にも思っていなかったのだが、何分後かに教授が両手の動きをとめて目を開くと、私に気づき、わざわざ立って私の向かいの席に移動してきた。二人とも、前回別れたときの状況を心地よく思っていなかったので、またはじめることができてほっとしている。

「元気かね」と、教授は何ごともなかったかのように尋ね、私たちはどちらも気のりしないまま、何分間かのあいだ近況を伝えあった。

「何を聴いていたんですか」と、私が尋ねる。

「きみの嫌いなものだよ」と答えた教授は、よかれと思って言ったのだろうが、誘惑に負けたようだ。「ハイカルチャーの結実だよ。シカ皮の太鼓やディジェリドゥーでは演奏できない。バッハだ。すべてが数学的で、教養の頂点を極めている。大麻や精液の入り込む隙はみじんもない」

それからすぐ、あの晩の夕食会に話が戻ったが、私は疲れていて議論する気になれない。そこで大学内の力関係に話を変えようと試みるのだが、教授は断固として続ける気構えだ。

「きみはいったいどうやって、人間が成し遂げた最高のものに背を向けられるのかね? 我々が、我々自身について理解したものすべて、大きな知的喜びのすべてに。きみが軽蔑しているこうした喜びは、私のここに響く」。そう言うと、教授は自分の腹を叩き、「そしてここに」と続けて股間を指さし、「ここにも」と頭を叩いた。「私のすべてにね。エゴとイド。左脳と右脳」

これを聞いて私は急に、この教授を好きになりはじめる。ほんとうに好きになっている。それでも私は彼の話に完全に同意したことを伝える言葉を見つけられず、曖昧だと思ってもらえるようにと願いながら頷くと、とりすまして窓の外を眺めながらオックスフォードまで沈黙を守った。

あの教授の痛烈な非難と私の押し黙った反応は、私の母が世を去る前の数年間に私が母と交わした会話をそっくりそのまま写したものだ。母は屋外の活動にはまったく興味を示さない人だった。あるいは、よくそんなふうに見えた。シチリア島にルーツをもち、地中海の文化の中心で長い時間を過ごしたにもかかわらず、透けるように白い肌をもっていた。太陽を恐れていたのは、明るい太陽は自分が図書館や美術館にいないこと、仕切りの板や金色の額縁なしで野生のものが自分の元に届くことを意味したからだと思う。だから、私が隔世遺伝で粗野な性格を受け継いだことを母は愛情をもってなじり、私は母の目まいがするような知識人ぶりを、ときには穏やかではない方法で笑いものにした。そのために私は母からひどく遠ざかり、やがて母が内側から体を蝕むオオカミと戦う姿を見たときにはじめて、母のほうが私の何倍も野生のことをよく知っていたことに気づいたのだった。そしてその知識は、母性、結婚、生意気な子ども、ヨーロッパのハイカルチャーから得ていた。母が家にとどまることを選んだのは、そのほうが私たちの面倒をよく見られるからであり、またゲーテを正しく読めば山の頂上で大の字になって寝転ぶとどんな気持ちになるかがわかること、モーツァルトを正しく聞けばキツネの霊の匂いがすること、アンドロメダはロ短調ミサ曲を奏でていることを、理解していたからだった。

私は母の生き方を推奨しない。それには、日常のごく平凡な感情さえ、きわめて苦痛に思えるほどの感覚が求められる。シカ皮の腰巻をつけてダービーシャーを走り回っているほうが、ずっと簡単だし、はるかに楽しい。それでも母は、野生から生まれた認識が野生との関わりをなくすことはないこと、もし私たちが注意深くなって引き綱の認識を保っておけば、匂いを嗅ぎながら私たちが生まれた場所まで戻るのに役立つことを教えてくれた。

世界はいつも私たちより何歩も先にあり、私たちを当惑させ、その輝きによって私たちの目をくらます。私たちが足を引きずりながらついていくためには、手に入る限りのあらゆる手助けが必要で、それには偏微分方程式、電波望遠鏡、イタリアの十五世紀、そして神秘主義と恍惚の主要な道具（それらは常に主要な道具のままでいなければならない）などがある。

私たちがこれらのすべてをもって森や川や丘や海に入っていけば、野生は尊重されていると感じるにちがいない。野生は私たちの努力を見て姿をあらわし、自己紹介をしてくれる。そして人は野生の一部だから、自分自身との出会いに奮起する。心から生き生きした人間でいることは、最も完全な意識をもつアナグマ、カワウソ、キツネ、シカ、アマツバメになるよりも、はるかにワクワクし、はるかに恐ろしい。

私たちはそのすべてをもつことができる。私たちはそのすべてをもたなければならない。私たちは貪欲でなければならない。

実際に重要なことの大半を知るための主なやり方は、関係性から得られる知識に頼るものだ。それは認知や言語による仲介のない、直接の出会いによる知識になる。そのような知識に精通すれば、私たちはまた生きることができる。そして知るための努力をしながら、私たちが手にしてきた別の知る方法も、すべて身につけていかなければならない。

私は知る方法を次々に身につけていくのを、待ちきれない。

私たちは、いったい何者なのか？　体内のすべての電子が宇宙に存在するほかのすべての電子と同じ音程で、そして私たちが許可すればそれらと一体になって振動する、目もくらむような存在だ。今のところ私たちが「自分のもの」と呼んでいる「心」を宿している神秘的な「物質」が、心の振る舞いの一部を決めているらしい（そして私たちが自分と呼ぶ心の構造を決定するのに重要な役割を果たしているらしい）。だが物質は何よりも、心の輸送手段（ごく基本的な路面電車）と言えるようだ。実際には、それは性能を制約し、束縛し、翼を奪う。

私は、物質で構成されたひどく矛盾した法廷弁護士を、当惑しながら振り返る。彼はある日の午後、スコットランドの丘の上で血まみれになり、その夜にシューベルトを聴き、その翌週には三段論法に苦しむ人間を捕らえようとした。私は、できることならそこに戻り、新石器時代の石垣が大きな野生の世界を分割したように彼を分割した区分を、打ち壊してしまいたい。そうすれば彼は放浪し、あらゆるところで野生の親切さに出会い、そこで暮らすにちがいない。

＊

「何か物語を話してよ、お父さん」と、トムが言う。

もう自分で話すときがきたよ。

「ラーリリリ、リリ」

おわりに

家族全員でダービーシャーの森にやってきた。空がどこまでも青く澄んだ寒い冬の一日が終わり、今はどこまでも真っ黒な空に覆われた寒い冬の夜だ。

みんなで焚火を囲む。いくつもの影が木々の上でダンスを踊る。カチカチ鳴くカササギが私の肩のすぐ上のサンザシの木にとまり、家族に会えたことを喜んでいる。

トムは焚火からジャガイモを掘り出すと、食べる前にそれを持ったまま、少しのあいだ森に入っていった。戻ってくると、手にしたジャガイモがちょっと欠けていた。ほかの誰も、それに気づいていない。トムは私と目を合わせるのを避けている。焚火を取り巻くコールタールの匂いに、トムが気づいていないわけがない。

少し離れた納屋のそばに、私にはもうすっかり馴染みになった二つの人影がある。二人ともじっと立ち尽くしているから、もし私が彼らのことを知らなければ、門柱だと思っただろう。ハウデン・ムーアとブリークロウから吹き下ろす風が、二人の毛皮の帽子を揺らす。トムも彼らのことを見ている。

二人のほんとうの名前は、とうとうわからずじまいだった。

さあ、もう焚火を消して家に戻ろう。私が振り返って森を見下ろすと、門柱が動いていた。何かが、あるいは誰かが、口笛を吹いている。はじめは、空積みの石垣にあいた穴を、風が吹き抜ける音だと思っていた。でもそうではなかった。

八歳の息子のジョニーが口笛を吹いている。「ラーリリリ、リリ」

謝辞

私のために惜しみなく時間を割き、それぞれの英知を分け与え、またコーヒーをご馳走してくれた考古学者と人類学者のみなさんに、心からお礼を申し上げたい。中でも以下の方々には、特別に感謝している。ジャン・アビンク（ライデン大学）、ジャスティン・バレット（セント・アンドルーズ大学）、ヴィッキ・カミングス（セントラル・ランカシャー大学）、バリー・カンリフ（オックスフォード大学）、ロビン・ダンバー（オックスフォード大学）、アヴィ・ファウスト（バル＝イラン大学）、イスラエル・フィンケルシュタイン（テルアビブ大学）、クライヴ・ギャンブル（サウサンプトン大学）、ヨッシ・ガーフィンケル（ヘブライ大学）、故デヴィッド・グレーバー（ロンドン・スクール・オブ・エコノミクス）、メアリー・マクラウド・リヴェット（ヒストリック・エンバイロメント・スコットランド）、スティーヴン・ミズン（レディング大学）、ポール・ペティット（ダラム大学）、故スティーヴ・レイナー（オックスフォード大学）、リック・シュルティング（オックスフォード大学）、ジェームズ・C・スコット（イェール大学）、ジュリアン・トーマス（マンチェスター大学）、ハリー・ウェルズ（ライデン大学）。

私には世界中で最もすばらしい友人たちがいて、私ができるだけ人間らしくいられるようにとみんなで力を貸してくれただけでなく、期待外れのときにもじっと耐えてくれた。だが私はそうした友人たちの一部を、本書に記録されている具体的な質問をぶつけたことで、よけいな面倒に巻き込んでしまった。その点で特に以下のみなさんに、ありがとうの言葉を贈りたい。デヴィッド・アブラム、アハロン・バラク、テオ・バーギオタス、スーザン・ブラックモア、ジョン・バトラー、レイチェル・キャンベル＝ジョンストン、ステファノ・カリア、ジョンとマーガレット・クーパー、ジェイムズ・クローデン、スティーヴ・エリー、ジョンとニッキー・フレッチャー、マリアム・モタメディ・フレイザー、シモン・ギブソン、ジェイ・グリフィス、デヴィッド・ハスケル、キャスパー・ヘンダーソン、ジョナサン・ヘリング、ベン・ヒル、マリー・ハウゲ・ジェンセン、ジェフ・ジョンソン、ヘレン・ジュークス、ポール・キングスノース、マリノス・キリアコプロス、アンディ・レッチャー、ジョン・リスター＝ケイ、アンディ・マクギー、イアン・マックギルクリスト、ジョージ・モンビオット、ヘレン・モート、ジェイムズ・マムフォード、ジェイムズ・オール、アンドリュー・ピンセント、キース・パウエル、ジョナサン・プライス、ジュリアン・サヴレスク、ノーム・シメール、ディートリヒ・グラフ・フォン・シュバイニツ、スティーヴン・セドリー、カール・セグノー、マーティン・ショー、マーリン・シェルドレイク、ルパート・シェルドレイク、ジョン・スタサトス、ピーター・トーネマン、クリス・サウレス、コリン・タッジ、マイケル・ウムニー、エミリー・ワット、ルース・ウェスト、セオドア・ゼルディン。

マノリス・ベイシスはギリシャで最もすぐれたブズーキ（伝統的な弦楽器）の奏者で、私をこれまで一度も味わったことのない音楽の深みへと誘ってくれた。そしてジェイムズ・ベルと、アイシス・ファームハウス・タバーンで開かれるバスタード・イングリッシュ・セッションの参加者全員が、毎月、大昔に世を去った農場労働者たちの霊を呼び出してくれる。

ジル・パースがすぐれた教師となってモンゴルのホーミー（伝統的な倍音唱法）の基礎を教えてくれたので、私は自分の体が文字通り共鳴し、基本的にすばらしく音楽的な存在なのだと気づくことができた。

その経験は、音楽と言語の関係についての私の思考に重大な情報をもたらしてくれた。

フランとケヴィン・ブロックリーは、新石器時代がよいものだったのだと私を納得させる、可能な限り最良の仕事をしてくれた。

ジョン・ロードはフリント石器製作の第一人者で、私と私の子どもたちに斧と矢じりの作り方の基礎を根気強く教えてくれただけでなく、そのほかにも数多くの先史時代の技術を紹介してくれた。彼は私が知っているほかの誰よりも石器時代の暮らしをしている。ただしそれは大幅な時代遅れということではなく、石と場所から教えられる威厳と厳粛な礼儀正しさに沿って生きているからだ。

タミル・ナードゥのサクシダナンダ・アシュラムは東と西との間にある隔たりを狭めてくれたので、私はそこを覗き込んでも不安を感じることがなくなった。

アトス山の何人かの修道士、オックスフォードのギリシャ正教コミュニティのイアン・グラハム師、私がタルムードを勉強をしたときのパートナーだった故ミッキー・ウェインガーテンは、超越と内在は対立しないものだと教えてくれた。

ピーター・ソーンマンは本書の草稿を読み、恐るべき洞察力をもってコメントしてくれた。オックスフォード大学のグリーン・テンプルトン・カレッジは、あらゆる大学の中で最も青々とした美しい森だ。ブラック教授との機能不全に陥った夕食会が、そこで開かれたはずもない。私の友人で同僚のデニース・リーヴェスリーが以前このカレッジの学長を務め、本書に登場しているような考えを恐れることなく口にして厳密に分解できる場所にするという、並外れた仕事を成し遂げた。私はそのフェローと学生たちに、感謝と敬意をもって挨拶する。

私はこれまでに数多くの親愛なる友人たちから、最高の手助けと親切を受けてきた。とりわけ以下のみなさん、ほんとうにありがとう。エリカ・バラク、クリスとスズ・ベッキンガム、アンドリューとルーシー・ビレン、マグナス・ボイド、ラビのエリ・ブラックマンとフレイディ・ブラックマン、ゾーイ・ブラフトン、マーニー・ブキャナン、ピーターとローラ・カリュー、マルコムとピップ・チザム、マレー・コーク、コレット・デューハースト、イシとタル・ドロン、メリナ・ドリツァキ、トニーとローズ・ダイアー、ケイト・フォスター、エスティ・ハスコウィッツ、トニーとサリー・ホープ、ジルとバリー・ハワード、マンディ・ジョンソン、プラモド・クマル・ジョシ、パット・カウフマン、マイケルとアビゲイル・ロイド、ナイジェル・マギルクリスト、ジョリオンとクレア・ミッチェル、ペネロペ・モーガン、ビーウィ・マンロ、マイク・パーカー、ナイジェルとジャネット・フィリップス、コスタ・ピラヴァチ、ルイーズ・レイノルズ、ローランド・ロスナー、キャシー・ショック、クレアとマイク・スミス、キャサリン・スタサトウ、サラ・ソーンマン、キャロライン・サウレス、ヒュー・ワーウィック、ジミーとメラニー・ワット、マークとスー・ウエスト、ロブとアレックス・ヨーク、ジョー・ジアス。

私は何年も前からジェフ・テイラーの挿絵がある本を書きたいと思っていて、今回は私にとって大きなチャンスになった。彼は本書を読んですぐ、完璧に理解してくれた。彼のすばらしい挿絵は、私の言葉よりはるかに明確に、私の言いたいことを説明している。

並ぶもののない私の代理人ジェシカ・ウーラードは、本書を最初から信じてくれ、私は彼女のエネルギーと献身的な働きに畏敬の念を抱いている。担当編集者であるプロファイル・ブックスのヘレン・コンフォードとエド・レイク、そしてメトロポリタン・ブックスのリヴァ・ホッカーマンには、この奇妙で不穏で興奮気味な野心に満ちた本を採用してくれたことに、そして優しさとスキルと規律をもって本書を育ててくれたことに、心から感謝している。彼らの力がなければ、本書はもっとひどい姿で世界に送り出されていたことだろう。マシュー・テイラーの絶妙な原稿整理によって本書に磨きがかけられ、またロッティー・ファイフが見事な手腕で出版までを導いてくれた。

私はこの段階的で一貫性のない冒険を理路整然としたひとつの物語にまとめるために、一部の名前、場所、時間を変え、異なる場所で異なる時期に起きた出来事をつなぎあわせている。そのため、実際には私自身の子ども時代の姿を、本書ではトムの姿として描いている部分もある。

そうした変更にも関わらず、本書での表現によって誰かが傷つくかもしれず、もしそうであれば本当に申し訳なく思っている。

私がもっている人間らしさのほとんどは、それが何であれ、生きている者も世を去った者も含めた私の家族によってもたらされたものだ。私の母と父は、人間として生きることは想像できる中で最もハラハラする冒険だと力説していた（世を去った今もまだ主張している）。そして人間として生きる短期集中コースの現在の教師は、妻のメアリーと子どもたち、リジー、サリー、トム、ジェイミー、レイチェル、ジョニーだ。私は家族のみんなが私との約束を守ってくれていること、そしていつも短気を起こさずにいてくれることに、驚いている。それはほんとうに思いがけないことで、私はとても、とても、感謝している。

訳者あとがき

本書『人間のはじまりを生きてみる——四万年の意識をたどる冒険』は、チャールズ・フォスター の著書『Being a Human — Adventures in 40,000 Years of Consciousness』の邦訳で、同じくフォスターの『Being a Beast』（『動物になって生きてみた』・河出書房新社刊）に続いて、人間として生きることの意味を問う作品となっている。本書の冒頭には、「人間とはいったいどんな生き物なのかという問いに、わずかでも答えられる人はほとんどいないだろう……この本は、人間とは何者かを見つけようとする私自身の試みになる」と記されており、読者のみなさんは著者とともに、人間である自分の生き方に思いを馳せることになる。

前著『動物になって生きてみた』は、野生動物はどんな感覚で毎日を生きているのかを知りたいと考えた著者が、アナグマ、カワウソ、キツネ、アカシカ、アマツバメという五種類の動物の日常の暮らしを、身をもって体験しようと奮闘した記録だ。だが、その体験を通して著者が求めていたのは、「人間である自分は何者なのか」「自分は周囲の人々とどんなつながりをもてるのか」という問いへの答えだった。そしてそれに続く本書では、野生動物ではなく私たち人間の本来の生き方を探りたいと考える。「私がしなければならないことは、自分の物語（それはあなたの物語でもある）を、できる限り最初に近いところからはじめること」だとし、人間が現生人類の体と脳をもつようになった四万年前からその旅を開始した。

こうして人間のはじまりを生きてみる旅に著者が選んだのは、後期旧石器時代、新石器時代、啓蒙の時代という三つの時代だ。大ざっぱにまとめると、四万年前ごろからはじまった後期旧石器時代には、人々は放浪しながら狩猟採集によって暮らしていた。一万年前ごろからの新石器時代には定住と農業がはじまり、人々は自分たちで穀類を育て、動物たちを家畜化して生きるようになった。そして三百年前ごろにはじまった啓蒙の時代には、理性と合理的な考えが正しいとされ、自然科学万能の考え方が広まると同時に、産業革命によって社会は大きく変化した。その時代は今もまだ続いている。

読者のみなさんもぜひ四万年の時を旅し、現代の暮らしと照らし合わせながら、どの時代の人々が最も幸せだったのか、四万年前のスタートから今までのあいだに人間は何かを間違えたのか、これからの私たちはどうなっていくのか、自分自身の生き方はどうなのか、そして人間とは何者なのかと、さまざまに思いを巡らせていただきたいと思う。

著者のチャールズ・フォスターはケンブリッジ大学のセント・ジョンズ・カレッジで獣医学と法学を学び、医療法と医療倫理の博士号を取得した。またロンドンの法曹院インナー・テンプルで弁護士の資格も取得し、法廷弁護士としても活動している。フォスター自身のウェブサイトにある自己紹介は、次のようなものだ。「チャールズ・フォスターは作家、法廷弁護士、旅行家。著書の分野は多岐にわたり、旅行、進化生物学、自然史、人類学、神学、考古学、哲学、法律などがある。そしてそのすべては、最終的に『私たちは誰なのか、何者なのか？』『私たちはいったいここで何をしているのか？』という問いへの答えを求めようとする、おこがましく、成功することのない試みである」。このように、さまざまな分野の著書すべてを「人間とは?」という究極の問いに向けて書いているとしており、なかでも本書はそのテーマを直接的に追った内容と言えるだろう。

多様な学問分野を背景にして幅広い視野をもつ著者の博覧強記ぶりは、本書でも存分に発揮されているから、読者のみなさんは見慣れない言葉に出会って、戸惑うことがあるかもしれない(訳者も同じことで、おおいに苦心した)。たとえば「現代的行動」は、ふだんあまり目にしない言葉だろう。これは現代人的行動や行動的現代性とも呼ばれ、私たちホモ・サピエンスに特有で、他の霊長類や絶滅したヒト科の仲間にはなかった行動のことを言う。人類学や考古学で用いられている用語だ。具体的には、言語、音楽、宗教、芸術、神話など、象徴的な思考が必要となる文化的な行動を指しており、後期旧石器時代と呼ばれるおよそ四万年前ごろから、ホモ・サピエンスが少しずつそれらを獲得してきたとされる。こうした象徴的思考、象徴的表現こそが、私たち人間を人間にしているということだ。ふだんは当たり前すぎて気にもとめていない自分の話す言葉、耳にする音楽などが、どのようにして生まれてきたのか、本書を機会にもう一度考え直してみるのもおもしろいだろう。

「啓蒙」という言葉も日常ではあまり見かけない。啓蒙思想とは、十八世紀の西欧で広がった合理主義的な考え方で、これがもつ意味を正確に伝えるには専門家による本一冊分の解説が必要になってしまう。ここでは、啓蒙を意味する英語のEnlightenmentが、元来は光で照らすという意味をもっていたが、それが無知の暗闇に理性の光を当てるという意味になったということ、日本語の啓蒙の「啓」は教え導く、「蒙」は道理に暗い者を意味し、合わせて道理に暗い者を教え導くという意味をもつことだけをつけ加えておくので、歴史的な経緯や解釈などについては本書の啓蒙をめぐる著者の声に耳を傾けていただければと思う。

前著では著者とともにアナグマになって暮らした息子のトムが、今回もいっしょに野宿をし、炎を見つめ、カリブーのあとを追う旅に出る。著者にとってトムは、さまざまなインスピレーションをもたらす、とても重要な存在だ。そのことに異論はないだろう。ただし謝辞には、「実際には私自身の子ども時代の姿を、本書ではトムの姿として描いている部分もある」と書かれているから、トムは著者の分身でもあるらしい。また本書には新たに著者自身の父親、そして旧石器時代の人物Xとその息子も登場している。Xとその息子は、著者とトムの姿の投影のようでもあり、著者とその父親の姿の投影のようでもある。こうした三重に重なる父と子の姿から、著者は何を言いたかったのだろうか。

この点も含めて考えさせられることが満載の本書には、また自然の描写も多く、森の風景や動物の様子が生き生きと描かれている。この点に注目した書評が、米国の経済誌『フォーブス』に掲載されたので、ここで紹介しておきたい（米国アマゾンの本書のサイトに紹介されていた書評を転載させていただく）。

「フォスターは、並外れた才能をもつ作家だ。彼の自然描写はきらめくような輝きを放っており……『人間のはじまりを生きてみる』は、自然のなかで何に注目すればよいかを読者に教えてくれる。これは私たちが大昔の人類としてもっていたであろう感覚をめぐる論考で、そうした感覚を私たちは数千年のあいだに干からびさせてしまった。この本を読んでいると思わず笑ってしまう。心を打たれる。意識が広がる。この本には、何度でも読み返したくなる思索が詰まっている」

この書評は、三百ページ以上の本書のよさをたった数行で見事に表現しているように思う。読者のみなさんが、読みながら笑い、心を打たれ、意識を広げ、何度でも読み返したくなることを、訳者として願わずにはいられない。

最後になったが、本書の翻訳を訳者にまかせるとともに多くのアドバイスをくださった河出書房新社編集部の町田真穂さんに、この場をお借りしてお礼を申し上げたい。翻訳作業に予想以上の時間がかかったために、ご迷惑とご心配をおかけしてしまったが、こうして本を読者の元に届けることができ、心から感謝している。

二〇二二年一〇月　　西田美緒子

Solms, Mark, *The Hidden Spring: A Journey to the Source of Consciousness* (Profile, 2021)
Stavrakopoulou, Francesca, *Land of Our Fathers: The Roles of Ancestor Veneration in Biblical Land Claims* (T. & T. Clark, 2010)
Steel, Carolyn, *Sitopia: How Food Can Save The World* (Chatto and Windus, 2020)
Talbot, Michael, *The Holographic Universe* (HarperPerennial, 1992)〔『投影された宇宙 ——ホログラフィック・ユニヴァースへの招待』マイケル・タルボット著、川瀬勝訳、春秋社 , 2005 年〕
Tattersall, Ian, *Becoming Human: Evolution and Human Uniqueness* (Houghton Mifflin Harcourt, 1999)〔『サルと人の進化論——なぜサルは人にならないか』イアン・タッターソル著、秋岡史訳、原書房、1999 年〕
Tattersall, Ian, *The Monkey in the Mirror: Essays on the Science of What Makes Us Human* (Houghton Mifflin Harcourt, 2016)
Thomas, Julian, 'Death, identity and the body in Neolithic Britain', *Journal of the Royal Anthropological Institute* 6 (4) (2000) : 653–68
Thompson, William Irwin, *The Time Falling Bodies Take To Light: Mythology, Sexuality and the Origins of Culture* (Palgrave Macmillan, 1996)
Todorov, Tzvetan, *In Defence of the Enlightenment* (Atlantic Books, 2009)
Tudge, Colin, *Neanderthals, Bandits and Farmers: How Agriculture Really Began* (Yale University Press, 1999)〔『農業は人類の原罪である』コリン・タッジ著、竹内久美子訳、新潮社、2002 年〕
Turner, Mark, *The Origin of Ideas: Blending, Creativity, and the Human Spark* (Oxford University Press, 2014)
Vernon, Mark, *A Secret History of Christianity: Jesus, the Last Inkling, and the Evolution of Consciousness* (John Hunt, 2019)
Wallis, Robert J., *Shamans/Neo-Shamans: Ecstasy, Alternative Archaeologies, and Contemporary Pagans* (Psychology Press, 2003)
Wengrow, David, and David Graeber, 'Farewell to the "childhood of man" : ritual, seasonality, and the origins of inequality', *Journal of the Royal Anthropological Institute* 21 (3) (2015) : 597–619
Whittle, Alisdair, *The Archaeology of People: Dimensions of Neolithic Life* (Routledge, 2003)
Wittmann, Marc, *Altered States of Consciousness: Experiences out of Time and Self* (MIT Press, 2018)
Wragg-Sykes, Rebecca, *Kindred: Neanderthal Life, Love, Death and Art* (Bloomsbury, 2020)
Wyrd, Nikki, David Luke, Aimee Tollan, Cameron Adams and David King, *Psychedelicacies: More Food for Thought from Breaking Convention* (Strange Attractor/MIT Press, 2019)
Zaidel, Dahlia W., *Neuropsychology of Art: Neurological, Cognitive, and Evolutionary Perspectives* (Psychology Press, 2005)〔『芸術的才能と脳の不思議——神経心理学からの考察』ダーリア・W. ザイデル著、河内薫訳、医学書院、2010 年〕

Robb, John, and Oliver J. T. Harris, eds., *The Body in History: Europ from the Palaeolithic to the Future*（Cambridge University Press, 2013）
Roberts, Alice, *Tamed: Ten Species that Changed Our World*（Random House, 2017）
Rosengren, Mats, *Cave Art, Perception and Knowledge*（Springer, 2012）
Rossano, Matt, *Supernatural Selection: How Religion Evolved*（Oxford University Press, 2010）
Russell, Nerissa, *Social Zooarchaeology: Humans and Animals in Prehistory*（Cambridge University Press, 2011）
Safina, Carl, *Beyond Words: What Animals Think and Feel*（Macmillan, 2015）
Schellenberg, Susanna, *The Unity of Perception: Content, Consciousness, Evidence*（Oxford University Press, 2018）
Schulting, Rick J., and Linda Fibiger, eds., *Sticks, Stones, and Broken Bones: Neolithic Violence in a European Perspective*（Oxford University Press, 2012）
Scott, James C., *Seeing Like a State: How Certain Schemes to Improve the Human Condition Have Failed*（Yale University Press, 1998）
Scott, James C., *The Art of Not Being Governed: An Anarchist History of Upland Southeast Asia*（Nus Press, 2010）〔『ゾミア——脱国家の世界史』ジェームズ・C・スコット著、池田一人ほか訳、みすず書房、2013 年〕
Scott, James C., *Against the Grain: A Deep History of the Earliest States*（Yale University Press, 2017）〔『反穀物の人類史——国家誕生のディープヒストリー』ジェームズ・C・スコット著、立木勝訳、みすず書房、2019 年〕
Sessa, Ben, David Luke, Cameron Adams, Dave King, Aimee Tollan and Nikki Wyrd, *Breaking Convention: Psychedelic Pharmacology for the 21st Century*（Strange Attractor Press, 2017）
Shaw, Martin, *A Branch from the Lightning Tree: Ecstatic Myth and the Grace in Wildness*（White Cloud Press, 2011）
Shaw, Martin, *Scatterlings: Getting Claimed in the Age of Amnesia*（White Cloud Press, 2016）
Shaw, Martin, *Wolf Milk: Chthonic Memory in the Deep Wild*（Cista Mystica, 2019）
Sheldrake, Merlin, *Entangled Life*（Bodley Head, 2020）〔『菌類が世界を救う ——キノコ・カビ・酵母たちの驚異の能力』マーリン・シェルドレイク著、鍛原多惠子訳、河出書房新社、2022 年〕
Sheldrake, Rupert, *A New Science of Life*（Icon Books, 2005）
Sheldrake, Rupert, *Dogs That Know When Their Owners Are Coming Home, and Other Unexplained Powers of Animals*（Broadway Books, 2011）〔『あなたの帰りがわかる犬——人間とペットを結ぶ不思議な力』ルパート・シェルドレイク著、田中靖夫訳、工作舎、2003 年〕
Sheldrake, Rupert, *The Presence of the Past: Morphic Resonance and the Habits of Nature*（Icon Books, 2011）
Sheldrake, Rupert, *The Sense of Being Stared at, and Other Aspects of the Extended Mind*（Random House, 2013）
Siedentop, Larry, *Inventing the Individual: The Origins of Western Liberalism*（Penguin Random House, 2015）
Siegel, Daniel J., *Mind: A Journey to the Heart of Being Human*, Norton Series on Interpersonal Neurobiology（W. W. Norton & Co., 2016）

University Press, 2013)
Morton, Timothy, *Humankind: Solidarity with Non-Human People* (Verso Books, 2017)〔『ヒューマンカインド——人間ならざるものとの連帯』ティモシー・モートン著、篠原雅武訳、岩波書店、2022年〕
Muraresku, Brian C., *The Immortality Key: The Secret History of the Religion with No Name* (St. Martin's Press, 2020)
Neumann, Erich, *The Origins and History of Consciousness* (Routledge, 2015)
Newberg, Andrew, and Eugene G. d'Aquili, *Why God Won't Go Away: Brain Science and the Biology of Belief* (Ballantine Books, 2008)〔『脳はいかにして「神」を見るか——宗教体験のブレイン・サイエンス』アンドリュー・ニューバーグ　ユージーン・ダギリ　ヴィンス・ローズ著、木村俊雄訳、PHPエディターズ・グループ、2003年〕
Outram, Dorinda, *The Enlightenment* (Cambridge University Press, 2019)〔『啓蒙』ドリンダ・ウートラム著、逸見修二　吉岡亮訳、法政大学出版局、2017年〕
Owens, Susan, *Spirit of Place: Artists, Writers and the British Landscape* (Thames & Hudson, 2020)
Pasternak, Charles, ed., *What Makes Us Human?* (Oneworld, 2007)
Paver, Michelle, *Chronicles of Ancient Darkness* (Orion Children's, 2008–21)〔「クロニクル 千古の闇 全6巻」、評論社〕
Pearson, Mike Parker, *Stonehenge: Exploring the Greatest Stone Age Mystery* (Simon and Schuster, 2012)
Penrose, Roger, Stuart Hameroff and Subhash Kak, eds., *Consciousness and the Universe: Quantum Physics, Evolution, Brain and Mind* (Cosmology Science Publishers, 2011)
Pettitt, Paul, *The Palaeolithic Origins of Human Burial* (Routledge, 2013)
Pettitt, Paul, and Mark White, *The British Palaeolithic: Human Societies at the Edge of the Pleistocene World* (Routledge, 2012)
Pinker, Steven, *The Better Angels of our Nature: Why Violence Has Declined* (Viking, 2011)〔『暴力の人類史　上・下』スティーブン・ピンカー著、幾島幸子　塩原通緒訳、青土社、2015年〕
Pinker, Steven, *Enlightenment Now: The Case for Reason, Science, Humanism and Progress* (Penguin Random House, 2018)〔『21世紀の啓蒙——理性、科学、ヒューマニズム、進歩　上・下』スティーブン・ピンカー著、橘明美　坂田雪子訳、草思社、2019年〕
Plotkin, Bill, *Nature and the Human Soul: Cultivating Wholeness and Community in a Fragmented World* (New World Library, 2010)
Plotkin, Bill, *Wild Mind: A Field Guide to the Human Psyche* (New World Library, 2013)
Price, Neil S., ed., *The Archaeology of Shamanism* (Psychology Press, 2001)
Pryor, Francis, *Farmers in Prehistoric Britain* (Tempus, 1998)
Pryor, Francis, *Britain BC: Life in Britain and Ireland before the Romans* (HarperCollins Publishers, 2003)
Radin, Dean, *Entangled Minds: Extrasensory Experiences in a Quantum Reality* (Simon and Schuster, 2009)
Reill, Peter H., *Vitalizing Nature in the Enlightenment* (University of California Press, 2005)
Renfrew, Colin, *Archaeology and Language: The Puzzle of Indo-European Origins* (Cambridge University Press, 1990)
Renfrew, Colin, *The Ancient Mind: Elements of Cognitive Archaeology* (Cambridge University Press, 1994)
Renfrew, Colin, *Prehistory: The Making of the Human Mind* (Modern Library, 2008)

2003)
Lewis-Williams, David, *Conceiving God: The Cognitive Origin and Evolution of Religion* (Thames & Hudson, 2011)
Lewis-Williams, David, *The Mind in the Cave: Consciousness and the Origins of Art* (Thames & Hudson, 2011)
Lewis-Williams, David, and Sam Challis, *Deciphering Ancient Minds: The Mystery of San Bushman Rock Art* (Thames & Hudson, 2012)
Lewis-Williams, David, and David G. Pearce, *San Spirituality: Roots, Expression, and Social Consequences* (Rowman Altamira, 2004)
Lewis-Williams, David, and David Pearce, *Inside the Neolithic Mind: Consciousness, Cosmos and the Realm of the Gods* (Thames & Hudson, 2011)
Malafouris, Lambros, *How Things Shape the Mind* (MIT Press, 2013)
Matthiessen, Peter, *The Snow Leopard* (Viking, 1978)
Matthiessen, Peter, *Nine-Headed Dragon River: Zen Journals, 1969–1982* (Shambhala Publications, 1998)
McCarraher, Eugene, *The Enchantments of Mammon: How Capitalism Became the Religion of Modernity* (Belknap, 2019)
McGilchrist, Iain, *The Master and His Emissary: The Divided Brain and the Making of the Western World* (Yale University Press, 2009)
McGilchrist, Iain, *The Matter with Things* (Perspectiva Press, [forthcoming])
McKenna, Terence, *The Archaic Revival* (HarperSanFrancisco, 1991)
McKenna, Terence, *Food of the Gods: The Search for the Original Tree of Knowledge: A Radical History of Plants, Drugs and Human Evolution* (Random House, 1999)
McMahon, Darrin M., *Enemies of the Enlightenment: The French CounterEnlightenment and the Making of Modernity* (Oxford University Press, 2002)
Miles, David, *The Tale of the Axe: How the Neolithic Revolution Transformed Britain* (Thames & Hudson, 2016)
Mindell, Arnold, *Quantum Mind: The Edge between Physics and Psychology* (Deep Democracy Exchange, 2012)
Mithen, Steven, *The Prehistory of the Mind: The Cognitive Origins of Art and Science* (Thames & Hudson, 1999)〔『心の先史時代』スティーヴン・ミズン著、松浦俊輔　牧野美佐緒訳、青土社、1998年〕
Mithen, Steven, *After the Ice: A Global Human History, 20,000–5000 BC* (Weidenfeld and Nicolson, 2003)〔『氷河期以後——紀元前二万年からはじまる人類史　上・下』スティーヴン・ミズン著、久保儀明訳、青土社、2015年〕
Mithen, Steven, *The Singing Neanderthals: The Origins of Music, Language, Mind and Body* (Hachette, 2011)〔『歌うネアンデルタール——音楽と言語から見るヒトの進化』スティーヴン・ミズン著、熊谷淳子訳、早川書房、2006年〕
Mohen, Jean-Pierre, *Prehistoric Art: The Mythical Birth of Humanity* (Editions Pierre Terrail, 2002)
Monbiot, George, *Feral: Rewilding the Land, the Sea, and Human Life* (University of Chicago Press, 2014)
Morley, Iain, *The Prehistory of Music: Human Evolution, Archaeology, and the Origins of Musicality* (Oxford

Harvey, Graham, and Robert J. Wallis, *Historical Dictionary of Shamanism* (Rowman & Littlefield, 2015)

Herbert, Ruth, *Everyday Music Listening: Absorption, Dissociation and Trancing* (Ashgate, 2013)

Hodder, Ian, *Entangled: An Archaeology of the Relationships between Humans and Things* (John Wiley & Sons, 2012)

Hodder, Ian, ed., *The Meanings of Things: Material Culture and Symbolic Expression* (Routledge, 2013)

Hoffecker, John F., *Modern Humans: Their African Origin and Global Dispersal* (Columbia University Press, 2017)

Hoffman, Donald, *The Case against Reality: Why Evolution Hid the Truth from Our Eyes* (W. W. Norton & Co., 2019) 〔『世界はありのままに見ることができない――なぜ進化は私たちを真実から遠ざけたのか』ドナルド・ホフマン著、高橋洋訳、青土社、2020年〕

Huxley, Aldous, *The Doors of Perception* (Chatto and Windus, 1954) (『知覚の扉』オルダス・ハクスリー著、河村錠一郎訳、平凡社、1995年)

Insoll, Timothy, *Archaeology, Ritual, Religion* (Psychology Press, 2004)

Insoll, Timothy, ed., *The Archaeology of Identities: A Reader* (Routledge, 2007)

Insoll, Timothy, ed., *The Oxford Handbook of the Archaeology of Ritual and Religion* (Oxford University Press, 2011)

Israel, Jonathan Irvine, *Radical Enlightenment: Philosophy and the Making of Modernity, 1650–1750* (Oxford University Press, 2001)

James, William, *The Varieties of Religious Experience: A Study in Human Nature* (Longman, Green & Co, 1902)

Jefferies, Richard, *The Story of My Heart: An Autobiography* (Longman, Green & Co., 1883)

Jones, Andrew, ed., *Prehistoric Europe: Theory and Practice* (John Wiley & Sons, 2008)

Jones, Andrew, *Prehistoric Materialities: Becoming Material in Prehistoric Britain and Ireland* (Oxford University Press, 2012)

Jung, Carl Gustav, *The Earth Has a Soul: C. G. Jung on Nature, Technology and Modern Life* (North Atlantic Books, 2011)

Kalof, Linda, *Looking at Animals in Human History* (Reaktion Books, 2007)

Kastrup, Bernardo, *Decoding Jung's Metaphysics: The Archetypal Semantics of an Experiential Universe* (Iff Books, 2021)

King, Barbara J., *Evolving God: A Provocative View on the Origins of Religion* (University of Chicago Press, 2017)

King, Dave, David Luke, Ben Sessa, Cameron Adams and Aimee Tollan, *Neurotransmissions: Essays on Psychedelics from Breaking Convention* (Strange Attractor Press/MIT Press, 2015)

Kingsnorth, Paul, *Savage Gods* (Little Toller, 2019)

Kingsnorth, Paul, and Dougald Hine, *Uncivilisation: The Dark Mountain Manifesto* (Dark Mountain Project, 2014)

Kripal, Jeffrey J., *The Flip: Who You Really Are and Why It Matters* (Penguin, 2019)

Lanza, Robert, and Bob Berman, *Beyond Biocentrism: Rethinking Time, Space, Consciousness, and the Illusion of Death* (BenBella Books, Inc., 2016)

Lewis, Ioan Myrddin, *Ecstatic Religion: A Study of Shamanism and Spirit Possession* (Psychology Press,

Goldstein, Rebecca, *Betraying Spinoza: The Renegade Jew Who Gave Us Modernity* (New York: Schocken, 2009)

Gosso, Fulvio, and Peter Webster, *The Dream on the Rock: Visions of Prehistory* (SUNY Press, 2013)

Graeber, David, *Bullshit Jobs* (Simon and Schuster, 2018)〔『ブルシット・ジョブ――クソどうでもいい仕事の理論』デヴィッド・グレーバー 著、酒井隆史　芳賀達彦　森田和樹訳、岩波書店、2020年〕

Graeber, David, and David Wengrow, 'How to change the course of human history', *Eurozine.* https://www. eurozine. com/change-coursehuman-history (2018)

Graziano, Michael S. A., *Rethinking Consciousness: A Scientific Theory of Subjective Experience* (W. W. Norton & Co., 2019)〔『意識はなぜ生まれたか――その起源から人工意識まで』マイケル・グラツィアーノ著、鈴木光太郎訳、白揚社、2022年〕

Greene, Joshua D., *Moral Tribes: Emotion, Reason, and the Gap between Us and Them* (Penguin, 2013)〔『モラル・トライブズ ――共存の道徳哲学へ　上・下』ジョシュア・グリーン著、竹田円訳、岩波書店 , 2015年〕

Griffin, Donald r., *Animal Minds: Beyond Cognition to Consciousness* (University of Chicago Press, 2013)

Griffiths, Jay, *Wild: An Elemental Journey* (Penguin, 2008)

Griffiths, Jay, *Kith: The Riddle of the Childscape* (Hamish Hamilton, 2014)

Haidt, Jonathan, *The Happiness Hypothesis: Finding Modern Truth in Ancient Wisdom* (Basic Books, 2006)『しあわせ仮説――古代の知恵と現代科学の知恵』ジョナサン・ハイト著 、藤澤隆史　藤澤玲子訳、新曜社、2011年)

Haidt, Jonathan, *The Righteous Mind: Why Good People Are Divided by Politics and Religion* (Vintage, 2012)〔『社会はなぜ左と右にわかれるのか――対立を超えるための道徳心理学』ジョナサン・ハイト著、高橋洋訳、紀伊國屋書店、2014年〕

Halifax, Joan, *Shamanic Voices: A Survey of Visionary Narratives* (Plume, 1979)

Halifax, Joan, *Shaman, the Wounded Healer* (Thames & Hudson, 1982)〔『シャーマン――異界への旅人』ジョーン・ハリファクス著 、松枝到訳、平凡社、1992年〕

Hamilakis, Yannis, Mark Pluciennik and Sarah Tarlow, eds., *Thinking through the Body: Archaeologies of Corporeality* (Springer Science & Business Media, 2002)

Hampson, Norman, *The Enlightenment* (Penguin, 1990)

Hancock, Graham, *Supernatural: Meetings with the Ancient Teachers of Mankind* (Red Wheel Weiser, 2006)

Hanh, Thich Nhat, John Stanley, David Loy, Mary Evelyn Tucker, John Grim, Wendell Berry, Winona LaDuke et al., *Spiritual Ecology: The Cry of the Earth* (The Golden Sufi Center, 2013)

Hankins, Thomas L., *Science and the Enlightenment* (Cambridge University Press, 1985)

Harner, Michael, *Cave and Cosmos: Shamanic Encounters with Another Reality* (North Atlantic Books, 2013)

Harner, Michael J., Jeffrey Mishlove and Arthur Bloch, *The Way of the Shaman* (New York: HarperSanFrancisco, 1990)〔『シャーマンへの道――「力」と「癒し」の入門書』マイケル・ハーナー著、高岡よし子訳、平河出版社、1989年〕

Harvey, Andrew, *The Direct Path: Creating a Personal Journey to the Divine Using the World's Spiritual Traditions* (Harmony, 2002)

Being (Oxford University Press, 2012)
Dehaene, Stanislas, *Consciousness and the Brain: Deciphering How the Brain Codes Our Thoughts* (Penguin, 2014)
Dennett, Daniel C., *Consciousness Explained* (Penguin, 1993)
Diamond, Jared M., *Guns, Germs and Steel: A Short History of Everybody for the Last 13,000 Years* (Random House, 1998)〔『銃・病原菌・鉄　上・下』ジャレド・ダイアモンド著、倉骨彰訳、草思社文庫、2012 年〕
Dossey, Larry, *One Mind* (Hay House, 2013)
Dowd, Marion, and Robert Hensey, *The Archaeology of Darkness* (Oxbow Books, 2016)
Dunbar, Robin, *Grooming, Gossip, and the Evolution of Language* (Harvard University Press, 1998)〔『ことばの起源――猿の毛づくろい、人のゴシップ』ロビン・ダンバー著、松浦俊輔　服部清美訳、青土社、2016 年〕
Dunbar, Robin, *The Human Story* (Faber & Faber, 2011)
Edmonds, Mark r., and Tim Seaborne, *Prehistory in the Peak* (Tempus, 2001)
Eire, Carlos, *A Very Brief History of Eternity* (Princeton University Press, 2009)
Eisenstein, Charles, *The Ascent of Humanity: Civilization and the Human Sense of Self* (North Atlantic Books, 2013)
Eliade, Mircea, *Shamanism: Archaic Techniques of Ecstasy* (Princeton University Press, 2004)〔『シャーマニズム』ミルチア・エリアーデ著、堀一郎訳、ちくま学芸文庫、2004 年〕
Engels, Friedrich, *Origin of the Family, Private Property and the State* (1884)
Foer, Jonathan Safran, *Eating Animals* (Penguin, 2010)〔『イーティング・アニマル――アメリカ工場式畜産の難題』ジョナサン・サフラン・フォア著、黒川由美訳、東洋書林、2011 年〕
Fowler, Chris, *The Archaeology of Personhood: An Anthropological Approach* (Psychology Press, 2004)
Francis, Paul, *The Shamanic Journey* (Paul Francis, 2017)
Gamble, Clive, *The Palaeolithic Societies of Europe* (Cambridge University Press, 1999)〔『ヨーロッパの旧石器社会』C・ギャンブル著、田村隆訳、同成社、2001 年〕
Gamble, Clive, *Origins and Revolutions: Human Identity in Earliest Prehistory* (Cambridge University Press, 2007)
Gamble, Clive, John Gowlett and Robin Dunbar, *Thinking Big: How the Evolution of Social Life Shaped the Human Mind* (Thames & Hudson, 2014)
Garner, Alan, *Strandloper* (Harvill Press, 1996)
Garner, Alan, 'Aback of beyond', in *The Voice that Thunders* (Harvill Press, 1997), pp. 19–38
Garner, Alan, 'Achilles in Altjira', in *The Voice that Thunders* (Harvill Press, 1997), pp. 39–58
Garner, Alan, *Thursbitch* (Vintage, 2004)
Garner, Alan, *Boneland* (HarperCollins UK, 2012)
Gay, Peter, *The Enlightenment: An Interpretation* (W. W. Norton & Co., 1995)〔『自由の科学 I・II――ヨーロッパ啓蒙思想の社会史』ピーター・ゲイ著、中川久定ほか訳、ミネルヴァ書房、2014 年〕
Gazzaniga, Michael S., *The Consciousness Instinct: Unravelling the Mystery of How the Brain Makes the Mind* (Farrar, Straus and Giroux, 2018)
Goff, Philip, *Consciousness and Fundamental Reality* (Oxford University Press, 2017)

Burroughs, William James, *Climate Change in Prehistory: The End of the Reign of Chaos* (Cambridge University Press, 2005)

Campbell, Joseph, *The Hero with a Thousand Faces* (Pantheon, 1949)〔『千の顔をもつ英雄　上・下』ジョーゼフ・キャンベル著、倉田真木　斎藤静代　関根光宏訳、早川文庫、2015年〕

Campbell, Joseph, *The Masks of God*, 4 vols: (1) *Primitive Mythology*; (2) *Oriental Mythology*; (3) *Occidental Mythology*; (4) *Creative Mythology* (Secker & Warburg, 1960)〔『神の仮面：西洋神話の構造　上・下』ジョーゼフ・キャンベル著、山室静訳、青土社、1995年〕

Campbell, Joseph, *The Way of the Animal Powers*, vol. 1 of *Historical Atlas of World Mythology* (Harper & Row, 1983)

Campbell, Joseph, *The Way of the Seeded Earth,* vol. 2 of *Historical Atlas of World Mythology* (Harper and Row, 1989)

Campbell, Joseph, *The Inner Reaches of Outer Space: Metaphor as Myth and as Religion* (New World Library, 2002)〔『宇宙意識――神話的アプローチ』ジョーゼフ・キャンベル著、鈴木晶　入江良平訳、人文書院、1991年〕

Campbell, Joseph, and Bill Moyers, *The Power of Myth* (Anchor, 2011)〔『神話の力』ジョーゼフ・キャンベル　ビル・モイヤーズ著、飛田茂雄訳、早川文庫、2010年〕

Cassirer, Ernst, *The Philosophy of the Enlightenment* (Princeton University Press, 1979)

Cauvin, Jacques, *The Birth of the Gods and the Origins of Agriculture* (Cambridge University Press, 2000)

Chatwin, Bruce, *The Songlines* (Picador, 1987)〔『ソングライン』ブルース・チャトウィン著、北田絵里子訳、英治出版、2009年〕

Chatwin, Bruce, 'The nomadic alternative', in *Anatomy of Restlessness* (Jonathan Cape, 1996), pp. 85–99

Chatwin, Bruce, 'It's a nomad *nomad* world', in *Anatomy of Restlessness* (Jonathan Cape, 1996), pp. 100–6

Clottes, Jean, and David Lewis-Williams, *The Shamans of Prehistory: Trance and Magic in the Painted Caves* (Harry N. Abrams, 1998)

Clutton-Brock, Juliet, *A Natural History of Domesticated Mammals* (Cambridge University Press, 1999)

Clutton-Brock, Juliet, ed., *The Walking Larder: Patterns of Domestication, Pastoralism, and Predation* (Routledge, 2014)

Coward, Fiona, Robert Hosfield, Matt Pope and Francis Wenban-Smith, eds., *Settlement, Society and Cognition in Human Evolution* (Cambridge University Press, 2015)

Crockett, Tom, *Stone Age Wisdom: The Healing Principles of Shamanism* (Fair Winds Press, 2003)

Cummings, Vicki, *The Anthropology of Hunter-Gatherers: Key Themes for Archaeologists* (A. & C. Black, 2013)

Cummings, Vicki, *The Neolithic of Britain and Ireland* (Taylor & Francis, 2017)

Cummings, Vicki, and Robert Johnston, eds., *Prehistoric Journeys* (Oxbow Books, 2007)

Cummings, Vicki, Peter Jordan and Marek Zvelebil, eds., *The Oxford Handbook of the Archaeology and Anthropology of Hunter-Gatherers* (Oxford University Press, 2014)

Cunliffe, Barry W., *Europe between the Oceans* (Yale University Press, 2008)

Currie, Gregory, *Arts and Minds* (Oxford University Press, 2004)

Davies, Stephen, *The Artful Species: Aesthetics, Art, and Evolution* (Oxford University Press, 2012)

Dawkins, Marian Stamp, *Why Animals Matter: Animal Consciousness, Animal Welfare, and Human Well-*

推奨文献

以下に示すのは参考文献ではない。適切な参考文献をあげるとするなら、これまでに人間によって書かれた、あるいは人間について書かれた、あらゆるものの一覧となるだろう。それより少しだけ適切さに欠ける参考文献ならば、後期旧石器時代、新石器時代、啓蒙の時代について書かれた、あらゆるものの一覧ということになる。どちらも不可能だ。そこで以下は、表題の通り、推奨文献の一覧となっている。

とても長い一覧なので、あまり時間がなければ、推奨するのは以下の作者の作品になる：デヴィッド・アブラム、ジョセフ・キャンベル、ロビン・ダンバー、クライブ・ギャンブル、アラン・ガーナー、ジェイ・グリフィス、ジョアン・ハリファックス、イアン・ホッダー、ティモシー・インソール、ポール・キングスノース、ジェフ・クリパル、イアン・マクギリスト、デヴィッド・マイルズ、スティーヴン・ミズン、マイク・パーカー・ピアソン、ポール・ペティット、スティーヴン・ピンカー、コリン・レンフルー、リック・シュルティングとリンダ・フィビガー、ジェームズ・C・スコット、マーティン・ショー。そして子どもたちは、ミシェル・ペイヴァーを読まずに大きくなってはいけない。

Abram, David, *The Spell of the Sensuous: Perception and Language in a MoreThan-Human World* (Vintage, 1997)〔『感応の呪文 ——「人間以上の世界」における知覚と言語』デイヴィッド・エイブラム著、結城正美訳、論創社、2017 年〕

Abram, David, *Becoming Animal: An Earthly Cosmology* (Pantheon Books, 2010)

Adams, Cameron, David Luke, Anna Waldstein, David King and Ben Sessa, eds., *Breaking Convention: Essays on Psychedelic Consciousness* (North Atlantic Books, 2014)

Aldhouse-Green, Stephen, and Paul Pettitt, 'Paviland cave: contextualizing the "red Lady", *Antiquity* 72 (278) (1998) : 756–72

Barham, Larry, Philip Priestley and Adrian Targett, *In Search of Cheddar Man* (Tempus, 1999)

Barrett, Justin L. *Cognitive Science, Religion, and Theology: From Human Minds to Divine Minds* (Templeton Press, 2011)

Bentley Hart, David, *The Experience of God: Being, Consciousness, Bliss* (Yale University Press, 2013)

Blackburn, Julia, *Time Song: Searching for Doggerland* (Random House, 2019) Blackmore, Susan, *Consciousness: An Introduction* (Routledge, 2013)

Bradley, Richard, *The Past in Prehistoric Societies* (Psychology Press, 2002)

Bradley, Richard, *Image and Audience: Rethinking Prehistoric Art* (Oxford University Press, 2009)

Bradley, Richard, *The Idea of Order: The Circular Archetype in Prehistoric Europe* (Oxford University Press, 2012)

Brener, Milton E., *Vanishing Points: Three Dimensional Perspective in Art and History* (McFarland, 2004)

Broadie, Alexander, *The Scottish Enlightenment* (Birlinn, 2012)

Burns, Jonathan, *The Descent of Madness: Evolutionary Origins of Psychosis and the Social Brain* (Routledge, 2007)

だ――イエスの体は何者かによって動かされ、別の場所に再び埋葬されたのだ。」: *The Jesus Dynasty* (Harper Element, 2007), pp. 262–3.

p. 366　**心は頭の範囲を超え…物質に作用するという仮説**：Etzel Cardeña, 'The experimental evidence for parapsychological phenomena: a review', *American Psychologist* 73.5 (2018): 663; cf. Arthur S. Reber and James E. Alcock, 'Searching for the impossible: parapsychology's elusive quest', *American Psychologist* (2019).

p. 366　**極限状態の特権**：Kripal, *The Flip*, pp. 36–7.

p. 367　**不確定性が宇宙の重さを支える梁のひとつ**：pp. 359–361 の註を参照。

Emergentist Hypothesis from Science to Religion (Oxford: Oxford University Press, 2006), pp. 74–5. この問題に関して、以下にあるBernardo Kastrupの議論も参照：*Decoding Jung's Metaphysics: The Archetypal Semantics of an Experiential Universe* (Iff Books, 2021), pp. 46–70.

p. 362 **そうした公理には事欠かない**：物質が何であるかを私たちが理解しているという確信。物質ではないものは存在しないという確信。そして自然界のあらゆる現象が最終的には物質に依存しているにちがいないという確信などだ。

p. 362 **たとえばプリズムは光を屈折させるが、光を生み出すわけではない**：以下を参照：Kripal, *The Flip*, pp. 48–53.

p. 363 **それはただ新しい場所に移動する**：もしかしたら、もっと健康的な場所かもしれない。ルーミー（Rumi）は、アリストテレスによる魂の階層についての考えを借用し、自分の無機物の性質が死んだとき、植物の魂を受け継いだと言う。さらに植物の体が死んだとき、動物の魂を受け継いだ。動物の体が死んだとき、人間になった。そして自分自身の死について考え、こう気づく。「それならば怖がることは何もあるまい。死によって失うものは何もなかった。」：*Masnavi* III: 3901–6, translated by Ibrahim Gamard, https://www.dar-al-masnavi.org/book3.html

p. 363 **オルダス・ハクスリーは脳を「減圧弁」と呼び**：*The Doors of Perception* (Chatto and Windus, 1954).〔『知覚の扉』オルダス・ハクスリー著、河村錠一郎訳、平凡社、1995年〕

p. 363 **数論学者のジェイソン・パジェットは**：以下を参照：Jason Padgett and Maureen Seaberg, *Struck by Genius: How a Brain Injury Made Me a Mathematical Marvel* (Houghton Mifflin Harcourt, 2014).〔『31歳で天才になった男――サヴァンと共感覚の謎に迫る実話』ジェイソン・パジェット　モリーン・シーバーグ著、服部由美訳、講談社、2014年〕

p. 364 **魚はこれまでずっと、あるいはこれからもずっと、純粋な水生動物ではない**：Letter to Sheldon Vanauken, 23 December 1950, in Walter Hooper, ed., *The Collected Letters of C. S. Lewis: Narnia, Cambridge and Joy, 1950–1963* (HarperSanFrancisco, 2007).

p. 364 **アブラハムの生まれる前からわたしはいる**：新約聖書、ヨハネによる福音書8: 58.

p. 364 **きっとそうなるだろう**：Kripal, *The Flip*, pp. 55–6.

p. 364 **人間の脳内の神経回路網は十一次元まで処理できる**：M. W. Reiman et al., 'Cliques of neurons bound into cavities provide a missing link between structure and function', *Frontiers in Computational Neuroscience* (2017).

p. 366 **そんなことはあり得ないから、起きるはずがない**：この態度のよい例は、キリスト昇天日に関するゲルト・リューデマン（Gerd Ludemann）の議論だ：「そのような場合のルールとして、私たちは歴史的な質問はしてこなかった。この場合については、この場面や使徒行伝1: 9–11の背景にある歴史的要素は排除するという点をつけ加えたい。なぜなら、イエスが上って行かれたような天はないからだ。」：*The Resurrection: A Historical Inquiry* (Prometheus, 2004), p. 114. ジェームズ・テイバー（James Tabor）も、イエスの誕生と復活について、同様の立場をとっている：「歴史学者は、現実を科学的に見たパラメーターの範囲内で研究するという規範にしばられている。女性は、男性なしでは妊娠しない――決して。だからイエスには人間の父親がいた。その人物がわかるかわからないかは別だ。また、死体は天に昇っては行かない――臨床的に死亡していれば――そしてイエスは十字架にかけられ、墓に三日間入られた後には、たしかに死んでいた。だからもし墓がもぬけの空であったなら、歴史学者の結論は単純なもの

彼は正しいと思う：「1789年までの四分の三世紀の間に起きた大混乱は、他の何よりも、私たちの現在のアイデンティティ［欠如］に責任を負っている。」

p. 358 **単なる隠喩で示すだけ**：Kripal, *The Flip*, p. 55.

p. 359 **量子力学のコペンハーゲン解釈の中心人物**：量子力学の「コペンハーゲン解釈」とは何かについて、普遍的な同意を得た定義は存在しない。一部の人は、他の人が除外している要素を含めるだろう。だが、表現を意味のあるものにするだけの「解釈」の内容については、少なくとも専門家以外では十分な同意が得られている。内容の詳細は、私の議論の目的にとっては問題にならない。そしてこの解釈の核心となる要素が、20世紀の、さらに21世紀になっても、量子物理学を支配する正統派的学説であることに異論の余地はない。中心的要素の大半はまだ一般に同意を得ているが、自分がコペンハーゲン学派の一員であると（資格がなくても）言うだけで満足する量子物理学者の数は、以前より減っているかもしれない。

p. 360 **物の本質にとって不確定性は決定的な要素であり**：ボーアはハイゼンベルクの不確定性原理（電子の運動量と位置の両方を同時に正確に知ることはできないという主張）に頼っていた。

p. 360 **私たちが…自然の絵について語ると**：Werner Heisenberg, *The Physicist's Conception of Nature*, trans. Arnold J. Pomerans (Harcourt Brace, 1958), p. 29：強調は原文通り。

p. 361 **今では…ボーアが正しかったことがわかっている**：John Clauser et al., University of California, Berkeley; Alain Aspect et al., University of Paris, Orsay; and Nicolas Gisin et al., University of Geneva.

p. 361 **量子非局所性の理論**：議論については、以下を参照：Kripal, *The Flip*, pp. 98–103.

p. 361 **その問題について…哲学者は古代の解決法に賛成した。つまり、物質は無意識ではないという考えだ**：Alfred North Whitehead, *Adventures of Ideas* (Macmillan, 1933); Timothy Sprigge, *A Vindication of Absolute Idealism* (Routledge and Kegan Paul, 1983); David Griffin, *Unsnarling the World-Knot: Consciousness, Freedom, and the Mind-Body Problem* (University of Minnesota Press, 1998); Thomas Nagel, 'Panpsychism', in *Mortal Questions* (Cambridge: Cambridge University Press, 1979), pp. 181–95, and *Mind and Cosmos: Why the Materialist Neo-Darwinian Conception of Nature is Almost Certainly False* (Oxford: Oxford University Press, 2012). Galen Strawsonの考えの最もわかりやすい説明は、以下にある：'Realistic materialism: why physicalism entails panpsychism', *Journal of Consciousness Studies* 13 (10–11) (2006)：3–31; 以下も参照：Rupert Sheldrake, 'Is the sun conscious?' *Journal of Consciousness Studies* 28 (3–4) (2021)：8–28.

p. 361 **非局所性ともつれは亜原子粒子の振る舞いに関係している**：原子の粒子の集まりが亜原子粒子と同じように振る舞うとみなすには注意が必要だ。だが、物理学者エーリヒ・ヨース（Erich Joos）のこれに関する言葉を聞いてみよう「量子理論が単なるマイクロ物体の理論だと仮定し、あるいはそれを前提とし、一方でマクロの領域では定義として（あるいは希望的観測で？）古典的領域が有効だとしたら…量子理論が無限に論じられるパラドックスに陥る。このようなパラドックスが生じるのは、このアプローチが概念的に矛盾しているからにほかならない。…さらに、マイクロ物体とマクロ物体は非常に強力に、ダイナミックに結合するため、2つの想定されている領域の境界がどこにあるかはまったくわからない。このような理由から、境界はないことが明白なように思える。」：Erich Joos, 'The Emergence of Classicality from Quantum Theory', in Philip Clayton and Paul Davies, eds., *The Re-Emergence of Emergence: The*

る。この点を本文でこれ以上論じていないのは、私の関心が意識の普遍性についての考察に向いているからだ。だがピンカーが人間環境学を、「空想的ではなく、より啓蒙的で、ときにはエコモダニズムやエコプラグマティズムと呼ばれる」(pp. 121–55) と書いて擁護している点は見過ごしにできない。彼は、もし「私たちがこれまで通りに、社会の繁栄、慎重な安定市場、国際的ガバナンス、社会とテクノロジーへの投資、などの問題解決に役立った現代的な善意ある力を維持」(p. 155) すれば、気候変動の問題を解決できると確信している。彼の主張は、鶏小屋の管理をキツネに任せようというものだ。賢いとは言えない。問題が実際に解決策になれるのだろうか？ そうは思えない。

p. 354 **啓蒙の実際の音**：最も洞察力のある啓蒙の支援者、ツヴェタン・トドロフは、それは「合意ではなく論争の時代」だったとみている。Tzvetan Todorov, *In Defence of the Enlightenment* (London: Atlantic, 2009), p. 9.

p. 355 **我々はあらゆるものを調べ…る勇気をもたなければならない**：Todorov, *In Defence of the Enlightenment*, p. 44.

p. 355 **自分自身の思考の最大のもの**：以下で引用されている：Todorov, *In Defence of the Enlightenment*, p. 44.

p. 355 **我々の時代は批判の時代**：以下で引用されている：Todorov, *In Defence of the Enlightenment*, p. 35.

p. 355 **科学革命の重要なブレークスルー**：Pinker, *Enlightenment Now*, p. 24.

p. 355 **腹立たしい小冊子**：John Maddox, ‘A book for burning?’, *Nature* 293 (5830) (1981).

p. 356 **本物の科学者にとっては、ワクワクすること**：科学的懐疑主義が機能する「はず」だと考えられる好例は、本書の 166–167 ページで詳しく書いた壊れたラジオへのマイケル・シャーマーの対応に見られる。シャーマーは次のように結論づけた。「もし、証拠が決定的ではないか難題が解決していない場合には偏見のない心を保って不可知論にとどまるという、科学的信条を真摯に受け止めるなら、神秘の世界で驚嘆させるために目の前で開かれたかもしれない認知のドアを、閉じるほうはない。」: Michael Shermer, ‘Infrequencies’, *Scientific American* 311 (4) (2014) : 97.

p. 356 **物質還元主義の啓蒙のパラダイム**：この好例は、すでに説明したルパート・シェルドレイクの著書『生命のニューサイエンス』についてのジョン・マドックスのインタビューに見られる。マドックスは次のように話した。「物理学や生物学の現象を説明するのに魔法を持ち出す必要などない。しかも本当のところ、今進められている研究を継続していけば、シェルドレイクが注目しているギャップを実際にすべて埋められる可能性が高いんだからね」。以下を参照：https://www.youtube.com/watch?v=QcWOz1xjtsY. マドックスはまた、ビッグバンは「哲学的に受け入れることができない」もので、すぐに誤りであることが証明されるだろうとも考えていた。：‘Down with the Big Bang’, *Nature* 340 (6233) (1898) : 425 – 科学を牛耳っている物質主義者の信条の、もうひとつの実例だ。

p. 357 **ラマルクは、長いこと悪口を言われ続けてきたが戻ってきて**：ラマルクは、両親が獲得した好ましい特性の継承によって進化が進むとい考えを広めたことで知られている。

p. 358 **自分が性質を理解していない生き物…の繁栄を効果的に促す**：トドロフは (*In Defence of the Enlightenment*, p. 6) 私たちの現代の自己認識に対する啓蒙の効果について書いている。もし私が彼の主張を 2 文字の追加（ここでは角括弧に入れて示している）によって変更できるなら、と緑の騎士』で描かれた風景に、真の観察眼と正しい認識があるとしているが、私はそう思っていない。実際のところ私には、『ベオウルフ』も『ガウェイン』も、自然界を人間ドラマの単なる背景として見ている好例だと感じられる。

p. 342　**最初の真の風景画家は誰なのか**：ブレナーは、ドイツの画家、アルブレヒト・アルトドルファー（Albrecht Altdorfer (*c*.1480–1538)）だと主張している。

p. 342　**ヨーロッパ以外では事情が異なったにせよ**：ブレナーは説得力のある説明で、次のように論じている。中世の中国の画家はヨーロッパの画家より興味深く自然界を観察できる、すぐれた観察者である一方、自然に対する内発的興味はほとんどもっていなかったが、自然のモチーフを利用して自分自身に関する真実を表現した。「中国の画家は自分自身および自分の精神性の内部から、自然で目にするものの表現を探した。過去数世紀のヨーロッパの画家は、情景そのものに目を向けている。」: Brener, *Vanishing Points*, p. 154.

p. 343　**世界の人口の多くは定期的に税金徴収人に出会うことがない**：Scott, *Against the Grain*, p. 253.

p. 344　**自然とサッカーのどちらに決めようか、大いに悩んだ**：Howard Jacobson, *Coming from Behind* (Vintage, 2003). 主人公は Sefton Goldberg.

p. 344　**聖パウロが…すべての生き物が救済されると語った**：新約聖書、ローマ人への手紙 8: 19–22.

p. 351　**新石器時代から啓蒙の時代へと一足飛びに進み**：以下にある議論を参照：Steven Pinker, *Enlightenment Now: The Case for Reason, Science, Humanism and Progress* (Penguin Random House, 2018), p. 23.〔『21 世紀の啓蒙 ――理性、科学、ヒューマニズム、進歩　上・下』スティーブン・ピンカー著、橘明美　坂田雪子訳、草思社、2019 年〕

p. 351　**新石器時代の終わりから十六世紀までの六千年あまりのあいだ**：新石器時代がいつ終わったかは、もちろん論争の的で、どの場所について話すかによって異なってくる。

p. 353　**自然を…還元する**：C. S. Lewis, *Poetry and Prose in the Sixteenth Century* (Clarendon Press, 1954), p. 3.

p. 354　**錯覚を産むもの**：Pinker, *Enlightenment Now*, p. 8.

p. 354　**多くのものが時とともに実際に改善されてきた**：啓蒙の良好な影響によってものごとがどのように改善されたかという主張の例については、以下を参照：Steven Pinker, *The Better Angels of Our Nature: Why Violence Has Declined* and *Enlightenment Now*.

p. 354　**産業革命が無条件でよいものだ**：ピンカーは *Enlightenment Now* で、次のように書いている。「産業革命が、石炭、石油、流れ落ちる水から利用可能なエネルギーを噴出させると、貧困、病気、飢餓、無学、早死からの「大脱走」が、はじめに西欧で、徐々に世界各地ではじまった。」(p. 24). グラフが多く添えられているわけではなく、実際にはどんな数的指標も多くはないために、そのような不当にバラ色の観測を明確にするには不十分だ。反啓蒙の考え方を考慮しながら、ピンカーは右派（宗教的根本主義および国家主義）には鋭く、納得がいくように対応しているが、左派には納得がいかないものになっている。そしてこう言う。「左派には、人間の関心を生態系という卓越した存在に従わせる、また別の動きに共感する傾向がある。空想的な環境保護（グリーン）運動は人間によるエネルギー獲得を、エントロピーに逆らって人間の繁栄を後押しする方法とは考えず、自然に対する凶悪犯罪としてとらえ、それは資源戦争、大気と水の汚染、気候変動と文明の終焉という、恐ろしい報いを強いるものだとみなす」(p. 32)。人間の関心を人間以外の世界から切り離す見方は、今では時代遅れで危険なものに思え

第三部　啓蒙の時代

p. 333　**嘘で固めた話がきれいに包装されて**：Dresden James（広く引用されているが、由来は不明）。

p. 333　**科学の一般的な物質的枠組みは**：Jeffrey J. Kripal, *The Flip*, p. 12.

p. 333　**『ここにムラ＝ムルングがいる』**：Alan Garner, *Strandloper* (Harvill Press, 1996), p. 176.

p. 334　**それはすべてプラトンにある。すべて、プラトンの本に出ている**：C. S. Lewis, *The Last Battle* (Bodley Head, 1956). More widely available Puffin edition (1964), p. 154.〔『さいごの戦い』C.S. ルイス著、瀬田貞二訳、岩波書店、2005年〕

p. 340　**もちろんアリストテレスは熱烈な自然主義者だった**：以下を参照：Aristotle, *The History of Animals*, *On the Generation of Animals*, *On the Motion of Animals* and *On the Parts of Animals.*〔『動物誌　上・下』アリストテレス著、金子善彦ほか編訳、岩波書店、2015年〕

p. 340　**彼は三つのタイプの魂があるとし**：Aristotle, *On the Soul.*〔『アリストテレス 心とは何か』アリストテレス著、桑子敏雄著、講談社学術文庫、1999年〕

p. 340　**ルクレティウスと大プリニウスは現代の博物学会があれば喜んで出席し**：ルクレティウスの *On the Nature of Things*、大プリニウスの *Natural History* を参照。

p. 341　**ウェルギリウスが『アエネイス』で描いたみずみずしい光景**：ホメロスのように、トロイの叙事詩が中世に改作されたものは、光景を見ていない。たとえば、12世紀フランスの叙事詩 *Roman d'Enéas* はどうだろう。以下で論じられているホメロス、ウェルギリウス、中世文学の風景と視点に関する考察を参照：Theodore Andersson, *Early Epic Scenery* (Cornell University Press, 1976), and Milton E. Brener, *Vanishing Points: Three Dimensional Perspective in Art and History* (McFarland, 2004).

p. 341　**人間の手がつけられていない自然には価値がないと考えられていた**：Brener, *Vanishing Points*, p. 178.

p. 341　**自然の風景は危険で邪悪だった**：Thomas Burnet, *Sacred Theory of the Earth* (1681), cited in Brener, *Vanishing Points*, p. 179.

p. 341　**ほえたけるししのように、食いつくすべきものを求めて歩きまわっている**：新約聖書、ペテロの第一の手紙 5: 8.

p. 342　**あるいは丘に背を向けて**：これらについては、以下を参照：Susan Owens, *Spirit of Place: Artists, Writers and the British Landscape* (Thames & Hudson, 2020).

p. 342　**草の葉は、いつでも草の葉だ。こっちの国だろうと、あっちの国だろうと**：以下に引用されている：Brener, *Vanishing Points*, p. 180.

p. 342　**二枚の草の葉を実際に見たことがあれば、そんなばかげたことを言う人はいないだろう**：イングランドに関して言えば、風景に対する態度の変化は以下で見事に記録され、分析されている：Susan Owens, *Spirit of Place*. たとえばオーウェンズは、山は恐ろしいものとみなされていた傾向があると論じ、その雄大さがはじめて認識されたのは Thomas Gray (1716–1771) の詩 *Elegy in a Country Churchyard* が有名になったときだと主張するとともに、勇猛なセリア・ファインズが18世紀のはじめにダービーシャーを乗馬で旅したとき、その地方を嫌ったのは農業にあまり役立たないように見えたからだとしている。私の考えはいくつかの点でオーウェンズとは異なっている。彼女は『ベオウルフ』（特にグレンデルの隠れ処）と『ガウェイン卿

2015年の 'Radical Hope and Cultural Tragedy' 会議でのジェイ・グリフィスの講演 'Ferocious Tenderness' から抜粋：https://www.youtube.com/ watch?v=4nzaFmluD0c. 以下も参照：Jay Griffiths, *Wild: An Elemental Journey* (Penguin, 2008) および *Kith: The Riddle of the Childscape* (Hamish Hamilton, 2014).

p. 312　**それらの文字を書いた人物、世界全体を作り上げた人物**：人間世界と人間以外の世界の離婚での書き言葉（とりわけ、象形文字ではないアルファベット文字）の役割は、以下で幅広く、鮮やかに、論じられている：David Abram, *The Spell of the Sensuous: Perception and Language in a More-Than-Human World* (Vintage, 1997).〔『感応の呪文――「人間以上の世界」における知覚と言語』デイヴィッド・エイブラム著、結城正美訳、論創社、2017年〕

p. 312　**最古の文字言語はシュメール語だ**：紀元前3300年ごろ。

p. 312　**シュメール楔形文字の線…に取ってかわられた**：紀元前3000年ごろ。

p. 313　**だがアルファベットの登場と同時に、その声は消えた**：以下を参照：Abram, *The Spell of the Sensuous.*

秋

p. 316　**何かが起きるのを期待して巨石がある場所に行ってはいけない**：おそらく新石器時代には、巨石記念碑を「作ること」が、そこで起きたことよりも重要だった。

p. 318　**だから冬至には死にもの狂いで注意を集中させた**：イギリスの巨石記念碑での冬の祭りは、夏の祭りより大規模なように思える。p. 282の註であげたMatt Leiversの著書を参照。

p. 318　**二元的な世界で、それは狩猟採集民にとっては想像もつかないもの**：古代および現代の思考における二元的モチーフに関する十分な議論は、本書の範疇を越えている。そこには、構造主義とそれを批判する人の説明をはじめ、多くのものが含まれていなければならない。まず創世記の天地創造の説明からはじめ（思ったほど二元的ではないかもしれない）、プラトン、東西の非二元性、グノーシス主義、クロード・レヴィ＝ストロース（なかでもアマゾン川流域で暮らす人々の風習を調査した本、*Le cru et le cuit*〔『生のものと火を通したもの』早水洋太郎訳、みすず書房、2006年〕）、ジャック・デリダを経て、意思決定のコンピューター・プログラミングおよびアルゴリズム様式まで進むことになる。

p. 327　**もっと不安にさせようとする**：'Defending the Mysteries', https://vimeo.com/347380878

p. 327　**「ザ・ローヤー」誌によると**：Lawtelの毎日の要約に引用されていた、*The Lawyer* (17 January 2020) より。

p. 329　**二人はこの動物たちに名前を与えず、ただ「それ」とだけ呼んだ**：この物語を、インド北東部のニルギリ丘陵で暮らすナヤカの人々が農業に移行したときに起きたことと比べてみてほしい。彼らははじめて動物たちに対して攻撃的に振る舞うようになり、自分たちを新たに魂を取り除いた土地の所有者だとみなした。以下を参照：Danny Naveh and Nurit Bird-David, 'How Persons Become Things : Economic and Epistemological Changes Among Nayaka Hunter-Gatherers', *Journal of the Royal Anthropological Institute*, 20 (1) (2014) : 74–92.

p. 296　**全部合わせれば百五十種ものイネ科の草やその他の花**：伝統的な牧草地には、150 種のイネ科の草と花の種があるだろう。以下を参照：http://www.bbc.co.uk/earth/story/20150702-why-meadows-are-worth-saving

p. 297　**なぜ彼らは、自由と非課税の気楽な暮らしを選ばなかったのだろうか？**：ここでは最も初期の国家を扱っていない。国家形成の問題の一部は、ここで論じている問題と同じだが、同じではない部分もある。メソポタミアの堆積層での国家誕生について、私が知っている範囲で最高の、最もわかりやすい説明がある書籍：James C. Scott, *Against the Grain*.

p. 299　**狩猟採集民は数の上で圧倒されたうえ**：新石器時代後の世界の歴史は、ダンバー数による人間関係の制約の観点からわかりやすく書けるかもしれないが、本書は新石器時代（ダンバー数の影響が出はじめたばかりの時代の最後）から啓蒙の時代に飛んでいるので、この線に沿って話を進めていくことはしない。

p. 299　**ウシがいなければ、女性も、未来も、手にできなくなった**：Scott, *Against the Grain*, p. 105.

p. 301　**西部地方の収穫作業員の賃金は、かつて、一部がシードルで支払われていた**：以下を参照：James Crowden, *Cider: The Forgotten Miracle*（Cyder Press, 1999）, p. 15.

p. 302　**サマセットのシードル製造会社は自社製品を「農業の潤滑剤」と呼ぶ**：Roger Wilkins, of Land's End Farm, Mudgley.

p. 305　**百五十億年前には、何もなかった**：Chet Raymo, *The Soul of the Night: An Astronomical Pilgrimage*（Cowley Publications, 2005）, p. 46.

p. 306　**彼らはすべての動物に名前をつけるようにと言われ**：創世記 2: 20.

p. 306　**新石器時代の人々にはとても大切な日**：新石器時代の夏至の重要性については、本書の 282–286 ページを参照。

p. 307　**およそ八万種の異なる動物と植物を食べて**：Carolyn Steel, *Sitopia: How Food Can Change the World*（Chatto and Windus, 2020）, p. 57.

p. 307　**世界の人口の四分の三の食を支えている**：Steel, *Sitopia*, p. 60.

p. 308　**たった四つの会社が…四分の三以上を支配し**：アーチャー・ダニエルズ・ミッドランド（ADM）、ブンゲ、カーギル、ドレフュスの 4 社：以下を参照：Steel, *Sitopia*, p165

p. 309　**定住すると殺人は減っていった**：Steven Pinker, *The Better Angels of Our Nature: Why Violence Has Declined*（Viking, 2011）, p. 48.〔『暴力の人類史』スティーブン・ピンカー著、幾島幸子 塩原通緒訳、青土社、2015 年〕

p. 309　**現代の狩猟採集民から先史時代の暮らしを推定するのは疑わしい**：いずれにしても私がここで論じている文脈では、温暖なヨーロッパの狩猟採集民と実質的に類似している人々は、現在も最近も存在しない。

p. 310　**それはとても古く、とても新しい物語だ**：ブルース・チャトウィンは *The Songlines*（p. 238）で、次のように観察している。「生物学の一般的な規則として、渡りをする種は定住性の種より「攻撃性」が低い。なぜそうなるかという明らかな理由がひとつある。渡りそのものが、巡礼と同じように、厳しい旅になるからだ。それは「適者」が生き残り落伍者は途中で挫折する「水平化」の役割を果たす。こうして渡りの旅が先手を打つことで、階層化と支配の必要が生じない。動物界の「独裁者」は、豊かな環境で暮らす者だ。無政府主義者は、世の常で、ホームレスということになる。」

p. 311　**アフリカ、オーストラリア、北極圏で暮らす先住民はグリフィスに…言った**：引用はすべて、

p. 286　**交渉と祝祭を行なうのに中立で安全な場所**：この考察については、たとえば以下を参照：M. Edmonds, 'Interpreting causewayed enclosures in the past and present', in C. Y. Tilley, ed., *Interpretative Archaeology*（Berg, 1993）, pp. 99–142; J. C. Barrett, 'Fields of discourse: reconstituting a social archaeology', in J. Thomas, ed., *Interpretative Archaeology: A Reader*（Leicester University Press, 2000）, pp. 23–32; O. J. T. Harris, 'Communities of anxiety: gathering and dwelling at causewayed enclosures in the British Neolithic', in J. Fleisher and N. Norman, eds., *The Archaeology of Anxiety*（Springer, 2016）; and Richard Bradley, *The Significance of Monuments: On the Shaping of Human Experience in Neolithic and Bronze Age Europe*（Routledge, 2012）.

夏

p. 289　**動物の家畜化および群れの繁殖が**：Friedrich Engels, *The Origin of the Family, Private Property and the State*（1884）.

p. 290　**臀部が巨大な子ウシを自力で出産するのが難しく**：L. Fiems, S. Campeneere, W. Caelenbergh and C. Boucqué, 'Relationship between dam and calf characteristics with regard to dystocia in Belgian Blue double-muscled cows', *Animal Science*, 72（2）（2001）：389–94; P. Arthur, 'Double muscling in cows: a review', *Australian Journal of Agricultural Research* 46（1995）：1493–1515.

p. 290　**出産時に母親の大きな苦痛と胎児のトラウマを引き起こしたことはまちがいない**：「フラッシング」によって達成できているようだ。フラッシングは、ヒツジに通常より多く飼料を与えて排卵を促す方法。

p. 290　**型にはまった施設にいる現代の乳牛は**：Owen Atkinson, *Feeding the Cow*, Webinar Vet, December 2018.

p. 293　**大地とその住民にときどき休みと自由を与えるという、古い安息年の考え**：旧約聖書、レビ記第25章を参照。

p. 294　**際限のない苦しみを与えられる運命**：この考え方の例に、保守的福音派教会の牧師（現在は失職）の次のものがある：「本日、教会員のひとりが私に、昨年［の研修コースに］参加した結果、今では町を歩いていてもほとんどの人々が永遠の時をどこで過ごすのかを意識せずにはいられないと話してくれた」。Jonathan Fletcher, *Dear Friends*（Lost Coin Books, 2013）, p. 26.

p. 294　**私が知っている農民のほとんどは――新石器時代の初期でも後期でも――とても信心深く…ではないと、最も大声で主張する人たちだ**：私はよくこの特徴について思いを巡らせてきた。私の考えでは、人が「霊的」だと言うことは自分の本質や気質について何かを主張することで、自分が霊的だが宗教心はないと言うのは、自分の気質が特定の神学的または形而上学的命題によって制約されていない、制約することはできないと言っていることになる。難しいのは、明らかに宗教心はあるが、まったくの原理主義者ではないほとんどの人は、自分の霊的な性質は束縛できるものではないと言う点だ。

p. 295　**こうして祈りの方向がいったん縦に定まると**：たとえば、以下を参照：Simon Harrison, 'Cultural efflorescence and political evolution on the Sepik River', *American Ethnologist* 14（3）（1987）：491–507.

なせるとは思っていないし、来世をはっきり認識している宗教でも同じだ。形而上学的な推論を主張せずに死の恐怖を解消することを目指すシステムの例も多い。古代世界では、エレウシスの秘儀がそのひとつだろう。それは女神デーメーテールとペルセポネーを中心に織りなされたものだが、その秘儀が新たにやってきた者を引きつけた力の中心がその神話だったとみなす考えに同意する人はいないだろう。

現代世界では、精神分析学と幻覚剤の急激な広がりが明白な例になる。

p. 283　**もし一体化を願ったわけでなくても、このような大規模な集会からは必然的に一体化が生じたはずだ**：ストーンヘンジの目的と考えられるものの幅広い考察については、以下を参照：Mike Parker Pearson, *Stonehenge: Exploring the Greatest Stone Age Mystery* (Simon and Schuster, 2012).

p. 283　**ウッドヘンジは…意図的に焼いたり、わざわざ掘り起こして取り除いたりすることもあった**：この例に、ドーセットのマウントプレザントがある。ウッドヘンジを人間の無常のモチーフとみなす考えについては、以下を参照：Oliver J. T. Harris and Tim Flohr Sørensen. 'Rethinking emotion and material culture', *Archaeological Dialogues* 17 (2) (2010) : 145; and Caroline Brazier, 'Walking in sacred space', *Self & Society* 41 (4) (2014) : 7–14.

p. 284　**ウッドヘンジからエイヴォン川のほうに少し行くと街道があり**：ウッドヘンジとストーンヘンジを結ぶ街道では、当初は石が目印になっていたのかもしれない。近くのエーヴベリーには、両側に石が並んだ、はるかによく目立つ街道があるし、シャップおよびカンブリアにも同様の道がある。

p. 284　**千三百年後には聖パウロが同じ答えを出した**：新約聖書、コリント人への第一の手紙 15: 42（改訂標準版）：「朽ちるものでまかれ、朽ちないものによみがえり」

p. 284　**現実にその時がきても、それほど恐れることはないだろう**：隠喩的な死は、世界の宗教で一般的なものだ。そのなかでおそらく最も明確なものがチベット仏教で、死を経験する――そのために死の準備ができる――系統的な試みがある。またキリスト教の洗礼では、新しい信者が象徴的な死の水を通過して、その先にある新しい命へと歩み出る。

p. 284　**鏡に映して見るようにおぼろげに**：新約聖書、コリント人への第一の手紙 13: 12（欽定訳聖書）：「わたしたちは、今は、鏡に映して見るようにおぼろげに見ている。しかしその時には、顔と顔を合わせて、見るであろう。私の知るところは、今は一部分にすぎない。しかしその時には、わたしが完全に知られているように、完全に知るであろう。」

p. 284　**死を恐れないように見える人々**：Francis Pryor, *Britain BC: Life in Britain and Ireland before the Romans* (HarperCollins, 2003).

p. 285　**暗闇が勝つことはない**：新石器時代初期の古い羨道墓の多くでは、暗闇が光に勝利したことを祝う真冬の冬至に、死者を太陽が照らした。そして、ストーンヘンジ・ダーリントンのテーマパークでは、ダーリントン・ウォールズ木柱サークルの一時的な木柱サークルのひとつが真冬の光を浴びた（生の最中に死があることを認める）一方で、ストーンヘンジ・アベニューの一部が夏至の方向を指した。夏至は、太陽に対抗する存在がない時期だ（陰鬱な石造りの死の要塞さえも、光が支配していることを示す）。

p. 285　**ヒツジだけでなく、永遠をも思いのままにした。それは大きな主張だった**：もちろんこれが主張だが、それは生者の村と死者の村の計画的な並列の後に続くもので、それらをつなぐ何らかの行列の道がある可能性を示すものではないだろうか。

Fathers: The Roles of Ancestor Veneration in Biblical Land Claims (T. & T. Clark, 2010).

p. 266 **所有権を主張する正当性が最初に所有していたことの正当性にかかっている**：現代の巧みな法的処置の一部には見られない。

p. 269 **イギリスの経済的、政治的、精神的苦悩の多くは、囲い込みにその源をたどることができる**：詩人のジョン・クレアは、イギリスの囲い込み（それは圧倒的な農業改革だった）によって精神病院へ、そして死へと追いやられた。彼にとってなくてはならないものだった自然のままの場所から、追放されてしまったためだ。

p. 272 **若い男がこう言った**：Langford Reed, *The Complete Limerick Book* (Jarrolds, 1924).

p. 273 **アラン・ガーナーはこの習慣を題材にし**：*Boneland* (Fourth Estate, 2012), p. 47.

p. 276 **洞窟壁画の謎めいた梯子のような記号**：後期旧石器時代のこうした記号については、本書の39–41ページを参照。

p. 278 **その直線的な構造の外観**：Richard Bradley, *The Idea of Order: The Circular Archetype in Prehistoric Europe* (Oxford University Press, 2012), pp. 7–11.

p. 279 **直線でできた家を風の強い場所で長持ちさせるためには、建てる向きをよく考えなければならない**：Bradley, *The Idea of Order*, p. 29.

p. 281 **農場と家は線と同じように、視野狭窄を生じ、住む人々がいる世界を圧縮してしまう**：ここでは建築以外の芸術については言及していない。新石器時代および青銅器時代の芸術の多くは、もちろん曲線から成っている。だがここで注目すべき例外があり、たとえば後期新石器時代のブリテン島とアイルランドでは、家と記念碑が円形だったのに対し、陶器には角ばった模様が描かれていることが多い。それでも新石器時代の一般的な基準は、直線的な家と曲線的な芸術だ。この食い違いについてはリチャード・ブラッドレイが *The Idea of Order* で指摘しており、私がここで論じているテーマを混乱させるものではない。

p. 281 **大きな物語《メタナラティブ》は日常の行動をたどる物語とは異なる**：Jacques Cauvin, *The Birth of the Gods and the Origins of Agriculture* (Cambridge: Cambridge University Press, 2000). この議論は以下で要約されている：Richard Bradley, *The Idea of Order*, pp. 48 and 67. この点については、以下も参照：William Irwin Thompson, *The Time Falling Bodies Take to Light: Mythology, Sexuality and the Origins of Culture* (Palgrave Macmillan, 1996). ウィリアム・アーウィン・トンプソンの主張は、後期旧石器時代の芸術の特徴をなしているのは女性の姿であり、その後の時代にも、後期旧石器時代からあまりにも親しまれていたために、丸みを帯びた女性の姿が優越し続けることになったというものだ。そのためにロバート・グレイヴズの白い女神が生き続け、神殿などの宗教建築や記念碑の形式を密かに支配し続けることになる。以下を参照：Robert Graves, *The White Goddess* (Faber & Faber, 1948).

p. 282 **巨大な複合施設の一部にすぎない**：ストーンヘンジの、さらに幅広い背景については、以下を参照：Matt Leivers, 'The Army Basing Programme, Stonehenge and the Emergence of the Sacred Landscape of Wessex', *Internet Archaeology*, 56 (2021).

p. 283 **当時の人はそんなことをしていた**：同位元素の分析によって、いくつかの人工物の起源が明らかにされている。

p. 283 **人々がここを訪れたのは、おそらく死の恐怖を逃れるため**：死の恐怖は、もしかしたら人間にとって典型的な、最大の関心事なのかもしれない（ただし私はそれが人間だけの関心事であるとは思わないが）。多くの人たちの意見とは異なり、私はそれが宗教のもつ意味のすべてとみ

Genetics and Animal Science (Academic Press, 2014), pp. 1–40. また、幼生生殖の問題と人間にとっての魅力との関係については、以下を参照：V. Swami and A. S. Harris, 'Evolutionary perspectives on physical appearance', in Thomas Cash, ed., *Encyclopedia of Body Image and Human Appearance* (Academic Press, 2012), pp. 404–11.

p. 244 **家族のみんなが三週間作業をすれば一年間に必要な穀物を収穫できる**：Jack R. Harlan, 'A wild wheat harvest in Turkey', *Archaeology* 20 (3) (1967)：197–201.

p. 245 **狩猟採集民が農業従事者をどう考えているか**：Scott, *Against the Grain*, pp. 7–10.

p. 248 **これら二人の兄弟の物語**：創世記 4: 1–21.

p. 250 **時の終わりに生まれる新しいエルサレム**：新約聖書、ヨハネの黙示録 21.

p. 250 **人の子にはまくらする所がない**：新約聖書、マタイによる福音書 8: 20.

春

p. 257 **死よ 驕るなかれ**：John Donne, *Holy Sonnets* (1609).

p. 258 **持続性複雑死別障害**：*Diagnostic and Statistical Manual of Mental Disorder*, 5th edn (American Psychiatric Association, 2013).

p. 258 **死んだ夫の灰をヨーグルトに混ぜて食べた**：Julia Blackburn, *Time Song: Searching for Doggerland* (Random House, 2019).

p. 260 **多くの墓では、新しい死体は古いものの上に重ねて放置され、分解するにまかされた**：Julian Thomas, 'Death, identity and the body in Neolithic Britain', *Journal of the Royal Anthropological Institute* 6 (40) (2000)：653–68, at p. 659.

p. 260 **骨を撫で、口づけをし…小さい子どもに手渡していた**：死者の骨に対するこのような敬意の表現は、多くの文化に共通している。たとえばギリシャでは現在でも、骨を掘り出し、洗って、一族の地下納骨所に置くことが多い。

p. 263 **ひとまとまりの皮膚に包まれて、ひとつの魂または心をもつ、ひとりの人という概念**：Thomas, 'Death, identity, and the body in Neolithic Britain', pp. 657–8.

p. 264 **人間とウシの遺骨が、ある意味で等価だった**：Thomas, 'Death, identity, and the body in Neolithic Britain', p. 662.

p. 264 **自己を規定し、自分の位置を示すための関係性の数と多様性が、ますます減っていった**：こうした移行が起きた時期、そしてその速度は、地理的条件に応じて大きく異なっていた。新石器時代は、たとえば中近東ではヨーロッパ北部より早くはじまり、早く終わった。

p. 264 **新石器時代にも円形塚はあり**：イングランド北部では、数多くの遺体が葬られた長形の墓室の上に重ねて作られた。以下を参照：Thomas, 'Death, identity, and the body in Neolithic Britain', p. 663.

p. 265 **イングランド南部の石灰岩の丘にバラバラに散らばっていれば**：ここには、異論はあるが、個人の遺骨を祖先のものと混ぜてしまわずにそれぞれの納骨堂に入れる習慣（たとえば第二神殿時代のユダヤ）との類似性がある――それは個性の形成の指標で、一般的には（とにかくユダヤでは）個人のよみがえりを信じる気持ちを示していると解釈される。

p. 265 **そして自分の祖先がいるひとつの場所を指し示すことができるなら**：中近東を背景としたこの考え方の一般的な議論については、以下を参照：Francesca Stavrakopoulou, *Land of Our*

て、家にとどまれるようになる。

第二部　新石器時代

冬

p. 221　**私は会計士という職業を非難しているわけではなく**：Alan Garner, 'Aback of beyond', in *The Voice that Thunders*, pp. 19–38, at p. 37.

p. 223　**だがそのすべての前にあったのが、火を手なずけて利用できるようになった過程だ**：ヒト族の未来を決めた最も重要な要因は火だとするジェームズ・C・スコットによる鮮やかな主張が、以下にある：*Against the Grain: A Deep History of the Earliest States* (Yale University Press, 2017), pp. 37–42.〔『反穀物の人類史――国家誕生のディープヒストリー』ジェームズ・C・スコット著、立木勝訳、みすず書房、2019年〕

p. 225　**天は必ず恨みを晴らす**：今ではこのことが、たしかに明らかになっている。ガイアはすでに私たちの無遠慮にうんざりしており、レッドカードとは言わないまでも、イエローカードを出している。世界に対する姿勢が狩猟採集民のものから新石器時代のものへと変化したことによって生じた結果として、すでに数多くの脅威が見えてきており、気候変動および動物原性感染症としてはじまった伝染病は、わずか2つの例にすぎない。

p. 231　**だから（ゆっくり起きた）新石器革命を…結びつけるのは、ゆっくり、慎重になる必要がある**：本書では、国家の形成、国家形成の結果、あるいはそれに代わる方法については論じていない。それを扱っている最高の例：James C. Scott, *Against the Grain*。それでもここで私は、無政府主義についてはわかっていないことが非常に多く、体系的に誤って伝えられていることだけを指摘しておく。学問の世界でも大衆文学の世界でも、かかしではない無政府主義者に出会うことは稀だ。そのすぐれた一例：P. J. O'Rourke, *Holidays in Hell* (Picador, 1989)〔『楽しい地獄旅行――世界紛争地帯過激レポート』P・J・オローク著、芝山幹郎訳、河出書房新社、1991年〕：「文明化は、それがないことに大きく勝る…. 寮の部屋で雑談ばかりしている無政府主義者は、ベイルートで一時間過ごすべきだ」(p. xvi).

p. 232　**ダンバー数の確固たる論理体系から**：ダンバー数については、p. 134の註を参照。

p. 237　**メソポタミア北部にあるギョベクリ・テペの遺跡**：地図上では、ギョベクリ・テペはアナトリア東部にあるように見えるが、この話の流れからは、メソポタミアの一部ということになる。

p. 239　**家に帰る途中で新しい穀物を見つけ、持ち帰った**：Steven Mithen, *After the Ice: A Global Human History, 20,000–5000 BC* (Weidenfeld and Nicolson, 2003), p. 67.〔『氷河期以後――紀元前二万年からはじまる人類史　上・下』スティーヴン・ミズン著、久保儀明訳、青土社、2015年〕

p. 242　**辺縁系で、そこは認識と、生きている感覚全般をつかさどる場所**：Scott, *Against the Grain*, pp. 81, 86.

p. 243　**繁殖年齢に達すると失われる若者特有の…解剖学的特徴**：たとえば家庭で飼われている成犬の場合、鼻から口にかけての部分がオオカミより比較的短い――その部分は子どものようだ。そして成犬になっても吠え続ける。オオカミの子どもは吠えるが、成長したオオカミが吠えることはめったにない。以下を参照：Temple Grandin and Mark J. Deesing, eds., *Behavioral*

p. 191　**空間と時間という従来の次元による境界があるとは期待できない**：この問題については、後で詳しく取り上げる。359–365 ページを参照。

p. 191　**量子現象は素粒子のレベルでのみ見られ…十分に説得力をもつ理由がある**：この考え方については、後で取り上げる。361–362 ページを参照。

p. 193　**小さな像と粒状の粘土を焼くために**：粒状の粘土と小さな像は、移動生活をする共同体によって持ち運ばれていたと考えられている。私の知る限りでは、明らかな奉納場所とのつながりはない。

p. 196　**地図は象徴化が成しえることの最悪の例**：もちろん狩猟採集民は心の地図をもっている。だが狩猟採集民は、その決定的な特徴のひとつとして自然界への敬意という態度を幅広く保っているために、地図の高慢な危険からは隔離される傾向がある。そして地図そのものが、人間の手で作成されたものではなく、土地そのものから直接生まれ出たと言われる形をとることも多い（オーストラリアのソングラインは有名な例だ）。

秋

p. 201　**世界の偉大な霊的言語であるサンスクリット語には**：Betty Sue Flowers, ed., *Joseph Campbell and the Power of Myth* (Doubleday and Co., 1988), p. 120.

p. 201　**アキレスはアルチラで歩くことができる**：Garner, 'Achilles in Altjira', p. 58.

p. 202　**トルコの血筋を引く生きた後期旧石器時代の化石**：Colin Renfrew, *Archaeology and Language: The Puzzle of Indo-European Origins* (Cambridge University Press, 1990).

p. 204　**動作をする者が主役だ**：私はこの点をあまり強く主張するつもりはないが、後期旧石器時代には自我が——したがって他の存在と自我との関係が——力強く開花したという考え方ときれいに一致する。

p. 204　**The の後ろにうまく隠れることはできない**：バスク語は、いつでも「名前」をつけたがる。正しく称賛するためには、名前で呼ぶ必要があるのだ（皮肉屋は、創世記でアダムが動物に名前をつける場面を、典型的な新石器時代のコントロールの行為——称賛とは対極の行為——だと指摘するかもしれないが）。シャーマンによれば、自然界は私たちに称賛されたくてたまらないのだという。次に示すのは、マーティン・ショーが野生との和解を記述した一節だ。「最初の大きな動きは［…］私の言葉のかけらを組み立てなおし、目の前にいるのを見つめていた住人たちに向かって、明快かつ繊細な称賛をはっきり述べることだった。『川の女神（the Goddess of the river）』ではなく『女神川（river Goddess）』に対して。こうして「の（of the）」を圧縮した瞬間、抽象化が生じ、キツネ女は猟師の小屋から逃げ出した。」Martin Shaw, *Scatterlings: Getting Claimed in the Age of Amnesia* (White Cloud Press, 2016). 彼がもしダートムアに向かってデボンの言葉で話すのではなく、スペイン北部に向かってバスク語で話したなら、そうした動きをもっと素早く生じさせることができただろう。

p. 212　**赦しを請うためにも、完結させるためにも、どんなことのためにも、そこに行く必要などないことを悟る**：私は大地の赦しと恩恵を知っている。それは、私が今では十分なだけの場所を歩いたことで、「居場所」を知って和解し、教えられ、養われているからだ。 個々の部分を通ってはじめて普遍的事実に行きつく。このことは、後期旧石器時代の真に偉大な発見だったと思っている。それは、知るべき価値のあるあらゆるものと同じく、逆説だ。放浪することによっ

リーダーであるシアトル酋長は1854年に行なったという有名なスピーチで、北アメリカ先住民の自然界に対する態度の一部を、次のように手短に述べている。「この大地のすべてが、私の民にとって神聖なものだ。輝く松葉のすべて、鬱蒼とした森に立ち込める霧のすべて、森の中の開けた地のすべて、小さな音をたてて飛ぶ昆虫のすべてが、私の民の記憶と経験のなかで聖なる存在なのだ。木々を流れる樹液が赤い人の記憶を運ぶ［…］私たちは大地の一部であり、大地は私たちの一部だ［…］香りを放つ花は私たちの姉妹であり、シカ、ウマ、オオワシは私たちの兄弟だ。岩だらけの山頂、草原におりる露、ポニーの体温、そして人間——すべてが同じ家族の一員だ［…］小川を流れるこの輝く水は、ただの水ではなく、私たちの祖先の血であり［…］その水のせせらぎは、私の父の父の声だ［…］あらゆるものが同じ息を共有している——獣も、木も、人も［…］獣を失えば、人間はいったいどうなるのか。もしすべての獣がいなくなれば、人間は魂の孤独によって死ぬことになる。獣に起きることは何であれ、まもなく人間にも起きる。あらゆるものはつながっているからだ［…］大地が人間に属しているのではなく、人間が大地に属している。このことを私たちは知っている。ひとつの家族が血でつながっているように、あらゆるものはつながっている。あらゆるものはつながっているのだ。大地にふりかかることは、何であれ、大地の子にもふりかかる。人間が生命の天網を編み上げたのではなく、人間はその中にあるただの糸にすぎない。人間が天網に対して何かをするならば、それはすべて自分自身の身にふりかかる。」

p. 187 **九十メートルの長さのデボンの生垣に二千七十の種**：https:// hedgerowsurvey.ptes.org/biodiversity

p. 187 **植物にも音にまつわる暮らしがある**：Monica Gagliano, Michael Renton, Nili Duvdevani, Matthew Timmins and Stefano Mancuso, 'Acoustic and magnetic communication in plants: is it possible?', *Plant Signaling & Behavior* 7（10）（2012）：1346–8; Monica Gagliano, Michael Renton, Nili Duvdevani, Matthew Timmins and Stefano Mancuso, 'Out of sight but not out of mind: alternative means of communication in plants', *PLoS One* 7（5）（2012）; Monica Gagliano, Stefano Mancuso and Daniel Robert, 'Towards understanding plant bioacoustics', *Trends in Plant Science* 17（6）（2012）：323–5; Monica Gagliano, 'Green symphonies: a call for studies on acoustic communication in plants', *Behavioral Ecology* 24（4）（2013）：789–96; Monica Gagliano, 'In a green frame of mind: perspectives on the behavioural ecology and cognitive nature of plants', *AoB Plants* 7（2015）; Monica Gagliano, Mavra Grimonprez, Martial Depczynski and Michael Renton, 'Tuned in: plant roots use sound to locate water', *Oecologia* 184（1）（2017）：151–60.

p. 188 **緑地に身を置くと気分に影響がある**：以下を参照：Lucy Jones, *Losing Eden: Why Our Minds Need the Wild*（Allen Lane, 2020）and Isabel Hardman, *The Natural Health Service: How Nature Can Mend Your Mind*（Atlantic, 2020）.

p. 190 **およそ四万五千年前にアフリカからヨーロッパに渡った肌の浅黒い人類**：Eppie R. Jones, Gloria Gonzalez-Fortes, Sarah Connell, Veronika Siska, Anders Eriksson, Rui Martiniano, Russell L. McLaughlin et al., 'Upper Palaeolithic genomes reveal deep roots of modern Eurasians', *Nature Communications* 6（1）（2015）：1–8; Qiaomei Fu, Cosimo Posth, Mateja Hajdinjak, Martin Petr, Swapan Mallick, Daniel Fernandes, Anja Furtwängler et al., 'The genetic history of ice age Europe', *Nature* 534（7606）（2016）：200–5.

夏

p. 173　**リチャード・リーの計算によれば**：Bruce Chatwin, *The Songlines* (Picador, 1987).〔『ソングライン』ブルース・チャトウィン著、北田絵里子訳、英治出版、2009 年〕

p. 175　**人々は物語であり、土からは物語がキノコのように生えて成長していた**：「血と土」という信条は根本的に誤解されて邪悪なものだと言う必要がないことを願っている。

p. 177　**イアン・マクギリストが言うように、存在するものは何もない**：McGilchrist, *The Matter with Things.*

p. 178　**カラハリ砂漠を横断するほどの距離を歩いて移動するブッシュマンは**および**定住してゆったり暮らしていた人々**：Chatwin, *The Songlines.*

p. 181　**魂をもつにはまぶたが必要だ**：ジョナサン・バルコムは、もしも魚にまぶたがあって、その目を水にさらしていないなら、私たちは魚に対してこれほど変質者のように振る舞うことはないだろうと言った：Jonathan Balcombe, *What a Fish Knows: The Inner Lives of Our Underwater Cousins* (Scientific American/Farrar, Straus and Giroux, 2016).〔『魚たちの愛すべき知的生活――何を感じ、何を考え、どう行動するか』ジョナサン・バルコム著、桃井緑美子訳、白揚社、2018 年〕

p. 184　**言葉で話すことができる道理**：文脈は次のようなものだ。「言葉で話すことができる道理は永遠の道理ではない。名前をつけることができる名前は永遠の名前ではない。名前のないものが天と地のはじまりである。名前のあるものは一万のものの母である。つねに欲望がなければ、神秘を目にすることができる。つねに欲望があれば、顕示を目にすることができる。これら二つは同じ源泉から生じるが、名前が異なる。これは暗闇の中の暗闇であり、あらゆる神秘への入り口である。」Lao Tzu, *Tao Te Ching*, trans. Jane English and Gia-Fu Fang (Vintage, 1997).〔『老子道徳経』井筒俊彦著、古勝隆一訳、慶應義塾大学出版会、2017 年〕

p. 184　**聖パウロが回心したのは…地面に打ち倒されたからだった**：新約聖書、使徒行伝 9: 3–9.

p. 185　**大人でも、とても困難ではあるが…何かの真の経験的知識をもつことはできる**：もしかしたら（私はそのような暗示を受けただけだが）母親になったばかりの時期の経験は、この一般的な基準の重要な例外かもしれない。驚くことはない。

p. 185　**私は懸命になって聴き、勉強したが、ほとんど理解できなかった**：Andrew Harvey, *The Direct Path: Creating a Personal Journey to the Divine Using the World's Spiritual Traditions* (Harmony, 2002), Kindle locus 248.

p. 186　**石器《ストーン》時代の話で、酔っ《ストーンド》た時代の話ではない**：この冴えないジョークを思いついた人は私以外にもいるだろうが、どこにも見つからない。

p. 187　**現代の一部の土着コミュニティの存在論にそのまま反映されている**：Stephen David Edwards, 'A psychology of indigenous healing in Southern Africa', *Journal of Psychology in Africa* 21 (3) (2011) : 335–47; Steve Edwards, 'Some Southern African views on interconnectedness with special reference to indigenous knowledge', *Indilinga African Journal of Indigenous Knowledge Systems* 14 (2) (2015) : 272–83; Jarrad Reddekop, 'Thinking across worlds: indigenous thought, relational ontology, and the politics of nature; or, if only Nietzsche could meet a yachaj' (2014), *Electronic Thesis and Dissertation Repository* 2082: https://ir.lib.uwo.ca/etd/2082. 信頼性は不確実なものの、アメリカ先住民デュワミッシュおよびスクアミッシュの

p. 164 **葬儀の参加者を決めるための殴り合い**：人間以外の霊長類の死者に対する行動の包括的な評論については、以下を参照：André Gonçalves and Susana Carvalho, 'Death among primates: a critical review of non-human primate interactions towards their dead and dying', *Biological Reviews* 94 (4) (2019) : 1502–29. James R. Anderson, 'Responses to death and dying: primates and other mammals', *Primates* (2020) : 1–7. これらの研究結果が、初期の人類の死者に対する態度の解釈に何を意味するかについては、以下を参照：Paul Pettitt and James R. Anderson, 'Primate thanatology and hominoid mortuary archaeology', *Primates* (2019) : 1–11.

p. 164 **ポール・ペティットの観察によれば…ネアンデルタール人の死者は一貫して特定の場所に葬られていた**：Paul Pettitt, 'Landscapes of the dead: the evolution of human mortuary activity from body to place in Pleistocene Europe', in F. Coward, R. Hosfield, M. Pope and F. Wenban Smith, eds., *Settlement, Society and Cognition in Human Evolution: Landscape in Mind* (Cambridge University Press, 2015), pp. 258–74. ネアンデルタール人の暮らし、死、認識の包括的な調査については、以下を参照：Rebecca Wragg-Sykes, *Kindred: Neanderthal Life, Love, Death and Art* (Bloomsbury, 2020).

p. 165 臨死体験のいくつかの研究に関する論評については、以下を参照：Pim van Lommel, 'Near-Death Experiences during cardiac arrest' (2021), https://www.essentiafoundation.org/reading/near-death-experiences-during-cardiac-arrest/. ヴァン・ロメルは次のように結論づけている。「臨死体験に関する研究は、われわれの意識が脳内にはなく、脳に限定されないことを示しているように思われる。われわれの意識は非局所的な性質をもっているからだ。」

p. 165 **ごく初期のヒト族に、体が死んでも心は生き残れると信じる傾向があった**：大多数の意見は考古学者のポール・ペティットによって、次のようにきれいに要約されている。「宗教の起源を研究している認知科学者は、ヒト族が進化の比較的初期の段階で、心は肉体的な死後も生き残ると信じる認知的な性質をもつようになったという点で同意しているように思える。」：Pettitt, 'Landscapes of the dead', p. 262.

p. 166 **ほとんどの人間の死は、…みなされず**：Pettitt, 'Landscapes of the dead', p. 262.

p. 166 **神、霊…を信じる**：Pettitt, 'Landscapes of the Dead', p. 263. 以下も参照：Paul Bloom, 'Religion is natural', *Developmental Science* 10 (1) (2007) : 147–51, at p. 148.

p. 166 **「死者とは、もし象徴でないなら、何者か」**：Pettitt, 'Landscapes of the dead', p. 258.

p. 167 **ずっと壊れたままだったラジオ**：Michael Shermer, 'Infrequencies', *Scientific American* 311 (4) (2014) : 97; 以下で論じられている：Jeffrey J. Kripal, *The Flip: Who You Really Are and Why It Matters* (Penguin, 2019), pp. 83–4.

p. 167 **人間のすることすべてが、必然的に願かけになる**：アラン・ガーナーは次のように書いた。「アキレスはアルチラ［オーストラリアのアボリジニの「ドリーミング」］で歩くことができる。実際のところ、アキレスは歩かなければならない。思い出さなければならないことがたくさんあるのだ。とりわけ、ひとりの人間として生きることはそれ自体が宗教活動であるという記憶についてだ。」'Achilles in Altjira', in *The Voice that Thunders*, p. 58. だが彼にとって「宗教」とは、「宇宙におけるわれわれの存在という問題に対する人間の関心および関わりの領域」だ。(p. 55).

せ仮説——古代の知恵と現代科学の知恵』ジョナサン・ハイト著、藤澤隆史　藤澤玲子訳、新曜社、2011年〕; and Haidt, *The Righteous Mind*.

p. 149　**音楽は、進化の上ではそうでなくても、発達の上で言語より優先されており**：Mithen, *The Singing Neanderthals*, p. 69. シャーロック・ホームズも次のように同意している：「ダーウィンが音楽について何と言ったか、覚えているかい？　こう言っているんだ。音楽を作り、鑑賞する能力は、人類が言語能力を手にするよりずっと前から備わっていたとね。もしかしたらそれが、音楽によってあれほどまでに心を揺さぶられる理由かもしれないよ。世界がまだ幼かったころの、霞みがかかった時代のおぼろげな記憶が、われわれの魂に残っているんだ。」

「ずいぶんと壮大な考えだな」と、［ワトソンが］言う。

「自然を読み取ろうとするなら、その人の考え方も自然と同じくらい大きくなくてはいけないよ」と、彼は答えた。

Arthur Conan Doyle, *A Study in Scarlet* (Ward Lock, 1887)〔『緋色の習作』アーサー・コナン・ドイル著、小林司　東山あかね訳、河出文庫、2014年　ほか〕より

ダーウィンはこの問題を *The Descent of Man and Selection in Relation to Sex* (John Murray, 1871)〔『人間の由来　上・下』チャールズ・ダーウィン著、長谷川眞理子訳、講談社学術文庫、2016年〕で扱っており、その考えは少しずつ明らかにされ、修復されていった。たとえば以下を参照：Simon Kirby, 'Darwin's musical protolanguage: an increasingly compelling picture', in Patrick Rebuschat, Martin Rohrmeier, John A. Hawkins and Ian Cross, eds., *Language and Music as Cognitive Systems* (Oxford University Press, 2012), pp. 96–102.

p. 149　**言語のための神経回路網は、音楽のための神経回路網の上に作られた、またはそれを複製したものだ**：Mithen, *The Singing Neanderthals*, p. 70.

p. 149　**Hmmmmと音楽を最も流暢に操る**：私たちの顔はとても雄弁だ。たとえば、目に白い強膜があるという点で非常に稀で、わずかな光しかない場所でも、白目がとりわけ強力な信号を発する役割を果たす。

p. 149　**誰もがみな、生来の達人**：Mithen, *The Singing Neanderthals*, p. 89.

p. 150　**見分けられる二百六種類の鳥の名前の三分の一が擬音語**：Mithen, *The Singing Neanderthals*, p. 169.

p. 150　**被験者のほぼ全員が、マルのほうが大きいと答えた**：Mithen, *The Singing Neanderthals*, p. 170.

p. 150　**不可解だが一貫性のある根本的な方法で、現実世界の属性と関連をもっている**：詳細な考察にはチョムスキーの「普遍文法」の説明が必要になる。(以下を参照：Noam Chomsky, *The Architecture of Language* (Oxford University Press, 2000)). 彼の主張にはさまざまな異論があるが、ごく最近になって、いくつかの新しい発見による後押しを受けているとだけ述べておく。以下を参照：Richard Futrell, Kyle Mahowald and Edward Gibson, 'Large-scale evidence of dependency length minimization in 37 languages', *Proceedings of the National Academy of Sciences* 112 (33) (2015)：10336–41.

p. 163　**たいていはあとの絵に…組み込まれる岩の周辺に**：きっと洞窟より前に体が、象徴的に飾られたにちがいない。

p. 164　**ミシェル・ペイヴァーが描いた壮大な中石器時代の冒険物語**：*Chronicles of Ancient Darkness*. 私の子どもたちが大好きな本だ。

(2021). https://doi.org/10.1038/s41559-021-01391-6

p. 145　**主流の考古学者および人類学者の多くによって支持されている考え**：Clive Gamble, John Gowlett and Robin Dunbar, *Thinking Big: How the Evolution of Social Life Shaped the Human Mind* (Thames & Hudson, 2014).

p. 145　**現生人類の大半は五次の志向意識水準をもち**：これについては本書の 116–117 ページで説明している。

p. 145　**六次の志向意識水準が必要**：Dunbar, 'Mind the gap: or why humans aren't just great apes'; Peter Kinderman, Robin Dunbar and Richard P. Bentall, 'Theory of mind deficits and causal attributions', *British Journal of Psychology* 89 (2) (1998) : 191–204; James Stiller, and Robin I. M. Dunbar, 'Perspective-taking and memory capacity predict social network size', *Social Networks* 29 (1) (2007) : 93–104.

p. 145　**女性のほうがシェークスピアになれる確率は高く**：S. Baron-Cohen, 'Empathizing, systemizing, and the extreme male brain theory of autism', *Progress in Brain Research* 186 (2010) : 167–75; M. Adenzato, M. Brambilla, R. Manenti et al., 'Gender differences in cognitive Theory of Mind revealed by transcranial direct current stimulation on medial prefrontal cortex', *Scientific Reports* 7 (41219) (2017); Anna Cigarini, Julián Vicens and Josep Perelló, 'Gender-based pairings influence cooperative expectations and behaviours', *Scientific Reports* 10 (1) (2020) : 1–10.

p. 146　**話し言葉のほうがずっとましだった**：R. I. M. Dunbar, 'Group size, vocal grooming and the origins of language', *Psychonomic Bulletin and Review* 24 (2017) : 209–12.

p. 146　**六次の志向意識水準を、ダンバーは次のように説明している**：Robin Dunbar, 'The social brain hypothesis and its relevance to social psychology', in Joseph P. Forgas, Martie G. Haselton and William von Hippel, eds., *Evolution and the Social Mind: Evolutionary Psychology and Social Cognition* (Psychology Press, 2007) : 21–31, at p. 28.

p. 148　**自閉症、OCD（強迫性障害）、ADHD（注意欠如・多動性障害）の患者がもつ多くの問題**：自閉症、OCD、ADHD は、誰かが世界に向けている関心の種類を、主要な医療機関が誤って判断している疾患の例だ。私には、日常的に押し寄せてくる圧倒的な量の混乱した情報に適切と考えられる方法で関心を向けられる人のほうが、自閉症 /OCD/ADHD の人たちより深刻な精神疾患にかかっているように思える。それはともかくとして、いずれにせよ音楽がこれらの「疾患」の改善に役立つなら、音楽は、人間の関心のより申し分ない（そしておそらく進化的により古い）対象や媒体であることを示唆している可能性がある。

p. 148　**感情が最も重要な存在で、認知はそこに寄生する**：この問題に関する考察については、以下を参照：Jonathan Haidt, *The Righteous Mind: Why Good People Are Divided by Politics and Religion* (Vintage, 2012)〔『社会はなぜ左と右にわかれるのか――対立を超えるための道徳心理学』ジョナサン・ハイト著、高橋洋訳、紀伊國屋書店、2014 年〕, and Joshua D. Greene, *Moral Tribes: Emotion, Reason, and the Gap Between Us and Them* (Penguin, 2013).〔『モラル・トライブズ――共存の道徳哲学へ　上・下』ジョシュア・グリーン著、竹田円訳、岩波書店、2015 年〕

p. 148　**経験からほとんどの場合にうまくいくとわかっているぞんざいな解決策**：Jonathan Haidt, *The Happiness Hypothesis: Finding Modern Truth in Ancient Wisdom* (Basic Books, 2006)〔『しあわ

(Oxford University Press, 2014), pp. 3–18.

p. 136　**自分がよく知っていて、自分のこともよく知っている友だち**：Robin Dunbar, *Grooming, Gossip, and the Evolution of Language* (Harvard University Press, 1998)〔『ことばの起源――猿の毛づくろい、人のゴシップ』ロビン・ダンバー著、松浦俊輔　服部清美訳、青土社、2016年〕; Robin Dunbar, 'On the evolutionary function of song and dance', in Nicholas Bannon, ed., *Music, Language, and Human Evolution* (Oxford University Press, 2012), pp. 201–14.

p. 137　**笑い、言葉を用いない歌や踊り、言語と儀式、宗教、物語**：ダンバーは、それらがこの順番に登場したと主張している。

p. 137　**笑っている警察官のほうが、エンドルフィンの**：Sandra Manninen, Lauri Tuominen, Robin I. Dunbar, Tomi Karjalainen, Jussi Hirvonen, Eveliina Arponen, Riitta Hari, Iiro P. Jääskeläinen, Mikko Sams and Lauri Nummenmaa, 'Social laughter triggers endogenous opioid release in humans', *Journal of Neuroscience* 37 (25) (2017) : 6125–31.

p. 138　**現代に生きるカラハリの狩猟採集民**：Steven Mithen, *The Singing Neanderthals: The Origins of Music, Language, Mind and Body* (Hachette, 2011), pp. 168–9.〔『歌うネアンデルタール――音楽と言語から見るヒトの進化』スティーヴン・ミズン著、熊谷淳子訳、早川書房、2006年〕

p. 139　**ふだんは潜在意識に隠されているような…情報**：Michael Winkelman, 'Psychointegrator plants: their roles in human culture', in Michael Winkelman and Walter Andritzky, eds., *Consciousness and Health, Yearbook of Cross-Cultural Medicine and Psychotherapy* (Verlag für Wissenschaft und Bildung, 1996), pp. 9–53; Michael Winkelman, *Shamanism: A Biopsychosocial Paradigm of Consciousness and Healing* (ABC-CLIO, 2010).

p. 139　**私たちの意識的な暮らしなど、実際にとても退屈で取るに足らないものだ**：このために私は、長期的な意識障害の患者についてどう考えるべきなのかと思いをめぐらせてきた。私たちはときに彼らを不快にも「植物人間」と呼ぶ。だがもしかしたら、彼らはまたとない楽しいひとときを過ごしているのかもしれない。それまでになく、より本物の自分自身でいるのかもしれない。植物的な暮らしは、私たちの暮らしよりずっと満足のいくものかもしれない。私はこれまでにさまざまな場所で、こうした考えの倫理的および法的帰結について論じてきた。たとえば次のものがある：'It is never lawful or ethical to withdraw lifesustaining treatment from patients with prolonged disorders of consciousness', *Journal of Medical Ethics* 45 (4) (2019) : 265–70; and 'Deal with the real, not the notional patient, and don't ignore important uncertainties', *Journal of Medical Ethics* 45 (12) (2019), 800–1.

p. 143　**彼らの心には、はっきりした区切りがあったらしい**：Steven Mithen, *The Prehistory of the Mind: The Cognitive Origins of Art and Science* (Thames & Hudson, 1999).

p. 144　**Hmmmm**：Mithen, *The Singing Neanderthals*, numerous references.

p. 144　**音のパノラマ**：Mithen, *The Singing Neanderthals*, p. 245. 以下も参照：Ian Tattersall, 'The material record and the antiquity of language', *Neuroscience & Biobehavioral Reviews* 81 (2017) : 247–54; Dan Dediu and Stephen C. Levinson, 'Neanderthal language revisited: not only us', *Current Opinion in Behavioral Sciences* 21 (2018) : 49–55; Lou Albessard-Ball and Antoine Balzeau, 'Of tongues and men: a review of morphological evidence for the evolution of language', *Journal of Language Evolution* 3 (1) (2018) : 79–89; Mercedes Conde-Valverde et al., 'Neanderthals and *Homo sapiens* had similar auditory and speech capacities', *Nat Ecol Evol*

Pierre Le Neindre, Emilie Bernard, Alain Boissy, Xavier Boivin, Ludovic Calandreau, Nicolas Delon, Bertrand Deputte et al., 'Animal consciousness', *EFSA Supporting Publications* 14 (4) (2017) : 1196E.

p.86 **この関係について私が最も納得できる説明は、イアン・マクギリストによる**：*The Matter with Things* (Penguin Random House, forthcoming).

p.88 **物語は冬にだけ、または暗闇の中でだけ語ることができる**：Alwyn Rees and Brinley Rees, *Celtic Heritage: Ancient Tradition in Ireland and Wales* (Thames & Hudson, 1961), p. 16.

春

p. 105 **後期旧石器時代の偉大なる最高傑作**：スペインのアルタミラが、おそらく最もよい例だ。

p. 107 **野生の優しさ**：Jay Griffiths, *Wild: An Elemental Journey* (Penguin, 2008).

p. 115 **イヌイットおよび太平洋中西部の狩猟採集民に関する古い研究**：David Wengrow and David Graeber, 'Farewell to the "childhood of man" : ritual, seasonality, and the origins of inequality', *Journal of the Royal Anthropological Institute* 21 (3) (2015) : 597–619; David Graeber and David Wengrow, 'How to change the course of human history', *Eurozine.* retrieved from https://www. eurozine. com/change-course-human-history (2018).

p. 116 **典型的な現代人は五次の志向意識水準をもっている**：以下から引用：Robin Dunbar, *The Human Story* (Faber & Faber, 2011), p. 46.

p. 118 **私たちは、自然から人間性を…切り離してしまったために**：William Irwin Thompson, *The Time Falling Bodies Take To Light: Mythology, Sexuality and the Origins of Culture* (Palgrave Macmillan, 1996), p. 102 (傍点は著者による追加).

p. 123 **寄宿学校に通った者は誰も、人間関係や公務員には向かない**：「寄宿学校症候群」については、以下を参照：Mark Stibbe, *Home at Last* (Malcolm Down Publishing, 2016), and Joy Schaverien, *Boarding School Syndrome: The Psychological Trauma of the 'Privileged' Child* (routledge, 2015).

p. 124 **イングランド北部の男たち**：私はこの言葉の起源を知らない。私の創作ではなく、また由来をたどることもできない。

p. 124 **その学校は決定的な強奪をした**：これはシュルーズベリー校ではなかった。私は後にシュルーズベリー校に行き、そこは大きく異なっていた。

p. 125 **私にとっても彼らにとっても大地は作用であふれている**：テレンス・マッケナは正しく観察した：「自然は勇気を愛している。自分が強い関心を抱けば、自然はあり得ないような障害を取り除くことで、その関心に応えるだろう。」

p. 125 **私は海に関する本を書き上げ**：その本は *A Little Brown Sea* (Fair Acre Press, 2022)。

p. 131 **太陽の明るい光に誘われて出てきた**：そうした考えが非現実的だと思えるようになったのは、つい最近のことだ。伝説的な観察力と影響力をもつ十七世紀のナチュラリスト、ギルバート・ホワイトは、ツバメは渡りをするのではなく、池の底で冬眠すると考えていた。

p. 134 **前頭葉の大きさ**：R. Dunbar, 'Why only humans have language', in R. Botha and C. Knight, eds., *The Prehistory of Language* (Oxford University Press, 2009).

p. 134 **ダンバー数**：R. I. M. Dunbar, 'Mind the gap: or why humans aren't just great apes', in R. I. M. Dunbar, Clive Gamble and J. A. J. Gowlett, *Lucy to Language: The Benchmark Papers*

p. 48　**口に入れるものはすべて魂をもった生き物**：以下を参照：Joan Halifax, *Shaman, The Wounded Healer*, p. 6.

p. 53　**背中に月**：以下を参照：*The Hare Book*（The Hare Preservation Trust, 2015).

p. 67　**木の根はヘビのように見えることがある**：以下を参照：Derek Hodgson and Paul Pettitt, 'The origins of iconic depictions: a falsifiable model derived from the visual science of Palaeolithic cave art and world rock art', *Cambridge Archaeological Journal* 28（4）(2018)：591–612.

p. 67　**気のきかない忠実な左脳は、もちろん抵抗する**：Iain McGilchrist, *The Master and His Emissary: The Divided Brain and the Making of the Western World*.

p. 70　**ときには若返ることさえある**：Heather J. Weir, Pallas Yao, Frank K. Huynh, Caroline C. Escoubas, Renata L. Goncalves, Kristopher Burkewitz, Raymond Laboy, Matthew D. Hirschey and William B. Mair, 'Dietary restriction and AMPK increase lifespan via mitochondrial network and peroxisome remodeling', *Cell Metabolism* 26（6）(2017)：884–96; Maria M. Mihaylova, Chia-Wei Cheng, Amanda Q. Cao, Surya Tripathi, Miyeko D. Mana, Khristian E. Bauer-Rowe, Monther Aburemaileh et al., 'Fasting activates fatty acid oxidation to enhance intestinal stem cell function during homeostasis and aging', *Cell Stem Cell* 22（5）(2018)：769–78; Andrew W. McCracken, Gracie Adams, Laura Hartshorne, Marc Tatar, and Mirre J. P. Simons, 'The hidden costs of dietary restriction: implications for its evolutionary and mechanistic origins', *Science Advances* 6（8）(2020)：3047.

p. 70　**骨のかけらと、朽ちかけた肉**：トムは、食べはじめる前に食べ物の一部を森に与えるという狩猟採集民の習慣を、直観的に身につけたように思える。この習慣の痕跡は、主流の宗教の一部にも残っている。たとえば、正統派ユダヤ教にはパン生地の一部を「ハシェムのために」取り分ける習慣があるほか、キリスト教の十分の一の捧げもの、ヒンドゥー教と仏教の寺院への食べ物の寄進などがある。

p. 73　**追憶——忘れないこと——のプロセスであり**：これはもちろんプラトンの考え方だ。そしてアラン・ガーナーが *The Voice that Thunders*（Harvill Press, 1997）の 'Achilles in Altjira' で鮮やかに描いている。

p. 80　**アイネイアスの息子アスカニウスがその傍らで**：Virgil, *Aeneid*, Book II.

p. 80　**火がある場所は、どこであっても家になる**：古代世界の炉の役割については、以下を参照：Larry Siedentop, *Inventing the Individual: The Origins of Western Liberalism*（Penguin, 2015), pp. 10–3.

p. 84　**覚醒夢は多くの宗教で大切な精神修養とされていて**：Andreas Mavromatis, ed., *Hypnagogia: The Unique State of Consciousness between Wakefulness and Sleep*（Routledge, 1987); Sheelah James, 'Similarities and differences between near death experiences and other forms of religious experience', *Modern Believing* 47（4）(2006)：29–40; Adam J. Powell, 'Mind and spirit: hypnagogia and religious experience', *The Lancet Psychiatry* 5（6）(2018)：473–5.

p. 85　**意識は自然界のいたるところに存在する**：Marian Stamp Dawkins, *Why Animals Matter: Animal Consciousness, Animal Welfare, and Human Well-Being*（Oxford University Press, 2012); Donald R. Griffin, *Animal Minds: Beyond Cognition to Consciousness*（University of Chicago Press, 2013); Carl Safina, *Beyond Words: What Animals Think and Feel*（Macmillan, 2015); Timothy Morton, *Humankind: Solidarity with Non-Human People*（Verso Books, 2017);

だがちがう。言語は、そのような興奮の説明にとって最大の障害になるだろう。言語は何かを理解するのを妨げる——言語は世界との意味ある会話を阻止する——と言えば、作家にとっては少々バツが悪い。これは、本がどれだけ絶望的で、自滅的で、致命的なものかについての本なのだ。読むことはない。なんでもいいから他のことをするように。私はこれからどんどん書き続けることによって、言語が言語を叩き壊し、何か別のことが起きるのを望まずにはいられない。

p. 38　**モルヒネは、気にするのを止める**：アラビアのロレンスが指でマッチの火を消した映画の場面を覚えているだろうか。「コツはね、ウィリアム・ポッター、痛みを気にしないことさ」

p. 41　**真実の物語の一部**：J. David Lewis-Williams and Thomas A. Dowson, *Images of Power: Understanding Bushman Rock Art* (Southern Book Publishers, 1989); Jean Clottes and J. David Lewis-Williams, *The Shamans of Prehistory: Trance and Magic in the Painted Caves* (Harry N. Abrams, 1998); David J. Lewis-Williams and David G. Pearce, *San Spirituality: Roots, Expression, and Social Consequences* (AltaMira Press, 2004); David Lewis-Williams, *The Mind in the Cave: Consciousness and the Origins of Art* (Thames & Hudson, 2011); David Lewis-Williams, *Conceiving God: The Cognitive Origin and Evolution of Religion* (Thames & Hudson, 2011); David Lewis-Williams and David Pearce, *Inside the Neolithic Mind: Consciousness, Cosmos and the Realm of the Gods* (Thames & Hudson, 2011). この見方は鋭い批判を浴びており、現在では、これが先史時代の洞窟芸術の完全な説明だとみなす者はほとんどいない。たとえば、以下を参照：Grant S. McCall, 'Add shamans and stir? A critical review of the shamanism model of forager rock art production', *Journal of Anthropological Archaeology* 26 (2) (2007): 224–33; and richard Bradley, *Image and Audience: Rethinking Prehistoric Art* (Oxford University Press, 2009).

p. 42　**世界各地にある射貫かれた像は、シャーマンの仕事を示すものだ**：Mircea Eliade, *Shamanism: Archaic Techniques of Ecstasy* (Princeton University Press, 2004); Joan Halifax, *Shamanic Voices: A Survey of Visionary Narratives* (Plume, 1979); Joan Halifax, *Shaman, the Wounded Healer* (Thames & Hudson, 1982).

p. 42　**意識が生まれた原因**：意識の起源に関する神経生物学的説明については、以下を参照：Mark Solms, *The Hidden Spring: A Journey to the Source of Consciousness* (Profile, 2021)〔『意識はどこから生まれてくるのか』マーク・ソームズ著、岸本寛史　佐渡忠洋訳、青土社、2021年〕

p. 44　**石器はトムの手作り**：世界屈指のフリント石器作り名人であるジョン・ロードと共に作った。: https://www. flintknapping.co.uk/

p. 46　**彼は命を失っていただろう**：狩猟採集民の多くは、肉食動物を殺す（そしてもちろん食べる）ことをタブーとしている。それについてはミシェル・ペイヴァーが *Chronicles of Ancient Darkness* (Orion Children's, 2008–21)〔「クロニクル 千古の闇 全6巻」、評論社〕で美しく描いており、旧約聖書のレビ記に肉食動物と腐食動物を食べてはいけないと 書かれているのは、そうしたタブーを振り返ったものかもしれない（また、主が血を流すことを禁じるのも同じだ。自然の秩序は、人間も含めた最初の着想では、ベジタリアンだったことを思い出してほしい）。

p. 46　**後期旧石器時代のダービーシャーではウサギを**：後期旧石器時代のブリテン島にウサギがいた証拠はないが、放射性炭素による年代測定でローマ時代とされるウサギの骨がノーフォークのリンフォードで見つかっている。それまで、ウサギはノルマン人によって持ち込まれたものと考えられていた。

ターの犠牲になるのは、ニュアンス、内省、英知、そしておそらく人間としてのアイデンティティであり、この地球全体だ。

イアンは私の親友のひとりで、彼の研究は私に大きな影響を与えてきた。私は彼の主張が本質的に正しいと確信している。それは思想史および人間がもつ現在の不安定な立場の性質を、知る限りのどの分析よりもよく説明している。だが本書で彼の論文にほとんど言及していないのは、彼と私がしようとしていることが大きく異なっているからだ。彼は支配的な論理的枠組みを体系的に探っている。私は安らぎと自己認識の数少ないかけらを非体系的に探している。両方の脳半球間の争いに関する細部についてはイアンの考えに従うが、私には新石器時代と啓蒙の時代に左脳が主導権争いで急速に前進したという確信がある。

p. 9 **行動の点から現生人類である**：私は本書の 164 ページで、ネアンデルタール人の宗教的な信仰／習慣の証拠があるかもしれないことに言及している。

第一部　後期旧石器時代

冬

p. 19 Sarah Moss, *Ghost Wall* (Granta, 2018), p. 31.

p. 19 イグリーキク・イヌイットのハンターによるクヌート・ラスムッセンへの言葉は、以下でジョアン・ハリファックスが言及している：*Shaman: The Wounded Healer* (Thames & Hudson, 1982), p. 6.

p. 20 Alwyn Rees and Brinley Rees, *Celtic Heritage: Ancient Tradition in Ireland and Wales* (Thames & Hudson, 1961), p. 16.

p. 31 **ある種の殺しは悪いことかもしれない**：ここから続いて、人間以外の動物が（たとえば）共感を示せる――ましてや（たとえば）殺したい願望をもつ――ことを否定するという考えに進むわけではない。のちに人間以外の意識の関連性を取り上げ、人間以外の多くの動物が「私」の感覚をもち、したがって「あなた」の感覚ももっていることは明白であると論じる。だがここでは、人間の「私」が生まれ、やがて人間の愛情や共感などが誕生して明白になっていく過程を彩ったという点だけを主張する。

p. 32 **私にはその痕跡は見えていない**：X が生まれ故郷から遠く離れ、しかも人類史のそれほどの初期にダービーシャーにいると考えるのは妥当だと再確認してくれたポール・ペティットに、感謝している。

p. 37 **深く刻まれた山ほどの言語**：そのすべてを取り除く何らかの方法があると仮定するなら、私はどうやってそれに関する本を書けるというのだろうか。本を書く作業には、私がアンインストールすることを夢想するソフトウェアのすべてを、欠くことができない。それでも、控えめでいいからどこかで何かをできないものだろうか。もし自分自身をアンインストールしてから意識を再インストールすることが不可能なら、少なくとも自分自身からできるだけ離れ、恍惚として自分自身を再評価することはできないだろうか。そしてもしそうできるなら、何か新しいタイプの意識が漏れ出てきて、それまで空っぽだった入れ物に押し寄せる意識の興奮を説明できるということが、あまりありそうではなくても、少なくとも、もっともらしい説明にはならないだろうか。

原　註

エピグラフ

p. 4　W. B. Yeats, 'Before the World Was Made', in *The Winding Stair and Other Poems* (1933).

はじめに

p. 6　**私の目的にとって**：ただし私は、ヨーロッパ中心主義の考古学者たちによる一般的な評価より多くのことが、（ヨーロッパではなく）アフリカで起きたのではないかと疑っている。

p. 7　**それぞれの時代のあいだに明確な境界など存在しない**：遺伝子に関する一言。後期旧石器時代ではなく中石器時代のハプロタイプ（半数体の遺伝子型）が、現代イギリス人で優位を占めているかもしれないし、そうではないかもしれない。だが、私たちと後期旧石器時代との（または後期旧石器時代と中石器時代との）行動的な連続性を否定する者は誰もおらず、私がここで関心があるのはその点だ。また、ヨーロッパでは後期旧石器時代と中石器時代との遺伝子的連続性が広く立証されている。以下を参照：Eppie R. Jones, Gloria Gonzalez Fortes, Sarah Connell, Veronika Siska, Anders Eriksson, Rui Martiniano, Russell L. McLaughlin et al., 'Upper Palaeolithic genomes reveal deep roots of modern Eurasians', *Nature Communications* 6 (1) (2015)：1–8.

p. 7　**オーロックスを手なずけ、小型化したもの**："Aurochs（オーロックス）"は、奇妙なことに、単数形と複数形が同一の名詞だ。語源は古い高地ドイツ語の"ūrohso"にある。私に教えてくれたLottie Fyfeに感謝する。

p. 9　**十七世紀以降に起きてきたこと**：一部の読者は、人類の物語との関連性および脳の側性化の問題という現在の危機への言及がほとんどないことに驚いているかもしれない——特にイアン・マクギリストの著書、なかでも最も有名な *The Master and His Emissary: The Divided Brain and the Making of the Western World* (Yale University Press, 2009) への言及がない点だ。彼の主張は、2つの大脳半球が異なる機能をもつというもので、それぞれが世界に対して異なる種類の注意を向けているとする。左半球は狭い範囲の集中した注目を得意として、ファイリングとカテゴリーを好み、とても保守的だ。そのカテゴリーが疑問視されたり混同されたりするのを好まない。満足のいくコンピューターのように、二進法で見た現実に基づくオペレーティング・システムを備えている。つまりオタクだ。それに対して右脳は、もっと全体論的な視野をもっている。文脈と関係性を見ており、真実は逆説の中に見つかることが多いと知っている。矛盾をはらんで暮らすことができる。データ収集と英知を混同したりしない。左脳は脳の管理者とみなされ、日常の出来事に対処し、ものごとを整理して脳全体が最適に機能できるようにしている。だが（と、論文は続く）、その管理者が徐々に全体を掌握するようになる。クーデ

著者略歴

チャールズ・フォスター

Charles Foster

英国の作家、旅行家、獣医師、剥製師、弁護士、哲学者。オックスフォード大学グリーン・テンプルトン・カレッジのフェロー。ケンブリッジ大学で医療法と医療倫理の博士号を取得。旅行、進化生物学、自然史、人類学、神学、考古学、哲学、法律など、多岐にわたる分野の著作がある。2016年、アナグマ、カワウソ、シカ、キツネ、鳥として大自然で生活したことで、イグ・ノーベル賞（生物学賞）を受賞。

訳者略歴

西田美緒子（にしだ・みおこ）

翻訳家。津田塾大学英文学科卒業。訳書に『動物になって生きてみた』『世界一素朴な質問、宇宙一美しい答え』『犬はあなたをこう見ている』（河出書房新社）、『月の科学と人間の歴史』（築地書館）、『イギリス花粉学者の科学捜査ファイル』（白揚社）ほか多数。

人間《にんげん》のはじまりを生《い》きてみる
四万年《よんまんねん》の意識《いしき》をたどる冒険《ぼうけん》

2022年11月20日　初版印刷
2022年11月30日　初版発行

著　者　チャールズ・フォスター
訳　者　西田美緒子
装　丁　大倉真一郎
発行者　小野寺優
発行所　株式会社河出書房新社
〒151-0051　東京都渋谷区千駄ヶ谷2-32-2
電話03-3404-1201（営業）03-3404-8611（編集）
https://www.kawade.co.jp/
組　版　株式会社キャップス
印　刷　株式会社暁印刷
製　本　小泉製本株式会社

Printed in Japan
ISBN978-4-309-20873-2